Linda Verhaelen · Mein Leben als Schlampe

LINDA VERHAELEN

Mein Leben als Schlampe

ROMAN

GERD HAFFMANS
BEI ZWEITAUSENDEINS

1. Auflage, August 2002
Erstausgabe

Copyright © 2002 by Zweitausendeins,
Postfach, D-60381 Frankfurt am Main.

Umschlagmotiv Barbara Cole

Lektorat von Heiko Arntz.
Gestaltung und Produktion von Urs Jakob.
Printed in Germany.
Satz: Fotosatz Reinhard Amann, Aichstetten
Herstellung: GGP Media, Pößneck

Dieses Buch gibt es nur bei Zweitausendeins im Versand,
Postfach, D-60381 Frankfurt am Main, Telefon 069-4208000,
Fax 069 - 41 5003. Internet www.Zweitausendeins.de,
E-Mail info@Zweitausendeins.de.
Oder in den Zweitausendeins-Läden in Berlin, Düsseldorf, Essen,
Frankfurt am Main, Freiburg, 2 x in Hamburg, in Hannover, Köln, Mann-
heim, München, Nürnberg, Saarbrücken, Stuttgart.

In der Schweiz über buch 2000,
Postfach 89, CH-8910 Affoltern a. A.
ISBN 3-86150-501-0

verstanden die Erwachsenen nicht viel von Politik, machten Urlaub im Harz oder im Sauerland und glaubten der Bildzeitung mehr als dem Papst. An den Wochenenden klappten sie im Garten hölzerne Liegestühle auf und setzten mit Holzwolle gefüllte Tontöpfe auf die Dahlien, um die Ohrwürmer zu fangen. Auf den Gehwegen gab es fette Schnecken und in der Luft behäbige Maikäfer. Die Schnecken wurden mit Essigsäure verätzt und die Maikäfer in Streichholzschachteln gefangen. Auf den Dächern lauerten schon die vollgefressenen Drosseln auf den Moment, wo die Käfer freigelassen wurden. Im Sommer schielte man in die züchtigen Blusenausschnitte der Frauen, die jungen Männer reparierten Fahrräder oder grillten Kartoffeln in glühender Asche, und wo sie ihren sexuellen Druck abließen, interessierte kein Schwein.

Am Sonntagnachmittag ging die ganze Familie in den Wald, und die Kinder fragten bei Tisch, ob sie aufstehen dürften, um mit den anderen Bälgern zu spielen, und abends saß man vor dem Schwarzweißfernseher und aß im Zeitlupentempo Pralinen von Sarotti.

In den Schulen sprangen die Schüler auf, wenn der Lehrer den Raum betrat, freche Antworten gab es noch seltener als den vaginalen Orgasmus, und die kleinen Mädchen trugen vorzugsweise blonde Zöpfe, manchmal auch als Kranz um den Kopf gebunden. Die meisten kriegten irgendwann Löcher in die Ohrläppchen gestanzt und Korallen hineingehängt, und wenn sie dann noch einen Knicks machten, war Omis Glück komplett. Den Jungs lief Rotz aus der Nase, was sie nicht hinderte, aus ihren brettsteifen kurzen Lederhosen den Blick auf die schmuddelige Unterwäsche und gelegentlich auch auf ihr rosarotes Pipiwürstchen freizulegen. Jedes zweite Kind besaß einen Roller mit dicken Reifen, und wer ein Fahrrad hatte, war der King.

Im Winter langweilten sich die Kinder in den Wohnungen mit den Linoleumfußböden, überprüften ihre Bierdeckelsammlungen und sortierten Briefmarken ein, die Mädchen malten Bildchen in Poesiealben und brüteten über der Aufgabe, den einfallslosen Sprüchen der anderen einen ebenso einfallslosen hinzuzufügen. In ihrer Verzweiflung behaupteten manche, lieber ein Veilchen im Moose als eine stolze Rose sein zu wollen, andere forderten ein striktes »Ora et labora«, ohne eine Ahnung zu haben, was das bedeutete, und gelegentlich trafen sich die Mädchen zum Tausch von Glanzbildern mit und ohne Silberglitter. Von denen konnte man gar nicht genug haben, weshalb einem nichts anderes übrigblieb, als sie bei Woolworth zu klauen. Taschengeld gab es entweder gar nicht oder nur für gute Noten. Geld, sofern vorhanden, ging für Kaugummi, Prickelpit und Eßpapier drauf, außerdem für Brause in Form von Würfeln oder Pulver in Tüten. Frittenbuden gab es nicht, auswärts essen war nahezu unbekannt, und Diäten gab es nur im Bundestag. Es gab keine Pizza, kein Gyros und kein türkisches Fladenbrot, es gab noch nicht mal Ausländer. Der einzige Ausländer, der sich später herwagte, führte den einzigen Eissalon der Stadt und war hinter meiner Mutter her, weshalb ich häufiger als andere Kinder in den Genuß von Zitroneneis kam.

Erst Jahre nach der Berichterstattung über die Gastarbeiter kriegte man auch mal einen zu Gesicht. Wo die wohnten, wußte kein Mensch, der Kontakt zu ihnen war sowieso verboten genau wie der zu Zigeunern, die angeblich kleine Kinder überm Feuer brieten, und auch die Polen, die am Stadtrand in sogenannten Nissenhütten hausten und alle die Läuse hatten, waren einem nicht geheuer. Die ganze Gegend war für uns bürgerliche Kinder tabu und erst recht natürlich für die Blagen aus sogenannten besseren Familien.

In den Kiosken, wo ich die Zigarillos für den Großvater zu besorgen hatte sowie einzelne, pastellfarbene Damenzigaretten für die Oma (falls er in generöser Stimmung war), legte man sein Geld noch nicht auf Silikonmelonen, geschweige denn gab es Fotos von Schwänzen, und das Wort »schwanger« war mindestens so peinlich wie ein Furz im Kino, weshalb man hinter vorgehaltener Hand von »anderen Umständen« sprach. »Scheiße« sagte man nicht, wer es trotzdem tat, war ein Flegel und unerzogen. Selbstverständlich wurde nicht gefickt oder gevögelt, allenfalls hatte man ein »Verhältnis«, was schon anrüchig genug war, und das Wort »Masturbation« war einfach nicht existent.

Wenn eine Frau keine Lust auf Arbeit hatte oder dringend hinter einem Kerl her war, kriegte sie ein Kind, und für den Erzeuger war es Ehrensache, sie zu heiraten und die ganze Bagage zu ernähren. Von dem ersparten Puffgeld kauften sie sich Motorräder, Schrebergärten, Kamelhaarmäntel und russische Pelzmützen, die sie ungefähr so gut kleideten wie das Dirndl den Schwarzafrikaner. Die älteren Frauen, die aus unterschiedlichen Gründen mit und ohne Attest vom Bumsen befreit waren, trafen sich zum Kränzchen in einem plüschigen Café, und der Friseurbesuch war der spannendste Teil ihres Lebens. Im Kränzchen wurde über die Männer abgelästert, die inzwischen zu Hause die Füße hochlegten und unter der aufgeschlagenen Zeitung vor sich hin schnarchten.

Ältere Männer führten einen Spazierstock mit silbernen und bunten Plaketten darauf bei sich, mit denen sie sich als Wanderfreunde aus dem Sauerland oder dem Harz auswiesen, wo sie die gesunde Luft genossen und sich abends den Bauch mit fettem Essen vollschlugen. Danach gab's einen Underberg.

Der Puff hieß Bordell, und ob ihn wer aufsuchte, war kein Thema. Schauspielerinnen, die mehr als dreimal den Partner wechselten, galten als Nutten, und jede normale Frau wollte lieber einmal im Leben einen Pelzmantel haben als einen Liebhaber.

In diese deutsche Idylle floh meine Mutter mit mir, ihrer achtjährigen Tochter, vor einem englischen Hypochonder, der jeden Freitag ungewaschen in den Pub ging und auch sonst nicht weiter aus dem Rahmen fiel. Kennengelernt hatte sie ihn direkt nach dem Krieg, als er seinen Kumpel besuchte, der in der geräumigen Wohnung meiner Großeltern einquartiert worden war. Er war groß, blond, blauäugig und hatte einen Schnäuzer. Als meine Mutter ihn erblickte, traf sie gleich der Blitz, und sie ließ augenblicklich ihren langjährigen Verehrer sausen, der sich von diesem Schlag nie ganz erholte und noch Jahrzehnte später einsam vor dem Haus herumschlich, um den Schmerz regelmäßig wieder aufzufrischen. Meine Mutter folgte dem Schönling nach London, wo sie sich die große Welt erhoffte.

Statt dessen landete sie in einem Häuserblock in Clapham mit einem Müllschlucker und einem belgischen Nachbarn, der sich für die Reinkarnation von Mario Lanza hielt und erwog, für die Besichtigung seiner krebskranken Frau Eintrittsgeld zu verlangen. Von den männlichen Hormonen, die sie ihr gegen den Krebs gespritzt hatten, war ihr ein langer, schwarzer Bart gewachsen, mit dem sie malerisch und wachsbleich auf einer mit rotem Samt bezogenen Couch neben einem großen, schwarzen

Klavier lag. Auf dem stand ein silbern gerahmtes Foto ihrer beiden mißratenen Töchter Jackie und Nelly, die eine aufgeschwemmt und bleich wie eine milchige Qualle, die andere dürr, spitznasig und das Gesicht von Akne zerklüftet.

Auch mein Vater war musikalisch, wenn er auch nicht so schön singen konnte wie der Belgier. Er stellte sich zu Schallplattenaufnahmen vor den Spiegel und machte die Synchronbewegungen mit den Lippen wie es später im Fernsehen üblich wurde. Wenn er nicht gerade den Mund bewegte wie ein Fisch auf dem Trockenen, führte er den Zeigefinger an die Nase und nannte das Yoga. Freitags, wie gesagt, war Pubtag, und meine Mutter fand das alles nicht besonders aufregend.

Als ich auf die Welt kam, hing der Haussegen sofort noch ein bißchen schiefer als ohnehin schon, denn erstens wollte mein Vater überhaupt keine Kinder, und zweitens erst recht kein Mädchen. Daß er ausgerechnet ein Mädchen bekam, empfand er als persönliche Beleidigung. Damit er nicht ständig an diese Schmach erinnert wurde, mußte ich mich absolut ruhig verhalten. Kaum machte ich den Mund auf, hieß es: »Be quiet!« Da sich auch meine Eltern nicht viel zu sagen hatten, war zu Hause immer ein Getöse wie auf dem Rummelplatz.

In der Londoner Schule galt ich als etwas Besonderes, weil meine Mutter Deutsche und ich außerdem größer gewachsen war als die anderen Kinder. Ich empfand nur, daß ich anders war als die andern, und das gefiel mir nicht. Als wir nach Deutschland, nach Recklinghausen, zogen, hoffte ich, hier endlich richtig dazuzugehören. Ich wollte mich anpassen, werden wie die anderen.

Der Badewannenverächter und Gesangspantomime, mein Erzeuger, vermißte mich mit Sicherheit keine Sekunde. Das beruhte auf Gegenseitigkeit.

daß ich kein Deutsch sprach, weshalb ich mich die erste Zeit nicht mal auf die Straße traute. Manchmal, wenn ich die Straße leer glaubte, schlich ich mich in den Vorgarten, um einen Ball an die Wand zu spielen. Sofort versammelten sich die anderen Kinder vor dem Gartentor und sahen mir neugierig dabei zu. In der Zeit entwickelte ich ein Vorstellungsvermögen von der Gefühlswelt der Zootiere. Derart unter Beobachtung schlug der Ball in meiner Hand Beulen, und meine Beine fühlten sich an wie Gummischnorchel.

Aber sie meinten es gut mit mir, und es dauerte nicht lange, und ich gehörte dazu. Die meisten hatten ihren Roller dabei. Solche Roller gibt es heute nicht mehr. Mit ihren dicken, aufgepumpten Reifen waren sie mein erster unerfüllter Lebenstraum, denn meine Mutter meinte, in einigen Jahren sei ich aus dem Rolleralter heraus, und für die kurze Zeit lohne die Anschaffung nicht. Ich solle lieber warten, bis ich für ein Fahrrad alt genug sei.

Mit den anderen Kindern kam ich auch ohne Roller gut klar, nur war ich unglücklicherweise nicht katholisch, und wenn die anderen zur Beichte gingen, blieb ich wie aussätzig zurück. Wer nicht beichtete, war irgendwie schmutzig. Das Beichten adelte. Leider war meine Mutter trotz konstanten Drängens nicht bereit, zum Katholizismus zu konvertieren, und was mich betraf, meinte sie, das könne ich später mal selbst entscheiden. Ich hätte es gerne sofort entschieden.

Der einzige, der außer mir nicht beichten ging, war

Walter, der Sohn eines Bankdirektors. Er war blond und rundlich und roch nach Zucker. Das wußte ich, weil ich von ihm meinen ersten Kuß bekam. Wir versteckten uns in einem spinnennetzverhangenen Verschlag hinter dem Haus, in dem man sich nur kriechend bewegen konnte, und spielten Mann und Frau. Während ich andächtig mit imaginären Töpfen und Geschirr hantierte, wollte er mich ständig auf seine Knie ziehen und küssen. Irgendwie waren wir verliebt ineinander. Bis mein Opa uns in dem Dreck entdeckte, ein Riesentheater machte, Walters Mutter informierte und uns jeden Kontakt für die Zukunft strengstens untersagte. Ich hatte das Gefühl, wer weiß was angerichtet zu haben, und ging Walter schuldbewußt aus dem Weg, aber wenn wir uns sahen, hatten wir Sternchen in den Augen, und immer, wenn ich an seinem Haus vorbeiging, hoffte ich, er möge genau in diesem Moment aus dem Fenster sehen. Er hätte gar nicht herauszukommen brauchen, er sollte mich einfach nur sehen. Er kam auch nicht mehr heraus, denn auch er besuchte mittlerweile das Gymnasium und sollte einmal was Besseres werden, genau wie ich, so daß es bald unter unserer Würde war, auf der Straße herumzulungern.

Man hatte nun seine Zeit mit Bedeutenderem zu verbringen, und die beichtenden Katholikenkinder, die komischerweise alle nicht den Sprung auf das Gymnasium schafften, waren irgendwann kein Umgang mehr. Die Beichtkinder wurden später Verkäuferinnen oder Elektriker, nur aus uns sollte mal was Richtiges werden, wenn auch noch kein Schwein wußte, was, am wenigsten ich. Wenn Walter gefragt wurde, was er werden wollte, sagte er immer wie aus der Pistole geschossen »Direktor«, und ich sagte, weil ich es gerade chic fand »Stewardess« und wußte nicht einmal, wie man das schrieb. Walter wurde später schwul und Kneipenwirt, und seine Mutter, die mich damals immer wie das letzte Flittchen angeguckt hatte, wäre vielleicht jetzt heilfroh gewesen, hätte sie mich mit Walter beim Küssen erwischen dürfen.

In dieser Zeit, in der ein Kuß zwischen Zehnjährigen als Vorstufe zur Kriminalität galt, war es kein Wunder, daß ich erst mit zwölf meinen ersten nackten Mann zu sehen bekam, und das auch nur, weil ich aus Versehen die Badezimmertür geöffnet hatte, ohne zu wissen, daß sich mein Opa über der Wanne wusch. Eine Dusche gab es nicht, man säuberte seine Einzelteile umständlich mit einem Waschlappen über dem Waschbecken oder der Badewanne. Mein Opa stand mit dem Rücken zu mir tief über die Wanne gebeugt und wusch sich die Haare oder die Achselhöhlen, ich weiß es nicht mehr genau, und er trug am ganzen Leib nicht eine Faser Stoff. Mein Blick fiel sofort auf ein dunkles, faltiges Etwas, das zwischen seinen Oberschenkeln baumelte, und mich traf fast der Schlag. Ich dachte, ihm sei ein Geschwür aus dem Bauch geplatzt und wollte gerade die Oma rufen, damit sie einen Krankenwagen bestellte, als der Alte sich umdrehte und mich wütend verscheuchte: »Raus hier, aber plötzlich!«

Du lieber Gott, was war denn das für eine Schweinerei. Ich konnte mich gar nicht mehr beruhigen. Ich war fest davon überzeugt, daß ihm was aus der Bauchhöhle gebrochen war und machte mir einige Sorgen um seine Lebenserwartung.

Ich drückte mich eine Weile im Flur herum, um meine Gefühle und Gedanken zu sortieren. Aus irgendeinem Grund regte sich in mir der Verdacht, daß er an dieses Geschwür gewöhnt war. Er schien es nicht als etwas Besonderes zu empfinden. Gleichzeitig wollte er nicht, daß ich es sah. Aber die Oma mußte es doch längst gesehen haben. Mir war ziemlich mulmig. Hier waren irgendwelche Geheimnisse im Spiel, von denen ich ausgeschlossen war.

Langsam gewannen meine analytischen Qualitäten Oberhand über meinen Ekel. Indem die Erwachsenen mir etwas verheimlichten, unterstellten sie mir Dummheit, und das ärgerte mich. Auf die Idee, daß eventuell auch andere Männer mit geplatzten Bauchdecken herumliefen, kam ich nicht.

Klar hatte ich schon die Geschlechtsteile von Jungs gesehen. Nicht gerade oft zwar, aber doch drei- oder viermal beim Pinkeln oder so. Das hatte mich nicht weiter beunruhigt. Das Teil vom Opa ließ sich jedoch in keiner Weise mit diesen rosafarbenen Rüsselchen vergleichen. Ob Rüsselchen oder Eingeweide – ich war jedenfalls froh, unversehrt zu sein. Daß es sich bei dem, was ich gesehen hatte, gar nicht um den Schwanz, sondern um die Eier gehandelt hatte, war mir natürlich nicht klar. Wenn ich die Angelegenheit von vorne gesehen hätte, wäre ich wahrscheinlich tot umgefallen.

In meiner Verwirrung beschloß ich, keinen Ton über den Vorfall zu verlieren. Auch mein Opa sagte nichts. Er tat so, als sei überhaupt nichts geschehen. Das hinderte mich aber nicht daran, ihn insgeheim für ein Monster zu halten. Schlagartig verstand ich nun die Oma, die ich bis dahin nicht sonderlich geschätzt hatte. Was mußte sich die arme Frau tagtäglich ansehen! Kein Wunder, daß sie ständig griesgrämig war und ihn seitlich anpflaumte, kaum, daß er die Wohnung betrat. Warum ging er auch nicht ins Krankenhaus und ließ sich das Zeug wegmachen.

Besonders appetitlich führte er sich sowieso nicht auf. Dauernd hatte er Blähungen und furzte rücksichtslos die Bude voll. Wenn er nieste, klapperte das Geschirr auf der Anrichte. Und er rülpste auch anders als wir Frauen. Während wir dabei den Mund geschlossen hielten, riß ihm der Rülpser den Rachen erst richtig auf. Nach dem Essen stocherte er mit Holzstäbchen in den Zähnen und schmatzte an den zutage geförderten Essenresten herum. Danach fiel ihm der Kopf nach hinter, der Mund klappte wieder auf, und er schnarchte in sämtlichen Tonarten, bis ihm der Hals so trocken wurde, daß er röchelnd aufwachte und blöde um sich blickte, als sei er gerade vom Mond gefallen. Dann kriegte er regelmäßig Durchfall, knöpfte schon im Sitzen die Hose auf und rannte mit halb hängender Hose nach hinten aufs Klo.

Dabei war er sehr reinlich. Reinlicher als ich jedenfalls. Zu der Zeit hatte ich mit Reinlichkeit nicht viel am Hut. Wenn mir nicht das wöchentliche Bad verordnet worden wäre, wäre ich sicher nie auf den Gedanken gekommen, mich von Kopf bis Fuß zu säubern. Mein Opa legte vor allem Wert auf gepflegte Füße. Nach dem Waschen setzte er sich in die Küche und bestäubte seine Füße mit antiseptischem Puder. Seine Füße waren enorm groß, mit riesigen Nägeln an den dicken Zehen. Diese Monsterpranken nannte er »meine Goldfüßchen«. Er hielt sich generell für gutgeraten. Fast jeden Abend puderte er sich die Füße in der Küche und schnitt sich auch dort die Fußnägel, was die Oma genauso regelmäßig auf die Palme brachte: »Irgendwann finden wir die Dinger noch im Essen!«

»Dann hast du wenigstens was zu beißen«, lachte er nur. Seine Rücksichtslosigkeit gestaltete sein Leben ziemlich unkompliziert. Er benahm sich einfach so, wie es ihm gefiel, zumindest zu Hause. Kam er zum Beispiel abends von der Arbeit, und ich saß gerade vor dem Fernsehapparat und guckte Lassie oder Bonanza, knipste er im Vorbeigehen mal eben den Apparat aus, weil ihm nicht nach Fernsehen war. Ich glaube nicht, daß ihn irgendwer in diesem Haushalt besonders mochte. Am wenigsten seine Frau. Sie verpaßte kaum eine Gelegenheit, zu nörgeln, ihm Vorwürfe zu machen oder ihn anzubrüllen, wenn er mal wieder keine Kohlen aus dem Keller geholt hatte. Zentralheizungen gab es in den Altbauwohnungen nicht. Statt dessen stand in der Küche ein Ofen, der mit Kohlen oder Briketts geheizt wurde. Die wurden von der Kohlenhandlung ins Haus geliefert und im Keller gelagert. Opas Aufgabe war es, in einer kupfernen Tröte die Kohlen aus dem Keller zu holen, und natürlich war die Tröte jedesmal zur Unzeit leer.

Lieber spielte er Klavier. Erstaunlicherweise war der grobe Klotz vor dem Krieg Pianist gewesen. Konzertpianist. Er war sogar aufgetreten, hatte gute Kritiken bekommen, war eine Hoffnung gewesen, hatte Hoffnungen gehabt. Im Krieg hatten sie ihn für Unterhaltungsmusik gebraucht, weshalb er nicht an die Front mußte. Als Soldat schob er eine ziemlich ruhige Kugel. Auch bei den Frauen hatte ihm die Klimperei geholfen. Auf diese Weise hatte er sogar meine vornehme Oma von sich überzeugt, der die Ehe mit einem hoffnungsvollen Pianisten wohl nobel genug erschien, den relativ modernen Job als Büromaus aufzugeben und ihm alsbald zwei reizende Kinder zu schenken. Nach dem Krieg konnte das Klavier die Familie nicht ernähren, und so nahm er den wenig ruhmreichen Posten eines Handelsvertreters an, der in den Augen meiner Oma vollkommen unter ihrer Würde lag (wie im Grunde der ganze Mann), aber sein Geld gab sie ganz gerne aus, und zwar möglichst nur für »Markenartikel«.

Meine Oma genoß es, in den Läden mit Namen angesprochen zu werden wie eine Frau Generaldirektor. Wäsche, Tisch- und Bettwäsche durften nur von »Nückel« sein, Nahrungsmittel nur von dem Delikatessengeschäft »Windeck«, und als Friseur kam nur »Schreiter« infrage, wobei Herr Schreiter persönlich antanzen mußte, um ein paar Kratzfüße und Komplimente zu machen. Mit der Frau von Schreiters Vorgänger war sie befreundet. Diese Frau hieß Mack-Hohenwarth und hatte vom vielen Haaraufdrehen und Färben nur noch zirka fünf gelbblondgebleichte Haare auf der pinkfarbenen Kopfhaut. Herr Mack-Hohenwarth war Bettnässer und in meine Mutter verliebt. Jedesmal, wenn er sie traf, wollte er sie heiraten und mich adoptieren. Seine Frau lachte sich darüber kaputt. Die Story vom Bettnässer gewährte ihr ein sorgenloses Leben, das sie vornehmlich damit zubrachte, Marzipantorten und Schmalzkringel zu futtern, so daß sie selbst bald aussah wie ein rundes Marzipanschwein.

Die Oma und Frau Mack-Hohenwarth trafen sich regelmäßig, um über ihre Männer abzulästern. Sie bemitleideten sich gegenseitig so inbrünstig, daß sie am Ende völlig geschwächt aus dem Café wankten. Manchmal saß ich dabei und verputzte ebenfalls Marzipantorte, die offiziell Mosaiktorte hieß, weil sie einen schachbrettartigen Zuckerguß hatte. Die war wirklich ausgezeichnet. Nur die gediegene Atmosphäre in dem Café störte mich etwas. Unter dicken Teppichen knarzte das Parkett, im ganzen Raum wurde nur geflüstert, und die Mädchen standen stocksteif hinter der Theke und trugen weiße Spitzenhauben und Spitzenschürzen.

Oma trat immer sehr vornehm auf. Ihre grauweißen Haare kriegten regelmäßig eine Blauspülung, und ihre Nägel lackierte sie silbern. Hohe Pumps trug sie solange, bis sie einmal im Bus der Länge nach hinflog und Opa ihr die »lebensgefährlichen Dinger« verbot.

Opa war das schlimmste, was Oma in ihrem Leben passieren konnte. Kaufte sie zum Beispiel bei Windeck ihre feine Kalbsleberwurst im Golddarm, saß er draußen im Auto und wartete und wartete. Und während sie drinnen im Laden von den feinsten Sachen hier hundert Gramm und da hundert Gramm orderte und reizende Bemerkungen über das Wetter vom Stapel ließ, fing er draußen an zu brodeln. Irgendwann war dann der Siedepunkt erreicht, und er schoß in den Laden wie eine übriggebliebene Silvesterrakete und bölkte herum, ganz gleich, wie viele Leute da standen: »Was kaufst du denn wieder alles für einen Mist hier! Laß mal sehen, was ist das denn so Unverzichtbares, Teewurst, aha.«

»Meine Teewurst, Alfred«, entrüstete sich dann die Oma errötend, »die wirst du mir ja wohl noch gönnen, oder ist das auch schon zuviel?«

»Na, gut, deine Teewurst, meinetwegen, man ist ja kein Unmensch. Und was ist das hier? Kaffee? Wer trinkt soviel Kaffee? Was kostet der Kaffee, Fräulein?« Und nachdem die erschrockene Verkäuferin devot den Preis genannt hatte: »Für das Geld können Sie den selber saufen. Weg damit. Und die ganzen Apfelsinen, wer soll die essen? Ich esse überhaupt keine. Was kosten die? Weg damit, tun Sie sie wieder weg. Und was sind denn das für Äpfel, wie sehen die überhaupt aus, was ist denn das für'n komisches Grün? Wollen Sie mich vergiften?«

»Das sind Granny Smith«, erklärte die Oma verschämt, und zur Verkäuferin: »Sie müssen schon entschuldigen, mein Mann benimmt sich unmöglich.«

»Wir kennen ihn ja«, tröstete die Verkäuferin duldsam, aber sie konnte ihn noch so gut kennen, er schüchterte sie immer wieder ein. »So, und jetzt rechnen Sie mal zusammen, was der ganze Kram kostet. Das ist ja die reinste Apotheke hier... Dreißig Mark und achtzig Pfennig für die paar Klamotten? Nehmen Sie die Gurken noch raus und die Rosinen. Rosinen brauchen wir nicht, die hat meine Frau zur Genüge im Kopf. So, Else, ich setze mich jetzt in den Wagen, und wenn du nicht in drei Minuten im Auto bist, kannst du zu Fuß gehen.«

Tatsächlich kam die Oma dann ganz schnell auf ihren Pumps angetrippelt, so daß ich nie erfuhr, ob er wirklich ohne sie abgefahren wäre. Im Auto flogen die Fetzen. Der

Opa mutierte vom Hornochsen zum Ferkel und dann augenblicklich zum ausgewachsenen Schwein, und alle Welt hätte sie damals vor ihm gewarnt, nur sie habe damals nicht hören wollen, und in der ganzen Stadt spräche man schon über ihn, und auch die Frau Priesnitz hätte neulich noch gesagt ... und so weiter. Zu Hause war dann Schweigen im Walde. Er bearbeitete seine Aufträge und telefonierte lebhaft in der Gegend herum, um seine Termine zu machen, oder setzte sich ans Klavier und spielte mit besonderem Nachdruck den Trauermarsch von Chopin, und sie ließ kochendheißes Wasser ins Spülbecken ein, um mit roten Händen Geschirr zu spülen.

Bei der Gelegenheit ließ meine Oma unserem Kanarienvogel eine Fürsorge zuteilwerden, die es in sich hatte. Mit einem Ruck wurde die Tür des Vogelkäfigs aufgerissen und dem erschrockenen Vogel der Napf unterm Schnabel weggezogen. Mit wilden Bewegungen wurde der Napf geleert und gesäubert und dem nervös blinzelnden Tier wieder in den Käfig geknallt. Dann wechselte meine Oma das Wasser im Badehäuschen: »So, jetzt bade mal schön, Hansi, ja, jetzt kannst du wieder schön baden. Nun bade aber auch, was guckst du bloß, setz dich schon rein, los, rein mit dir, ja, so ist's fein. Ja, das ist schön, was, Hansi, bade du nur schön, du weißt nichts von der bösen Welt, sei froh, daß du in deinem Käfig sitzt, kommst auch noch raus gleich.«

Meistens durfte er dann in der Küche herumfliegen und sich oben auf die Gardinenstange setzen und alles vollkacken, bis er vergessen wurde und die Oma, erhitzt von der Spülerei, das Fenster aufriß und Hansi, schwuppdiwupps, entflog. Dann war Holland in Not. Hansi mußte wieder her, draußen würde er ja eingehen oder die anderen Vögel würden wegen seines auffälligen Gefieders über ihn herfallen. Alle Anwesenden mußten mit einem

Küchentuch in den Nachbarsgärten herumschleichen, wo Hansi eher verwirrt als fröhlich von Baum zu Baum flog, aber nie richtig abhaute. Manchmal verfolgte uns der schwarze Spitz der Nachbarin und kläffte sich fast um den Verstand, während wir ungebeten durch fremde Gärten stolperten und versuchten, Hansi ein Tuch überzuwerfen. Am erfolgreichsten war meine Mutter, ihrem Süßholzgeraspel ging er am schnellsten auf den Leim. Sie konnte ihn so einlullen, daß er wie hypnotisiert vom Baum herunterfiel und fast freiwillig unters Küchentuch huschte. Nach einem solchen Ausflug im Winter starb er, wahrscheinlich an Lungenentzündung.

Vornehme Frauen hatten damals alle eine Putzfrau. Omas Putzfrau hieß Erna. Erna war hauptberuflich Toilettenfrau im Hauptbahnhof, wo sie nebenbei Kanarienvögel züchtete. Auf und unter dem Tisch, auf dem die Münzschale stand, befanden sich mindestens zwanzig winzige Vogelkäfige. Schon aus Mitleid kauften die Leute ihr die Tiere ab. Omas Nachschub war also gesichert. Erna kaute Fingernägel, war höchstens einen Meter fünfzig groß und hatte einen Mann geheiratet, der ihr eine sogenannte Onkelehe angedreht hatte. Aus nicht näher beleuchteten Gründen hatte er Erna heiraten wollen, ohne sie anzufassen, was der Oma unheimlich leidtat, obwohl sie selbst nichts mehr haßte, als von ihrem Mann angefaßt zu werden.

Während die beiden Alten sich durchs Leben zofften, hatte ich ruckzuck die deutsche Sprache gelernt, die Aufnahmeprüfung für das Gymnasium geschafft und mein erstes Schamhaar gekriegt. Ich hätte es nicht einmal bemerkt, wenn nicht meine Mutter, die mich noch badete wie ein Baby, gerührt und entzückt gerufen hätte: »Da wächst ja schon dein erstes Haar, wie süß. Da wirst du ja wohl langsam erwachsen.«

Ich hatte keine Ahnung, was das Haar mit dem Erwachsenwerden zu tun hatte, aber wenigstens durfte ich von da an alleine baden. Außerdem klärte sie mich auf. Zu dem Zweck fertigte sie eine kleine Zeichnung an und erklärte mir, wozu ein Penis gebraucht würde und daß der Mann oben liege. Ich staunte: »Wieso liegt der Mann denn oben, wo er doch viel schwerer ist?«

»Was weiß ich. Ist eben so.« Blöde Fragen stellte man besser keine. Aber ich fand die Vorstellung nicht sehr verlockend. So wurden also die Kinder gemacht, na ja, da hätten sie sich auch was Netteres einfallen lassen können. Aber was sollte ich mich jetzt schon damit belasten, ich hatte ja noch ewig Zeit. Wie vakuumverschweißt lebte ich in meiner kindlichen Verträumtheit vor mich hin und führte nichts Böses im Schilde. Es erschien mir ausgeschlossen, eines Tages im Bett zu liegen und einen Mann seinen Penis in mich hineinstecken zu lassen. Oder höchstens ein einzigesmal, um ein Kind zu kriegen. Aber zunächst war ich selbst noch ein Kind und weit davon entfernt, mir eins zu wünschen. Schon mit Puppen hatte ich nicht gerne gespielt, und überhaupt hatte ich was anderes vor im Leben, ich wußte nur noch nicht, was. Männer spielten dabei jedenfalls keine Rolle. Folgerichtig verknallte ich mich dann als erstes in eine Frau.

Meine Mutter war eine solche Schönheit,

daß ich mich neben ihr immer wie eine Mißgeburt fühlte. An Verehrern, wie die Interessenten damals noch genannt wurden, mangelte es ihr nie. Durchgesetzt hatte sich schließlich ein kettenrauchender Cary Grant, der zum Abendbrot gerne hauchdünn geschnittenes Roastbeef aß. Da Roastbeef ziemlich teuer war, wurden davon exakt hundert Gramm gekauft, und ich wurde angehalten, nichts davon anzurühren. Der Typ hieß Weihrauch und sah wirklich Klasse aus. Er kam immer nur ganz kurz, um meine Mutter abzuholen. Die Sache mit dem Roastbeef wurde erst später aktuell, als meine Mutter mit mir woanders hinzog. Solange wir noch bei den Großeltern wohnten, kam er sie nur abholen und rauchte noch eine, bis die Mutter soweit war. Wenn er da war, bemühte ich mich um Unsichtbarkeit. Er irritierte mich einfach maßlos. Wehe, wenn er mich auch noch ansprach. Ich drückte mich dann an der riesigen Küchenanrichte entlang und verfluchte meine Schüchternheit. Der arme Mann wollte nur ein bißchen freundlich sein, aber ich benahm mich, als hätte er mir ein unsittliches Angebot gemacht, und gab blöde Antworten. Mich faszinierte sein elegantes Gehabe und seine große Gestalt. Außerdem trug er immer Anzug mit Krawatte. Sowas Gediegenes gab bei uns zu Hause eher selten zu sehen.

Ich guckte ihn von schräg unten an wie später Lady Di die Fotografen, nur daß es bei mir nicht so nett aussah, und die Oma scharwenzelte um ihn herum, als sei er wirklich vom Film. Die Asche seiner Zigarette wurde immer länger und länger. Ich starrte wie gebannt auf diese Asche und wartete darauf, daß sie zu Boden fiel, was sie aber nie tat. Es war einfach unfaßbar, daß eine so lange Asche nie runterfiel. Er mußte sie hypnotisiert haben.

Weihrauch hatte nur einen Schönheitsfehler: Er war verheiratet. Jedesmal, wenn er zu Hause von Scheidung sprach, wurde seine Frau todkrank, und er konnte sie aus Mitleid nicht verlassen. Meine Mutter schien das nicht weiter zu jucken. Mit schöner Regelmäßigkeit schenkte er ihr teuren Schmuck, Pelze, Reisen und was weiß ich noch alles. Am deutlichsten erinnere ich mich an einen riesigen Opalring, der von vielen Brillanten gefaßt war. Sowas Bombastisches hatte ich noch nie gesehen. Meine Mutter sagte in tröstendem Tonfall: »Den erbst du ja später mal.« Da wußte sie noch nicht, daß sie steinalt werden würde. Ich kann mich auch an keine Gelegenheit erinnern, wo ich dieses Protzstück hätte tragen sollen. Aber zu ihr paßte er. Sie trug auch grünen Nagellack, den es in deutschen Läden noch gar nicht zu kaufen gab. Ich glaube, sie hatte ihn aus London. Und sie trug Wagenräder von Hüten und Schuhe von Dior. Neben ihr *mußte* ich wie eine Pestbeule wirken, und ich war davon überzeugt, daß sie sich insgeheim ihres trampelhaften Ablegers schämte, und diese Überzeugung hemmte mich noch mehr. Am liebsten hätte ich eine Tarnkappe getragen. Schob das elegante Paar endlich ab, war ich erleichtert und deprimiert zugleich. Ich hätte nichts dagegen gehabt, wenn sie geheiratet hätten, denn Weihrauch war ein echter Vorzeigetyp, mit dem man unbedenklich angeben konnte, ein Hingucker eben.

In dieser Zeit äußerte ich einmal unvorsichtigerweise, daß ich den Ausdruck »Pubertät« schrecklich fände, und ab sofort war es meiner Oma eine freudige Pflicht, mich ständig darauf anzusprechen: »Hoffentlich dauert die Pubertät bei dir nicht mehr so lange«, oder: »Wenn du endlich aus der Pubertät raus bist, wirst du wieder klar im Kopf« usw. Wenigstens hatte ich keine Pickel. Statt dessen kriegte ich Haare an den Beinen, sogar an den Oberschenkeln und, noch schlimmer, auf der Oberlippe.

»Wir sind eben dunkle Typen«, meinte meine Mutter lakonisch, »da, nimm dieses Zeug gegen Damenbart. Wasserstoffsuperoxyd. Rasiert wird nicht, davon gibt's Stoppeln.«

Also pinselte ich das Zeug auf die Oberlippe und wartete auf ein Wunder. Außer daß es brannte wie Terpentin in offenen Wunden und die Haare weizenblond wurden, passierte nichts.

»Männer finden das sexy«, sagte meine Mutter. Bei ihr vielleicht. Mit der verätzten Oberlippe konnte ich stundenlang nicht lachen, aber zum Lachen war mir sowieso nicht zumute, denn die behaarte Oberlippe war nicht das einzige Problem. Meine Brüste wuchsen nicht oder jedenfalls nicht in dem Affenzahn, wie ich mir das vorgestellt hatte, und ich nervte meine Mutter solange, bis sie mich ins Uni-Krankenhaus schleppte, wo sie eine Hormonanalyse bei mir machten. Der behandelnde Arzt fragte, ob mir ein Examenskandidat ein paar Fragen stellen dürfe, und meine Mutter willigte ein, obwohl ich vor Scham fast starb.

Dem Examenskandidaten war das Ganze mindestens genauso peinlich. Die Angst vor der Diagnose stand ihm ins Gesicht geschrieben. Was stellt man auch für eine Diagnose, wenn die Patientin bloß über Haare an den Beinen klagt und ansonsten den Mund nicht aufkriegt. Als er sich mir näherte, brach uns beiden der Schweiß aus. Verzagt, ja, besorgt, schlich er um mich herum, machte dreimal »Hm« und verzog sich dann auf den Gang. Ob er bestanden hat, weiß ich nicht. Der Hormontest brachte zutage, daß ich zuviel Testosteron im Blut hatte. Auf deutsch: Ich hatte zuviel männliche Hormone.

»Wenn wir eine Hormontherapie machen, kann es natürlich sein, daß sie dick wird«, erklärte der Arzt. »Ich würde das nicht empfehlen, schon gar nicht jetzt, wo sie noch im Entwicklungsstadium ist. Das normalisiert sich später ganz von selbst.«

Auch so ein Prachtwort: Entwicklungsstadium. Ich kam mir vor wie eine hilflose kleine Raupe unter dem Mikroskop.

Betreten taperte ich wieder nach Hause. Nix gewesen außer Spesen. Und einen Examenskandidaten gequält.

»Haare an den Beinen sind rassig«, ließ sich meine Mutter jetzt einfallen.

»Und was ist mit Busen?«

»Es gibt genug Männer, die einen kleinen Busen schätzen.«

»Ja, einen kleinen. Aber nicht gar keinen.«

»Nun übertreib mal nicht. Für dein Alter hast du genug.«

»Und dann stehen die auch so weit auseinander.« Ich hätte heulen können.

»Wieso auseinander? Zeig mal.«

»Nee.«

»Weit auseinander ist doch schön. Das ist doch normal. Wie sieht das denn aus, wenn die eng zusammenstehen? Das sieht doch unnatürlich aus. Laß das mal so, wie das ist. Das ist schon okay.«

Was blieb mir anders übrig. Schönheitschirurgie war damals unbekannt. In den Operettenfilmen, die sie im Fernsehen dauernd brachten, hatten die Csardasfürstinnen, die Dubarrys und die Lustigen Witwen alle halbe Melonen im Ausschnitt, besonders die Margit Schramm, die hatte Dinger, wenn die zum Singen Luft holte, schwebte das Collier auf neunzig Grad. Ich konnte meine zusammendrücken soviel ich wollte, da kam noch nicht mal ein unreifer Pfirsich zustande.

»Das kommt schon noch«, meinte meine Mutter, aber ich traute ihr nicht, denn sie hatte selbst nicht viel, und die Äpfelchen fallen nicht weit vom Stamm.

Der Kauf meines ersten BHs war eine weitere Station auf dem langen Weg der Demütigung. Meine Mutter fragte ohne Umschweife, ob es etwas noch Kleineres gäbe als 75 a.

»Da haben wir leider nicht viel Auswahl«, bedauerte die Verkäuferin. Ich wurde in die Umkleidekabine geschickt und probierte die zwei, drei Modelle aus, die sie aus einer der untersten Schubladen gekramt hatte, in denen die Verkäuferinnen ihr Uralt-Lavendel und ihren Stielkamm aufbewahrten. Der eine war ein Schalenmodell mit verstärktem Innenteil und gefiel mir auf Anhieb. Leider stand er von meinem mageren Körper ab wie Preßpappe, und wenn ich ausatmete, glich er zwei leeren Kaffeetassen. Der andere bestand aus hauchdünner Spitze und formte mir zwei tütenähnliche Mäusetittchen. Ich plädierte vehement für die Kaffeetassen.

»Den füllst du nicht aus«, wandte meine Mutter kritisch ein.

»Wenn ich tief einatme, schon.«

»Du kannst ja nicht dauernd tief einatmen.«

»Was hast du mir auch so'n blöden Busen vererbt!« Ich war den Tränen nahe.

»Meiner Meinung nach brauchst du überhaupt keinen BH. Andere wären froh, wenn sie ohne gehen könnten. Sollen wir's nicht lieber lassen?«

Ich fing wirklich an zu heulen: »Ich krieg nie mehr Oberweite, nie, nie, nie.«

»Jetzt beruhige dich erst mal. Was soll denn die Verkäuferin denken?«

Die zog ausgerechnet jetzt den Vorhang auf: »Paßt was?«

»Die sitzen alle nicht optimal«, sagte meine Mutter, »ist das denn wirklich alles, was Sie haben?«

Die Verkäuferin musterte prüfend meine Tobleronehütchen in den rosa Spitzentüten und schlug dann vor, Einlagen zu verwenden. Gegen den Willen meiner Mutter ging sie die Einlagen holen, während ich schniefend den Mäuse-BH gegen die Kaffeetassen wechselte. Routiniert schob die Verkäuferin zwei kleine Kissen in die Schalen, und meine Stimmung begann sich langsam aufzuhellen.

»Jetzt sieht es doch ganz ordentlich aus«, kommentierte die Verkäuferin aufmunternd.

»Ausatmen!« befahl meine unbestechliche Mutter.

»Ich habe schon ausgeatmet!« Ich fand das richtig herzerwärmend klasse, das sah ja tatsächlich nach Busen aus, Mensch, das war ja absolut. Ich drehte mich, atmete ein und aus und kriegte mich vor Begeisterung kaum ein. Mitgerissen von meinem Glück strahlten jetzt auch die Verkäuferin und meine Mutter um die Wette.

»Na, bitte«, sagte die Verkäuferin stolz, und meine Mutter seufzte: »Na, schön, sie trägt ihn ja nur zu besonderen Anlässen.« Dann kriegte ich noch einen Strumpfhalter verpaßt für die Perlonstrümpfe, die ich künftig bei den besonderen Anlässen tragen würde, denn Strumpfhosen gab es noch nicht oder nur als dickgestrickte für kleine Jungs. Statt dessen gab es massenhaft zu kurze Perlonstrümpfe, die von hautfarbenen Plastikclips mit Schiebevorrichtung mühsamst zusammengezurrt wurden. Hatten sie Laufmaschen, brachte man sie in ein Fachgeschäft, wo eine Dame mit einer speziellen Maschine die Maschen einzeln wieder hochzog. Jedenfalls wurde ich allmählich erwachsen. Nur meine Tage hatte ich noch nicht.

Bis mittags war ich in der Schule, dann gab es Essen bei den Großeltern, danach offiziell Hausaufgaben, dann Abendbrot, selten Fernsehen, denn Fernsehen verbildete angeblich. Manchmal ein Kartenspiel oder eine Grippe, schlechte Noten oder hitzefrei. Und allgegenwärtig die Sehnsucht nach dem wahren Leben irgendwo da draußen in der weiten Welt.

Meine beste Freundin hieß Lucie Fischer und hatte leuchtend rotes Haar. Auch Lucie hatte eine Oma zu Hause, die allerdings aussah wie eine anatolische Bäuerin. Sie trug schwarze, bodenlange Gewänder und ein schwarzes Kopftuch und saß stundenlang stumm am Fenster. Meine Gegenwart inspirierte sie zu nervösem Herumgeschlurfe. Wenn sie das Zimmer durchquerte, führte sie Zwiegespräche mit der Heiligen Mutter Gottes oder der Jungfrau Maria und brummte mit galligen Blicken in meine Richtung: »Die hat den bösen Blick, die hat den bösen Blick, heilige Mutter Gottes, steh mir bei, die hat den bösen Blick.« Ich dachte, wenn hier einer den bösen Blick hat, dann sie. Die giftsprühende Alte verdarb mir ein bißchen den Spaß an der Freundschaft. Wieder einmal war ich anders als die anderen, und das ärgerte mich so, daß ich mich freundschaftsmäßig umorientierte.

Als in der Untersekunda die Schülerinnen neu gemischt wurden, kam ich mit Ingeborg Kropf in dieselbe Klasse, und ich lernte, was es heißt, eine »höhere Tochter« zu sein. Es reichte nicht, Faltenröcke und dunkelblaue Nickypullover zu tragen, man mußte auch Mitglied im

örtlichen Tennisclub sein und ein Faible für Trachtenmode pflegen. Ingeborgs Mutter hatte früher einmal die
Möglichkeit gehabt, einen Tütensuppenerben zu heiraten, das adelte ein Leben lang. Mit einem Wort: Inge war
was Besseres und machte nicht nur auf mich Eindruck.

An dem Mädchengymnasium, das ich besuchte, war
der Lehrkörper überwiegend weiblich, ältlich, unverhei-
ratet und mit rigidem moralischen Gedankengut ausge-
rüstet. Die einzigen Männer waren der kriegsversehrte
Englischlehrer mit seiner Krücke und der Kunsterzieher
Sellhuhn. Während Sellhuhn als Künstler ein gewisser
Toleranzfaktor zuteil wurde, zehrte der Englischlehrer
von einem Mitleidsbonus wegen der augenfälligen Verrenkungen, mit denen er sich fortbewegte. Die weiblichen
Lehrer sahen durchweg aus wie frühverwelkte Dominas
um die Jahrhundertwende. Sie trugen knöchellange Kleider aus der Vorkriegszeit und dazu passend derbes Schuh-
werk, Einheitsfrisur war der Knoten, Schminke war ver-
pönt, statt dessen schienen sie kollektiv einem bestimmten
Warzenvirus zum Opfer gefallen zu sein, einem, der sich
durch dichte Behaarung auszeichnet. Garantiert humor-
frei drangsalierten sie uns mit ihrem Lehrstoff, und alle
hatten diesen stechenden Blick, der vorherzusehen schien,
wer von uns eines Tages in der Gosse landen würde. Besonders fies war unsere Deutschlehrerin, Frau Ochsenknecht. Am Ende des Schuljahres fragte sie jedesmal, wer
von uns denn einmal heiraten wolle, und wenn wir fast alle
den Finger hoben, spannte ein verächtliches Lächeln ihre
schmalen Lippen: All ihr Wirken vergebens.

Aber dann kriegten wir eine neue Klassenlehrerin. Da
sie ganz neu an die Schule kam, gab es noch keinerlei
Gerüchte und Geschichten über sie, und wir waren alle
ziemlich gespannt. Als sie endlich hereinkam und wir
ordnungsgemäß aus den Holzbänken schnellten, um

strammzustehen, ging ein leises, anerkennendes Raunen durch den Raum.

Sie war etwa Anfang Dreißig, schlank, hatte rötlich-braune Dauerwellen und wasserblaue Augen. Sie trug ein rotbraunes Kostüm mit kniekurzem Rock und flache Schuhe ohne Schnürsenkel, und sie trug, o Wunder, einen knallroten Lippenstift. Ich hatte sie kaum eine Minute zur Kenntnis genommen, da flogen bei mir sämtliche Sicherungen raus, und ich war verknallt. Daran konnte auch nichts ändern, daß sie eine geschwollene Nasenspitze hatte, einen flachen Hängebusen und eine breite Zahnlücke zwischen den beiden Vorderzähnen. Ihr Name war Frau Merian und Musik in meinen Ohren.

Eigentlich war sie ein Fräulein, aber wenn sie nur das Gefühl hatte, jemand habe sie Fräulein genannt, wurde sie fuchsteufelswild. Lieber hätte ich mich in den Hintern gebissen, als sie je Fräulein zu nennen. Für mich war sie eine Heilige.

Mein Gehirn hatte sich fast komplett abgemeldet, sämtliche bis dahin gültigen Geschmackskriterien waren gelöscht. Widerstandslos versank ich in der tosenden Brandung diffuser Gefühle. Ich hatte total die Orientierung verloren. Was wollte ich denn von ihr? Ich hatte keine Ahnung.

Frau Merian war burschikos und forsch, aber in Wirklichkeit unsicher und leicht zu irritieren. Dies schien ihre erste Stelle nach dem Examen zu sein, und um nicht unerfahren zu wirken, tat sie werweißwie autoritär. Sie unterrichtete Geographie und Sport, und in beidem war ich keine Leuchte. Wenn sie sich unbeobachtet glaubte, spielte sie verträumt an einer lang über dem flachen Busen hängenden Goldkette und ließ ihre wasserblauen Augen schillern, als müsse sie gleich weinen. Nie zuvor hatte ich etwas Faszinierenderes gesehen. Wenn sie dann auch noch ihren roten Mund öffnete und ihre heisere Stimme durch die Zahnlücke an mein Ohr traf, regnete es Blütenstaub auf meine Seele.

Auch Frau Merian hatte sich auf der Stelle verknallt. Natürlich nicht in mich, sondern in Inge Kropf. Die Seelenverwandtschaft erhielt unter anderem durch den gemeinsamen Sport, das Tennisspielen, ein stabiles Fundament. Jetzt stellte sich heraus, daß die Ansicht meiner Mutter, der Mitgliedsbeitrag im Tennisclub ließe sich für praktischere Dinge, wie etwa einen Selbstverteidigungskurs, besser verwenden, ein fulminanter Irrtum gewesen war: Jedesmal, wenn Inge wie versehentlich ihre Tennisklamotten unter der Bank hervorlugen ließ, konnte sie mit freundlich-kollegialen Bemerkungen von Frau Merian rechnen. Auch hatte meine Mutter nie besonders viel von Trachtenmode gehalten, schließlich lebten wir nicht in Bayern. Inge aber trug fast täglich entzückende Lodenmäntelchen oder grüne Umhänge, die sie »Kotze« nannte, an denen die Hirschhornknöpfe nur so glänzten. Das stumpfblonde Haar trug sie zu einem allerliebsten Zopfkranz um den Kopf gewickelt, und beim schelmischen Lächeln ließ sie lange, gelbe, unplombierte Zähne sehen, die jedem Karnickel Ehre gemacht hätten. Sie sah aus wie eine Käthe-Kruse-Puppe für Kurzsichtige, und Käthe-Kruse-Puppen waren damals sehr modern. Ich wünschte mir nichts dringender, als auszusehen wie Inge Kropf.

Nicht nur, daß ich nicht Tennis spielte, ich war auch sonst sportlich eine absolute Null. Das Schicksal wollte es aber, daß Frau Merian dem Sport den vornehmsten Teil ihrer Persönlichkeit verschrieben hatte. Sport war ihr Leben. Kaum hatte sie sich an der Schule akklimatisiert, rannte sie täglich im dunkelblauen Trainingsanzug mit Trillerpfeife um den Hals durch die Gänge. In anderen Klamotten wurde sie kaum noch gesehen.

Die Turnstunden wurden für mich mehr denn je zu einer Qual. Das ging schon im Umkleideraum los. Entweder waren meine Turnklamotten zu eng oder zu labberig, und meine Füße klebten schon, bevor ich die Ballerinas anzog. Es roch nach Kinderschweiß und Kunstfaser, nach ungelüfteten Socken und baumwollenen Unterhosen. Auf dem Weg in die Turnhalle strömte uns der Gestank der Gummimatten entgegen, und mir wurde jedesmal schlecht.

Händeringend wartete ich immer noch auf meine Tage, denn wer seine Tage hatte, war vom Turnen befreit. Die Menstruationslinge thronten, stolz auf ihr Frauentum, das sie uns Unterentwickelten voraus hatten, in Straßenkleidung auf den Bänken und wurden behandelt wie rohe Eier. Vielleicht nicht ganz zu unrecht, denn der Gebrauch von OBs war noch unüblich, falls es sie überhaupt schon zu kaufen gab.

Selbstredend war ich eine der letzten, die ihre Tage kriegte. Wie man erzählte, kriegten die Mädchen in den südlichen Ländern schon mit neun ihre Tage. Da konnte ich nur mit den Zähnen knirschen. Ich gab dem Testosteron die Schuld, das sich in meinem wehrlosen Körper eingenistet hatte wie eine Horde Spulwürmer.

Als es dann endlich auch bei mir tröpfelte, hatte ich die Hoffnung bereits aufgegeben. Zu Hause geisterte das neue Unwort »Spätentwicklerin« herum, was mir das Gefühl gab, mindestens so behindert zu sein wie unser Englischlehrer. Die erste Sitzung auf der Zuschauerbank war für mich eine der höchsten Auszeichnungen, die ich je erhalten habe. Der Stolz quoll mir aus allen Poren. Von Frau Merian kam allerdings nur ein irgendwie strafender Blick, als hätte ich sie belogen. Ich sah eben nicht wie eine Käthe-Kruse-Puppe aus. Dazu das Tennismanko, und überhaupt der ganze Sport. Und in Erdkunde war ich auch nicht gerade ein As.

Während sich die etwas dusselige Inge zäh und fleißig durch den Unterrichtsstoff kämpfte, wurde mir das Lernen immer fremder. Daran änderte auch meine Verknalltheit nichts. Ich fand Lernen einfach abartig, irgendwie entwürdigend. Die lange Liste meiner Mängel glich ich aber nicht etwa durch ein besonders charmantes Wesen aus, sondern ich nahm mir die Freiheit, mich verstockt und bockig zu geben und auf Ansprache frech zu reagieren. Unsportlich, faul und patzig ließ ich bald jede Beteiligung am Unterricht vermissen. Neben Inge, die direkt neben mir saß und mit ihrem Vorbiß und ihren gelben Haaren immer mehr zu einer frühen Claudia Schiffer mutierte, mußte ich gewirkt haben wie ein schlechtgelaunter Maulwurf, der einem den Vorgartenrasen verhunzt.

Ich wurde immer unleidlicher, gab pampige Antworten und war ständig beleidigt, grüßte nicht mehr auf dem Flur, provozierte Ermahnungen, litt gleichzeitig unter dem Aufsehen, das ich erzeugte, und konnte mich selbst nicht riechen. Meine Leistungen sanken rapide.

Die einzige, die zu mir hielt, war Lucie Fischer, aber die anatolische Bäuerin bei ihr zu Hause hatte inzwischen dafür gesorgt, daß Lucie der Umgang mit mir verboten worden war. Da wir uns nur heimlich treffen konnten, schrieben wir uns seitenlange Briefe, die wir auf dem Flur tauschten. Nach dem Schulweg trennten sich unsere Wege.

Schließlich erhielt meine Mutter einen sogenannten blauen Brief von der Schulleitung. Der blaue Brief war nach der Farbe des Umschlags benannt, und der war zu meiner Zeit grün. Zu Hause war dicke Luft. Das Wort »Undankbarkeit« fiel, auch immer wieder »Pubertät« und jetzt erstmals »Internat«. Meine Bitte, bei dem Gespräch mit Frau Merian nicht das Wagenrad aufzusetzen, stieß bei meiner Mutter auf Entrüstung. Ich hätte ihr gerne eine Trachtenjacke besorgt, aber es war ohnehin nichts mehr zu retten: Ich hatte das Klassenziel nicht erreicht.

Eine Welt brach für mich zusammen. In meinem Zeugnis erblickte ich nichts als das Dokument meiner Zurückweisung durch Frau Merian. Ich kam nicht im Entferntesten auf die Idee, es könne tatsächlich meine Leistungen widerspiegeln. Nein, jetzt hatte ich es schwarz auf weiß: Frau Merian liebte mich nicht.

Um sich von der Katastrophe zu erholen, fuhr meine Mutter mit Weihrauch nach Jugoslawien in Urlaub. Ich hatte weiterhin jeden Mittag bei meiner Oma zum Essen zu erscheinen, wo sie mit ihrer schönen Altstimme aufmunternde Lieder sang wie: »Alle Tage ist kein Sonntag, alle Tage gibt's keinen Wein, aber du sollst alle Tage recht lieb zu mir sein. Und wenn ich einst tot bin, sollst du denken an mich, aber weinen sollst du nicht.«

Mit zugeschnürter Kehle hockte ich schuldbeladen am Küchentisch, zog Schützengräben durch den Mohrrübenbrei, legte Friedhöfe im Kartoffelpüree an, und jeder Pfanniknödel, in den ich mit der Gabel stach, war mein eigenes Herz.

Zu der Zeit entwickelte ich eine Vorliebe für Spaziergänge am Bahndamm. Ich erwog, mich von einem Zug überfahren zu lassen. Allein die Vorstellung, daß kaum jemand um mich weinen würde und schon gar nicht *sie*, verdarb mir den Genuß an der Sache. Außerdem wollte ich nicht allein ins Gras beißen. Ich überlegte, wie weit meine Macht über Lucie reichen würde, sie zum gemeinsamen Suizid zu bewegen, schließlich hatte sie keinen triftigen Grund, sich um die Ecke zu bringen. Vielleicht lebensrettend für uns wirkte sich der Umstand aus, daß Lucie die Ferien bei ihrer Schwester in Münster verbrachte. Mir blieb nichts übrig, als depressiv mit dem Fahrrad in

der Stadt herumzugurken und mich ausgiebig zu bemit-
leiden.

Dann unterhielt ich mich mit der Vorstellung, daß jemand käme und mich einfach mitnähme. Egal wohin.
Einfach weg und dieses langweilige Scheißleben hinter
sich lassen. Natürlich kam kein Schwein. Nichts kam in
Gang. Die Zeit schien stillzustehen, und meine Brüste
blieben klein.

meldeten sich die Mädchen aus meiner ehemaligen Klasse, die was auf sich hielten, zur Tanzstunde an. In meiner neuen Klasse mochten mich die Küken vielleicht wegen meines Entwicklungsvorsprungs und wegen einer gewissen Verrufenheit bewundern – maßgeblich blieb aber für mich das Niveau der ehemaligen Mitschülerinnen. Keinesfalls durfte ich den Anschluß an sie verlieren, das war ich meiner Ehre schuldig. Eine fiebrige Erregung bemächtigte sich meiner.

Meine Mutter, die ihre Enttäuschung locker überwunden hatte, ließ sich von der Notwendigkeit eines Tanzunterrichts relativ leicht überzeugen und meldete mich auf den letzten Drücker in der Tanzschule an.

Ich war jetzt fast fünfzehn, seelisch quergestrickt, hatte gerade meinen Babyspeck abgeworfen, zupfte schon meine Augenbrauen, beherrschte vorzüglich die Spiegelschrift und lackierte mir die Nägel. Immer noch quälten mich alle möglichen Hemmungen und Schuldgefühle sowie chronisches Ohrenjucken links und Haare an den Beinen und auf der Oberlippe. Auf meiner Nase blühten jede Menge schwarzer Mitesser, und auch Grieskörner fühlten sich bei mir wohl. Auf Geheiß meiner in kosmetischen Fragen bewanderten Mutter hielt ich das Gesicht über einen Kochtopf voll heißen Kamillentees, kriegte ein Handtuch über den Kopf gelegt und wartete, bis sich die Poren geöffnet hatten. Dann kam meine Mutter mit dem Komedonenquetscher und drückte mir die Unreinheiten aus dem Gesicht. Danach verpaßte sie mir eine straffende

Maske, die die Haut so heftig zusammenzog, als sei sie zu klein für mein Gesicht. Am Schluß wurden die Wunden mit Alkohol betupft und eine »reichhaltige« Creme aufgetragen. Sie kümmerte sich wirklich aufopferungsvoll um mich.

Heute bin ich ihr auch dankbar, daß sie mir damals das Fingernagelkauen abgewöhnt hatte. Ihre Methode ist sehr empfehlenswert. Jeden Samstagmorgen mußte ich meine Nägel vorzeigen, und für jeden abgebissenen Nagel kriegte ich eine geknallt. Nach knapp vier Wochen war ich geheilt. »Das einzige, was du von deinem Vater hast, sind deine Hände«, konstatierte sie hin und wieder. Sonst erwähnte sie ihn nicht. Ein- oder zweimal hatte ich nach ihm gefragt und zu hören bekommen, er sei ein Arschloch und nicht weiter der Rede wert. Danach war der Mann tabu. Nur die Hände, die hatte ich von ihm. Schlanke Hände mit fast knochigen Fingern. In unserer Familie gab es solche Hände nicht. Die anderen hatten durchweg wurstige Fleischerpranken mit groben Nägeln, teils mit aufwärts gebogenen Fingerkuppen wie die Oma, teils mit halbrund gebogenen Fingern vom Klavierspielen wie der Opa. Auf meine Hände war ich richtig stolz, wenngleich mir klar war, daß sie mir in der Tanzstunde nicht viel nützen würden.

Je näher die erste Stunde rückte, desto mulmiger wurde mir. Es dämmerte mir, daß Jungs Mädchen anders beurteilten als Mädchen sich untereinander. Ich ahnte, daß zum Beispiel Hannes O-Beine verglichen mit ihrem Superbusen überhaupt keine Rolle mehr spielten und Inges gelber Vorbiß durch ihr niedliches Betty-Barclay-Kleid zur Bedeutungslosigkeit schrumpfte. Aber was zeichnete mich aus? Was hatte ich zu bieten, das meine Mängel vergessen ließ? Auf einmal hielt ich es für ausgeschlossen, daß sich einer dieser pickligen Brüder für mich entscheiden könnte. Wenn ich mich selbst auch nicht für ausgesprochen schön hielt, so war ich in meinem Innersten doch von meiner Einmaligkeit überzeugt. Und gleichzeitig zweifelte ich schwer daran, daß die männlichen Fremdlinge meine Ansicht teilen würden.

»Und, was ziehst *du* an?« war die in diesen Tagen die am häufigsten gestellte Frage. Die meisten erhielten ein nagelneues Outfit, manche gingen sogar extra zum Friseur. So ließ sich Inge das verzopfte Stroh abschneiden und bestach mit einem modischen Bubikopf, und Hanne tauchte eines Tages mit einer Dauerwelle auf, mit der sie aussah wie ihre Mutter. Ich bekam meine ersten Pumps. Stöckelschuhe sagten wir dazu. Damit war ich noch größer als ohnehin schon. »Hoffentlich sind genug große Jungs da«, äußerte ich meine Bedenken.

»Ist doch egal«, meinte Inge cool, »ich will da nur tanzen lernen.« Das glaubte ich ihr. Wenn keiner aus dem Tennisclub dabeiwar, würde sie sich bestimmt nicht herablassen, sich für einen zu interessieren. Aber was hieß überhaupt interessieren? Ich hatte keinen blassen Schimmer, was in solchen Tanzstunden abging. Wurden hier schon künftige Ehemänner festgenagelt, oder trennte man sich wortlos nach einigen akrobatischen Tanzeinlagen, oder kriegte man ein sogenanntes Verhältnis angehängt und mußte um seinen guten Ruf fürchten? Was sollte mit halbwüchsigen Jungs schon Großartiges passieren? Ich war entschlossen, keinen näher an mich heranzulassen, als zum Tanzen unbedingt notwendig war. Aber erst einmal mußte mich überhaupt einer wollen. Der Reigen der Ängste drehte sich munter im Kreis.

»Sag mal, Mutti, findest du eigentlich, daß ich hübsch bin?«

Meine Mutter tat, als sei das die normalste Frage der Welt: »Sicher bist du hübsch. Alle jungen Mädchen sind hübsch. Die Oma sagt immer, mit siebzehn ist der Teufel schön.«

»Ich meine, ob ich hübscher bin als die anderen. Oder nur genauso?«

»Na ja, schon hübscher als die meisten«, stärkte sie mütterlich mein Selbstbewußtsein, »aber das ist immer Geschmackssache. Der eine hat es lieber so und der andere lieber ganz anders.«

»Aha.«

»Mach dir mal keine Sorgen. Du wirst schon deine Chancen bekommen.« Super Trost. Wen interessierte irgendein Später. Der Erfolg mußte jetzt her, jetzt hieß es entweder Erfolg oder Blamage.

»Sag mal, auf was fliegen die Männer denn so?«

»Sei du mal schön natürlich, gib dich einfach so, wie du bist, das ist immer noch das Beste.«

Das glaubte ich nicht. Nichts schien mir einleuchtender, als daß man die Männer austricksen muß. Sich einfach nur nett und natürlich zu geben oder gar so, wie man war, war mit Sicherheit das falsche Rezept. Aber welches war das richtige? Selbst meine Mutter lachte ja anders, wenn Weihrauch dabei war. Nicht so herzhaft und aus dem Bauch heraus, sondern eine Oktave höher und seltsam perlend.

Dann war der gefürchtete Nachmittag gekommen. Mir war schlecht vor Aufregung. Das Bemühen, die Aufregung zu verbergen und cool zu wirken, verstärkte sie noch. In meiner Not klemmte ich mich an Hannes Seite wie ihr siamesischer Zwilling. Hanne marschierte los, als ginge sie zum hundertsten Mal auf eine Gartenparty und erwarte, sich glänzend zu amüsieren. Ich beneidete sie um ihre Gelassenheit. Völlig unbefangen betrat sie die Eingangshalle, blickte sich gemächlich um, ob ihr was gefiele oder ob hier was unter ihrer Würde war, lächelte unverkrampft in die Gegend und streckte die Brust heraus.

Die Tanzlehrer waren ein dauerlächelndes Ehepaar. Er trug einen Anzug und sie ein superpompöses weites Abendkleid, das uns Mädchen aussehen ließ wie verkleidete Streichholzschachteln. Die Schülerinnen wurden gebeten, auf der Stuhlreihe an der Wand Platz zu nehmen. Kurz darauf sortierten sich die Jungs gegenüber. Dadurch, daß jeder sich einen Platz nahe seiner Favoritin sichern wollte, entstand ein kleines Gedränge. Schlotternd klebte ich an der routiniert grinsenden, geradezu aufblühenden Hanne und kriegte kaum mit, was los war. Auf den Boden starrend wünschte ich mich ans Ende der Welt. Was tat ich mir hier an, mich freiwillig wie eine Kiste fauler Tomaten zur Begutachtung anzubieten, wo es doch sowieso niemanden gab, der meine wahren Werte erkennen und schätzen würde. Auf einmal glaubte ich über einen enormen Fundus an innerem Reichtum zu verfügen und fühlte mich wie Perlen vor die Säue. Mitten in meiner Größenwahnattacke kam das Zeichen zur Aufforderung. Vor Hanne und mir gab es ein ziemliches Gewimmel: »Darf ich bitten?«

Ohne hochzublicken, stand ich auf und trabte hinter Hanne her in den anliegenden Raum. Neben oder hinter mir vermutete ich einen, der mich aufgefordert hatte. Es war aber auch möglich, daß ich gar nicht gemeint gewesen war. Mir war nur noch schlecht. Wenn sich jetzt auf der Tanzfläche keiner für mich finden ließe und ich wieder zurück zur Stuhlreihe müßte, würde ich mich umbringen, soviel stand fest. Als ich etwas klarer sehen konnte, nahm ich einen Typen vor mir wahr, der zirka einen Zentimeter größer war als ich und sich als Siegfried vorstellte und als Hospitant. Was das war, wußte ich nicht. Ich musterte ihn flüchtig. Er trug Anzug und Krawatte und Brille obendrein. Trotz meiner Verlegenheit merkte ich, daß Siegfrieds Selbstbewußtsein auch nur getürkt war. Ich fand sein Grinsen schmierig und seine Hände schwitzig. Für seine gute Wahl war ich ihm allerdings dankbar. Drei Mauerblümchen waren nämlich sitzengeblieben, und die drei übriggebliebenen Herren konnten nur mit Mühe dazu bewegt werden, die Restposten unverhohlen mürrisch zur Tanzfläche zu holen

Wie befürchtet sahen die meisten Jungs ziemlich beschissen aus. Entweder klein und dicklich mit Zahnbelag und ungepflegten Fingernägeln oder verpickelt, sogar vereitert, Schweiß auf der Stirn und blöde grinsend – eine Riege von Traumtypen. Kein Weihrauch, kein Popstar, geschweige denn ein Rhett Butler, noch nicht einmal ein Aschley dabei, also keine Veranlassung, sich weiter in die Hosen zu machen. Ich akklimatisierte mich, ich bewegte mich lässiger, ich schwebte auf den ersten Pfennigabsätzen meines Lebens federleicht dahin, weckte mein Rhythmusgefühl, entspannte meine Gesichtszüge.

Als wir die Partner reihum wechseln mußten, bemerkte ich, daß mir Siegfrieds sorgenvolle Blicke folgten. Das schmeichelte mir. Kaum hatte ich mich gefangen, war die erste Stunde auch schon vorbei. Im Foyer tranken wir nach Geschlechtern getrennt eine Cola. Die Jungs warfen heimliche Blicke, und die Mädchen übten sich im Ignorieren. Im Ignorieren war ich ein Naturtalent. Im Laufe meines Lebens brachte ich es darin zur Meisterschaft. Zeitweise war ich so überzeugend, daß sich kein Schwein mehr an mich herantraute.

Auf dem Nachhauseweg meldeten Inge und Hanne, daß sie schon ihre Mittelballeinladung in der Tasche hatten. Ich natürlich nicht. Daran hatte ich überhaupt nicht gedacht. Siegfried, dieser Penner, offenbar auch nicht. Was fiel dem eigentlich ein, mir meine kostbare Zeit zu stehlen und dafür noch nicht einmal eine Mittelballeinladung heraus zu rücken. Ob er noch ein zweites Eisen im Feuer hatte?

Im Grunde interessierte mich der Tanzstundenquark ja überhaupt nicht. Im Grunde liebte ich doch immer noch Frau Merian. Sie hätte bloß mit dem Finger zu schnippsen brauchen, und ich hätte ihr alles verziehen. Aber sie dachte nicht im Traum daran, sich verzeihen zu lassen.

In der nächsten Stunde holte Siegfried die Einladung nach. Seinen Lapsus ließ ich gönnerhaft unerwähnt.

Frau Hegemann, eine unbestechliche Mathelehrerin, für die Mathematik der Mittelpunkt des Daseins war, starb urplötzlich, ohne daß je herauskam, warum. Da sie eine der jüngeren gewesen war, hatte ihr Tod etwas Geheimnisvolles. Irgandwann ging die Mär um, ein Liebhaber habe sie erwürgt. Mir war es unvorstellbar, daß eine so kreuzlangweilige Blindschleiche einen Liebhaber gehabt haben und darüber hinaus in leidenschaftliche Verwicklungen verstrickt gewesen sein sollte. Noch heute erinnere ich mich an das Kostüm, das sie beinahe täglich trug, es hatte große, violette und gelbe Karos, und wenn ich dieses Muster lange genug fixierte, wurde mir ganz übel.

Ich bedauerte ihren Abgang nicht. Die neue Klassenlehrerin hieß Frau Dierks und war die beste Freundin von Frau Merian. Von vornherein hatte Frau Dierks mich gefressen und drangsalierte mich, wo sie nur konnte, so kam es mir jedenfalls vor. Ich war felsenfest davon überzeugt, daß Frau Merian ihr von mir erzählt hatte. Sie wollte mich immer direkt vor ihren Augen haben, damit ich ja keinen Unfug anstellte. Frau Dierks war etwa zehn Jahre älter als Frau Merian, hatte eine rötliche Dauerwelle wie diese und ein Kreuz wie ein Kampfschwimmer. Auch sie lief fast ausschließlich in Trainingsanzug plus Trillerpeife herum.

Bald stellte ich jedoch fest, daß Frau Dierks mir gar nicht feindlich gesinnt war, sondern mich aus unerfindlichen Gründen sogar für hochintelligent hielt. Immer wenn eine besonders schwere Frage anstand, befragte sie mich, und obwohl meine Antworten fast jedesmal falsch waren, bestand sie darauf, daß sich hinter meiner dümmlichen Fassade ein Abgrund an Genialität befände, den ich ihr bewußt vorenthielte. Sie hatte geradezu einen Narren an mir gefressen, und wenn sie mich durch ihre dicken Brillengläser anzwinkerte, kam mir ein leiser, vager Verdacht. Kurz bevor ich die Schule verließ, sickerte dann durch, daß sie mit Frau Merian zusammenlebte und sich beide nichts aus Männern machten.

Bald schon hatte ich keine Zeit mehr für solche Beobachtungen. Siegfried erwies sich nämlich als recht zeitaufwendig. Damit sein Interesse an mir bis zum Mittelball durchhielt, mußte ich mit ihm endlose Spaziergänge machen, mich mit ihm in die Eisdiele setzen und ihn in die Vestlandhalle begleiten, wo die ersten Beatbands auftraten. Die Zeit der Beatles hatte gerade begonnen, und jeder Typ, der eine Gitarre von einer Klarinette unterscheiden konnte, ließ sich einen Pilzkopf wachsen und gründete eine Band. Bei uns in der Gegend reichte es nur zu den Rattles und den Lords, die richtig guten Typen traten in den größeren Städten auf.

Siegfried wurde immer lästiger. Sein Hauptthema war nämlich der Sex. Für mich war das eins der langweiligsten Themen überhaupt, und sein halbgares Gequatsche ging mir unheimlich auf den Geist.

»Hast du überhaupt schon mal geknutscht?« wollte er wissen. Es ging ihn zwar eigentlich nicht die Bohne an, aber ich entschied mich für die Wahrheit.

»Willst du es mal lernen?« fragte er und blickte dabei so verheißungsvoll, als hätte er mir eine große Portion Pommes mit Mayo angeboten.

»Nicht unbedingt«, sagte ich. Schon das Wort »Knutschen« verursachte bei mir einen mittleren Brechreiz. Er kam doch wohl nicht im Ernst auf die Idee, seinen Mund mit dem meinen in Verbindung zu bringen. Sofort tauchten vor meinem geistigen Auge faulende Essensreste in seinen Zahnzwischenräumen auf sowie die Aussicht auf nähere Bekanntschaft mit seinen diversen halbreifen Eiterpickeln.

»Ich will dich küssen«, sagte er, »aber ich lasse dir Zeit. Ich kann warten. Verstehst du? Ich bin nicht so wie andere, ich kann warten. Aber nicht zu lange natürlich, das ist ja klar.«

»Wie lange denn?« fragte ich. Wenn er mir Zeit bis zum Mittelball gab, konnte ich der Sache vielleicht aus dem Weg gehen. Er sagte: »Ein bis zwei Wochen.«

Du lieber Gott.

Siegfried hatte einen Trumpf im Ärmel, von dem er gottlob nichts wußte. An unserer Schule hatte er mir zu einem traumhaften Renommée verholfen, denn dadurch, daß ich einen festen Freund hatte, war ich Mitglied im Olymp der Erwachsenen, und außerdem beneideten sie mich auch noch um Siegfried. Sie fanden ihn attraktiv, nicht zu fassen. Eine war dabei, Andrea hieß sie und sah aus wie die junge Caroline von Monaco, die verfolgte mich mit haßerfüllten Blicken und war unsterblich in Siegfried verliebt. Das war für mich zwar der Witz des Jahrhunderts, aber es schmeichelte mir auch.

Also ließ ich mich mit Siegfried auf einen Handel ein: »Wenn du dir die Fingernägel schneidest, kannst du mich im Kino küssen. In zwei Wochen.« Am nächsten Tag waren die Nägel kurz.

»Und die Haare müssen länger werden,« forderte ich, »die sind mir zu kurz.«

»Mir deine auch«, gab er zurück, »ich steh auf langes Haar.«

Nach zwei Wochen gingen wir in den Film »Eine zuviel im Bett« mit Doris Day. Hätte nicht der klebrige Siegfried mit seinem heißen Atem dauernd an mir gehangen, hätte ich den Film mehr genießen können. »Du hast es versprochen«, jaulte er in gedämpftem Ton, »und Versprechen muß man halten. Ich habe auch meine Nägel geschnitten, glaub man ja nicht, daß mir das leichtgefallen wäre. Das hab ich auch nur dir zuliebe getan. Also, was ist jetzt?«

Er fingerte ziemlich wild an mir herum, aber ich konnte mich einfach nicht überwinden. Als der Film aus war, war die Stimmung im Eimer.

»Also, so geht das nicht«, beschwerte er sich, »ich hab jetzt lange genug gewartet. So'n Doofen wie mich findest du nicht noch einmal, das kann ich dir sagen. Wenn du dich heute nicht küssen läßt, mache ich Schluß. Ehrlich. Was glaubst du denn, wer ich bin. Ich kann auch andere haben.«

»Meinst du, ich nicht?« Arschloch.

Die Lage war ernst. Wir setzten uns auf eine Parkbank und rauchten eine Zigarette.

»Du willst ja bloß nicht, weil du nicht weißt, wie es geht«, spielte er den Psychologen, »aber du brauchst überhaupt keine Angst zu haben, ich mach das schon ganz alleine. Ich zeig dir das schon, das ist nicht schwer. Und irgendwann mußt du es ja sowieso lernen. Mußt keine Angst haben.«

»Ich hab keine Angst.«

Nein, ich hatte keine Angst, mir war nur zumute, als müsse ich vom Fünfmeterbrett in ein Schwimmbecken voller Maden springen.

Siegfried schwang sich nun zum Pädagogen auf: »Paß auf, es ist ganz einfach. Ich drücke meine Lippen auf deine, und dann stecke ich dir meine Zunge in den Mund und du saugst daran. Verstehst du doch oder?«

Ich nickte beklommen. Zunge? Wieso Zunge? Das konnte er mir nicht weismachen, daß beim Küssen die Zunge verwendet wird. Noch in keinem einzigen Film hatte ich sowas gesehen. Ich sagte: »In dem Film eben haben sie sich aber ohne Zunge geküßt.«

Er lachte überlegen: »Das sieht man doch von außen nicht. Und außerdem ist das Film, die tun ja sowieso nur so als ob.«

Die Sache mit der Zunge lag mir schwer auf der Seele. Das war ja alles noch schlimmer, als ich geahnt hatte. Auch noch die Zunge von dem Kerl im Hals. Die ganzen Bakterien!

Listig fragte ich: »Woher weißt du das eigentlich alles so genau?«

Er grinste selbstgefällig, als hätte er nur auf diese Frage gewartet: »Ich habe eben Erfahrung. Ich habe schon geknutscht. Mit der Elke. Und mit der Andrea. Die Andrea hängt sich rein, als müsse sie morgen sterben.«

Aha, sehr aufschlußreich. Wie aktiv die alle waren. Und guckten so harmlos aus der Wäsche. Es gab keine Sitte und keinen Anstand mehr. Überall nur Geknutsche und Gefummele, grauenvolle Vorstellung. Ich fing an zu frieren.

Leute gingen vorbei und gafften uns an. Wozu sitzen zwei Jugendliche auf der Parkbank, da muß es doch was zu sehen geben. Hilft mir denn keiner? Wo ist Frau Merian? Kein Wunder, daß sie lesbisch geworden war. Wie gut ich sie verstand. Männer sind was Fürchterliches.

Siegfried machte nun Nägel mit Köpfen. Ich sah die fünf Haare auf seiner Nase näherkommen und blickte in seine braunen Augen. In seinem Scheitel blitzten neckisch ein paar Kopfschuppen. Er drückte mir seine Zunge in den Mund wie eine verfaulte Steckrübe, und ich saugte brav daran und zählte die Sekunden. Krakenhaft umklammerten mich seine Arme, die Unendlichkeit hatte einen Namen: Siegfried.

Endlich ließ er von mir ab. Er strahlte: »Ging doch prima. Und jetzt noch mal linksherum.«

Linksherum war schwerer. Ich wußte nicht genau, wie ich meinen Kopf halten sollte. Siegfried meinte: »Ich küsse auch lieber rechtsherum. Linksherum können wir ja noch üben, wir haben ja soviel Zeit. Und jetzt noch mal rechtsherum.« Hallo, glitschige Steckrübe, lecker lecker. »Siegfried«, jappste ich, als ich wieder Luft holen durfte, »du mußt mal deine Spucke mehr für dich behalten, das läuft ja alles bei mir rein.«

»Manche mögen es naß«, behauptete er, »aber ich mache das so wie du willst. Kein Problem. Und sonst? Wie findest du es sonst? Abgesehen von der Spucke, meine ich. Ist es nicht toll, sag mal?«

Ich wagte nicht, seiner Euphorie einen Dämpfer zu verpassen, und zog nur eine Augenbraue hoch.

»Du wirst dich schon daran gewöhnen«, meinte er glücklich, »ich bringe dir alles bei. Kennst du den Kinsey-Report? Da steht alles drin. Auch über den Geschlechtsverkehr und so. Ich kann dir alles beibringen, das ist ja eine wahnsinnig interessante Materie, da bist du platt, was es alles gibt. Ich bring dir das schon bei.«

Ich war unheimlich wild darauf. Ich sagte, ich müsse jetzt dringend nach Hause, meine Mutter würde sicher schon warten. Ab sofort war Siegfried mit allen meinen Wünschen einverstanden, er war wie Wachs in meinen Händen, und ich durfte ihn Sigi nennen.

Ich fühlte mich durchaus heroisch, hatte ich doch den Sprung in das Madenbecken geschafft. Ich hatte es erst mal hinter mir. Dachte ich. Ich ahnte noch nicht, daß Knutschen Sigis Lieblingsbeschäftigung war. Und nicht nur Knutschen. Erst einmal wollte ich mich aber schlaumachen, ob das mit der Zunge überhaupt rechtens war.

Abends beim Zähneputzen fragte ich meine Mutter: »Sag mal, beim Küssen, ist das normal, daß man da die Zunge reinsteckt?«

Meine Mutter erschrak etwas und wurde rot. Indem sie ins Schlafzimmer ging und ihr Bett aufschüttelte, äußerte sie in gedämpfem Zorn: »Daß er sowas jetzt schon macht, also wirklich.«

Ich schöpfte stille Hoffnung, daß jetzt die Botschaft käme, Sigi sei pervers, und ich hätte ihn für alle Zeiten abhaken dürfen, aber sie sagte nur etwas resigniert: »Ja, ja, normal ist das schon, aber er hätte sich wirklich noch Zeit lassen sollen damit.«

Ernüchtert dachte ich, wenn das wirklich zum Repertoir der Erwachsenen gehört, brauchte er sich auch keine Zeit zu lassen. Dann lieber Augen zu und durch.

weshalb er nach meiner Pfeife tanzen mußte. Das einzige, das sich meinem Einfluß widersetzte, war seine Sexmanie. Seit er mich küssen durfte, war er in seiner Gier nicht mehr zu bremsen. In der Tanzstunde und in der Schule galten wir als das Traumpaar schlechthin, beide fast gleich groß und schlank, vom Gymnasium, also »gebüldet«, beide aus »gutem Hause«, also wohlerzogen und anständig und einander – ist es nicht rührend – treu wie Gold. Das hätte mir noch gefehlt, auch noch fremdzugehen – noch ein Heini, der an mir herumfummelte, nein danke. Allenfalls hätte ich Sigi gegen einen anderen eingetauscht, aber er bewachte mich so eifersüchtig, daß ich keine Chance hatte. Der einzige, der einen Blick auf mich riskieren durfte, war sein Freund Andreas, der praktischerweise mit Hanne herumzog und angeblich unsterblich verliebt in mich war. Ich konnte mich nicht erinnern, daß mir in meinem Leben je soviel freundliche Aufmerksamkeit zuteil geworden wäre wie jetzt von den Jungs. Diese Resonanz verblüffte mich. Die mußten einen Sehfehler haben.

Siegfried gab kostenlose Schminktips: »Oben ein schwarzer Lidstrich auf die Augen und die Haare weiter wachsen lassen, dann siehst du aus wie Claudia Cardinale.« Boah! »Und du mußt die Nägel länger wachsen lassen und dann so lackieren, daß man die Ränder nicht sieht.«

Ich lackierte mir einen Wolf, aber irgendwie deckte der scheiß Lack nicht, und ich fand auch nicht, daß ich aussah wie Claudia Cardinale, aber Sigi bewunderte mich rückhaltlos. Einfach alles an mir hatte sich innerhalb von ein, zwei Wochen in Gold verwandelt. Ich mochte auf seine Schmachterei gar nicht mehr verzichten. Wenn nur seine Fummelorgien nicht gewesen wären.

Im Kinsey-Report hatte er gelesen, daß man der Dame seines Herzens ein Freudenfest bereitete, wenn man sich mit ihrer Klitoris befaßte. Zunächst erklärte er mir, was das sei und wo sie sich befände. Ich hatte natürlich mal wieder keinen Dunst. Fortan lebte ich mit seiner Hand in meiner Unterhose.

»Fühlst du was?« Ich fühlte nichts.

»Du mußt doch was fühlen. Konzentriere dich mal.«

Worauf sollte ich mich konzentrieren? Vielleicht auf den Hund, der an unserer Parkbank schnupperte? Dauernd gingen Leute vorbei und guckten uns komisch an.

»Hau ab!« machte Sigi zu dem Hund, ließ aber die Hand drin. »Mach, daß du wegkommst, aber dalli.«

»Komm, Burschi«, erbarmte sich der Hundebesitzer, »pfui, das ist pfui. Willst du wohl hören, du Lump, du.«

Sigi machte sogar im Café weiter. Ich saß am Tisch vor meiner Cola, und unterm Tisch hatte ich Sigis Finger in der Hose. Allmählich gewöhnte ich mich an den beweglichen Teil meiner Unterwäsche. Ich gewöhnte mich ungefähr so daran, wie sich manch einer an seine Schuppenflechte gewöhnt oder an seinen Buckel. Mein später angeheirateter Stiefvater erzählte Jahre danach, wie sich in russischer Gefangenschaft eine Ratte an seiner Hand festgebissen hatte, die sich nicht abschütteln ließ. Genauso verhielt es sich mit Siegfrieds Fingern.

Irgendwann kam dann die Bedienung und meinte, wir sollten uns woanders hinverziehen, das hier sei ein öffentliches Café, und jetzt sollten wir zahlen. Wir schämten uns nicht. Nicht mal ich.

Endlich kam der Abschlußball. Ich durfte mir ein türkisfarbenes Spitzenkleid aussuchen und war ziemlich aufgeregt. Meine Mutter saß mit Herrn Weihrauch an unserem Tisch, die Eltern von Sigi saßen woanders, weil sie nicht halb so glamourös waren wie meine. Sigi und ich tanzten jetzt um Benotungen. Vor lauter Nervosität vergaß ich sämtliche Tanzschritte, und Sigi hatte noch nie welche gelernt und lebte nur von seiner Haltung. Die wiederum nahm er nur an, weil ich sonst größer gewesen wäre als er. Er hatte einen Größenkomplex, auf dem ich eifrig herumritt. Jedenfalls war unsere Vorstellung sehr dürftig. Beim Tango ging ich nicht genug in die Knie, beim Walzer linksherum verknoteten sich meine Beine, und beim Chachacha rutschte ich auf dem dünnen Absatz aus und wäre um ein Haar auf den Arsch gefallen. Sigi trat mir ständig auf die Füße, und ich wies ihn ununterbrochen zurecht, weshalb wir mehr stritten als tanzten. Danach hockten wir beide beleidigt vor unserem teuren Wein und warteten demütig auf die Beurteilung.

Je nach ertanzter Note wurden jetzt die Paare aufgerufen, um sich ihr Diplom vorne abzuholen. Mit dem schlechtesten ging es los. Als wir nach der Hälfte der Teilnehmer immer noch nicht aufgerufen worden waren, machte ich Sigi wieder heftige Vorwürfe: »Ewig trittst du einem auf die Füße, wie soll man sich da noch elegant bewegen. Du kannst das einfach nicht, du hast überhaupt kein Talent. Wärst du mal bei deinen chemischen Experimenten geblieben, da hättest du dir noch einen Daumen in die Luft jagen können, statt einem hier auf die Nerven zu gehen.«

Sigi hatte sich angeblich bei einem chemischen Versuch in Eigenregie den rechten Daumen verhunzt, vielleicht war es aber auch nur beim Zünden von Silvesterkrachern passiert.

Sigi und ich sackten immer tiefer in unsere Sitze, und auch meine Mutter wurde langsam nervös. Immer noch riefen sie uns nicht auf. Vielleicht waren wir so schlecht, daß man uns gleich disqualifiziert hatte. Oder sie hatten uns schlichtweg vergessen.

Weihrauch lächelte überlegen wie immer, einen Mann von Welt kann nichts erschüttern. Als der erste Platz zu vergeben war, riefen sie uns auf. Ich glaubte es nicht. Alles klatschte wild, meine Mutter seufzte erleichtert, und der urplötzlich erwachte Sigi zog mich nach vorne. Da standen wir mit den Urkunden wie zwei Pinguine in der Wüste. Zu allem Übel mußten wir auch noch eine Ehrenrunde drehen.

»Welchen Tanz wollen Sie uns zeigen?« erkundigte sich der Tanzlehrer. Der Mann hatte für mich jede Glaubwürdigkeit verloren. Ich wählte den langsamen Walzer, was sonst, und wir legten los. Vor lauter Stolz tanzten wir den Tanz unseres Lebens, selbst Sigi brachte seinen Part bis auf einmal Fußtreten passabel über die Bühne. Über Mikrophon bemerkte der Tanzlehrer, daß wir bei unserem Talent auf jeden Fall in den Fortgeschrittenenkurs gehörten, und dann durften wir endlich an unseren Tisch zurück.

Das mit dem Talent glaubte Sigi sofort. Mir war klar, daß hier was nicht stimmte. Ich vermutete, es war Sigis Familie. Siegfried war ein Von-und-zu, ein Baron oder sowas, und dieser Titel peppte die piefige Tanzschule auf. Das mußte es gewesen sein.

Keiner merkte was, keiner fragte, keiner klagte. Wir waren die Stars der Saison, und meine Mutter versprach im Glücksrausch, mich für den Fortgeschrittenenkurs anzumelden. Für Sigi war es sowieso selbstverständlich, daß man soviel Talent nicht brachliegen lassen könne. Es war also beschlossene Sache, daß ich für eine weitere Saison die Finger in der Unterhose hatte, und bald waren es nicht nur die Finger.

Als der gemütliche Teil des Balls begann, forderte mich Weihrauch auf. Gentlemanlike lächelnd führte er mich zur Tanzfläche, und als die Musik losging, trat er mir bar jeden Rhythmusgefühls hemmungslos auf die Füße. Verglichen mit ihm tanzte Sigi schwerelos wie ein Wattebausch im Weltall.

und einigermaßen gute Noten erhalten hatte, ging der Ärger wieder von vorne los. Ich war zum Lernen nicht geboren. Wenn meine Mutter abends von der Arbeit kam, log ich ihr vor, den ganzen Nachmittag Schularbeiten gemacht zu haben, aber in Wahrheit war ich entweder mit Sigi unterwegs oder hörte Beatles-Platten oder wälzte Astrologiebücher. Oft hing ich auch nur meinen Gedanken nach und überlegte, was das Leben wohl noch Spannendes für mich bereithielte und wann es endlich damit losginge.

Meine Leistungen wurden schlechter und schlechter, und am Ende des Schuljahres war ich wieder kurz vorm Durchfliegen. Meine arme Mutter verstand die Welt nicht mehr. Mein Opa meinte, sie solle mich von der verdammten Schule nehmen, ich könne doch ein Handwerk lernen, das habe goldenen Boden, aber Handwerk kam für meine Mutter gleich nach Putzfrau. Ich sollte auf Teufel komm raus Abitur machen.

Lucie war schon von der Schule abgegangen und lernte Schneiderin. Dadurch hatten sich unsere Wege getrennt. Inge war noch kein einzigesmal durchgefallen und sonnte sich nach wie vor im Glanz von Frau Merians Sympathie. Hannes Eltern wurde nahegelegt, die Tochter habe eine soziale Ader und solle sich in Richtung Krankenschwester orientieren, fürs Abitur sei sie geistig nicht rege genug. Da ihre Eltern mehrere Tankstellen hatten, brauchte sie ja auch kein Abitur. Was aber mit mir war, darauf konnte sich niemand einen Reim machen. Einen solchen stummen

Protest gegen das gesamte Schulsystem hatte die Lehrerschaft noch nicht erlebt. Angeblich handelte es sich um bewußte Leistungsverweigerung. Dieses exquisite Gerücht hatte die Dierks in die Welt gesetzt. Man konnte sich einfach nicht vorstellen, daß jemand wirklich so blöd war und selbst einfachste Fragen nur nach hartnäckigem Bohren beantwortete. Dabei kapierte ich Mathe wirklich nicht, ich wollte sie auch gar nicht kapieren. Genausowenig interessierte mich Physik, ganz zu schweigen von Chemie. Nur in Deutsch vermochten sie gelegentlich meine Aufmerksamkeit zu wecken. Als einmal ein Gedicht von Else Lasker-Schüler vorgelesen wurde, kamen mir fast die Tränen, und bei einigen von Heines Versen kriegte ich einen Kloß im Hals, aber spätestens in der Turnstunde war das dann auch schon wieder vorbei.

Leider kriegten wir einen neuen Chemielehrer. Er war noch sehr jung und entflammte sofort in besonderer Liebe zu mir. Wer weiß, was sie ihm Lehrerzimmer über mich erzählt hatten. Er setzte mich gleich in der ersten Stunde in die erste Reihe und kommandierte mich dann regelmäßig für seine kindischen Versuche ab. Ständig sollte ich ihm ein Fläschchen halten oder schütteln und mit dem Bunsenbrenner hantieren.

Daß ich trotz dieser bevorzugten Behandlung vor Dummheit fast aus den Nähten platzte, versetzt ihm einen Schlag. Er nahm meine Verweigerung sehr persönlich und ärgerte sich maßlos, weil er sich abgewiesen fühlte. Hätte er mich doch einfach in Ruhe gelassen. Ich hoffte einfach, daß er bald von meiner Borniertheit die Nase voll hätte, aber die stachelte ihn nur noch mehr an. Er hatte kaum die Klasse betreten, da bellte er schon los, daß ich nach vorne kommen sollte. Das Gekichere der anderen juckte ihn nicht.

Der Chemiefritze war aber nicht mein einziges Problem. Da meine Mutter entschieden hatte, daß ich kein Latinum brauche, da ich sowieso nicht Medizin studieren würde, hatte sie mich für den französischen Zweig angemeldet, der zwar weniger Mathe und Physik auf dem Plan hatte, dafür aber Handarbeit und Kochen.

Kochen ging gerade noch. Ich schlug die Zeit damit tot, Geschirr zu spülen, und die Kochlehrerin, die die beste Freundin der Schwester meines Opas war, lobte meinen aufopferungsvollen Einsatz. Spülen wollte nämlich keiner. Als ich dann dran war mit meiner Prüfungsarbeit, kaufte ich ein paar Dosen Linsensuppe und schnitt Würstchen hinein. Bevor die Kochlehrerin überlegen konnte, ob sie die Freundschaft zu der Schwester meines Opas zum Teufel schicken sollte, war ich schon wieder am Spülbecken zugange und legte die reizendste Unschuldsmiene an den Tag, die mir zur Verfügung stand. Mit Note drei war ich mehr als zufrieden.

In Handarbeit ließ sich aber nicht tricksen. Wir saßen jede für sich an einer uralten Nähmaschine und versuchten, den Faden einzufädeln. Ich brauchte dafür ungefähr drei Stunden. Kaum ratterte das Monster los, riß der Unterfaden. Nicht ohne vorher ein Riesenknäuel um die Spule zu wickeln. Um das alles wieder aufzudröseln und neu einzufädeln, brauchte ich noch einmal drei Stunden. Als ich wieder hochblickte, hatten die anderen schon Blusen, Röcke und Kissenbezüge genäht. Meine Mutter konnte leider nicht nähen, und bei meiner Oma reichte es auch nur zum Knöpfebefestigen. Also suchte ich am Wochenende Lucie Fischer auf.

Die anatolische Oma war inzwischen gestorben, und wir hätten uns eigentlich wieder anfreunden können, aber das Berufsleben hatte Lucie sehr verändert. Sie wirkte um Jahre älter als ich. In der Küche hatte sie mehrere Töpfe auf dem Herd qualmen, in denen sie das Essen für die abendlich heimkehrende Restfamilie zubereitete, und wenn sie jetzt gesagt hätte, sie sei in gesegneten Umständen, hätte mich das auch nicht gewundert. Sie versprach aber, mir irgendwann zwischendurch meine Bluse zu nähen, und sie hielt Wort.

Stolz zeigte ich das gelbe Teil im Unterricht vor. »Welche Größe hat denn das?« fragte die Lehrerin mißtrauisch. Woher kam nur dieses ewige Mißtrauen mir gegenüber? Die Handarbeitslehrerin war als einzige verheiratet und eigentlich ganz nett. Vor allem hatte sie einen riesigen breiten Arsch. Ich sagte, welche Größe die Bluse hätte, wisse ich nicht. »Welche Größe hast du denn?« fragte die Lehrerin höhnisch. Ich sagte, das wisse ich auch nicht. »Dann zieh die Bluse doch mal an«, forderte mich die Schlange auf, »passen soll sie ja wohl, oder?«

Erst jetzt sah ich mir das Teil genauer an. Es hatte höchstens Kindergröße, ach was: Säuglingsgröße. Ich hätte Lucie Fischer umbringen können. Die anderen lachten sich halbtot, und ich bekam die Aufgabe, zu Hause in aller Ruhe lieber ein Paar Socken zu stricken. Nachmittag für Nachmittag werkelte ich an dem Socken herum, ribbelte wieder auf, fing von vorne an, bis sich schließlich meine Oma erbarmte und mit wenig Geschick und noch weniger Begeisterung den Socken fertigstrickte. Allerdings brauchte ich zwei von der Sorte, und das Schuljahr war fast zu Ende. Also ging ich mit wackligen Beinen wieder hin und erzählte, daß ich den zweiten Socken leider verloren habe. Die Klasse wieherte.

Handarbeit war mein Untergang. Die ganze Schule war mein Untergang. Es wollte mir nicht in den Kopf gehen, daß irgendwelche Idioten das Recht hatten, mich zu belästigen, sich überhaupt ungebeten mit meiner Person zu beschäftigen und sich dann auch noch als Gipfel der Unverschämtheit ein Urteil über mich zu erlauben. Und der ganze, von mir nicht genehmigte Zirkus diente zu nichts anderem, als mir mein künftiges Leben zu verbauen. Es war zum Mäusemelken.

Nach vielen Jahren stellte ich mit Erstaunen fest, daß vieles von dem, was sie mir versucht hatten, einzubläuen, nicht so spurlos an mir vorbeigerauscht war, wie ich erwartet hatte. In den labyrinthischen Windungen meines Hirns hatte sich die Bildung eingenistet wie schlechte Musik, die man singt, ohne daß sie einem gefällt. Ich war die ideale Kandidatin für Quizsendungen, kaum eine Frage des gängigen Bildungsrepertoires, die ich nicht beantworten konnte. Vielleicht hatten sie ja recht gehabt mit ihrer Intelligenzverweigerungstheorie, wer weiß. Vielleicht war es mir einfach zu langweilig gewesen, irgendwelchen Quark auswendig zu lernen und dann wieder abzusondern wie der Säugling den Brei aufs Lätzchen.

Siegfried hatte ganz andere Probleme. Sein Hauptproblem war ich. Ich brachte ihm einfach nicht die nötige Anerkennung entgegen. Wenn meine Mutter abends mit Weihrauch ausging, kam er in unsere Wohnung und fummelte in bewährter Manier an mir herum. Er fragte, ob ich seinen Schwanz mal sehen wolle. Mein Desinteresse hinderte ihn keineswegs, ihn auszupacken. Wir saßen in meinem Zimmer auf meinem jungfräulichen Bett, und der Mond leuchtete zu uns herein. Ich äugte auf seine Hose und betrachtete die Bescherung. Im Mondlicht schimmerte das Teil silbrig-violett.

»Wenn ich das hin- und herschiebe«, erklärte er, »wird der immer größer. Willst du mal sehen?«

»Nee, laß mal.«

Ungerührt von meiner Absage schob er die Vorhaut ein paarmal hin und her, und der Schwanz wurde größer. Mir war das nicht geheuer. Sein Ding war zwar nicht so unheimlich wie die Bärenklöten meines Opas, aber deswegen nicht automatisch ein appetitlicher Anblick.

»Kannst wieder einpacken, ich hab's gesehen.«

»So schnell schwillt der nicht ab. Faß doch mal an. Ich zeig dir mal, wie man einem Mann einen runterholt.«

Zack, hatte er meine Hand gegriffen, und ich hielt das Ding zwischen den Fingern. Es war merkwürdig seidenweich und knorpelig zugleich. Mir wurde etwas übel. Sigi schob schwer atmend meine Hand rauf und runter, bis ich die Schnauze endgültig voll hatte und mit Gewalt meine Hand wegzog. Gottseidank machte er die Hose wieder zu. Dafür fing er nun an, meine Oberweite anzugrabschen. Ich fand das noch intimer als die Unterhosenvariante.

»Das wird schon noch«, meinte er mit Kennermiene, »jetzt sind sie noch ein bißchen klein, aber nach dem ersten Kind werden sie ja sowieso größer. Dann sind sie genau richtig. Ich sage immer, lieber klein und fein, 'ne Handvoll ist das richtige Maß.«

Sigis Hände waren nicht sehr groß.

Nachdem wir gemeinsam die Veränderung der Brustwarzen und die Bedeutung der Veränderung besprochen hatten, wobei es einen kleinen Disput gab, weil ich meinte, die Dinger stünden auch mal einfach bloß so hoch – was ich ja schließlich besser beurteilen konnte als er –, durfte ich die Bluse wieder zumachen.

»Hast du dir schon mal einen runtergeholt?« wollte er jetzt wissen.

Ich sagte: »Hör mal, Sigi, meine Mutter kann jeden Augenblick zurück sein.«

»Na und«, meinte er dickfellig, »wir machen doch gar nichts. Paß auf, nächstesmal hol ich dir einen runter. Dann wirst du mal sehen, was dir bisher alles entgangen ist. Sowas hast du noch nicht erlebt, das ist besser als Kino.

Wenn du das erste Mal gekommen bist, machst du nichts anderes mehr.«

Dieser Prophezeihung stand ich doch recht argwöhnisch gegenüber. Sex war nicht meine Welt. Schon auf das elende Knutschen hätte ich mich nicht einlassen sollen. Und jetzt noch der Schwanz. Da konnte einem ja für alle Zeiten der Appetit vergehen. Du meine Güte, und die liefen ihr Leben lang mit so einem Ding herum, und es war ihnen nicht einmal lästig. Vielleicht gaben sie's aber auch nur nicht zu. Ich war froh, als Sigi endlich abhaute.

Ich legte mich auf mein Bett und kramte einen der letzten Träume von Frau Merian hervor. Alles wäre anders gekommen, hätte sie mich erhört. Zu meinem Mißfallen entbehrten meine Gefühle ihren ursprünglichen Glanz, das einstige Rauscherlebnis blieb aus, und je verbissener ich es aufzumöbeln versuchte, desto quälender wurde der Verlust. Ich betete zu Gott, daß bald etwas Interessantes in meinem Leben geschehen möge, aber bitte mit Sahne und ohne Schwanz.

brachte meine Mutter einen anderen Mann mit nach Hause. Ich hatte schon mitgekriegt, daß sie ellenlange Briefe schrieb, aber sie hatte mir immer gesagt, es handele sich um einen Maler aus Italien. Der, den sie nun anschleppte, hatte weder mit einem Maler noch mit einem Italiener entfernte Ähnlichkeit. Er war Lehrer. Ein Lehrer aus Stuttgart. Als sie ihn mir zum erstenmal vorstellte, nahm ich kaum Notiz von ihm. Verglichen mit Weihrauch war er das reinste Knäckebrot. Er trug eine entstellend dicke Brille, und ich haßte Brillen, seit ich selbst eine tragen sollte, was ich aus Eitelkeit aber unterließ. Mein Toleranzpotential in punkto Brillenträgern war mit Siegfried bereits erschöpft.

Der neue Typ hieß Wunderlich, und sein Auftreten war irgendwie bedeutend, bei älteren Männern nannte man das wohl »gesetzt«, jedenfalls überhaupt nicht filmstarmäßig oder gentlemanlike oder ausgeflippt oder sonstwie interessant. Meine Mutter erklärte mir, er sei ungemein belesen und sehr gebildet, und daß er noch nicht Rektor an seiner Schule sei, läge ausschließlich an seiner kommunistischen Vergangenheit. Ich hatte keine Ahnung, was eine kommunistische Vergangenheit bedeutete, und es beeindruckte mich auch nicht die Bohne. Ich fand ihn einfach unattraktiv und weiter nichts, und außerdem stellte er blöde Fragen: »Ich habe gehört, du hast musische Interessen?« Leider wußte ich auch nicht, was musische Interessen sind, und ich überlegte krampfhaft, ob er damit auf mein früheres Geklimpere auf dem Klavier anspielte. Hinter den dicken Gläsern blickten seine Augen wie Fische aus dem Aquarium. Seine Nase war sehr schmal, die dünnen Haare von undefinierbarer Farbe waren in einer Länge geschnitten und nach hinten gewachst, und seine Lippen waren ziemlich dick, aber wenigstens die Oberlippe war recht schön geschwungen. Dicke Lippen mochte ich noch nie.

An dem Abend, an dem er zum erstenmal bei uns aufkreuzte, wurde ich gerade mal wieder von Siegfried abgeholt, und meine Mutter sagte zu ihm: »Du paßt schön auf sie auf, nicht wahr, Siegfried, ich kann mich doch drauf verlassen.«

»Wir gehen in die Vestlandhalle«, gab Sigi Auskunft, »da wird heute die Miß Vestlandhalle gewählt.« Er sah aus wie der Wolf im Schafsfell, aber meiner Mutter schien jede Menschenkenntnis abhanden gekommen zu sein. Der Beweis dafür stand neben ihr. Der neue Typ sagte: »Der junge Mann ist doch Kavalier, nicht wahr?«

Ich dachte, der hat hier gerade noch gefehlt mit seinem »Kavalier«, bloß weg hier. Es konnte sich ja nur um Stunden handeln, bis sie merkte, welchem Osterhasen sie mit dem Typen aufsaß.

»Und keinen Alkohol!« rief sie hinter uns her. Dann fiel Sigi schon wieder mit seiner schimmeligen Steckrübe über meinen Mund her und versaute mir den ganzen Lippenstift. Inzwischen hatte sein Schönheitsideal von Claudia Cardinale zu Dahlia Lavi gewechselt, weshalb ich meine Augenbrauen nicht mehr zupfte.

Mit der Straßenbahn fuhren wir hinaus an den Stadtrand. Discos gab es nicht, zumindest nicht in unserem Kaff, und wer zu Beatmusik tanzen wollte, fuhr am Wochenende in die Vestlandhalle. Alle Mädchen, die an der Mißwahl teilnehmen wollten, bekamen ein Nummernschild umgehängt, und die Jungs stimmten später ab, wen sie am besten fanden. Um mich nicht zu blamieren, lehnte ich ein Nummernschild von vornherein ab.

Daß der Abend ein ziemlicher Murks wurde, lag an der Siegerin. Das war nämlich ebenjene Elke, die Sigi das Küssen beigebracht hatte. Elke hatte einen großen, schwarz toupierten Haarhelm auf dem Kopf, kohlschwarz umrandete Augen, einen falschen Schönheitsfleck auf der Wange und trug perlmuttfarbenen Lippenstift. Wenn sie tanzte, balzten vier bis fünf Anwärter auf ihre Gunst um sie herum, und natürlich tanzte sie zehnmal besser als ich, da konnte ich zu Hause vor dem Schlafzimmerspiegel noch so geübt haben. Sie riß die Arme hoch, zeigte in ihrem Rippenpulli einen stabilen Körbchen-BH mit Bügeln und drehte sich immer mal wieder von ihrem augenblicklichen Tanzpartner weg, meistens, um Sigi ausdruckslose, schwarze Blicke zu schicken, als sei ich überhaupt nicht anwesend. Wie unter Hypnose bewegte Sigi sich in ihre Richtung, fing plötzlich an, die Arme genauso bescheuert hochzureißen und sie genauso ausdruckslos anzugaffen. Ich ließ ihn mitten im Tanz stehen und ging an die frische Luft.

Ich war so beleidigt, daß ich mich überhaupt nicht mehr beruhigte, obwohl er sofort hinter mir hergeschossen kam: »Du kannst mich doch nicht einfach vor allen Leuten da stehen lassen, du blamierst einen ja bis auf die Knochen, die lachen sich ja halbtot über uns.«

»Wer lacht sich halbtot? Die blöde Elke vielleicht, dieses Flittchen? Wenn man der die Schminke runterkratzt, sieht die aus wie ein Mehlfladen.«

Der Ausdruck »Flittchen« stammte aus dem Repertoire meiner Oma und war mir sofort peinlich, aber mir war in der Wut nichts Moderneres eingefallen. Schließlich war dies die erste Begegnung mit dem Phänomen der Eifersucht. Später war ich eloquenter.

»Du bist ja eifersüchtig!« lachte Sigi und hatte im selben Moment seine Schmach vergessen. »Hahaha, du bist ja eifersüchtig!«

»So ein Quatsch, nicht eine Sekunde bin ich eifersüchtig, auf wen denn, ich weiß gar nicht, was das ist. Aber wie du dich verrenkt hast vor dem toupierten Mehlfladen, das war ja wohl mehr als peinlich. Mich hast du blamiert, nicht umgekehrt. Aber mit mir machst du solche Spielchen nicht, das sage ich dir, das kannst du dir gleich merken bis in die Steinzeit. Damit das klar ist.«

»Was du für einen Wind machst. Die bedeutet mir doch überhaupt nichts, die Elke, ehrlich, rein gar nichts bedeutet die mir. Ehrenwort.«

»Ich denke, die küßt so sensationell? Kannst ja wieder reingehen zu ihr und es noch mal ausprobieren, vielleicht kann sie dir noch was Neues beibringen, die war ja sicher in der Zwischenzeit nicht untätig, diese Landpomeranze. Geh rein, ich hindere dich nicht.«

Mit einer Landpomeranze hatte sie allerdings nicht die geringste Ähnlichkeit. Eher sah sie aus, als ginge sie auf den Strich. Aber wahrscheinlich war sie nur übertrieben geschminkt. Interessant jedenfalls, daß Sigi auf ordinäre Hühner abfuhr, da war er ja bei mir gerade richtig.

Sigi winselte jetzt herum, daß er an Elke nie etwas gefunden hätte, und das mit dem Knutschen hätte er nur erfunden, um mir zu imponieren, da sei nie auch nur das Geringste gewesen, die hätte ja immer schon genug andere Typen gehabt, da sei er gar nicht zum Zuge gekommen.

»Na, toll!« kläffte ich. »Du bist ihr hinterhergehechelt, und sie hat dich nicht rangelassen, na, bravo. Und mit so 'ner Pfeife soll ich mich da drinnen zeigen, da schämt man sich ja zu Tode.«

Sigi seufzte tief und einfallslos und bot mir schweigend eine Zigarette an. Wütend qualmte ich vor mich hin und machte mir ein paar Gedanken zum Thema Eifersucht. Ich empfand sie nicht als Angst vor dem Verlust, sondern als glatte Majestätsbeleidigung. Es war am Thron meiner Unvergleichlichkeit gerüttelt worden, denn daß ich unvergleichlich war, davon war ich in diesem Moment absolut überzeugt. »Du bist mich einfach nicht wert«, erklärte ich ihm ernsthaft. »Perlen vor die Säue, das bin ich für dich. Du weißt mich nicht zu schätzen, das ist es. Mit Eifersucht hat das nicht das Geringste zu tun, da bilde dir mal nichts ein. Eher mit Geschmack und Niveau. Ich verbitte mir ein für allemal, mit einer anderen verglichen zu werden.«

Mein Höhenflug fand kein Ende. Sigi war kurz davor, in Tränen auszubrechen. Er war kreidebleich. Das war aber auch das Mindeste, was ich erwartete. Ich beobachtete ihn mitleidslos. Gerade eben hatte ich meine Lust an der Dramatik entdeckt und wollte mich nicht so früh versöhnen. Ich schleuderte ihm noch einen Sack Beleidigungen um die Ohren und stolzierte dann hoheitsvoll in die Halle zurück.

Zufällig kreuzte ein anderer Typ meinen Weg und forderte mich zum Tanzen auf. Das kam mir wie gerufen. Der Typ nannte sich Jack und meinte, wenn er was zu sagen gehabt hätte, hätte ich auf jeden Fall die Mißwahl gewonnen, auch ohne Nummer, und wo ich mich denn die ganze Zeit versteckt gehabt hätte und all dieses Süßholzgeraspel, während Sigi verzagt am Tisch saß und uns mit ängstlichen Blicken verfolgte.

Nach dem Tanz setzte ich mich leicht erhitzt und trank meine Cola aus. Jack blieb neben mir stehen und fragte: »Kann ich gleich noch mal kommen, oder bist du nicht alleine?«

»Sie ist *nicht* alleine!« bellte Sigi los. »Oder bist du blind?«

Jack verzog sich verschreckt, und ich sonnte mich in meiner Unwiderstehlichkeit.

»Ich guck nie wieder eine andere an«, beteuerte Sigi zerknirscht.

»Also hast du sie doch angeguckt«, spielte ich mein Spiel weiter, »jetzt hast du es wenigstens zugegeben.«

»Du drehst einem aber auch das Wort im Mund herum.«

Das sagte meine Oma auch immer. Und daß ich nie ein Ende fände. Nein, ich wollte kein Ende finden. Die Szene hatte mich beflügelt. Das Leben war für einen Moment nicht so langweilig wie sonst. Die Schwachstellen anderer aufzuspüren, um dann Salz in die Wunden zu streuen, das beruhigte mein unzufriedenes Gemüt ungemein. Spitze Kommentare und primitivste Retourkutschen waren das Ventil für den schwelenden Groll über bisher vorenthaltene Erlebnispracht. Versuchte einer dasselbe mit mir, war ich nachtragend bis in die fünfte Generation.

Nach ein paar weiteren quälenden Minuten erlaubte ich Sigi die Versöhnung. Vor Glück besorgte er zwei Bier und schob mir seine Steckrübe gleich doppelt so lange rein wie sonst, rechtsherum und linksherum, aber vorwiegend rechtsherum. Jack traute sich nicht wieder in meine Nähe. Er war Fingernagelkauer, und Fingernagelkauer hatten bei mir sowieso keine Chance.

Am Abend darauf war meine Mutter mit ihrem neuen Osterhasen ausgegangen, und wir hatten sturmfreie Bude. Auf meinen ausdrücklichen Wunsch ließ Sigi seinen Knüppel in der Hose, wenngleich ich unbedingt prüfen mußte, daß er knallhart war, worauf er seltsamerweise stolz zu sein schien, und dann widmete er sich kinseygerecht mit unerschütterlicher Ausdauer meiner Klitoris. Ich lag einigermaßen entspannt auf meinem Jungfrauenbett und glotzte an die Zimmerdecke in Erwartung der Dinge, die da geschehen sollten, und er saß neben mir und feilte mit nimmermüdem Finger und nicht nachlassendem Ehrgeiz an meiner Schnecke herum. Ich weiß nicht, wie lange er herumhantierte, jedenfalls tat sich bei mir nichts. Statt dessen rotierte mein Gehirn, als müsse es ausgerechnet in diesem Moment seine Tauglichkeit unter Beweis stellen.

Ich dachte an die Beschaffenheit seiner sehnigen Hände, an seine für meinen Geschmack immer noch zu langen Fingernägel, an die Absonderlichkeit, daß seine Nägel schneller wuchsen als meine, daran, daß er sich hoffentlich vorher die Hände gewaschen hatte und daß sich die sogenannten primitiven Völker beim Liebesspiel eigentlich sämtliche Krankheiten zuziehen mußten, von denen ich verschont bleiben wollte, daran, ob ich ihm gleich mal mitteilen sollte, daß ich meine Beine ohne Schwierigkeiten hinter meinen Hals legen konnte, aber nicht im Stehen mit den flachen Händen den Boden berühren konnte wie meine Oma, und daß meine Oma mir früher immer Einschlaflieder gesungen hatte: »Weißt du wieviel Sternlein steh-he-hen an dem blauen Himmelszelt«, und beim Singen bestimmt nicht daran gedacht hatte, daß ich mal als Rubbelkönigin durch das Fenster in den sternenklaren Himmel blicken würde, ich dachte daran, daß man von Gus Backus auch nichts mehr hörte, der einmal »Der Mann im Mond« gesungen hatte und für den die Frau Mangold so geschwärmt hatte, ich dachte an Frau Merian und Frau Dierks und daß Frau Dierks die Frau Merian bestimmt mehr liebte als umgekehrt, weil die Frau Merian gelegentlich von einem Mann in einem großen Wagen abgeholt wurde, was der Frau Dierks vielleicht nicht so besonders gefiel, und daß sich Andreas nicht die Bohne für Hanne interessierte trotz der Tankstellen ihrer Eltern, aber ich mich von ihm garantiert niemals anfassen lassen würde, weil er so schlappe Hände hatte mit glatten, langen Fingern und ebensolchen Nägeln und daß mir Sigi mit seinem Kinseyquatsch eigentlich gewaltig auf den Keks ging und was man als Frau alles mitmachte, bloß weil man eine Frau war, und ich erwog die Möglichkeit, den eigenen Körper zu verlassen und in einen anderen zu schlüpfen, mit dem man vielleicht mal was *Spannenendes* erlebte.

»Ich spüre nichts«, meldete ich von Zeit zu Zeit in der Hoffnung, das möge ihn frustrieren, aber er ließ sich in seiner Besessenheit überhaupt nicht stören. Wenn ich nicht doch noch irgendwann gekommen wäre, hätte er weitergemacht, bis ihm der Arm abgefallen wäre. Aber nach einer Ewigkeit bemerkte ich ein Ziehen im Unterleib etwa so wie eingeschlafene Füße, die sich gerade wieder mit Blut füllen oder das Kribbeln unter der Kopfhaut, wenn der Friseur zum erstenmal mit den Fingern durch die Haare fährt. Ich meldete sofort den Vollzug: »Ich glaube, das war's, du kannst aufhören.«

Er traute dem Braten nicht recht und machte weiter. Ich sagte: »Das war so'n taubes Gefühl irgendwie, meinst du nicht auch, das war es?«

»Beschreib mal genauer«, forderte er, ohne seine Tätigkeit einzustellen. »Wie war das genau?«

»Na ja, nichts Umwerfendes eigentlich. Hör schon auf jetzt, das tut allmählich weh, Mann.« Mit Gewalt zog ich seinen Arm weg. Der Ärmste war völlig fertig von der Anstrengung. Der Schweiß stand ihm auf der Stirn: »Wie war's denn? War es nicht schön?«

»Wie man's nimmt. So toll, wie du gesagt hast, war es nicht. Das ist genau wie mit dem Fernsehapparat: Wenn man nie einen gehabt hat, vermißt man ihn auch nicht.«

»Also, ehrlich, du hast immer Vergleiche. Bist du auch wirklich gekommen, sag mal?«

»Doch, doch, das wird es schon gewesen sein. War ja auch nicht schlecht, du brauchst nicht wieder beleidigt zu sein.«

»Hast du je zuvor sowas empfunden?«

Gott, jetzt wurde er wieder analytisch und schwülstig obendrein. Um ihn abzuwürgen, sagte ich: »Es war toll, ehrlich.«

Endlich gab er Ruhe und legte sich friedlich neben mich. Aber dann: »Eigentlich müßtest du es mir jetzt auch machen.«

Jetzt reichte es. »Nee, wirklich nicht«, sagte ich bestimmt, »du hast das ja freiwillig gemacht, nicht, ich hab dich ja nicht gezwungen, ich bin dir überhaupt nichts schuldig, und außerdem bin ich jetzt müde.«

»Dann war es doch ein Orgasmus«, stellte er zufrieden fest, »sonst wärst du jetzt nicht müde.«

Als er dann plötzlich vom Kinderkriegen anfing und vom Heiraten, wurde es mir endgültig zu bunt, und ich scheuchte ihn vom Bett hoch: »Du mußt jetzt gehen, Sigi, meine Mutter kann jeden Moment zurücksein.«

Er tat mir fast ein bißchen leid, aber ich konnte ihn einfach nicht lieben. Nach wie vor gab es Momente, wo ich ihn nur eklig fand. Höchstwahrscheinlich hätte ich aber alle Jungs zu der Zeit eklig gefunden. Sigi war nur der Unglückswurm, der sich in mich verliebt hatte. Immerhin neigte sich der Fortgeschrittenen-Tanzkurs seinem Ende zu, so daß keine Notwendigkeit bestand, sich noch lange mit Sigi zu befassen. Wir waren jetzt knapp zwei Jahre zusammen und hatten noch nicht gebumst, und wenn es nach mir ginge, würde sich daran auch nichts ändern.

Am nächsten Morgen stellte ich fest, daß meine Mutter nachts nicht nach Hause gekommen war. Sie kam gegen Mittag in aufgekratzter Stimmung zurück und fragte mich, was ich davon hielte, nach Stuttgart zu ziehen. München oder Berlin hätte ich vorgezogen.

»Der Herr Wunderlich und ich, wir werden heiraten«, verkündete sie mit dezentem Glück im Blick. Ich dachte, ich hätte mich verhört: »Du machst Witze.«

»Nein, überhaupt nicht. Warum sollte ich Witze machen? Ein wunderbarer Mensch ist das, so gebildet und sensibel, eine Seele von Mensch. Ein Mann muß ein reiches Innenleben haben, nur dann ist er ehetauglich.«

Beim Stichwort »Innenleben« fielen mir wieder meine Spulwürmer ein, dieses Testosteronbataillon. *Das* war ein reiches Innenleben. Und wozu brauchte ein Mann ein reiches Innenleben, genügte es nicht, wenn er einfach nur gut aussah?

»Eines Tages kommst du von selbst dahinter, du bist ja nicht dumm. Warte ab, bis ich ein bißchen an seiner Optik gebastelt habe. Jetzt läßt er sich erst mal einen Bart wachsen, mir zu Liebe. Aber merke dir, die Optik eines Mannes ist nicht entscheidend, viel wichtiger sind seine inneren Werte, Gemüt muß er haben und ein gutes Herz. Und Bildung natürlich. Mit einem gebildeten Mann kannst du dich nie blamieren.«

Sie hatte es mit der Bildung. Der Osterhase mußte ihr ganz schön was vorschwadroniert haben, daß sie sich diese Blümchenphilosophie gebastelt hatte, um ihn akzeptieren zu können. Konnte sie überhaupt beurteilen, was Bildung war? Als besondere Leseratte war sie mir bisher nie aufgefallen. Ausgerechnet einen Pauker brachte sie an, da wäre mir jeder Installateur lieber gewesen. Einen besonders humorvollen Eindruck machte er auch nicht. Und innere Werte – wer so aussah, der mußte ja innere Werte haben.

Langsam erst wurde mir der Ernst der Lage klar. So ein Heini, mein Stiefvater! Ich war bestürzt.

»Es ist schon alles in die Wege geleitet«, sagte meine

Mutter, »in einem Monat geht es los. Du gehst jetzt in Stuttgart auf das Gymnasium. Nun freu dich doch. Du hast doch sowieso von dieser Schule die Nase voll.«

Sie hatte da was falsch verstanden. Ich hatte nicht von dieser Schule die Schnauze voll, ich hatte von *jeder* Schule die Schnauze voll. Und was sie noch nicht wußte, war, daß ich das Klassenziel vielleicht wieder einmal nicht erreichte. Auf diesen Gedanken kam sie gar nicht in ihrem Glück. Sie tirilierte und juchzte den ganzen Tag.

»Was sagt denn Weihrauch überhaupt dazu?«

»Weihrauch?« Sie sprach den Namen aus, als sei Weihrauch schon zwanzig Jahre tot, nie gehört den Namen. »Was soll der schon dazu sagen? Dazu hat der nichts zu sagen, das Recht hat er nicht. Er wollte ja lieber bei seiner Frau bleiben, bitte sehr, kann er haben. Ich habe nur ein Leben. Mit jedem Jahr, das ich noch länger warte, verringern sich meine Chancen, und jeden nehme ich nicht. Und außerdem«, ihre Stimme wurde verschwörerisch, »ist Wunderlich Beamter und Weihrauch nicht. Da kriege ich später mal eine schöne Witwenrente. Ja, da staunst du. Sowas ist nicht zu verachten, laß dir das gesagt sein.«

»Na, toll. Witwenrente, ey. Wenn das ein Argument ist zum Heiraten.« Nie im Leben wäre ich auf die Idee gekommen, wegen einer Witwenrente einen Weihnachtsmann wie Wunderlich zu heiraten. Nach all den schönen Chancen, die sie bei den Männern gehabt hatte und immer noch hatte. Sogar Lex Barker hatte ihr nachgeschaut, als sie in Jugoslawien in Urlaub gewesen war und dort gerade ein Karl-May-Film gedreht wurde, und noch so ein paar Filmfuzzis, von denen ich die Namen vergessen hatte, und da nahm sie ausgerechnet Wunderlich. Wegen der Bildung und einer Beamtenpension. Nicht zu fassen.

»Ja, in der Jugend meint man immer, man braucht kein Geld, man braucht nur die Liebe. Wenn man aber älter wird, braucht man mehr Luxus, das ist eben so, man will sich was gönnen, was vom Leben haben. Eine Beamtenpension ist ja nicht die Welt, aber es ist was Reelles, und vor allem kommt sie regelmäßig. Verstehst du?«

»Ich bin ja nicht taub.«

Ihr Entschluß stand unumstößlich fest. Ich konnte es einfach nicht glauben, aber sie machte Nägel mit Köpfen, und ich versuchte mich mit der Aussicht auf ein aufregenderes Leben zu trösten. Was mir schwerfiel. Ausgerechnet Stuttgart.

sondern nach Böblingen, einer Nachbarstadt der Auto-
stadt Sindelfingen. In Böblingen war nicht viel los. Es gab
ein Hertie und eine Veranstaltungshalle, in der Größen
wie Udo Jürgens oder Dieter Thomas Heck auftraten.
Meine Schule war aber in Stuttgart, und ich erreichte sie
mit dem Bus, den außer mir nur noch zwei Mädchen nahmen, weil Böblingen eigentlich ein eigenes Gymnasium
hatte, Wunderlich aber meinte, das in Stuttgart habe mehr
Niveau, und außerdem fände ich dort gleich Anschluß
an die Tochter einer seiner Lehrerkolleginnen. Er selbst
unterrichtete gottlob an einer anderen Schule.

Die Tochter hieß Sabine Wiechert und war mit einer
Elke Stäuble eng befreundet, weshalb sie für mich als
Freundin nicht infrage kam. Ich schloß mich bald mit
Margit Buschmann zusammen, weil die noch größer war
als ich, nämlich einen Meter zweiundachtzig, und ich neben ihr ein vorher unbekanntes Gefühl der Zierlichkeit
genoß. Sabine Wiechert hätte mich aber auch ohne Elke
nicht haben wollen, was sich dadurch erklärte, daß ihre
Mutter einmal scharf auf unseren Wunderlich gewesen
war, aber wegen ihres penetranten Achselgeruchs nicht
zum Ziel gekommen war. Sie war laut eigener Aussage
eine Frau, die »jede Nacht einen Kerl« brauchte. Das erfuhr ich von Wunderlich, der mir auf diese subtile Weise
zu verstehen gab, daß er auf erotischem Terrain nicht so
unbedeutend manövrierte wie er aussah, sondern offensichtlich erfolgreich umtriebig gewesen war, bis er meine
Mutter traf. Und auch ihr wäre er nicht unbedingt treu ge-

blieben – wie er mir bei einem Zigarettchen anvertraute –, wenn er sie vor zwanzig Jahren geheiratet hätte.

Mein Mißfallen über diese, wie ich fand, selbstgefällige Äußerung tat ich frauensolidarisch meiner Mutter kund. Aber sie meinte nur: »Da siehst du mal, wie dumm die Männer sind. Alles nur Angeber. Selbst die gebildeten.« Ich dachte, wie ungemein friedlich so eine Witwenrente stimmt.

Siegfried schrieb täglich ein bis zwei Briefe, in denen er meine Treue beschwor, als hätte ich nichts anderes im Sinn, als mir zügig wieder eine Hand in der Unterhose zuzulegen. Nach dem Abitur zogen sie ihn zur Bundeswehr ein, und da er sich nach Süddeutschland gemeldet hatte, um in meiner Nähe zu sein, landete er ausgerechnet in Sonthofen, der südlichsten Stadt Deutschlands. Er wollte mich aber einmal im Monat besuchen.

Inzwischen war ich vollauf mit einem umfassenden Anpassungsprogramm beschäftigt. Die Mädchen der neuen Klasse waren nämlich entwicklungsmäßig eine Stufe weiter als die der alten. Samstags gingen sie wie selbstverständlich in die Disco, und mehrere hatten auch einen festen Freund. Auf dem Schulhof rauchten sie, und wenn die Lehrer die Klasse betraten, sprangen sie nicht auf. Die Antworten auf die Fragen der Lehrer wurden auch nicht in einem Affenzahn heruntergerasselt, sondern man ließ sich ordentlich Zeit, bis einem von irgendwoher vorgesagt wurde. Modisch war ich total hinterm Mond. Angesagt waren hier Faltenröcke, T-Shirts, Kniestrümpfe und klobige Schuhen mit Lasche. Anstelle einer Aktenmappe trug man einen Korb aus Peddigrohr, und die Haare waren vorne kurz und hinten länger.

Ich wurde sofort zu Hause vorstellig. In meinen alten Klamotten und mit den langen Haaren würde ich keinesfalls vor die Tür gehen. Also bekam ich die Grundausstattung verpaßt: Faltenrock, Klumpschuhe und Haarschnitt. Über letzteren grämte sich Siegfried schriftlich mindestens zwei Wochen lang, aber Siegfried war sowieso out of time, und außerdem schwärmte man nur eingeschränkt für die Beatles, denn die Stones waren progressiver, und als chic galten gelbe Finger vom Rauchen und Augenringe.

Ich kam ganz gut an bei den schwäbischen Mädels, nur leider verstand ich sie nicht. Sie sagten zu den Beinen »Fiaß«, zum Mann »Mo«, statt »ich habe mich geärgert« sagten sie »des hot mi gschabt«, und wenn was besonders gut war, nannten sie es »glatt«, jedes e war ein ä, jedes s ein sch, jeder Hund ein Hundle, und ein Reinhard konnte schon mal das Pech haben, Hardle gerufen zu werden. Auch die Lehrer sprachen ungeniert den breitesten Dialekt, so daß ich dem Unterricht kaum folgen konnte.

Erschwerend für meinen Werdegang wirkte sich die Wahl von Französisch statt Latein aus, denn die Nichtlateiner landeten nach badenwürttembergischem Schulgesetz bei den Naturwissenschaftlern und Mathematikern, für die ich aus gewissen Gründen eine besondere Sympathie hegte. Liebend gern hätte ich jetzt Socken gestrickt wie an meiner alten Schule, die mir übrigens nach eingehender Beratung generös das Erreichen des Klassenzieles attestierte. Sie waren einfach froh gewesen, mich loszusein.

Margit war ein zweieiiger Zwilling und ihr Schicksal ihre Größe. Damals hatten die Frauen klein und zierlich zu sein wie die Fischlein im Aquarium und gerne genauso gesprächig. Sie war schon ohne Schuhe ein Riesenweib, was in der Vor-Modelzeit für eine Frau so attraktiv war wie ein Buckel. Wenn wir ausgingen, mußte ich Schuhe mit hohen Absätzen tragen, damit sie nicht so auffiel.

Auch sonst harmonierten wir gut. Sie wußte noch eine Woche vorm Abi nicht, wer den Faust geschrieben hat, und ich lernte mein Leben lang das Prozenterechnen nicht.

Die erste Disco, die ich kennenlernte, hieß »Mausefalle« und war ein umgebautes Kino. Die Jungs trugen alle den obligatorischen Vornekurzhintenlangschnitt und Bundfaltenhosen, und beim Tanzen war eine gelangweilte Fresse oberstes Gebot. Die stumpfsinnige Miene fiel mir am schwersten. Auch mein Tanzstil war daneben. Ich hatte auch noch nie was von Aretha Franklin gehört. Zu Hause übte ich stundenlang, mit stoischer Visage temperamentlos zu tanzen, und zu Hause war ich bald auch erste Sahne, aber in der Disco konnte man siebzig Prozent davon wieder vergessen. Margits Auftreten war übrigens auch nicht der Traum, weil sie ständig damit beschäftigt war, die Schultern einzuziehen und in den Kniekehlen unauffällig einzuknicken, um ein paar Zentimeter zu schrumpfen.

Der große Hit waren wir beide nicht. Wir rochen zu sehr nach Gymnasium, und das war out. In waren Dekorateure, Lagerarbeiter, Reiseleiter und notfalls Studenten. Kreuzte Siegfried mit seinem Bundeswehrhaarschnitt auf, war der gute Eindruck komplett im Eimer. Ein progressiver Typ war er nie gewesen, aber jetzt sah er aus wie eine Karikatur von Omis Liebling. Ich genierte mich richtig mit ihm. Wenn die Tina im Anmarsch war, die immer von jeder Socke genau wußte, ob sie in war oder out, legte ich Siegfried nahe, sich in Luft aufzulösen, sein Anblick würde mir meinen Auftritt verhageln. Und der Gute verschwand dann auch brav in seinem korallenfarbenen Karmann Ghia, bis die Luft wieder rein war, aber die Luft war selten rein genug, daß er den Wagen länger als eine Viertelstunde hätte verlassen können.

»Ich seh das nicht ein«, klagte er, »wieso bin ich jetzt auf einmal out? Da wäre ja die ganze Bundeswehr out.«

»Ist sie ja auch. Und überhaupt habe ich dir immer schon gesagt, daß du zu klein für mich bist. Am Wochenende brauchst du eigentlich gar nicht hier aufzutauchen.«

»In der Woche kann ich aber nicht. Wie du überhaupt mit mir redest. Ich lasse mir das nicht mehr gefallen, und knutschen willst du auch nicht mehr. Möchte wissen, was ich noch davon habe. Was ist denn eigentlich los mit dir? Du hast dich total verändert. Garantiert hast du einen anderen, gib es zu.«

»Nerv mich nicht, Sigi, dahinten kommt die Tina mit dem Hardle, steig schnell wieder ein.«

»Ich will jetzt wissen, ob du einen anderen hast. Sonst steig ich nicht ein. Wer ist denn das schon, die blöde Tina, das Trampeltier, und überhaupt, du tust ja gerade so, als sähe ich aus wie der Glöckner von Notredame. Früher war ich auch gut genug.«

»Die Zeiten ändern sich eben. Du bist zu klein und hast den falschen Haarschnitt, und leg dir endlich mal 'ne Bundfaltenhose zu. Mit der komischen Hose da kannst du zum Tanztee gehen, aber nicht in eine Disco. Und Brille trägt hier übrigens auch keiner, falls du das noch nicht bemerkt hast.«

Ich einem einzigen Aufwasch rächte ich mich für sämtliche Fummelattacken der vergangenen Monate und Jahre. Sollte er ruhig leiden, ich hatte auch gelitten.

»Ja, das fehlt mir noch, daß ich blind durch die Gegend renne, bloß weil in Stuttgart keiner Brille trägt. Du spinnst ja wohl langsam. Das ist doch nicht der Nabel der Welt, das scheiß Kaff hier. Ich kann auch andere Mädchen haben«, protestierte er aus der Tiefe seines Sportwagens, »glaub ja nicht, daß es woanders nicht auch hübsche Mädchen gibt. Knutschen willst du ja sowieso nicht mehr, da gibt es tausend andere, die sich die Finger nach mir lecken.«

»Dann nerv mich jetzt nicht länger, Siegfried, und auf Wiedersehen.«

Kurze Zeit später machte auch in Böblingen eine Disco auf, die nannte sich »Das Seestudio«, weil in der Nähe ein künstlicher See lag. Gleich nebenan lag die Stadthalle, in der die ganzen Schlagerheinis ihren Schmalz absonderten, nach ihrem Auftritt vor ihren Schnäpsen herumlungerten und von ihren Managern die Mädchen anmachen ließen.

Es gab dort eine Clique, in die ich gerne aufgenommen werden wollte. Die Männer trugen alle den perfekten Haarschnitt und das perfekte Outfit, und ich dachte, wenn ich es bei denen schaffe, dann schaffe ich es überall. If you can make it here … Leider war von dieser Clique im Moment nur einer frei. Er nannte sich Mouche und war ein Albino. Er hatte ein enges Gebiß und braune Zähne und war der zweite Mann, den ich küßte. Um in seinen faulen Zähnen und den weißen Haaren das Ziel meiner Sehnsucht zu erblicken, trank ich vorher eine Flasche Bier. Davon war ich dann blau genug, meine Knutschlektionen an den Mann zu bringen. Weitere Aktivitäten brachte ich nicht übers Herz.

Dann erhielt ich einen Brief von Margit. Wir hatten gerade Sommerferien, und sie schrieb, sie hätte jetzt zum ersten Mal mit jemandem gepennt und hätte sich das ganz anders vorgestellt. Was ich denn davon hielte, sie möchte sich gerne mit jemandem Gleichgesinnten austauschen.

Mich traf fast das Schlägle. War ich doch wieder einmal total ins Hintertreffen geraten. Ich war noch mit meiner Flasche Bier und meinen Konfirmandenküssen beschäftigt, derweil drehten andere schon ganze Pornos. Binnen kurzem würde die halbe Klasse gebumst haben, nur ich hatte keine Ahnung. Ich geriet in Panik. Wer kam infrage für das erstemal? Die Vorstellung von Mouches bleichen Knochen erregte nur ein Würgen in meinem Hals. Den Bruder von Tina, der auf mich scharf war, wollte ich nicht fragen, der würde seiner Schwester hinterher die Pleite sicher brühwarm berichten, da wüßte es bald die ganze Klasse. Hilfe! Da fiel mir der verschmähte Siegfried ein.

Ich schrieb ihm meinen knappen Brief nach Sonthofen, daß jetzt die Erfüllung seines Traumes vor der Tür stünde, und wenn er ein Hotel besorgen könne, in dem wir als Ehepaar durchgingen, stünde der Verwirklichung seiner kühnsten Gedanken nichts mehr im Wege. Siegfried schrieb postwendend, das sei für ihn überhaupt kein Problem, er sei nicht der Kleinstadtfuzzi, für den ich ihn hielte, und am soundsovielten würde er vor meiner Haustür stehen. Good old Sigi.

Meine Mutter freute sich über Sigis adretten Bundeswehrhaarschnitt. Wahrscheinlich hätte sie nichts dagegen gehabt, wenn ich ihn geheiratet hätte. Ihre Tochter eine Von-und-zu, das konnte ja nicht schaden. Er sah plötzlich mächtig erwachsen aus und hatte deutlich weniger Pickel. Nach der häuslichen Begrüßung pflanzten wir uns in den roten Karmann, auf den er enorm stolz war und in dem er sich fühlte wie Graf Berghe von Trips. Unterwegs besorgte er als Stimulanz eine Dose Cola, und dann fuhren wir vor dem Hotel vor und suchten das karg möblierte Zimmer auf. Vom Nebenzimmer hörte man leise Musik.

Zuerst lief alles ganz routinemäßig. Sigi brachte seine Steckrübe zum Einsatz, und nach wenigen Minuten plumpsten wir in das knarzende Bett. Ich sagte: »Mach aber alles richtig, Siegfried, ich will keine Scherereien.«

»Keine Angst«, entgegnete er männlich, »laß dich nur schön fallen.«

»Und nicht, daß ich nachher schwanger bin. Sag mal, müssen wir da nicht was unternehmen?«

»Erst muß ich überhaupt mal reinkommen«, sagte er nicht mehr ganz so männlich. »Dann sehen wir mal, ich hab Pariser dabei.«

»Und mach schnell, damit ich es hinter mir habe.«

Er legte sich auf mich und rieb seinen Schwanz ein paarmal hin und her. Dann befingerte er meine Schnecke. Ich sagte: »Das kannst du jetzt mal lassen, das dauert mir alles zu lange. Komm gleich zur Sache, das ist mir lieber.«

»Mein Gott, wieso hast du's denn so eilig? Ein bißchen Zeit muß man schon haben. Lieg mal still jetzt. Moment!« rief er und: »*Jetzt!* Bin ich drin? Bin ich *drin?* Sag mal. Ich glaub, ich bin nicht richtig drin, oder? Geht's?«

Er kam nicht rein. Ich schrie wie am Spieß: »Auaaaaa! Hör auf, Mensch, du machst da was falsch. So geht das nicht, Mann, so wird das nie was. Geh raus, verflixt.«

Nebenan wurde die Musik leise. Wir drehten beide den Kopf zu der Wand, von der die Musik kam. Es blieb leise. Der Musikfreund schien noch einiges zu erwarten.

Sigi flüsterte: »Ich mache gar nichts falsch. Du bist noch zu trocken. Soll ich nicht doch lieber ein bißchen Petting machen vorher? Und schrei nicht so laut, da fällt einem ja alles zusammen.«

»Nee, steck ihn gleich rein, das Petting macht den Kohl jetzt auch nicht mehr fett. Los jetzt.«

Er startete einen neuen Versuch, aber mein Unterleib war wie eine Festung. Allmählich wurde ich ärgerlich. Etwas unkomplizierter hatte ich mir das schon vorgestellt. Jedes Tier wußte, wie das ging, bloß bei uns klappte es nicht, das war doch wirklich zum Heulen. Dem Musikfreund hätte ich auch am liebsten die Meinung gegeigt. Jetzt drehte er endlich die Musik wieder auf.

Sigi sagte: »Ich komm nicht rein, du bist zu eng gebaut. Oder zu verkrampft, was weiß ich.«

»Ach, jetzt bin *ich* auch noch schuld. Das ist ja wohl die

Härte. Du kannst das einfach nicht, das ist alles. Sag bloß, ich bin die erste für dich, das hat mir gerade noch gefehlt, und mir hast du immer den Erfahrenen vorgespielt, das kommt dabei raus, du Angeber, hast wieder nur im Buch gelesen, wie das geht, und das wichtigste Kapitel ausgelassen.«

Er fing noch einmal an zu drücken. Ich kreischte auf wie eine defekte Motorsäge. Die Musik wurde wieder leise.

»Du mußt dich *entspannen*«, wisperte Sigi, »hier, nimm mal einen Schluck Cola.«

»Ich *brauche* deine dämliche Cola nicht. Steck endlich das *Ding* richtig rein, Mensch, ich will doch hier nicht bis Weihnachten liegen.«

»Aber wenn du immer so schreist. Das geht einem ja durch Mark und Bein. Ich bin doch kein Unmensch.«

Wir flüsterten uns heftig an. Am liebsten hätte ich ihn ordentlich zusammengeschissen. Aber gerade hatte sich der Musikfritze wieder eingekriegt und stellte die Musik lauter.

Siegfried war kurz vorm Verzweifeln: »Ich krieg ihn so nicht rein.«

»Du mußt nur einmal kräftig zustoßen!« schimpfte ich. »Einmal mit einem Ruck. Das ist genau wie beim Pflasterabziehen. Besser kurz und heftig als langes Herumzerren. Das kann doch jeder Vollidiot, Mensch. Die ganze Welt ist am Vögeln, bloß du kriegst ihn nicht rein.«

Aber jedesmal, wenn der arme Kerl zustoßen wollte, brüllte ich wie angesengt, und die Musik ging aus. Er war schon ganz erschöpft. Außerdem war meine Stimmung im Eimer. Nicht mal das Entjungfern klappte. War ich denn wirklich so eine Mißgeburt? War ich etwa unten zugewachsen? Sowas sollte es geben. Schnell drehte ich den Spieß aber wieder um, und ich gab wieder Sigi die Schuld an allem: »Hätte ich bloß einem anderen Bescheid gesagt. Wenn ich geahnt hätte, wie blöd du dich anstellst ... Ehrlich, Siegfried, ein bißchen mehr Kompetenz könntest du schon an den Tag legen, immerhin bist du der Mann hier, nicht. Jetzt versuch noch mal.«

Aber Siegfried war die Errektion flöten gegangen. Er mußte sich erst erholen und neu aufgeilen. Von mir gab's gleich den passenden Senf dazu: »Was, jetzt ist die Gurke auch noch geschrumpft? Das darf ja wohl nicht wahr sein! Jetzt legen wir hier auch noch Kunstpausen ein, da sind wir ja nächstes Jahr noch hier. Ist das eine Scheiße, Mann, ehrlich.«

»Moment«, sagte Siegfried schwach, »ich glaube, jetzt geht es wieder.« Der Mann war wirklich ein Phänomen. Jetzt hatte er eine neue Idee: »Paß mal auf, du legst dich jetzt nach oben und steuerst das selbst. Ja, das geht auch, glaub mir. Wenn du oben bist, siehst du selbst, wie weit du gehen willst.«

Begeistert war ich nicht von dieser Idee. Ich wußte nicht, wie ich mich oben verhalten sollte. Ich fand es unbequem. Ich fand es geradezu unmöglich, mir gleichzeitig das Ding reinzudrücken und ohne Geländer auf den Knien zu balancieren.

»Ich hänge hier wie ein Spanferkel, das gerade vom Grill fällt.«

»Hör auf mit deinen Scherzen, sonst fällt er mir gleich wieder zusammen.«

»Meine Güte, bist du empfindlich. Ich kann das nicht, Sigi, ich kann mir doch nicht *selbst* wehtun.«

»Einmal noch«, ermunterte er mich, »drück noch einmal fest runter, ich drück gleichzeitig von unten. Los jetzt! Komm!«

»*Auaaaaaaa!*«

Musik aus. Ich kippte zur Seite. Oben liegen war nicht

mein Ding. Der ganze scheiß Sex war nicht mein Ding. Ich war kaputt wie tausend Russen. Nach einer Weile raffte ich mich auf und untersuchte hoffnungsvoll das Bettlaken. Inzwischen war die Dämmerung hereingebrochen. Ich sagte: »Mach doch mal die Nachttischlampe an, man sieht ja nichts.«

Akribisch untersuchte ich das Bettlaken nach Blutspuren. Blütenweiß gähnte mich das Laken an. Alles umsonst. Die ganze Mühe für die Katz. Die ganze gottverdammte Anstrengung, und immer noch Jungfrau.

»Nicht ein einziger Blutstropfen«, ächzte ich mit letzter Kraft. Jeder Muskel schien zu zittern. Das Bumsen war anstrengender als eine Turnübung auf dem Barren. Es war zum Verzweifeln.

»Es muß nicht immer bluten«, tröstete mich Siegfried schüchtern, »bei manchen blutet es überhaupt nicht.«

»Ach, erzähl hier keine Märchen!« schnauzte ich. »Du hast es nicht richtig gemacht, und ich hab noch extra gesagt, mach es richtig. Hab ich das gesagt oder nicht? Als hätte ich es geahnt. So eine Scheiße, jetzt müssen wir das auch noch wiederholen. Darauf habe ich gerade noch gewartet.«

Siegfried sagte nichts mehr. Nebenan war es totenstill. Ich heulte fast vor Wut. Mit zittrigen Beinen hockte ich auf der Bettkante und kam nicht hoch. Es dauerte eine Weile, bis ich laufen konnte.

Als ich zu Hause angewackelt kam, wußte meine Mutter sofort, was die Glocke geschlagen hatte. »Der kommt mir nicht mehr ins Haus«, schimpfte sie. »Und du gehst auf der Stelle ins Bett. Unglaublich, sowas. Mit siebzehn. Und? Hast du jetzt erst mal die Nase voll, ja?«

Ich zog es vor, die Klappe zu halten. Der einzig richtige Aufenthaltsort für mich war jetzt mein Bett. Ich dachte, wenn das Bumsen eine solcher Mist ist, warum sagt einem das denn keiner vorher? Sie lassen einen einfach so ins Unglück laufen, und keiner warnt einen, im Gegenteil, da tut man so, als sei das auch noch angenehm. Nee, Leute. Nicht mit mir. Dann schlief ich wie tot.

Nach dieser Entjungferungsschlacht servierte ich Siegfried eiskalt ab. Daraufhin schickte er mir sämtliche Fotos mit mir drauf, auf denen er vorher mein Gesicht zerkratzt hatte. Er schrieb mir mindestens noch ein Dutzend bitterböse Briefe, in denen er hauptsächlich sein Lieblingsargument bemühte, daß es außer mir noch andere Frauen gäbe, und dann war Ruhe.

Als ich einmal meine Großeltern besuchte und er zur selben Zeit seine Eltern, trafen wir uns ein letztesmal in unserem alten Kaff. Wir gingen in einen Laden, den man vor ein paar Jahren noch »zweifelhaft« genannt hätte, um uns zu beweisen, daß wir für solche Etablissements jetzt alt genug waren. So zweifelhaft war der Laden gar nicht. Es stand eine Musikbox drin, und Sigi spielte was von Herman's Hermits und Roy Orbison. Wir knutschten auf hohem technischen Niveau, und er sagte mit leicht bitterem Unterton: »Du hast aber inzwischen auch schon mit anderen rumgemacht, stimmt's?«

»Na klar«, sagte ich, »du küßt ja jetzt auch ganz anders als früher.«

»Ich steh jetzt sowieso mehr auf Blondinen«, erklärte er kühl, »die Mirja Sachs, das ist eine wirkliche Klassefrau.«

Ich war mit ihm mitgegangen, um noch einmal so richtig schön angeschmachtet zu werden. Das konnte keiner so wie er. Aber seine Absichten waren andere: Er wollte für sich den endgültigen Schlußstrich ziehen. Und immer deutlicher wurde, daß wir uns kaum noch etwas zu sagen hatten. Um so zügiger tranken wir die Martinis mit Eis. Dann wollte er gehen. Eigentlich hatte ich damit gerechnet, daß er mit steigendem Alkoholpegel die Maske fallen-lassen und wieder auf die Knie fallen würde, aber er wollte unbedingt gehen. Beim Aufstehen blickte er mich todernst an und sagte: »Du wärst nie gut im Bett geworden. Eine gute Liebhaberin wirst du nie, davon bin ich hundert-prozentig überzeugt.« Über seinen pathetischen Auftritt mußte ich lachen.

»Da brauchst du gar nicht zu lachen«, sagte er wie ein Oberlehrer, »im Bett taugst du nichts.« Daraufhin mußte ich noch mehr gackern. Er sah aus, als würde er mich am liebsten auf der Stelle erwürgen.

Ich beruhigt mich und sagte: »Jetzt spinn doch nicht rum. Wir brauchen uns doch nicht gegenseitig zu belei-digen. Komm, laß uns noch woanders hingehen.«

Das lehnte er kategorisch ab: »Es hat keinen Sinn mehr. Ich will nicht mehr. Es ist vorbei.«

Ach, der schöne Abend, so verkorkst. Ich war so gut drauf, und er spielte hier den tragischen Komiker. Beim Abschied sagte er: »Du hast mich nie geliebt.«

Was sollte ich darauf sagen, er hatte ja recht. Meine feste Überzeugung, daß das ganze Leben noch vor mir lag, ge-stattete nicht, in Sigi schon die Endstation zu sehen. Un-denkbar, immer an denselben Kerl gekettet zu sein, der nach Belieben an einem herumbastelte und einem irgend-wann ein paar Schreihälse andrehte. In allen Wohnungen dieselbe Monotonie, eckige Bewegungen unter der Bett-decke, dreckige Wäsche, Achselschweiß und verklebtes Haar, Paderborner Landbrot und Bratkartoffeln zum Abendessen, Aktienfonds, Bausparverträge, Schwarzar-beit, und immer wieder muß die verdammte Gurke ir-gendwie untergebracht werden. Das konnte ich alles so gut gebrauchen wie Blutschwamm.

Später hörte ich, daß er einige Jahre nach unserem letz-ten Treffen eine Blondine geheiratet und drei Kinder mit

ihr hatte. Er führte mit seiner Frau, die ich um ihr Sexual-
leben beneidete, eine Apotheke in Göttingen, und wir sahen uns nie wieder. Sein Kumpel Andreas heiratete viermal die Falsche, kam mich nach jeder Scheidung besuchen
und spielte meine Geburtsdaten im Lotto. Sie brachten
ihm aber kein Glück.

11.   *Wunderlich trug seinen Namen zu Recht.*

Er war nicht so bieder wie er aussah. Politisch stand er
weit links, und wenngleich ich von Politik keine Ahnung
hatte, fand ich das irgendwie chic. Allerdings vertrat er
seine Ansichten immer mit einem derartigem Gebrüll, als
wäre er zuvor massiv angegriffen worden, was meiner
lammfrommen Mutter und mir Unwissenden völlig fern-
lag. Kam die Rede auf das Thema Politik, fing er automatisch an zu schreien. Aber auch bei anderen Themen ging
er sofort auf die Palme. Er glaubte die ganze Welt gegen
sich. Zusätzlich zu den Ausnahmefällen, in denen ich wirklich mal eine andere Meinung äußerte, war er auch noch
schwerhörig, so daß er selbst Zustimmung als Angriff verstand. Kurz: Er brüllte die ganze Zeit. Tief in seinem Herzen wünschte er keine Zustimmung, denn Zustimmung
brachte ihn aus dem Konzept. Auch Belanglosigkeiten
konnte er nutzen, um in Fahrt zu kommen. Sagte ich zum
Beispiel, der Himmel sei heute blau, schepperte es sofort
von seiner Seite, wo denn der Himmel blau sei und ob ich
noch alle Tassen im Schrank hätte, er hätte immer schon
vermutet, daß ich farbenblind sei.
  Meine Mutter hatte sich schnell angewöhnt, die Klappe
zu halten oder seine von ihr mäßig modifizierten Ansichten als die ihren auszugeben. So eine ständig tickende
Zeitbombe im Haus zehrte an den Nerven. Zugegebenermaßen hatte er in der Vergangenheit ein paar lästige Sachen erlebt. Im Krieg waren ihm in russischer Gefangenschaft beide Ohren abgefroren, weshalb sie jetzt ausssahen
wie gebügelter Blumenkohl. Außerdem hatte seine erste

Frau eine Sperma-Allergie gehabt: Jedesmal, wenn sie bumsten, bekam sie Schüttelfrost, Hautausschläge und Stoffwechselstörungen. Sein Händchen für hypergeile Frauen hatte er übrigens einem seiner Söhne vererbt. Der nahm sich eine, die vor jedem Fick zehn Vaterunser sprach und auf dem Hausaltar eine Kerze anzündete, und der Sohn mußte hinterher niederknien und Buße tun. Gelegentlich kam er uns besuchen, aber seine Knieschoner ließ er zu Hause. Er war Jungsozialist und kannte Willy Brandt persönlich. Er hatte dieselbe gestelzte Art wie sein Vater und nahm nach einem abfälligen Blick auf mein Disco-Outfit weiter keine Notiz mehr von mir.

Die Stimmung im Haus wurde immer gereizter. Als es wieder einmal rummste, schrie ich ihn an, er könne gleich wieder abhauen, wir bräuchten ihn nicht, und ich hätte durch ihn keine Vorteile außer dem neuen Farbfernseher. Und selbst der war noch ein Problem. Als Bildungsbürger lehnte er übermäßigen Fernsehkonsum prinzipiell ab, wohingegen meinetwegen die Glotze den ganzen Tag hätte laufen können. Meine Mutter war auch nicht verrückt nach Fernsehen, aber einem guten Krimi am Abend war sie nicht abgeneigt. Der Abend spielte sich folgendermaßen ab: Ich studierte heimlich das Fernsehprogramm und trug meiner Mutter meine Präferenzen inklusive Anfangszeiten vor. Meine Mutter traf eingedenk der Vorlieben Wunderlichs eine Art Vorauswahl, und dann warteten wir bis zum Sendebeginn.

Dasselbe machte aber auch Wunderlich. Heimlich blätterte er in der TV-Zeitschrift, um dann in aller Seelenruhe den Desinteressierten zu geben. Kamen meine Mutter und ich verfrüht aus den Löchern: »Heute gibt's einen tollen Film im Ersten«, ging sofort das Geplärre los: »Habt ihr nichts Sinnvolleres zu tun? Ihr solltet lieber mal wieder ein gutes Buch zur Hand nehmen. Der ganze

Hamsun steht unangetastet im Regal, ich habe noch nicht gesehen, daß du davon auch nur einen Band in die Hand genommen hättest. Fernsehen ist reine Volksverdummung.«

Also mußten wir warten, bis er selbst ankam, aber das konnte dauern. Um acht Uhr vierzehn saß er immer noch über seiner Klassikplattensammlung, als hätte er nie etwas vom Sendebeginn um acht Uhr fünfzehn gehört. Meine Mutter und ich hockten teils ängstlich (meine Mutter), teils angesäuert (ich) in der Küche, wann endlich ein Ton von ihm käme. »Gleich sagt er was«, meinte meine Mutter, »warte noch eine Minute.«

Ich war kurz vorm Explodieren. »Es fängt ja schon an, Mensch, und der kommt immer noch nicht in die Gänge.«

»Der kommt schon gleich, warte ab. Sonst geh ich gleich hin und sag was.«

Um achtzehn nach kam er ganz unschuldig in die Küche geschlendert und fragte treuherzig, ob es denn nichts im Fernsehen gäbe, und: »Warum sagt ihr denn nichts? Hat doch schon längst angefangen.«

Auf diese Weise verpaßten wir von sämtlichen Filmen den Anfang. Nach Filmende wurde dann augenblicklich ausgeschaltet, und wir saßen mit dem halbfertigen Abend dumm herum.

Eines Morgens schwirrte meine Mutter mit rosigem Teint durch die Wohnung und sang beim Eierkochen. Ich war so unvorsichtig, nach dem Grund zu fragen. »Kann sein, wir kriegen was Kleines«, zwitscherte sie, und Wunderlich nahm mit wichtiger Miene den Kakao aus dem Kühlschrank, den er wie alle Schwaben Kackau nannte, mit der Betonung auf der ersten Silbe.

Ich war wie vor den Kopf geschlagen. Nie hatte ich die Möglichkeit erwogen, nicht das einzige Kind meiner Mutter zu sein. Ich war beleidigt. Wenigstens hätten sie mich vorher fragen können. War ich etwa nicht genug? Ich hatte nicht die geringste Neigung, die Wohnung außer mit Wunderlich auch noch mit einem kleinen Brüllaffen nach seinem Ebenbild zu teilen. Vor meinem geistigen Auge sah ich einen zwergenhaften Wüterich in Windeln und in einem vom Geschrei schaukelnden Kinderwagen. Es war doch alles schon ungemütlich genug.

Zum Glück stellte es sich als Blindschuß heraus, worauf sie sich einen Hund kauften. Der war sehr niedlich mit wunderschönen großen Augen und einem weißen Fleck auf der Stirn. Er war eine Sie, und wir nannten sie nach meinem damaligen Freund Jackie.

Da ich in Mathe immer schlechter wurde, kam ein Nachhilfelehrer ins Haus. Das war der Mathematikstudent Oswald Klemm. Auch Herr Klemm trug seinen Nachnamen nicht zufällig. Als er meine Mutter zum erstenmal sah, verschlug es ihm schon die Sprache, und als ich mich dann mürrisch aus dem Hintergrund pellte, fiel er fast in Ohnmacht. Er tat so, als müsse er Marilyn Monroe persönlich unterrichten. In der Person des Oswald Klemm verband sich ein mathematisches Verständnis auf wundersame Weise mit einem extrem lebhaften Sexualtrieb, was meiner Mutter natürlich wieder vollkommen entging. Er war ein Hüne mit langen Zähnen, einer Scheitelfrisur und einem akkurat geschorenen Kinnbart und hätte sich in keiner Disco blicken lassen können, aber wenn man die modischen Kriterien einmal beiseite ließ, sah er gar nicht so übel aus.

Nachdem mir klar war, daß er vor Geilheit vibrierte, zog ich alle Register, um ihm die Hölle heiß zu machen. Wir redeten über Gott und die Welt, nur nicht über Mathe. Wenn ich meinen Rippenpulli aus Italien anhatte und eine Vorstellung von dem gab, was ich für verführerisch hielt, konnte er mit seinem Steifen fast den Schreibtisch unter die Decke stemmen. Meine mathematischen Leistungen gingen weniger steil in die Höhe.

Meine Mutter war von ihm begeistert. Sie fand ihn gebildet, seriös, sensibel und attraktiv, kurz, er war der geborene Schwiegersohn. Dabei war er reif für die Notschlachtung, wenn er aus meinem Zimmer kam. Herr Klemm war eigentlich Bergsteiger, aber da er mich dazu nicht überreden konnte, lud er mich zu langen Waldspaziergängen ein. Wir saßen auf Baumstämmen und tranken Bluna und quasselten irgendeinen Mist. Ich wußte, daß er unbedingt mit mir pennen wollte, und ich lehnte das unbedingt ab. Nach dem Fiasko mit Siegfried hatte ich mir geschworen, nie mehr mit einem Kerl ins Bett zu gehen, bis an mein Lebensende nicht.

Klemmi war aber nicht blöd. Er erzählte mir, daß er auf seinem Zimmer eine Unmenge Kartoffelchips hätte, und ich war wild auf Kartoffelchips. Als wir dann so gemütlich Chips knabberten und er nebenbei eine Flasche Wein aufmachte, die ich fast alleine leerte, geriet das Theater mit Sigi merklich in Vergessenheit, und ich fand mich bald knutschend auf seinen Knien wieder, wo seine Gurke bereits ein munteres Eigenleben entwickelt hatte. Kaum hatte ich das bemerkt, flog ich schon in hohem Bogen auf das Bett, und genauso plötzlich lag er auf mir und ruck-zuck war er auch schon drin. Und siehe da, ich war nicht zu eng und auch nicht zu trocken.

Beim Bumsen stellte er einen Geschwindigkeitsrekord auf. Danach war mir schlecht, von dem ungewohnten Wein und überhaupt. Ich jammerte herum, weil mir klar war, daß er mich gelinkt hatte, und er stand auf und holte einen Kochtopf, in den ich mich bei Bedarf übergeben konnte. Ich wartete, bis er sich, erschöpft von seiner Supernummer, wieder hingelegt hatte und die ersten ruhigen Atemzüge zu hören waren. Dann rammte ich ihm den

Topf einmal mit Wucht vor den Schädel. Er schoß kurz hoch und rollte verständnislos die Augen, dann sank er zurück in die Kissen. Am Haaransatz bildete sich eine Platzwunde, aus der es glänzend tropfte.

»Dafür, daß du mich überrumpelt hast, du Sack!« Ich schnappte mir noch eine Tüte Chips und fuhr mit der Bahn nach Hause. Wenigstens war ich jetzt keine Jungfrau mehr, das war wirklich ein Segen. So fürchterlich wie bei Sigi war es auch nicht gewesen. Zwar nicht gerade empfehlenswert, aber auch nicht so, daß man deswegen gleich kotzen mußte.

Meine Mutter hat nie begriffen, warum sich ihr gebildeter, wohlerzogener Oswald Klemm nicht mehr blicken ließ. Sogar seinen letzten Lohn holte er nicht mehr ab. Seine Unzuverlässigkeit enttäuschte sie so, daß sie ihn nicht einmal mehr anrief. Ich hatte immer schon gedacht, daß sie an ihrer Menschenkenntnis noch hart arbeiten mußte. Die Schwiegersöhne, die sie mir empfahl, konnte man jedenfalls alle in der Pfeife rauchen.

Kurz nach dieser Episode verknallte ich mich zum erstenmal richtig. Auf einer Party hatte ich einen Typen kennengelernt, der aussah wie Peter O'Toole, den ich in »Lawrence von Arabien« gesehen hatte. Mein Peter O'Toole war ein lieber, aber langweiliger Typ, der sich für Oper interessierte. Auf den Treppen vor der Stuttgarter Oper war es dann um mich geschehen. Als nämlich Peter O'Toole, der hier Simon hieß, seinen Freund Jürgen begrüßte: Mir war, als stünde Jesus persönlich vor mir. An diesem Moment war etwas Heiliges. Ich stand inmitten eines Goldregens und wußte, das war er. Jürgen war der Mann meines Lebens. Seine Freundin, die etwas hinter ihm stand, nahm ich kaum zur Kenntnis wie auch die anschließende Oper nicht.

Am Tag darauf waren wir zu einem Gartenfest eingeladen, wo ich Gelegenheit hatte, die Freundin näher zu inspizieren. Mit einem Blick sah ich, daß sie das genaue Gegenteil von mir verkörperte. Woraus ich den naiven Schluß zog, ihr haushoch überlegen zu sein. Sie war naturblond und entsprechend blaß, hatte ein feingeschnittenes, ungeschminktes Gesicht und einen breiten Mund mit leicht vorstehenden Zähnen. Ihre Kleidung war dezent, apart, wie sich die wahre höhere Tochter, aus der sich die künftige Dame entwickelt, eben zu kleiden hatte. Eine Edel-Ausgabe von Inge Kropf. Sehr dünn, ohne Busen, ohne Temperament, und doch stand sie bei den Männern hoch im Kurs. Um sie herum saßen vier bis fünf Freunde und unterhielten sich gedämpft, und sie thronte in der Mitte wie ein Kohlweißling unter lauter Pfauenaugen.

Jürgen brauchte ungefähr zwei Stunden, bis er mich endlich zum Tanzen holte. Ich dachte, na endlich, Mensch, wie lange willst du das Spielchen eigentlich noch spielen, ist doch sowieso alles klar zwischen uns. Ich kam überhaupt nicht auf die Idee, bei ihm hätte es nicht ebenso gefunkt wie bei mir. Nach zwei Tänzchen betrat auch schon Peter O'Toole die Bühne und meldete ältere Rechte an. Da ich kein Aufsehen wollte, begab ich mich mißmutig an seine Seite und kippte ein paar Biere in mich hinein. Jürgens Zurückhaltung erklärte ich mir damit, daß er seine Freundin nicht brüskieren wollte. Wenngleich mir solche Sensibilität eigentlich zuwider war – jedenfalls in solchen Situationen –, rang ich mir Verständnis dafür ab. Auch als Simon mir erzählte, die beiden seien verlobt, kratzte mich das kaum. Was hieß schon verlobt mit achtzehn Jahren? Der hatte ja komplett einen an der Waffel.

Ich weiß nicht mehr, wie ich seine Telefonnummer herausbekam, aber es dauerte keine Woche, und ich rief ihn an, um ihn auf ein Fest einzuladen. Er äußerte, er kenne seine Termine noch nicht genau, im Prinzip käme er gerne, und er werde im Lauf der Woche von sich hören lassen. Ich dachte, vielleicht gehört sich das so in vornehmeren Kreisen, daß man erst seine Termine checkt und dann zusagt, keine Ahnung.

Mitte der Woche fand ich einen langen Brief von Mr. O'Toole im Briefkasten, in dem er sich seitenlang ausmährte, was ich doch für ein hinterhältiges Weibsbild sei, heimlich seinen besten Freund anzubaggern, wo ich doch wisse, daß der auch noch verlobt sei, und ob ich denn überhaupt keinen Anstand im Leib hätte und so weiter.

Ich war geschockt. Nicht über den Brief, sondern über den Verrat. Der erste Mann, an den ich mein Herz verlor, verschmähte mich nicht nur, er verriet mich auch noch. Schlimmer ging es ja kaum. Meine Mutter meinte, da mir das im Leben noch öfter passieren würde, sei es nicht weiter der Rede wert. Diese Logik erschloß sich mir nicht. Ich wollte mich von dem Schlag gar nicht mehr erholen. Wunderlich erwog, dem Herrn einen saftigen Brief zu schreiben, was ihm einfiele, eine Dame so unflätig abzukanzeln, das stünde ihm als flüchtiger Bekanntschaft auf keinen Fall zu. Ich konnte ihn nur mit Mühe davon abhalten.

Meine schulischen Leistungen sanken rapide. Ich wurde dünn und ging fast jeden Abend ins Seestudio. Dort tanzte ich mit jedem, den ich zu fassen kriegt. Mein Outfit war jetzt ebenso perfekt wie meine Schminke, aber ich fühlte mich wie ein Welpe nach seinem ersten Tierversuch.

Das nächste Experiment ließ nicht lange auf sich warten. Er hieß Alfons und studierte in Tübingen Zahnmedizin. Ich hatte ihn schon ein paarmal gesehen, ohne daß er mir besonders aufgefallen wäre, aber eines Tages gingen wir miteinander. Wir trafen uns jeden Samstag, um auf den harten Discobänken herumzuknutschen, wie das damals alle machten. Nur die Tina ging soweit, ihrem Hardle von außen durch die Hose den Schwanz zu massieren.

Alfons war ein bequemer Typ. Er tanzte nicht, wollte nirgendwo anders hingehen und ging nicht mal mit mir spazieren, schon gar nicht, wenn es kalt war. Leider war gerade Winter. Es reichte ihm, sich mit mir in der Bank herumzudrücken und zu knutschen. Irgendwann wären wir miteinander ins Bett und dann zum Standesamt gegangen. Um etwas Pep in die Beziehung zu bringen, inszenierte ich ein paar Dispute, an denen mir nichts lag. Es war dann leidlich spannend zu verfolgen, ob er eigens aus Tübingen angereist kam oder lieber für sich beleidigt war. Als auch das nicht mehr interessant war, gabelte ich mir einen anderen auf. Der Fall Alfons war gegessen.

Kaum war der Fall Alfons gegessen, entflammte ich in rasender Liebe zu ihm und wollte ihn unter allen Umständen wiederhaben. Inzwischen hatte sich aber eine etwas ältere, konservativ gekleidete Maus an ihn herangemacht, und bequem, wie er war, blieb er gleich mit ihr in der Bank hängen. Auf einmal fand ich ihn höchst anziehend, aufregend tiefgründig und erotisch wie Tom Jones in seinen besten Zeiten. Leider war nichts mehr zu machen. Zwar war ich davon überzeugt, daß er die neue Lady nur deshalb behielt, um mir eins auszuwischen, aber wahrscheinlich waren seine Beweggründe gar nicht so differenziert, und es war ihm schlicht egal, wem er seine Zunge in den Hals steckte.

Daraufhin wurde ich noch dünner. Ich wurde richtig mickerig. Das Leben erschien mir wie ein langer, breiter Fluß, auf dem ich mit meinen zerbrochenen Hoffnungen als Treibgut herumirrte. Prompt fiel ich durchs Abitur.

Sie holten mich für Biologie ins Mündliche, und ich hatte den totalen Blackout. Kein Wort kam über meine

Lippen. Aus und vorbei. Seit zwanzig Jahren war auf diesem erlauchten Gymnasium keiner mehr durchs Abitur gefallen, und jetzt gleich zwei. Meine Freundin Margit und ich.

Die arme Margit war in Tränen aufgelöst. Ich dagegen verursachte einen kleinen Skandal, indem ich herumschrie, daß es sich hier um Schiebung und Korruption handele und mich *ja* keiner anfassen solle. Wir hätten geplant, in der Stadt einen saufen zu gehen, und das würden wir jetzt auch tun. Na gut, wenn Margit nicht wolle, dann würde ich eben alleine gehen, das sei alles eine Riesensauerei, was hier passiere und gehöre eigentlich an die Presse.

Die Direktorin, die mich heute zum erstenmal in der Pracht meines dramatischen Talents erlebte, war besorgt um mich: »Nicht, daß sie sich was antut. Ich möchte, daß sie nach Hause begleitet wird. Und jemand soll die Eltern vorab informieren.«

»Wenn einer wagt, mich anzufassen, kann er was erleben!« brüllte ich wieder, und zu Margit: »Jetzt hör doch auf zu heulen, Mensch, laß uns in die Stadt fahren, einen saufen. Es war doch so verabredet, egal, ob wir bestehen oder nicht. Komm, zieh jetzt nicht den Schwanz ein.« Aber Margit heulte in einem fort, streng vor mir beschützt von ihrer Zwillingsschwester und einigen anderen Hyänen, und mich fuhr ein Pauker nach Hause, den ich nie zuvor gesehen hatte.

Zu Hause stand mein Lieblingsessen, Spargel in zerlassener Butter mit neuen Kartoffeln und luftgetrocknetem Schinken auf dem Tisch. Daneben ein Schälchen Erdbeeren mit Sahne. Bei dem Anblick wurde mir schlecht. Und mir wurde noch schlechter beim Blick in das Gesicht meiner Mutter. So betroffen hatte ich sie noch nie gesehen.

Wir setzten uns an den festlich gedeckten Tisch und verspeisten das köstliche Essen, und mir fiel die neue Lederjacke ein, die ich schon vorab für das bestandene Abitur erhalten hatte. Keiner sagte ein Wort. Selbst Wunderlich hatte es die Sprache verschlagen. Er sah aus wie jemand, dem die Bank das Konto gesperrt hat und der für die nächsten zwei Wochen noch zehn Mark hat. Böse Situation. Aber nicht tödlich.

Nach dem Essen legten wir uns schlafen. Ich wälzte mich im Bett umher und hoffte gelegentlich, nur schlecht geträumt zu haben, und als ich endlich einnickte, hörte ich Steinchen an mein Fenster fliegen.

Draußen stand fast die ganze Klasse. Sie waren mit ein paar Autos hergefahren, um mich abzuholen. Mir kamen fast die Tränen. Ich zog mich schnell an und stieg ein. In den Wagen herrschte eine Bombenstimmung. Wir tranken Bier aus Dosen und grölten, was die Stimmbänder hergaben. Als wir Margit abholen wollten, kam ihre Mutter an den Gartenzaun: »Margit bleibt hier.« Und zu mir gewandt sagte sie: »Und mit dir wollen wir in Zukunft nichts mehr zu tun haben, hast du gehört?« Dann fuhren wir von einer Familie zur anderen, bekamen überall Kaffee, Kuchen und Schnaps und Sekt, und keiner der Eltern ahnte, daß ich eigentlich gar keinen Grund zum Feiern hatte. Ich fühlte mich wie ein Waisenkind, das den Heiligen Abend bei einer Familie mit geordneten Verhältnissen verbringt und am nächsten Tag ins Heim zurückgeht. Trotzdem ließ ich mich vollaufen und lachte und schmetterte »Yellow Submarine«, als hätte ich im Lotto gewonnen.

Als ich spätabends sturzbesoffen nach Hause kam, empfing mich meine Mutter mit den Worten: »Damit du Bescheid weißt, du holst das Abitur nach. Und diesmal wird gelernt, Fräulein, sonst lernst du mich kennen.«

Und so latschte ich ein weiteres Jahr in die gottverdammte Schule, getrennt von meiner Freundin Margit, die sie extra in die Parallelklasse steckten, wo sie sich bald wohler fühlte als mit mir.

Ich fristete ein Leben als traurige Berühmtheit der ersten nichtbestandenen Abiturientin in zwanzig Jahren, paukte Bio und Geschichte, lernte Gliederungen im Deutschaufsatz, prägte mir den Unterschied zwischen Jambus und Trochäus ein, brachte am Barren wieder und wieder die Lachnummer mit dem hängenden Kartoffelsack, panschte im Kunstunterricht mit Lehm herum, baute Türme von mathematischen Gleichungen mit unendlichen Summen als Ergebnis, schwang den Zirkel, hielt Referate über den Bau des Auges und die Bildung von Cumuluswolken, und das alles, um auf dieselben Fragen ein Jahr später in Biologie eine passende Antwort zu geben. Sie fragten mich tatsächlich wieder den CO_2-Transport im Blut ab. Das ist die Sache mit dem Hämoglobin.

Für den Abi-Ball kaufte ich mir bei C&A ein Maxikleid in Hellblau, weil Maxi gerade groß in Mode kam. Unter den wohlwollenden Blicken der Direx soff ich mich zügig zu. »Ich bin richtig froh, daß du es jetzt geschafft hast«, säuselte sie und strich mir sogar über das Haar. Ich hatte gar nicht gewußt, daß sie mich so ins Herz geschlossen hatte.

Vom Schulbetrieb hatte ich den Kanal endgültig voll. Ich erklärte meiner Mutter, daß ich nicht die Absicht habe, jetzt auch noch zu studieren, ich wolle lieber Geld verdienen. Mich brächten keine zehn Pferde in einen Verein, der einer Schule auch nur entfernt ähnelte. Erstaunlicherweise kam kein Einwand.

fing ich als sogenannte korrespondierende Sachbearbeiterin an. Dazu hatte genügt, sich als Abiturientin vorzustellen und nicht völlig blöd aus der Wäsche zu gucken, schon hatte man den Job. Jobs gab es wie Sand am Meer. Da der Verlag den Begriff »Bildungsgemeinschaft« in seinem Name führte, war meine Mutter der Auffassung, daß diese Stelle ganz besonders für mich geeignet sei. Die »Bildungsgemeinschaft« lag in der Stuttgarter Innenstadt, und ich mußte jeden Morgen mit dem Zug fahren und dann noch in die Straßenbahn umsteigen. Wenn alle anderen noch schliefen, jagte ich um sechs Uhr bei Wind und Wetter zum Bahnhof und bestieg auf den letzten Drücker den Vorortzug, in dem ich eins der Brote aß, die meine Mutter mir eingepackt hatte, und höllisch aufpassen mußte, daß mich die erloschenen Gesichter der Mitreisenden nicht gleich wieder einschläferten. Einige pennten hinter ihrer Zeitung, andere stierten mit hängenden Mundwinkeln aus dem Fenster, als überlegten sie gerade, mit welcher Methode sie sich um die Ecke bringen wollten, und nur die ganz Jungen hatten schon Schwung genug, sich zu unterhalten. Zwar war ich froh, nicht mehr zur Schule zu müssen, aber diese Vorortzugidylle war auch nicht das Gelbe vom Ei. Ich dachte ausführlich darüber nach, welche Klamotten ich mir von dem verdienten Geld kaufen und wie toll ich hoffentlich darin aussehen würde und daß ich niemals mit einem solchen Sackgesicht in diesem Zug sitzen wollte wie diese Leute hier.

Die korrespondierenden Sachbearbeiterinnen saßen zu

je sechst um sechs lange Tische herum, an deren Kopf die Gruppenleiter oder die Gruppenleiterinnen thronten. Die Gruppen staffelten sich nach der Dauer der Zugehörigkeit der Mitglieder des Bildungsvereins. Der vorderste Tisch bearbeitete die fünfzehn- bis zwanzigjahrelangen Mitglieder, der nächste Tisch die zehn bis fünfzehnjahrelangen und so weiter. Ich kam an den Tisch, der die Neuzugänge bearbeitete. Man hätte ihn besser den Tisch der Reklamationen nennen sollen. Die Mitglieder wurden auf den Straßen geworben, indem man ihnen kleine Gewinne wie Kugelschreiber, Kerzen, Radiergummis und so weiter unter die Nase hielt und sie diese Gewinne der Ordnung halber auf einem Quittungsformular quittieren ließ. Bei den Quittungsformularen handelte es sich um Mitgliedsanträge, was natürlich bei der Unterschrift verheimlicht wurde. Wenn dann unsere Mitgliedsunterlagen samt Katalog ins Haus flatterten, fielen die glücklichen Gewinner aus allen Wolken. Die Verdränger und die Hartgesottenen, die das Zeug einfach wegwarfen, erhielten nach einer Anstandsfrist, innerhalb derer sie aus dem Katalog Bücher oder Platten hätten bestellen können, unseren sogenannten Auswahlband zugesandt. Jetzt wachten auch die verschlafensten Penner auf und schrieben freche Briefe, daß sie nirgendwo Mitglied wären und das scheiß Buch anbei zurücksenden würden. Manche schrieben auch, holt euch den Mist selber ab, die Mühe mache ich mir nicht, ich habe keinen Auftrag erteilt.

Jede der Sachbearbeiterinnen meiner Gruppe hatte einen großen schwarzen Ordner mit den Anworten auf die gängigsten Beschwerden und zwar aufgeteilt in einzeln numerierte Abschnitte, die je nach Briefschwerpunkt miteinander kombiniert werden konnten. Schrieb zum Beispiel einer, er fände die Zusendung des Buches unverschämt und könne sich überhaupt nicht erklären, was das solle, dann suchten wir aus Antwortbrief eins Abschnitt eins bis drei und aus Antwortbrief drei Abschnitt fünf heraus: Liebes Mitglied, Sie haben sicher nicht mehr in Erinnerung, daß Sie am soundsovielten einen Vertrag bei uns unterschrieben haben, aber wir freuen uns dennoch, Sie blabla. Wenn Sie das nächstemal rechtzeitig selbst eine Bestellung vornehmen, erhalten Sie natürlich unseren beliebten Auswahlband nicht. Andernfalls freuen wir uns, wenn Sie uns diese Auswahl überlassen, und danken für Ihr Vertrauen blabla. Dazu eine verlogene Grußformel. In unsere Formulare schrieben wir I/1–3 und III/5. Den ganz Aufgebrachten legten wir eine Kopie des Mitgliedsantrages bei. Aus dem Vertrag sofort zu entlassen waren die über Fünfundsechzigjährigen und Kinder, alle anderen blieben im Netz der Bildung gefangen.

Mit manchen der sogenannten Mitglieder entwickelte sich eine rege Korrespondenz. Gab sich der eine als Sohn des Bürgermeisters zu erkennen, war die nächste die Schwiegermutter eines Rechtsanwalts, auf manchen Briefbogen war die Tinte tränendurchweicht, weil der Ehemann die Verfasserin totschlagen wollte, wenn noch einmal so ein Auswahlband käme, und andere baten darum, die Bände an die Nachbarin zu schicken, damit die Ehefrau keinen Wind davon bekäme und so weiter. Wenn nach vier bis fünf Briefen keiner der Abschnitte aus dem schwarzen Ordner mehr paßte – man konnte sich ja nicht monatelang über das neue Mitglied freuen oder behaupten, der Auswahlband sei so beliebt –, wanderte die Post zur Gruppenleiterin, die einen maßgeschneiderten Brief ins »Diktophon« säuselte. Die besprochenen Platten, die aussahen wie Langspielplatten, wurden gesammelt ins Schreibbüro gegeben.

Bis ich die Vorgänge kapiert hatte, ging eine Weile ins Land, was nicht an meiner Begriffsstutzigkeit lag, sondern an unserer Gruppenleiterin, die neben einer Hasenscharte noch einen veritablen Wolfsrachen ihr eigen nannte und folgerichtig tatsächlich auch Wolf hieß. Frau Wolf trug einen pechschwarzen, hochtoupierten Haarhelm wie die Wachen vor dem Buckingham Palace und hatte stechende, schwarze Knopfaugen, die vorwiegend vorwurfsvoll blickten. Darüber hinaus verfügte sie über extrem lange, abwärts gekrümmte, perlmuttfarbene Fingernägel, mit denen sie alle halbe Stunde in einen Niveatopf stach und sich die Pfoten salbte, und damit die Creme nicht unter den Klauen hängenblieb, bog sie den Finger nach oben und spreizte die anderen Finger soweit wir möglich vom Handteller ab. Dabei bedachte sie uns mit ihren kohlrabenschwarzen Kontrollblicken.

Unbeleckt von jeder Selbstkritik lebte Frau Wolf in dem Glauben, sie spräche mit der Deutlichkeit und dem Nuancenreichtum einer Tagesschausprecherin, und wenn man schüchtern zu verstehen gab, daß man ihr Geknurre leider eventuell nicht ganz verstanden habe, strafte sie einen mit einem Blick, der geradewegs aus der Hölle zu kommen schien. An das Schwäbische hatte ich mich mittlerweile gewöhnt, aber bei dem geröchelten Gebell der Frau Wolf war Hopfen und Malz verloren. Frau Wolf arbeitete mich systematisch, wie sie das nannte, in die Materie ein, machte hier und da zur Unterstreichung des Gesagten bedeutungsvolle Gesten, salbte sich die Pfoten und fragte in regelmäßigen Abständen vorwurfsvoll: »Haben Sie das auch verstanden?«

Am Anfang wollte ich sofort zum Abteilungsleiter marschieren und ihm mein Leid klagen. Nach ein paar Tagen aber, an denen ich kein einziges Wort verstanden hatte, fühlte ich mich allmählich in ihre Lautäußerungen ein und zapfte mir einige Sinnzusammenhänge daraus ab. Die anderen beäugten mich mit leiser Schadenfreude.

Frau Wolf war das Ziehkind des Abteilungsleiters, der hier ungestört den Platzhirschen mimte. In seiner Gruppe, die die bewährten, da freiwilligen Altmitglieder betreute, hatte er eine Schar von älteren, beleibten Damen versammelt, die ihm mit dezent devotem, aber penetranten Optimismus das Terrain sicherten. Ach, was sind wir heute wieder alle gut drauf, kommedse, trinkedse noche Täßle. Habedse gßähe, die Pfingschtrose vorm Bahnhäusle blühet scho.

Seine sparsame Intelligenz verbarg er geschickt hinter akkuraten Krawattenknoten und glatten Revers, und wenn er eins auf den Tod nicht ausstehen konnte, dann waren das Animositäten oder gar Scherereien, denn die Keep-smiling-Masche funktionierte ja nur im Friede-Freude-Eierkuchenmilieu, zuverlässig gedüngt vom schwäbisch-bräsigen Geschnäbele seiner kaffeetrinkenden Hausfrauengilde. Obwohl er den treusorgenden Familienvater gab, hielt ich ihn sexueller Absonderlichkeiten für durchaus aufgeschlossen. Wahrscheinlich war er aber nur schwul und zu blöd, es zu merken.

»Die Frau Wolf habe ich entdeckt, gell, Frau Wolf«, rief der Platzhirsch, wenn ihn nach Leutseligkeit gelüstete, »aus unserer Frau Wolf haben wir noch richtig was gemacht, gell, ich weiß noch, wie sie als jungs Mädle bei uns angefangen hat, jaja, wie die Zeit vergeht.« Wir anderen sahen ihn an, als hätte er einen Dachschaden, und Frau Wolf lächelte schmal, weil sie in unserer Gegenwart nicht gerne daran erinnert wurde, daß sie auch einmal als korrespondierende Sachbearbeiterin angefangen hatte. Aber für solche Empfindlichkeiten haben Männer keinen Sinn, es sei denn, es handelt sich um ihre eigenen.

Mir blieb immer ein Rätsel, wie die bedauernswerten Hühner aus dem Schreibbüro, die ich nie zu sehen bekam, die geröchelten und geknurrten Diktate der Frau Wolf auch nur annähernd verstehen konnten. Die Briefe wimmelten auch stets von Fehlern, und Frau Wolf machte sich mit nachsichtiger Großzügigkeit an endlose Korrekturen, wobei sie nicht selten den schwarzbehelmten Kopf schüttelte angesichts der geballten Ladung von Dummheit, die ihr tagtäglich zugemutet wurde. Erst nach ihrem ausdrücklichen Segen verließen die Briefe das Haus. Ich dachte, was würden die Schreibbürodamen froh sein, wenn statt Frau Wolf ich die Briefe diktieren würde.

Als Frau Wolf sich ihre Grippe nahm, sah ich meine Chance gekommen. Ich griff mir ihr Diktiergerät und diktierte fröhlich phantasierend vor mich hin. Endlich eine Abwechslung. Ich hörte mich gerne quatschen. Ich quatschte stapelweise Platten voll, ich quatschte mir den Hals trocken und die Zunge faltig, ich faselte und schnäbelte und log das Blaue vom Himmel herunter, ich tröstete und drohte, ich flirtete sogar, es gab nichts, das ich nicht meinem flotten Formulierungswahn unterwarf, und ich war davon überzeugt, daß meine originellen Briefe sogar zur Unterhaltung des Schreibbüros beitrugen. Auf einmal machte das Leben Spaß.

Dann war Frau Wolf wieder gesund. Gemocht hatte sie mich nie, aber jetzt gab es die Feindschaft unverdünnt. Als ich einmal Kaffeepause machte, erläuterte sie dem Abteilungsleiter meine Dreistigkeit, doch wider Erwarten befürwortete er die »Entlastung« der armen Frau Wolf, die damit für »höherwertige Aufgaben« freiwerde, was immer das heißen sollte. Am wenigsten wußte das Frau Wolf, und überhaupt wollte sie gar nicht entlastet werden, weil sich dann herausstellen würde, daß sie überflüssig war. Vorläufig rissen wir beide uns um die schwierigen Fälle, mit denen sie sich vorher wichtig gemacht hatte, und quasselten in schöner Disharmonie die Platten voll, bis es keine schwierigen Fälle mehr gab. Da ließ sie sich den

Klops einfallen, ich sei der deutschen Sprache nicht mächtig. Zum Beweis zitierte sie Wörter des schwäbischen Sprachgebrauchs, die im Hochdeutschen eine andere Bedeutung haben, und umgekehrt. Erwartungsgemäß gab der schwäbische Abteilungsleiter der entrüsteten Frau Wolf recht, und ich stand da wie der Depp.

Zu Hause befragte ich den gebildeten Wunderlich, der mich mit einem Duden ins Büro schickte. Ich wackelte also mit dem Duden zum Platzhirschen und wies ihn auf die Stellen hin, die mich rehabilitierten. Nach einem flüchtigen Blick meinte er lapidar: »Auch der Duden ist nicht unfehlbar.« Ich war sprachlos.

Zwischen Frau Wolf und mir herrschte ab sofort offener Krieg, und auch der Platzhirsch war mir nicht mehr wohlgesonnen, hatte doch der Duden auch seine Forumulierungsgabe infrage gestellt. Zu allem Überfluß lag ich auch noch mit meiner Sitznachbarin hinter mir im Clinch darüber, wie oft und wie lange das Fenster geöffnet werden sollte und wer wie oft rauchen dürfe und so weiter. Die ersten Vorahnungen suchten mich heim, daß ich hier nicht alt werden würde.

In meiner Gruppe gab es eine perfekt gestylte Blondine, die bei uns nur auf Durchreise war, um die nötigen Flocken für eine neue Existenz in München zu verdienen, wo sie entweder als Mannequin oder als Filmsternchen jobben oder sich einen gutsituierten Kerl suchen wollte. In breitestem Schwäbisch sang sie tagaus, tagein dasselbe Lied: »Schtueget isch so fad!«, was heißen sollte, daß Stuttgart sehr langweilig sei. Für eine Karriere als Mannequin fand ich sie zwar zu gut im Futter, aber auf ein Verhältnis mit einem schauspielernden Alkoholiker konnte sie sich berechtigte Hoffnungen machen. Angeblich hatte sie schon einen Freund in München, der ihr bei den ersten Schritten behilflich sein wollte, und es handele sich nur noch um Wochen, bis sie diesen »ohmeglichen Verein« (unmöglichen Verein) verlassen werde, und ich wolle doch wohl auch nicht in diesem Spießerklub versauern. Wenn ich hier noch länger bliebe, sähe ich bald aus wie die Frau Wolf, ob ich daran etwa ein Interesse habe.

Hatte ich nicht. Und so schrieb ich einer ehemaligen Mitschülerin, von der ich wußte, daß sie in München studierte, ob sie mir nicht dort ein Zimmer besorgen könne. Wenn ja, wolle ich mich im nächsten Semester an der Uni einschreiben. Die Freundin, Almut, schrieb zurück, das mit dem Zimmer sei für sie kein Problem, und wenn ich soweit sei, stünde in ihrer Wohnung ein Zimmer frei, und wie herrlich das Studentenleben in München sei, und sie vögele sich nur so durch die Betten, es sei ein Traum, sogar im Englischen Garten treibe sie es, und niemals wolle sie dieses Leben gegen ein anderes tauschen. Das irritierte mich, denn von früher kannte ich sie als graue Maus, die kaum den Mund aufkriegte und nicht mal in die Disco durfte.

Zu Hause brauchte ich ab sofort kein Geld mehr abzugeben, sondern sollte es sparen, denn Wunderlich hatte seinen beiden Söhnen das Studium zu finanzieren, weshalb für mich nichts übrigblieb, und meine Mutter hatte kein eigenes Geld. Da an elterliche Unterstützung also nicht zu denken war, dackelte ich zum britischen Konsulat, schwor der englischen Staatsangehörigkeit ab, nahm die deutsche an und stellte Antrag auf Bafög. Bis das ins Rollen kam, verging einige Zeit. Ich sparte eisern ein paar tausend Mark zusammen, verabschiedete mich von meinem Freund Norbert, der ein Jahr lang vergeblich versucht hatte, mich ins Bett zu kriegen, und fuhr mit dem Zug nach München.

Meine Mutter begleitete mich auf den Bahnsteig. Ich hatte einen großen, schweren Koffer dabei, in dem sich hauptsächlich mein riesiges Tonbandgerät und mein Radio befanden, und nachdem wir das schwere Biest ins Koffernetz gehievt hatten, kam die tränenreiche Abschiedsszene. »Daß du mir nicht alleine den großen Koffer da runterholst!« waren ihre bewegenden Worte zum Abschied. »Der ist zu schwer für ich. Frag jemanden aus dem Abteil. Hast du gehört?«

»Jaja.«

»Und in München suchst du einen Gepäckträger, hörst du, die gibt's da überall. Tu mir den Gefallen.«

»Ja.«

»Und schreib gleich, wenn du angekommen bist. Und wenn da ein Telefon in der Wohnung ist, ruf mich an. Hier, ich bezahle das. Melde dich sofort, ob alles glattgelaufen ist, hast du gehört?«

»*Ja.*«

»Schreib mir gleich, wie es dir geht. Ich glaube, der Zug fährt gleich, ich muß raus. Und sei vorsichtig mit allem, paß auf dein Geld auf, und heb nicht soviel auf einmal ab, teil's dir gut ein, gib es nicht für irgendeinen Mist aus. Denk daran, es dauert noch, bis das Stipendium kommt. Und schreib der Oma, die will wissen, wie es dir geht. Hast du gehört?«

Jetzt hatten wir doch beide feuchte Augen.

Endlich saß ich im Abteil. *Hast du gehört, hast du gehört*, ratterte der Zug. Zwar fühlte ich mich etwas verlassen, aber auch sehr erwachsen, geradezu bedeutend. Auf München war ich gepannt wie ein Flitzebogen, und gleichzeitig hatte ich Schiß vor der großen Stadt. Aber jetzt ging das Leben los, und ich war dabei. Ohbedengt wollte ich ebbes ärlähbe, das war das, was ich mir am meisten wünschte auf der Welt.

in den Münchener Hauptbahnhof war beeindruckend. Soviele Geleise auf einmal hatte ich noch nicht gesehen. Da im Abteil niemand war, der kräftiger aussah als ich, wuchtete ich meinen Koffer alleine herunter und schob ihn auf den Gang, der schon überfüllt war von Leuten, die die Ankunft nicht im Abteil abwarten konnten. Wie die Heringe standen wir mit unserem Gepäck schweigend im Gang und schauten aus dem Fenster, wo es eine halbe Stunde lang nichts anderes zu sehen gab als unglaublich viele, sich immer wieder neu verzweigende Geleise. Einen Moment lang hatte ich schreckliches Heimweh.

Auf dem Bahnsteig konnte ich keinen Kofferträger erblicken, und die wenigen Kofferwagen waren blitzschnell vergriffen. Neben dem schweren Koffer war mein Problem, daß ich nicht wußte, für welche Richtung ich mich entscheiden sollte. Der Umstand, daß der Bahnhof über mehrere Ausgänge verfügte, verwirrte mich. Das einzige, was mir an Information zur Verfügung stand, war auf einem kleinen Zettel notiert und lautete: »Lucile-Grahn-Straße«. Ich wußte nicht einmal den Namen des Stadtteils. Auf einmal war ich wieder so dumm wie eh und je und fühlte mich hilflos wie eine besoffene Wespe.

So schnell ich konnte, trabte ich hinter der großen Masse der Leute her und fand mich an einer Straßenbahnhaltestelle wieder. Ich stand einfach mit den anderen herum und wartete mit ihnen auf eine Bahn, ganz gleich, auf welche. Höchstwahrscheinlich wäre ich in meiner Not tatsächlich in die nächste Bahn eingestiegen, aber mein

Gottvertrauen wurde belohnt, indem einer der Wartenden ein Taxi rief und der ökonomisch denkende Taxifahrer uns zurief: »Will noch wer zum Flughafen?« Mit dem Mut der Verzweiflung rief ich: »Ich muß zur Lucile-Grahn-Straße.« Ich hätte mich auch gemeldet, wenn ich nach Nymphenburg gemußt hätte. »Kimman S'«, forderte er mich auf, und zu seinem Fahrgast: »Gell, Sie san einverstanden?« Und bestätigend zu mir: »Des packmer scho. So a netts Diandl und so a schwerer Koffer. Setzen S' Eahna, i moch des scho.«

Seine Äußerungen als Einladung interpretierend, robbte ich mich in den Wagen zu dem generösen Fahrgast, der am Ende der Fahrt nicht einmal meinen Anteil am Fahrgeld haben wollte. Ich muß unheimlich nach Geld ausgesehen haben.

Die Lucile-Grahn-Straße mündete in den Prinzregentenplatz. Die Häuser waren im Patrizierstiel erbaut, sehr hochherrschaftlich. Im gefliesten Hauseingang des Hauses, in dem ein Zimmer auf mich warten sollte, begrüßte mich ein »Salve«, einen Aufzug gab es aber nicht. Eine halbe Stunde später war ich mit dem Koffer im fünften Stock. Dort begrüßte mich die Zimmerwirtin, Frau Lohmeier, und erklärte mir gleich an der Tür die drei verschiedenen Sicherheitsschlösser. Ich fand, sie hätte sich damit ruhig Zeit lassen können. Nach den vielen neuen Eindrücken blieb in meiner Birne sowieso nichts haften. Dann erklärte sie mir den Ofen in meinem Zimmer sowie die finanzielle Regelung mit dem Ölkännchen und wies mich darauf hin, daß ich in ihrer Küche die Möglichkeit hätte, mir was zu kochen.

Der Anblick meines Zimmers verschlug mir fast die Sprache. Es war so winzig, daß sich Amnesty International hätte darum kümmern sollen. Den meisten Platz nahm ein riesiger Kleiderschrank ein. Zwischen ihm und dem

Bett war ein knapper halber Meter Abstand, und hinter dem Bett kam gleich die Wand. Direkt am Fußende stand ein Schreibtisch, und gleich dahinter der Ölofen. Der größte Luxus war das Fenster, aus dem man einen Blick auf Hunderte von Dachpfannen der benachbarten Häuser hatte. Ich sank auf das Bett. Ich war so müde, daß ich hätte heulen mögen.

Almuts Zimmer lag gleich nebenan und war etwa dreimal so groß. Nur leider war Almut zur Zeit nicht in München, sondern, wie Frau Lohmeier erklärte, in London und wurde erst ein einer Woche zurückerwartet. Damit hatte ich nicht gerechnet. Plötzlich vermißte ich mein Zuhause, die gewohnte Ansprache, den Hund, das pünktliche Abendessen, die Klopperei um das Fernsehprogramm. Ich hatte Angst vor dem Unbekannten und vor meiner eigenen Blödheit. Ich fühlte mich wie ein Hund, der sich in die Freßmeile von Peking verirrt hat.

Am nächsten Morgen raffte ich mich auf und spazierte in die Stadt. Ich ging zu Fuß, weil ich Geld sparen mußte und außerdem bei den Fahrkartenautomaten nicht durchblickte. Auf gut Glück trabte ich die Straße entlang, bis sie in eine andere mündete, umrundete das Maximilianeum, überquerte die Isar, spazierte die Dienerstraße entlang bis zum Marienplatz, von dort zum Stachus hoch und dann die Kaufingerstraße retour bis zum Viktualienmarkt. Auf meinem langen Weg bewunderte ich die schönen alten Häuser und die erhabenen Monumente mit den lateinischen Inschriften, die breiten Straßen, den überwältigenden Straßenverkehr, die vielen Sportwagen, die lässig flanierenden Menschen, das farbenfrohe, mediterrane Treiben, die vornehm distanzierten Geschäftsfassaden. In meiner Ehrfurcht versanken die Reste meines Selbstbewußtseins bis auf weiteres wie in einem tiefen Gully. Ich war ein Nichts.

In der Nähe des Viktualienmarktes verlief ich mich.

Und wieder vertraute ich auf mein Glück und setzte mich auf eine Bank. Womöglich kam ja wieder der freundliche Taxifahrer vorbei. Nach einer Weile fragte mich ein Mann, ob ich mich verlaufen hatte. Vielleicht, dachte ich, sitzen in München jungen Frauen nicht einfach so auf Bänken, und bejahte. Er begleitete mich auf meinem Weg zurück und stellte keine Forderungen. Kurz war ich überzeugt, einen Schutzengel zu haben. Dann kaufte ich mir bei Hertie ein T-Shirt und einen Minirock zum Wickeln, und bei der Anprobe einer schwarzen, langen Hose ließ ich prompt die Tüte mit T-Shirt und Rock in der Kabine stehen. Als ich wiederkam, war sie weg. Wenigstens hatte ich noch mein Portemonnaie.

Ich kaufte mir einen Topf Schweineschmalz mit gerösteten Zwiebeln obendrauf, ein Paket billiges Brot, ein Päckchen Salz und eine Flasche Mandarinensirup. Ich ernährte mich in den folgenden drei Wochen von Schmalz und verdünntem Sirup, bis ich Pickel im Gesicht kriegte.

Am nächsten Tag ging ich erstmal zu Fuß in die Uni. Das war ein ganzes Stück. Mir taten noch die Füße von gestern weh. Im Uni-Hauptgebäude hingen die Vorlesungsverzeichnisse in Glasvitrinen aus, und die Studenten machten sich ihre Notizen. Einen, der besonders informiert auf mich wirkte, sprach ich an, was er hier schreibe. Er freute sich über die Ansprache, und wir gingen im Englischen Garten spazieren. Dort sah ich buntgekleidete, heruntergekommene Gestalten in der Sonne dösen. Jemand spielte eine Trommel, ein Hare-Krishna-Grüppchen zog singend über die Wiesen, und ein fremder, süßlicher Geruch lag über dem ganzen Park. Das Herumliegen in den edlen Lumpen, das Fehlen jeder Hektik wirkte auf mich ebenso dekadent wie attraktiv, und ich wünschte nichts sehnlicher, als dazuzugehören. Als der Student mich küssen wollte, trennten wir uns.

Schon nach drei Tagen kam mich der treue Norbert besuchen. Da er nicht bei mir übernachten konnte, mußte er noch in derselben Nacht zurückfahren, aber zuvor schlenderten wir durch das abendliche Schwabing und guckten uns die Leute an. »Du bist viel zu hübsch für hier«, meinte er und hatte recht. Mit meinem schwäbischen Disco-Outfit, meinem Vornekurzhintenlanghaarschnitt und meinen aufgemalten Wimpern am unteren Lidrand war ich wirklich einmalig. Einmalig daneben. Kein Mensch lief hier so dämlich aufgebrezelt durch die Gegend.

In ihren langen, bunt bestickten Röcken, ihren Samtwesten und mit ihren wildwachsenden, offenen und oft rotgefärbten Haaren sahen die Frauen aus wie lauter Uschi Obermaiers, und die Männer trugen abgewetzte Westernstiefel zu Sternchenhosen und sahen ungesund aus, und wenn sie richtig gut waren, ähnelten sie Che Guevara. Bemerkenswert war vor allem eine leichte bis mittelschwere Ungepflegtheit, seien es verfärbte Zähne, abgesplitterter Nagellack oder schmutzige Füße. Für mein Anpassungsprogramm plante ich zunächst den abgesplitterten Nagellack ein. Eins stand fest: An Stuttgart war die Hippiebewegung komplett vorbeigegangen.

Am nächsten Tag entdeckte ich im Schaufenster einer Boutique eine lilagestreifte Weste, die mir hippiegerecht genug eschien, um dafür eine Stange Geld zu opfern. Die Boutique hieß »Sweetheart« und war sehr klein. Ich erkundigte mich nach dem Preis. »Hunderachtundneunzig«, sagte die Verkäuferin etwas provozierend. Für hundertachtundneunzig Mark konnte man ein ganzes Schwein kaufen. Ich zeigte mich unbeirrt.

»Wir haben auch noch im Laden schöne Westen«, meinte die Verkäuferin. Sie wollte nicht ins Fenster krabbeln, um die Weste herauszuholen.

»Nein, ich möchte die aus dem Fenster«, sagte ich entschlossen.

»Vielleicht sehen Sie sich erst mal die anderen an«, beharrte sie.

»Nein, ich möchte die aus dem Fenster.«

Sie verzog das Gesicht, als hätte sie sich auf ihre Hämorrhoiden gesetzt: »Da müssen Sie einen Moment warten, ich weiß nicht, ob ich die einfach so aus dem Fenster holen darf.«

Sie ging in einen Nebenraum, und ich hörte Gemurmel. Ein junger Mann streckte seinen Kopf heraus und begutachtete mich von oben bis unten. Dann nickte er verächtlich und verschwand. Beleidigt quetschte sich die Verkäuferin ins Schaufenster und zog meine Weste heraus: »Wollen Sie sie anprobieren?«

»Ist nicht nötig.«

Beflügelt rauschte ich hinaus, beeindruckt von meinem Durchsetzungsvermögen. Ich hatte die Verkäuferin besiegt. Jahre später erfuhr ich, daß ich ausgerechnet in einer der nobelsten Boutiquen Münchens gelandet war, in dem sich sonst nur Fernsehmoderatorinnen und Filmsternchen einkleideten. Bei meinem Anblick müssen sie gedacht haben, eine rumänische Fabrikarbeiterin mache einen Ausflug.

Dann kaufte ich noch eine ausgebleichte Jeans und ein Paar billige Riemchensandaletten, auf denen ich kaum laufen konnte und mit denen meine Körpergröße fast die Höhe des Eiffelturms erreichte, so daß ich unerwünschtes Aufsehen erregte. Ich war überzeugt: Eines Tages würde ich mit den eingenebelten Gestalten unter dem Monopterus herumlungern, eine lauwarme Maß Bier neben mir, einen Joint in der Hand und eine Horde spielender Hunde um mich herum. Eines Tages würde ich dazugehören.

Endlich kam Almut zurück. Wie gesagt, Almut war früher eine graue Maus gewesen, und mit grauen Mäusen hatte ich mich aus Angst vor Ansteckung nie weiter befaßt, und das wurde mir jetzt heimgezahlt: Ihre vornehmste Pflicht schien es zu sein, ihre Weltoffenheit im Kontrast zu meiner Provinzialität zu demonstrieren. Da sie ein Jahr lang in London als Au-Pair-Mädchen gejobbt und dort eine Bumsbeziehung mit unvergleichlichem emotionellen Flügelschlag gepflegt hatte, war München für sie natürlich nur zweite Wahl. Sie stellte gleich klar, daß die Zeit, die sie für mich abzweigte, knapp bemessen sei, da allerhand Verpflichtungen, Freunde, Verabredungen und was weiß ich noch alles ihr Leben restlos ausfüllten. Aber den Spaß, mich von ihr abhängig zu sehen, wollte sie sich dann doch nicht entgehen lassen, und so ließ sie sich dazu herab, mich mit der Kneipenszene rund um die Münchener Freiheit bekannt zu machen.

Wie stolperten von einer Kneipe in die andere, ohne jemanden kennenzulernen oder auch nur ein Bier zu bestellen. Wie ich später feststellte, lagen die wirklich guten Läden ganz woanders. Sie stellte mir die Pinten vor wie ein Fremdenführer: »Hier sind die Teenies.« »Hier kriegst du guten Shit.« »Hier sind nur Aufreißer.« »Hier ist das Bier billig.« Und so weiter und so fort. Und nirgendwo entdeckte ich auch nur einen Typen, der mir gefallen hätte. Gegen Ende der ersprießlichen Tour traf sie in einem leeren, dunklen Schuppen, in dem nur zwei Mädchen mit erloschener Miene tanzten wie Zombies, einen Typen, den sie kannte. Da sie gleich in wilde Begeisterung ausbrach, hatten wir ihn samt seinem Kumpel für den Rest des Abends am Hals. Es wurde mir mitgeteilt, daß wir zu viert in die Lucile-Grahn-Straße gehen würden. Zu dem Zweck wurden unterwegs vier Dosen Bier gekauft, für jeden eine, was ich vorab schon unspannend fand. Oben angekommen verzog sich Almut ohne überflüssiges Geziere mit dem Typen in ihr Zimmer, und mir blieb nichts anderes übrig, als den Kumpel auf mein Zimmerchen zu bitten, wo wir uns in Ermangelung einer anderen Sitzgelegenheit auf das Bett setzten.

Nebenan ging direkt die Vögelei los, was an Almuts Seufz- und Quietschlauten gut zu hören war. Ich saß neben dem Kumpel und nuckelte an meinem Bier: »Was meinst du, wie lange die noch brauchen?«

Er guckte auf die Uhr: »Keine Ahnung. Bist du schon länger in München?«

»Nee.«

»Kennst hier noch keinen?«

»Nee. Ich will studieren.«

»Was denn?«

»Zeitungswissenschaften.«

»Ich studiere Betriebswirtschaft.«

Das war mein erster Kontakt mit einem BWL-Studenten. Die waren auch damals schon an Einfallslosigkeit nicht zu überbieten.

»Willst du auch vögeln?« fragte er, als böte er mir ein angebissenes Brötchen an.

»Nee«, sagte ich, »muß nicht sein.«

»Dann warten wir eben«, sagte er. Wenigstens hatte er Zigaretten dabei.

»Kennen die sich schon lange?« erkundigte ich mich. Ich wurde allmählich müde und wäre ihn gerne losgeworden.

»Keine Ahnung«, sagte er.

»Wie heißt denn dein Kumpel?«

»Georg.«

»Warum mußt du eigentlich warten auf den Georg? Ich meine, ihr seid ja keine siamesischen Zwillinge.«

»Wir müssen gleich noch woanders hin.«

Es dauerte eine Ewigkeit, bis sie drüben fertig waren. Georg klopfte an meine Zimmertür und sagte: »Ihr könnt rüberkommen.«

Almut saß mit rosigem Gesicht auf dem Bett und zog sich gerade an. Sie sah so stolz und zufrieden aus, als hätte sie gerade ihr Diplom gemacht.

»Rauchen wir noch eine?« fragte sie. Georg sagte: »Wir müssen noch woanders hin, aber wir können euch ein paar Kippen dalassen.« Ich war platt über soviel Großzügigkeit.

»Super«, sagte Almut. Dann gingen die Jungs, und ich setzte mich auf den einzigen Stuhl: »War's gut?«

»Ach«, seufzte sie immer noch stolzgeschwellt, »du mußt das verstehen, wenn der Georg mich anfaßt, kriege ich eine Gänsehaut, dann kann ich nicht mehr anders, dann bin ich willenlos.« Voll der Wahnsinn. Ich erschauerte vor Bewunderung.

»Wann seht ihr euch denn wieder?«

»Weiß ich nicht«, sagte sie betont desinteressiert, »vielleicht mal bei Gelegenheit. Das findet sich dann schon. Oder auch nicht.«

»Habt ihr euch denn nicht verabredet?«

Sie lachte verächtlich wie über einen alten Witz: »Verabredet! Ich verabrede mich doch nicht wie nach der Tanzstunde. Hinter welchem Mond lebst du eigentlich? Man nimmt's, wie's kommt.«

Das war ich wohl: hinterm Mond. Ich drückte die Zigarette aus und ging in mein Zimmer. Ich mußte noch allerhand lernen.

Almut war ausgesprochen hilfreich.

Sie brachte es noch über sich, mir die Mensa zu zeigen und zu erklären, wo es ein Vorlesungsverzeichnis zu kaufen gibt und wie man sich für die Seminare anmeldet, und das in einer Art, als sei ich allein zu blöd dafür. Womit sie allerdings recht hatte. Mich irritierte schon die Tatsache, daß es für jede Fakultät ein anderes Gebäude gab und die Gebäude weit voneinander entfernt lagen. Zum Beispiel lag das Amerika-Institut für die Zeitungswissenschaften am Karolinenplatz und damit, vom Uni-Hauptgebäude aus betrachtet, am Arsch der Welt. Im Hauptgebäude fanden nur die Vorlesungen statt.

Ich hatte keine Ahnung, daß das Studium der Zeitungs-wissenschaften oder Kommunikationswissenschaften, wie es offiziell hieß, zu den Studiengängen gehörte, die da-mals als besonders trendy galten. Viele der Studenten, die die Film- und Fernsehschule besuchten und daher super-trendy waren und sich vor allem auch so fühlten, studier-ten im Nebenfach Komminikationswissenschaften, und so wurde einem wenigstens optisch einiges geboten. Manche Frauen kamen mit großen schwarzen Schlapp-hüten zur Vorlesung, und manche Männer trugen eine Kluft, als kämen sie direkt aus einem Partisanenkrieg. Einer war dabei, in einem dschungelgrünen Overall mit langen, dunkelblonden Haaren und mit einem dicken rotbraunen Oberlippenbart, der brauchte bloß vorne einmal lang zu gehen, und schon war ich verknallt. Ange-sichts der Superweiber mit ihren Hüten und Schlab-berröcken, dem angefressenen Nagellack und dem desinteressierten Blick brauchte ich mir aber keine Hoffnungen zu machen.

Vor der Vorlesung verteilte immer jemand Flugblätter, die einen auf alle möglichen Mißstände hinwiesen, die an Unverschämtheit offenbar nicht zu überbieten waren, weshalb fast jede Woche eine Demo angekündigt wurde, auf der man auf jeden Fall erscheinen müsse. Hauptsächlich ging es um den Imperialismus der Amerikaner, was mir sowieso nichts sagte. Der Dschungeltyp stand auf und schrieb eine Uhrzeit auf die Tafel. Mein Sitznachbar raunte: »Stalinistenschwein.« Dann kam ein anderer und wischte das wieder weg. Es gab einen kleinen Disput, jemand pfiff, eine Frau kramte ihr Strickzeug heraus, und ich fand das alles rasend interessant.

Endlich kam der Dozent. Er hieß Glotz und wurde später ein großes Tier in der SPD. Seinen Vortrag fand ich dermaßen intellektuell, daß ich beschloß, niemals auch nur eine einzige Frage zu stellen. Der Dozent Glotz war ebenso schwungsvoll wie pointiert, und obwohl ich ihn nicht verstand, gab er mir das Gefühl, als hätte er den Nagel auf den Kopf getroffen. Die anderen lümmelten sich auf den Stühlen herum, strickten, rauchten, kritzelten in Kladden und hatten garantiert alle den totalen Durchblick. Überhaupt konnte ich kaum folgen, weil der Dschungeltyp schräg hinter mir saß und ich die ganze Zeit darunter litt, mich nicht umdrehen zu können. Das waren ja Kaliber von Männern hier. Was anderes als die halbgaren Discoschwengel aus Böblingen. Ich hatte doch gewußt, daß es noch was anderes gab als das. Sähe ich nur auch schon so ausgeflippt aus. So spießig, wie ich trotz lila Weste daherkam, beachtete mich natürlich kein Schwein. Vielleicht würde sich das ändern, wenn meine Haare länger waren. Aber das konnte dauern.

Inmitten dieser Ansammlung von neuen Eindrücken

erschien es mir nicht absonderlich, daß mich auf der Leopoldstraße ein älterer Typ ansprach, ob ich Lust hätte, ihm
mal eben einen runterzuholen, sein Wagen stünde ein
Stück weiter vorne an der Bibliothek. Ich bräuchte es auch
nicht umsonst zu tun. Ich sagte: »Klar, warum nicht?«, um
mich locker zu geben, und wir setzten uns in seine große
Limousine, wo er sofort seine Hose aufmachte und ich
seinen Schwanz so bearbeitete, wie Siegfried mir das beigebracht hatte. Daraus, daß der Typ zufrieden war, schloß
ich, daß Sigi mich nicht belogen hatte und ich nun sozusagen das Zertifikat einer Handmasseuse in der Tasche
trug. Wir machten es vor allen Leuten mitten auf der
Straße in seinem Wagen, und keiner kam auf die Idee, mal
einen längeren Blick ins Auto zu werfen. Der Typ fragte
mich, was ich denn verlange für die Wohltat, und als mir
nichts einfiel, öffnete er den Kofferraum und nahm aus
einem von mehreren Koffern eine Sonnenbrille, die er mir
schenkte. Ich hatte zwar schon eine Sonnenbrille, aber
egal: Ich fühlte mich beschwingt. Ich hatte das Gefühl,
endlich etwas getan zu haben, was in München zum guten
Ton gehörte, und wenn es mehr nicht war, was man hier
bringen mußte, hatte ich ja gute Aussichten auf Integra-
tion.

Almut war von der Sonnenbrille so begeistert, daß sie
sie mir für zwanzig Mark abkaufte, davon konnte ich wieder zwei Wochen lang Schmalzbrote essen. Sie kannte die
Marke und meinte, die Brille sei im Geschäft sauteuer. Ich
erschauerte bei dem Gedanken, daß ich dem Typ soviel
wert gewesen war: eine Markensonnenbrille, Jessas Maria, und das fürs Nichtstun. Meinetwegen hätte mich täglich einer ansprechen können, aber dann bitte gleich für
Bares. So viele Abnehmer für Sonnenbrillen kannte ich ja
noch nicht.

Als nächstes nahm ich Kontakt mit den Flugblattleuten

auf. Ich spazierte einfach zu dem Stand, der auf einem der Flugblätter angegeben war. Der Stand war eine Tapeziertisch mit einem roten Tuch darüber, mehreren Büchern darauf und einigen schlappen Typen dahinter. Außer mir war keiner gekommen.

»Hallo«, sagte ich mutig, »ich wollte mich mal bei euch informieren.«

Nach kurze Zögern schossen sie fast ungläubig von ihren Sitzen. Plötzlich war ich strahlender Mittelpunkt der Welt und begehrt wie die Aktie Infineon beim Börsengang. Ich war nämlich bei der Studentenorganisation der KPD gelandet, also bei einem Haufen aggressionsgeiler Spinner, die um jeden Neuzugang kämpften wie Hyänen um eine zerfetzte Zebrakeule. Von allen Seiten hofiert zu werden, tat gut. Sie tanzten um mich herum, deckten mich mit Schriftenmaterial ein, luden mich zu mehreren Veranstaltungen ein und wollten sich ab sofort um meinen Durchblick kümmern. Da machte es fast nichts, daß ich versehentlich nicht den Verein des Dschungeltypen erwischt hatte, die DKP, und die DKP hatte mit der KPD genau soviel zu tun wie unser Kanarienvogel mit Methadon. Angesichts der Begeisterung meiner neuen Freunde und ihrem vergeudeten Eifer mochte ich nicht zugeben, mich lediglich in der Buchstabenfolge geirrt zu haben.

Sie konnten es wirklich kaum fassen, daß einer freiwillig zu ihnen gekommen war, ohne jede Agitation. Um etwas Schlaues zu sagen, nannte ich sie Idealisten, worauf sie etwas beleidigt reagierten, und ich beschloß, künftig den Mund zu halten. Abends trafen wir uns abwechselnd in den Wohnungen der Mitglieder beziehungsweise Sympathisanten, wozu ich zählte, und sie teilten mich wegen meiner künstlerischen Fähigkeiten, auf die ich bescheiden mangels politisch nützlicher Talente hingewiesen hatte, zum Bemalen der Spruchbänder ein. Und außerdem mußte ich einen Kurs besuchen, in dem mir »Das Kapital« nähergebacht werden sollte. Später sollte ich dann an Mao herangeführt werden.

Ich sagte: »Hoffentlich verstehe ich das alles.«

»Keine Sorge«, meinte ein Typ, »jeder Mensch mit gesundem Menschenverstand begreift auch das ›Kapital‹.« Mir fiel ein, daß Wunderlich mir gesunden Menschenverstand immer abgesprochen hatte. Kein Wunder, daß ich das »Kapital« bis heute nicht begriffen habe.

Zwar besuchte ich abends brav den Kurs, der im Studentenwerk stattfand, aber nach etwa vier Stunden quollen mir die Begriffe, mit denen da um sich geworfen wurden, aus Augen und Ohren. Danach steckten sie mich in einen Kurs über ihren Schutzheiligen Mao Tse-Tung. Ich mußte mir was anhören über die Revolution, die inneren und äußeren Widersprüche, die Bauern und Arbeiter, die Liquidierung des Bandentums und die Analyse der Klassengesellschaft, aber man hätte mir ebenso gut die Diplomarbeit eines Informatikers vorlesen können. Ich war ein durch und durch unpolitisches Individuum, und die Politfritzen hatte ich hauptsächlich deshalb aufgesucht, um in dem aus vielen Gruppen, Sympathisanten, Unterorganisationen und Splitterparteien bestehenden Polittheater das Buschbaby wiederzufinden. Aber die Politmänner waren dermaßen verseucht von ihrem roten Fraß, daß sie für das Verliebtsein kaum Zeit hatten und sich ausschließlich mit Frauen abgaben, deren vom Ausbrüten liniengetreuer Druckschriften verfranste Gehirne eine erotische Anziehungskraft auszuüben schienen, die für mich leider unerreichbar war. Außerdem zeichneten sie sich durch ganz besonders übertriebene Lässigkeit in Hygienefragen aus und waren mir zum Teil so widerlich, daß ich mich auf Demos davor ekelte, mit ihnen Hand in Hand zu gehen.

Das konnte es nicht gewesen sein, was ich mir unter

»Ärlähbe« vorgestellt hatte. Da ich aber noch keine anderen Leute kannte, blieb ich vorläufig da.

Almut war inzwischen vorübergehend nach Berg am Laim gezogen und hatte ihre Nachhilfeschüler aus dem Erdgeschoss unseres Hauses an mich weitergereicht. Bis mein Bafög rollte, konnte ich mir hier ein tägliches Zubrot verdienen und mir außerdem einen Pott Kaffee reinziehen, gelegentlich gab es auch ein Stück Kuchen. Die Familie, die so großzügig für mich und ihren Nachwuchs sorgte, führte im Erdgeschoß ein zahntechnisches Labor und nannte zwei fast gleichaltrige Söhne ihr eigen, den Josef und den Ludwig, von denen einer dümmer war als der andere. Die Mutter, ein bärenstarkes Weib mit einem Kreuz wie ein Preisboxer, ermahnte mich, mit »Watschn« nur recht freizügig umzugehen, denn bei ihren Söhnen handele es sich um »ausgewachsene Mistbuam«, womit sie zweifellos recht hatte.

Kaum hatte der eine gefurzt und sich der andere darüber schlappgelacht, ließ der andere einen gehen und fiel vor Wonne erst mal vom Stuhl. Hatte ich den wieder ordentlich sitzen, kippte der Bruder ein Tintenfaß aus, und beider Leibspeise waren Radiergummis. Ludwig aß jeden Tag einen ganzen Radiergummi auf. Dazwischen kaute er an seinen Nägeln, bohrte sich in der Nase und klackste in seinem Heft herum, das aussah wie von Picasso auf Speed. Ich verteilte meine Ohrfeigen links und rechts und trank meinen Kaffee. Was in der Schule gerade durchgenommen wurde, wußten sie nie, und dauernd wollten sie mir was zeigen, was mit der Schule nichts zu tun hatte, Flugzeuge, Pistolen, Autos. Bevor wir überhaupt mit der Nachhilfe anfangen konnten, hatte ich schon Muskelkater von den vielen Ohrfeigen. Ludwigs Frechheiten waren etwas witziger als die seines Bruders, seine Mutter nannte das »charmant«, weshalb er die Leute besser um den Finger wickeln konnte. Dann pflegte Bruder Josef eifersüchtig zu werden, woraufhin er ins Badezimmer rannte und aus dem Fenster sprang. Zum Glück lag die Wohnung Parterre. Seine Mutter und ich gingen ihn dann suchen, und es setzte eine Tracht Prügel. Hinterher war es stundenlang still.

Damals entwickelte ich eine Abneigung gegen kleine Jungs, die ich bis heute beibehalten habe. Es ist wenig Ästhetisches an ihnen.

Wenig später eröffnete das Ehepaar Lohmeier in irgendeiner bayrischen Kleinstadt ein Café. Das Ehepaar Huber mit dem zahntechnischen Labor mietete die Wohnung und besetzte sie mit ihren zahntechnischen Mitarbeitern, bei denen es sich um Türken handelte. So zog ein türkisches Ehepaar mit Baby und dem Bruder des Mannes in meine unmittelbare Nähe, und ich lernte die Bedeutung des Begriffs »multikulturell« kennen.

Als erstes war das Klo unbenutzbar geworden, da sie sich mit einer solchen Einrichtung partout nicht anfreunden wollten und aus irgendeinem Grund immer direkt danebenschissen. Als zweites war das Badezimmer ab sofort für mich tabu, weil die Frau in der Wanne stundenlang Berge von Wäsche wusch. In die Waschmaschine pinkelten wahrscheinlich die Männer. Das Bedürfnis, dies zu kontrollieren, überkam mich nicht. Als drittes war nachts an Schlaf kaum mehr zu denken, weil das Ehepaar die ganze Nacht bumste und sie dabei quiekte wie eine Feldmaus im Frühling. Und als viertes stellte für den jüngeren Bruder des Mannes ein alleinlebendes Mädchen wie ich einen Widerspruch in sich dar, weshalb er sich in seinem verdrehten Beschützerinstinkt als meinen Verlobten betrachtete. Da er in Almuts Zimmer gezogen war, konnte er die halbe Nacht an meine Wand klopfen, um an seine Eigenschaft als verlobter Wachhund zu erinnern. Es war zum Heulen.

Zu dem Zeitpunkt fand in München die Olympiade statt. Für die Sportler hatte die Stadt ein Olympiadorf errichtet, das durch ein Attentat zu trauriger Berühmtheit kam. Für uns Studenten war es hauptsächlich deshalb interessant, weil die Wohnungen nach der Olympiade billig an Studenten vermietet wurden. Almut, die gerade aus ihrer Bude geflogen war, und ich, die ich von meinen Zahnmedizinern wegwollte, wir setzten uns beide auf die lange Liste der Interessenten und hatten Glück. Sie bekam einen Bungalow und ich ein Appartment.

Ich packte meine drei Sachen und überließ die Türken samt Nachhilfeschülern ihrem Schicksal. Frau Huber bedauerte das sehr. Da hatte sie allerdings noch nicht mein Zimmer gesehen. Ich hatte nämlich während des ganzen Jahres weder staubgesaugt noch staubgewischt, und als ich auszog, sah es aus wie eine Müllkippe. Am Helene-Mayer-Ring zog ich in ein blitzblankes Appartemant mit Duschzelle und Balkon und fühlte mich wie der King.

Durch eine KPD-Sympathisantin, die auch in Kreisen der Kunstakademie verkehrte, lernte ich meinen ersten Freund in München kennen. Er war nicht sehr groß, dunkel mit schwarzem Bart und schönen Augen, und wir hatten einander nicht viel zu sagen, aber nach Liebesabenteuern lechzend wie Strauchtomaten nach Basilikum, reduzierte ich meine kommunikativen Ansprüche und nahm ihn mit nach Hause. Er bumste ziemlich einfallslos und hatte von einer Klitoris noch nie was läuten gehört. Ich war inzwischen Weltmeister im Onanieren, und immer, wenn er seine Gurke reinschob und auf mir herumhoppelte wie ein hüftlahmes Karnickel, mußte ich an die Variationen an Ekstasenparfait denken, die ich mir selbst zuzubereiten pflegte, und wie leicht es war, solche hypersinnlichen Genüsse zu zaubern, wenn die Schwänze mal für ein paar Minuten an der Garderobe abgegeben würden.

Eines Tages kam er auf die Idee, seine Möhre draußen zu lassen und sich statt dessen, auf mir liegend, peu à peu nach oben zu robben, bis er mit seinem Ding über meinem Gesicht angekommen war. Von einer solchen Praktik hatte ich bis dahin noch nichts gehört, und ich begann mich zu fragen, wie ich mich zu verhalten hätte. Ich konnte ja schlecht sagen: »Danke, ich habe schon gegessen.« Zwar fand ich es nicht gerade appetitlich, aber ich dachte, vielleicht gehörte das irgendwie dazu, und Siegfried hatte im Kinsey-Report ein Kapitel übersehen. Von dem Moment an, wo er mir das Ding in den Mund steckte, war ich nur noch damit beschäftigt, einen Brechreiz zu unterdrücken. Halb saugend, halb kotzend nuckelte ich an der Gurke herum und schickte einige Stoßgebete gen Himmel, daß er bald soweit sein möge, denn aus meiner Position konnte ich mich schlecht selbst befreien. Ich spuckte den Schleim in die Kissen und fühlte mich Scheiße. Er hingegen fand es Spitze. Ich dachte, den Typen mußt du auswechseln, das hältst du auf die Dauer nicht durch.

Zum Glück kam mich meine Freundin Margit aus Stuttgart besuchen, so daß ich auf der Suche nach einem neuen Liebhaber Gesellschaft hatte. Almut hatte sich nämlich der AK angeschlossen, das war ein Verein, der meinte, die Revolution käme statt vom Volk von der Elite, und die Elite waren praktischerweise sie selber. Da die AK und die KPD sich bekämpften wie die Furien, war ich als KPD-Sympathisantin für Almut kein Umgang mehr und in ihrem Bungalow nur gelitten, wenn von der AK nicht gerade ein hohes Tier anwesend war. Das Olympiagelände fand sie übrigens auf einmal genauso spießig wie mich und zog mit anderen AK-Fuzzis in eine Vierzimmerwohnung am Hasenbergl, in der sie nach ausgewogenen Diskussionen der Zuteilung eines Raums zustimmte, der ungefähr halb so groß war wie mein Zimmer in der Lucile-Grahn-

Straße. Angesichts der erlauchten Durchblickkommunarden spielte die Zimmergröße für Almut natürlich keine Rolle. Ich durfte sie in ihrer Abstellkammer nur ein einzigesmal besuchen. Währenddessen irrten ihre Blicke ständig auf den Gang hinaus, ob nicht jemand das entsetzlich peinliche Geschwätz belauschen könnte, das ich in meiner Ahnungslosigkeit von mir gab. Ich fühlte ich mich wie im Knast. Danach brach der Kontakt ab.

An einem der Abende, an denen Margit bei mir zu Besuch war, fand im Olympiadorf eine Studentenfete statt. Unter einer Studentenfete hatte ich mir früher auch immer etwas Aufregenderes vorgestellt. Ich hatte die Haare inzwischen lang und hennarot und fand mich abwechselnd traumhaft sexy und sagenhaft beknackt. Margit trug noch die Stuttgarter Lockenwickler-Innenrolle und fühlte sich etwas fehl am Platz. Außerdem war sie in der Zwischenzeit nicht geschrumpft, und große Frauen galten immer noch als Trampeltiere. Wir stellten uns ins Dunkel und taten so, als würden wir der unprofessionellen Lifeband lauschen. Ich fing gerade an mich zu langweilen, als sich ein Typ neben mich stellte und mit Todesverachtung zu mir sagte: »Du bist wohl auch die Schönste hier.«

Ich zog eine Fresse, weil ich mich auf den Schlips getreten fühlte und sagte: »Kannst ja woanders hingucken.« Was fiel dem denn ein, der konnte sich gleich eine einfangen, der blöde Hund.

»Nee, nee, ich mein das ernst.« Ach so, pardon, dann drück dich verständlich aus, du Depp.

Ich beäugte mißtrauisch meinen Interessenten. Es handelte sich auf den ersten Blick um keinen schlechten Fang. Er war groß, hatte halblange, dunkelblonde Haare, etwas schrägsitzende Augen, eine starke Nase und ein zähnefletschendes Lächeln, wie es später bei Stars und Sternchen der Film- und Fernsehbranche modern wurde. Er trug eine abgewetzte rote Lederweste, orangefarbene Hosen und mindestens zehn Jahre alte Westernstiefel.

»Baby, willst du ein Bier? Und deine Freundin, will die auch eins?«

Als wir das Bier tranken, schälte sich aus dem Dunkel des Raumes ein zweiter Typ: »Das ist mein Kumpel Lars übrigens.«

Lars sah gut, aber fade aus und war für Margit zu klein. Er lachte ständig grundlos. Er fand alles zum Lachen, vor allem, wenn sein Kumpel Pitt, wie sich mein Machoepigone nannte, einen Witz machte oder aber auch keinen. Jede Äußerung von Pitt war nach Lars' Meinung wiehernden Beifall wert.

Wenn Pitt mir was sagen wollte, brüllte er immer direkt in mein Ohr, selbst, wenn die Musik nicht spielte. »Ich bin nicht taub,« sagte ich, »brauchst nicht so zu schreien.«

»Kein Problem, Baby«, sagte er. Wie ich später herausfand, hatte er vor mir mit einer taubstummen, ziemlich wilden Schönheit zusammengelebt, der ich angeblich ähnlich sah.

»Hast du 'n Freund?«

»Eigentlich nicht.«

»Was heißt eigentlich?«

»Ich kenne da jemanden von der Kunstakademie.«

»Kunstakademie? Da kommen wir auch her. Wie heißt denn der Sack?«

Als ich den Namen genannt hatte, fing er laut an zu grölen und schlug dem lachenden Lars auf die Schulter: »Ey, dem spannen wir die Alte aus, dem alten Wichser. Wie kommt denn der Vogel an so eine Frau, ey, das werden wir mal gleich abschaffen.« Ich verstand den Witz an der Sache nicht ganz, aber das machte nichts.

Zunächst wollten wir uns im Bett mal antesten. Wir

schoben die Möbel zusammen, damit wir es bequemer hatten, und legten los. Pitt war noch nicht bei mir drin, da merkte ich, daß nebenan was nicht stimmte. Margit verschwand in der Naßzelle, und Pitt fragte: »Ey, Lars, was'n los, ey?«

»Weiß ich nicht. Vielleicht die Tage.«

»Wo ist das Problem, seit wann bist du so 'ne Mimose, ey. Hol die Braut wieder an Bord, Mann, Baby macht sich sonst Sorgen.«

»Nee, laß mal«, sagte ich, »ich geh mal selbst gucken, was los ist.«

Die Naßzelle war so klein, daß ich mich mit Margit nur unterhalten konnte, wenn eine von uns auf dem Klo saß: »Was ist denn los?«

»Ich finde es nicht so toll«, meinte sie, »der Lars ist nicht so mein Ding, weißt du.«

»Dann lassen wir's eben.«

Sie wollte nicht im Beisein anderer vögeln. Gruppensex hieß das damals. Ich verstand das gut, ich war ja selbst Neuling. Wir gingen nacheinander wieder raus, und ich sagte: »Am besten, wir lassen das jetzt.«

Lars sagte: »Ich glaube, jetzt geht aber keine U-Bahn mehr.«

Also pennten wir vier nebeneinander, und keiner rührte den anderen an. Für Pitt war das, wie sich später herausstellte, schon ein Liebesbeweis. Morgens fragte er mich an der Kochzeile, wann meine Freundin denn wieder abreise, er käme noch am selben Abend, und ich solle ja nicht fremdgehen inzwischen, und den Sack, mit dem ich bisher gevögelt habe, solle ich mal total aus meinem Repertoire streichen.

Ich fand Pitt sehr überzeugend und war gleich verknallt. Einen Macho hatte ich noch nie gehabt. Vielleicht war es ja das, was ich brauchte.

Pitt und Lars hatten noch einen Kumpel, den Friedemann, das war der Hübscheste von allen. Er hatte taillenlanges, dichtes, dunkles Haar und ein markantes, schönes Gesicht, aber er war unerotisch wie eine Kiste Holzwolle und fand keine passende Frau. Er sah aus, wie ich mir als Kind einen Indianer vorgestellt hatte und kam aus Regensburg. Die indianische Abstammung beanspruchte Pitt für sich, der aus Schweinfurt kam und aussah wie ein Wikinger. Die drei Typen gehörten zusammen wie die drei Musketiere. Friedemann schleppte ab und zu eine Frau zum Bumsen an, aber keine davon entsprach seinen Vorstellungen. Seine Frauen waren meistens älter als er und, wie er hinterher meinte, »schwabbelig«. Auch Lars hatte eine Freundin, die seinem Geschmack nicht entsprach. Bei Lars war allerdings nicht ganz klar, ob er überhaupt Geschmack hatte. Sein Lebensinhalt erschöpfte sich darin, Pitt Applaus zu spenden. Seine sporadische Freundin besuchte auch die Kunstakademie und konnte gut kochen. Zum Beispiel eine Tomatencremsuppe, in der soviele Tomaten waren, daß der Löffel darin steckenblieb. Sie schien an Lars interessiert zu sein, aber er war zu blöd, das zu merken oder es war ihm gleichgültig. Er nahm sie nur mit, wenn ihn jemand ausdrücklich an ihre Existenz erinnerte, und so kam es, daß ich mit den drei Musketieren fast immer als einzige Frau unterwegs war und eine Menge guter Kneipen kennenlernte, wo man billig saufen konnte und notfalls eine Portion zu essen bekam, die auch satt machte. Wir ließen uns immer allmählich vollaufen und bestellten dann Muscheln in Weißwein oder Nasi Goreng, was damals groß in Mode war.

Pitt und ich bumsten manchmal bei mir, manchmal in seiner Dreier-WG. Das einzig Unangenehme war, daß Pitt beim Bumsen schwitzte wie nach dem fünften Saunagang und mir seine Schweißtropfen immer mitten ins Gesicht platschten. Erstaunt registrierte ich, wie anstrengend das Bumsen für manche Kerle ist und wie lange manche brauchen, bis sie endlich kommen können. Als Weltmeisterin im Wichsen konnte ich das beurteilen. Ich brauchte mich nur bequem hinzulegen und mir ein paar versaute Gedanken darüber zu machen, was ich selbst in der Realität auf keinen Fall erleben wollte, und nach drei bis vier Minuten stoben in meiner Möse Tausende von Schmetterlingen flügelschlagend gen Himmel. Das Schönste war nicht der Orgasmus, sondern seine Ankündigung. Der Moment der Gewißheit, daß es jetzt passiert, der Anlauf, den der Flieger nimmt, bevor er abhebt, jetzt oder sofort oder Sekunden später. Und dann der Schuß. Sanft sollte er sein, und doch gewaltig wie ein Lavastrom, der nicht verbrennt. Manche Silvesterraketen schießen in Kurven aufwärts und verglühen in einem Goldregen. Und dann gibt es die, die mit einem einzigen Knall zerkrachen. Die letzten sind Scheiße, aber manchmal erwischt man auch die, vor allem, wenn man zwischen den Nummern keine Pausen einlegt oder die Pausen zu lang sind. Mit ein bißchen Glück blubbert der Goldregen noch zwei bis dreimal nach, was manche als multiple Orgasmen verkaufen. Meinetwegen. Für dieses Erlebnis ließen manche Frauen Mann und Kinder sitzen, um sich mit Haut und Haaren irgendeinem proletarischen Zungenakrobaten hinzugeben. Wahrscheinlich gehörten diese Frauen zum sogenannten CKA, dem Club der Kurzarmigen.

Pitt fragte mich hinterher jedesmal: »Na, bist du auch gekommen, Baby?« Und ich log jedesmal, obwohl ich es bald nicht mehr witzig fand, daß er bloß seinen Schwengel in mich reinstopfte und glaubte, davon käme ich. Ich wartete ein paar Wochen, bis ich seine stereotype Frage mit »Nein« beantwortete, was ihn nicht weiter erschütterte. Er meinte nur: »Du mußt es dir eben gleichzeitig selber machen, das machen die anderen auch.« Das waren ja Neuigkeiten! »Das kann ich nicht auch noch machen«, fügte er hinzu, »das lenkt mich ab.« Und mich lenkte es ab, wenn er mit Geröchel und Gestöhne in mir herumbohrte wie auf Erdölsuche und schweißtreibende Übungen veranstaltete, als müsse er auf der Olympiade die Goldmedaille im Bodenturnen gewinnen. Außerdem hätte ich für meine Zwecke die Beine lieber enger zusammengehalten, man bekam von dem Spreizen leicht einen Krampf in der Arschbacke. Aber ich dachte, wenn ich eine Diskussion vom Stapel lasse, gibt es eine Krise, sagte also nichts.

Einmal weckte er mich nachts, indem er an mir herumdokterte. Vielleicht hatte er es aus irgendeinem Grund endlich richtig gemacht, jedenfalls klappte es so plötzlich bei mir, daß er eine Schrecksekunde brauchte, bis er losbrüllte: »Baby ist gekommen, ey, Baby ist gekommen, wow«, und damit die anderen aufweckte: »Was'n los, ey, bist du bekloppt?«

»Ey, Leute, Baby ist gekommen, wow.« Das »Wow« war gerade in Mode gekommen. Damals hatte ich geglaubt, Pitt habe es erfunden.

»Du hast sie ja wohl nicht mehr alle, Mann, halt die Fresse, es ist vier Uhr morgens.«

Dann zogen die drei Musketiere nach Geretsried in ein heruntergekommenes Bauernhaus mit Garten, wo sie sich einen großen, weißen Hund zulegten, den sie als fundierte Kenner der italienischen Sprache Cavallo nannten. Da sie von Zeit zu Zeit Ferienkinder aufnahmen, kriegten sie von der Stadt einen Zuschuß. Für die Ferienkinder taten sie allerdings nichts, außer das Haus zur Verfügung zu stellen mitsamt den verflohten Matrazen und einem von Lars zubereiteten Mittagessen. Friedemann putzte die Klos, und was Pitt beitrug, war für mich nicht ersichtlich, wahrscheinlich die große Klappe. Nebenbei übten sie Musikinstrumente zu spielen. Pitt spielte die Geige wie ein Hörgeschädigter, Lars klopfte auf Trommeln herum, und Friedemann drangsalierte die Querflöte. Vorbild waren die Stones, aber das wahre Idol war Jimi Hendrix. Wenn sie sich verausgabt hatten, gingen sie in die Küche und schmierten Pfälzer Kräuterleberwurst auf frisches Brot, darauf Barbecuesauce und eingelegte Gurken. Dazu gab es kaltes Weißbier. Da ich meine Mäuse gut einteilen mußte, langte ich beim Essen zu und wurde schnell fett. Seit ich die Pille nahm, war sowieso der ganze Balg voller Wasser, die Titten standen vor, als wäre jemand mit der Luftpumpe drangewesen, und morgens brauchte ich ein Brötchen nur anzusehen, dann quoll der Bauch gleich auf wie ein Wasserball.

Summa summarum ging es mir mir bei den dreien sehr gut. Etwa zwei- bis dreimal in der Woche fuhren wir zu den Seminaren nach München und machten uns nicht tot. Ich hatte das Fach gewechselt. Der Dozent, ein Herr Langenbucher, hatte Volksreden gehalten, daß man, um sich in der Haifischbranche des Journalismus zu behaupten, über verdammt harte Ellenbogen verfügen mußte, und über die verfügte ich nun mal nicht. Jedenfalls nicht zu der Zeit. Im Grunde war ich noch ein verträumtes Kätzchen, beschäftigt damit, was zu erleben, und dachte nicht an Karriere und Business. Ich studierte jetzt Germanistik. Und etwas später glaubte ich, an mir sei eine große Künstlerin verlorengegangen, und ich müsse unbedingt auf die Kunstakademie.

Pitt, Lars und Friedemann studierten Kunst für den Lehrbetrieb und hatten alle drei kein Talent. Da ich meine Begabung hingegen für überdurchschnittlich hielt, meldete ich mich für die Prüfung zur freien Malerei an. Das sind die, die später von ihrer Kunst leben wollen, was ich mir unbedingt zutraute. Es gab da einen Dozenten, den Mac Zimmermann, der sich als Surrealist einen Namen gemacht hatte, indem er vor einem Fenster stehende schlanke Frauen in langen Kleidern malte. Das Gelungenste daran war der Faltenwurf der Kleider. Ich dachte, das kannst du schon lange. Natürlich malte ich keine Frauen an Fenstern, sondern kramte alle Zeichnungen und Bilder der letzten Jahre zusammen und ließ mir einen Termin bei Zimmermann geben. Der sah sich die Sachen an und fragte: »Wo haben Sie denn die ganzen Modelle her?«

»Was für Modelle?«

»Sie können mir doch nicht erzählen, Sie hätten das nicht abgezeichnet.«

»Ich habe nicht abgezeichnet.«

Er war verärgert. Ich auch.

»Das ist eindeutig abgezeichnet. Von einem Monument oder so. Nicht schlecht gemacht. Reichen Sie mal was ein, dann sehen wir mal.«

Leider sah ich ihn nie wieder. Pitt meinte: »Du mußt das verstehen, diesmal war die Verwandtschaft von ihm dran. Er kann ja nur fünf neue nehmen, die Auswahl stand von vornherein schon fest.«

Im nächsten Semester versuchte ich mein Glück zum zweitenmal als Aufnahmekandidatin für das Lehramt. Pitt wollte mit einem Studentenvertreter reden. Die Studentenvertreter hatten bei der Wahl der Neuzugänge für das Lehramt auch eine Stimme abzugeben. Als es trotzdem nicht klappte, weil Pitts Kumpel ausgerechnet krank wurde, hatte ich den Kanal endgültig voll und blieb bei der Germanistik. Wenn ich mir allerdings vorstellte, eines Tages wie meine fiese Deutschlehrerein Frau Ochsenknecht zu enden, wurde mir schlecht. Also gab es keinen triftigen Grund, sich besonders ins Zeug zu legen. Außer natürlich das Bafög. Als Nichtadoptierte erhielt ich den vollen Satz. Und war auch noch blöd genug, die Verlängerung meines Antrages zu versäumen. Jetzt war Überlebenstraining angesagt. Wußten die KPD-Schreihälse überhaupt, wovon sie sprachen, wenn sie das Wort »Volk« in den Mund nahmen oder das Wort »Werktätige«? Die Werktätigen standen nämlich morgens um sechs Uhr auf und gingen malochen und plärrten nicht zu Agitationszwecken in Seminaren herum und fingen dann auch noch, wenn sie ausgepfiffen wurden, an zu flennen wie meine KPD-Kollegin Gitti. Was mich betraf, war es mit dem Ausschlafen und dem gezielten Stören sogenannter reaktionärer Profs erst mal vorbei.

In der Zeitung hatten sie Reinigungskräfte annonciert. Für die Aufnahme in den arbeitenden Teil der Bevölkerung besaß ich sicher keine besondere Eignung, aber putzen, dachte ich, würde ich zur Not noch können. Immerhin hatte ich in meinem Leben mindestens zweimal einen Staubsauger in der Hand gehalten.

Treffpunkt war der Ostbahnhof, und zwar um fünf Uhr morgens. Als ich eintrudelte, stand dort ein Häuflein buntgekleideter Frauen in der morgendlichen Kälte und wartete schweigend vor sich hin. Auf meine Frage, ob ich hier richtig sei für die Putzkolonne, erhielt ich keine Antwort. Statt dessen waberte mir eine Wolke von Knoblauchgestank ins Gesicht. Ich ging fast in die Knie. Knoblauch war mir damals noch unbekannt. Es waren alles Jugoslawinnen, die kaum ein Wort deutsch sprachen.

Eine dickliche Person, kaum älter als ich, löste sich aus dem Pulk und blies mir Zigarettenrauch in die Nasenlöcher: »Bist du Deutsche?«

Ich bejahte.

»Ich auch. Was machst du denn sonst so?«

Als Studentin, die ihr Stipendium zu verlängern vergessen hatte, mochte ich mich nicht zu erkennen geben, also sagte ich: »Kindermädchen.«

»Ach so«, sagte sie und zog einen Flachmann aus der Tasche: »Willste 'n Schluck?«

»Nee, danke, so früh am morgen lieber nicht.«

»Kann gar nicht früh genug sein«, meinte sie und genehmigte sich einen Schluck. »Das kann man brauchen bei dem scheiß Job. Bist zum erstenmal dabei, gell?«

»Ja, ich hab's aus der Zeitung.«

»Die finden immer wieder 'ne Blöde. Mach dich bloß nicht kaputt. Ich mach mich jedenfalls nicht kaputt für die Arschgeigen, das sage ich dir. Ich heiße übrigens Viola. Ich habe heute den zweiten Tag, und wenn die mir dumm kommen, bin ich weg. Da kommt die Vorarbeiterin, die alte Drecksau.«

Ein kleiner Bus fuhr seitlich an uns heran. Die Jugoslawinnen krabbelten hinein wie Hunde auf dem Weg zum Hundeplatz. Eine nach der anderen quetschte sich fast auf allen vieren in den viel zu kleinen Bus, und ich kam in den Genuß weiterer dicker Knoblauchwolken. Ich dachte, ich überlebe das nicht und steige am besten wieder aus. Neben mir wickelte eine ihr Frühstücksbrot aus und begann, genüßlich zu mampfen. Und womit war ihr Brot belegt? Mit Knoblauchwurst. Von vorne, wo Viola saß, zogen die feinen Rauchfäden ihrer Zigarette zu uns nach hinten.

Die Vorarbeiterin und der Fahrer unterhielten sich über Einsatzpläne und was es wieder für Reklamationen gegeben hatte und was für Arschlöcher die im Büro seien, die machten alles vom grünen Tisch und hätten von nichts eine Ahnung. Mir kam es vor, als dauere die Fahrt eine Ewigkeit. Wir mußten die Stadt längst verlassen haben. Ich erwog sogar den Fall einer Entführung. Vielleicht verkauften sie uns zu Schleuderpreisen an irgendwelche übersättigten Araber, denen wir dann nackt die Stiefel lecken durften. Stundenlang ging es über Land. Niemals mehr wollte ich die Verlängerung des Bafög-Antrags vergessen.

Endlich kamen wir an. Weit draußen vor Münchens Toren lag eine riesige Neubausiedlung. Sie war gerade frisch fertiggestellt worden, der Zement hing noch an den Fensterscheiben, und auf den Klobrillen klebten dicke Papierstreifen. Die Vorarbeiterin teilte mich mit Viola ein, gab uns Eimer, Aufnehmer, Schwamm und ein rasierklingenähnliches Teil, mit dem wir die Fenster und die Fensterbänke abkratzen sollten. Die Wohnungen sollten wir im Akkord bezugsfertig putzen. Je mehr Etagen man schaffte, desto mehr Lohn erhielt man.

»Und denkt dran, Mädels, als erstes immer den Aufnehmer auf die Klobrille, sonst weicht der Klebestreifen nicht rechtzeitig auf, und ihr müßt noch mal rein in die Wohnung. Das kostet euch eure Zeit.«

Insgeheim ärgerte es mich, daß sie mir Viola zugeteilt hatte, denn ich schätzte sie nicht gerade als Akkordqueen ein. Und damit behielt ich leider recht. Viola stellte den Eimer ab und zündete sich erst mal eine Zigarette an: »Kannst ja schon mal die Aufnehmer einweichen und auf die Klobrillen legen.«

Als ich fertig war, qualmte sie immer noch. Ich sagte: »Los, los, Mensch, sonst verdienen wir ja nichts.«

»Immer schön langsam mit die Pferde«, sagte sie gemächlich, »bist ja 'ne ganz Wilde. Willste nicht lieber 'n Schluck, damit du was gemütlicher wirst?«

»Nee, danke. Hör mal, ich brauche die Kohle, sonst wäre ich nicht hier. Wir müssen schon was tun, sonst haben wir die Zeit umsonst verplempert.«

»Jaja, Frau Direktor, ist schon recht.«

Ich als Antreiberin, das war doch mal eine Abwechslung. Am zeitaufwendigsten war das Sauberkratzen der Fenster. Danach segelten wir mit dem Staubsauger über den Teppichboden und hatten natürlich vergessen, den Aufnehmer auf die Brille zu legen. Wir mußten also in die saubergemachte Wohnung zurück, und weil sich der Klebestreifen so schlecht lösen ließ, mußte er dort noch eine Weile liegenbleiben, so daß wir ihn in der nächsten Wohung auch wieder nicht als erstes auf die Klobrille legen konnten und daurch immer mehr in Verzug gerieten und ständig von einer Wohnung in die andere rannten, um zu prüfen, ob der Klebestreifen endlich soweit war. Einen zweiten Aufnehmer gab es nämlich nicht.

Bald sah ich nur noch Sterne. Obwohl wir, von Violas Rauch- und Schluckpausen abgesehen, ziemlich ranklotzten, hörten wir an den sich kontinuierlich entfernenden Klappergeräuschen, daß die Jugoslawinnen schon zwei Etagen tiefer waren, und wir hatten nicht einmal eine geschafft. Ich macht mir Mut und dachte, wenn du Glück hast, hast du heute abend zwanzig Mark in der Tasche.

Einigemale kam die Vorarbeiterin unsere Arbeit prüfen: »Macht mal hinne, Mädels, ihr seid ja direktemang aus der Schneckentruppe. Aus euch wird ja nie was.« Das wirkte sehr ermutigend.

Dann kam ein Pärchen die Wohnung besichtigen, in der wir gerade zugange waren. Er trampelte gleich fast in meinen Eimer und raunzte in meine Richtung, ohne mich anzusehen: »Passen Sie gefälligst auf mit Ihrem Eimer hier, der muß ja nicht gerade mitten im Weg stehen.« Und zu seiner Tussi, die vorsichtig hereintrippelte, als führe er sie auf das Fünfmeterbrett im Hallenbad: »Komm nur weiter, Mausi, keine Angst, ich halte dich ja an der Hand, da kann dir nichts passieren. Zumindest nicht, wenn diese Trampel hier ihre Putzeimer nicht mitten in den Weg stellen.« Und während ich im Bad den Spiegel sauberkratzte, erklärte er seiner Süßen, wo er die Betten eingeplant hätte.

Abends waren wir kaputt wie die Affen. Die Vorarbeiterin sagte: »Für euch ist das nix hier. Ihr seid morgen woanders. Sowas kann ich hier nicht brauchen. Morgen früh vier Uhr Ostbahnhof. Und ab!«

Im ganzen Leben war ich nicht so fertig gewesen. Ich war so fertig, daß ich mir vorm Einschlafen noch nicht einmal ein Glas Wein einschenkte. Das heißt, vielleicht schenkte ich es ein, aber ich kam nicht mehr dazu, es zu trinken.

Am nächsten Morgen um vier stand ich wieder am Ostbahnhof. Viola war nicht gekommen. Wahrscheinlich hatte sie abends den Flachmann gegen eine Zweiliterflasche ausgetauscht und schlief ihren Rausch aus. Diesmal ging es in eine andere Hochhaussiedlung weit draußen vor der Stadt, die um diese Zeit tot und verlassen in der bleichen Morgensonne lag, als wären die Einwohner nachts alle an einer Epidemie gestorben.

Es handelt sich darum, die endlos langen Flure zu reinigen. Eine kriegte einen Wischer in die Hand, die nächste ein Gerät, mit dem das Wasser abgezogen wird, und die dritte ging mit der Bohnermaschine hinterher. Ich war die mittlere. Eigentlich war meine Arbeit die leichteste, allerdings hatte ich beim Verteilen der Geräte das einzig defekte erwischt. Mein Abzieher zog Streifen. Und wo Streifen sind, kann nicht gebohnert werden, so daß die Eule hinter mir immer rief: »Streifen!«, und ich noch mal zurückgehen mußte. Nahm ich den Streifen am Rand weg, entstand einer in der Mitte und umgekehrt. Genervt rief ich die Vorarbeiterin: »Das Ding ist kaputt. Der macht Streifen.«

»Ach, Schmarrn«, meinte die, »mußt halt besser aufpassen.« Und ging wieder weg. Die war überhaupt immer unterwegs. Kein Mensch kümmerte sich darum, wo sie sich herumtrieb. Nach meiner Beschwerde ließ sie sich erst mal wieder eine Stunde lang nicht blicken, und die Tante hinter mir rief unentwegt: »Streifen!« Das schien überhaupt das einzige deutsche Wort zu sein, das sie kannte. Und ich schob das Gerät hundertmal hin und her, und die Frau vor mir war schon am Ende des Ganges angekommen, da wischte ich noch zum zehntenmal den Streifen hinterher. Ich ärgerte mir die Krätze an den Balg. Ganz offensichtlich war das Ding kaputt, vielleicht hatten sie es mir sogar absichtlich angedreht, um mich fertig zu machen. Tatsächlich hatten die anderen ihre Geräte verdächtig flott entnommen, so daß mir nur das letzte übriggeblieben war, und da sie alle alte Hasen waren, wußten sie sicher, welches kaputt war.

»Streifen!« Ich hätte sie erschlagen können. Manche Menschen führen sich auf, als gäbe es die Möglichkeit nicht, ihnen die Fresse zu polieren. Jetzt kriegte sie auch noch Unterstützung. Die Frau vor mir fing an zu rebellieren: »Ich immer warte auf Kollega, nix Geld verdiene.« Ich dachte, Scheiße, sie hat ja recht, aber verdammt noch mal, das Gerät gibt nicht mehr her. Endlich kam die Vorarbeiterin wieder angewalzt. Sie sah sehr ausgeruht aus und irgendwie von fröhlicher Rachelust beflügelt: »Was ist denn hier schon wieder los?«

»Kollega immer Streifen«, petzte die Eule hinter mir, »ich nix könne bohnere.«

»Wir immer müsse warte«, fiel die Landsmännin mit ein.

Ich sagte: »Ich habe doch schon gesagt, das Ding ist kaputt. Kein Mensch kann damit sauber arbeiten.«

»Weißt du was«, meinte die Vorarbeiterin freundlich zu mir, »du brauchst hier überhaupt nicht mehr zu arbeiten. Quertreiber können wir hier nämlich nicht brauchen. Guck dir mal deine zarten Fingerchen an, damit willst du bei uns was werden? Da lachen ja die Hühner, auf 'ne

Schönheitskönigin, da haben wir gerade noch gewartet. Gell, Swetlana, sowas taugt nicht für uns. Kannst zum Fahrer gehen, der gibt dir dein Geld, und dann auf Nimmerwiedersehen.«

Ich fand das in höchstem Maße ungerecht, und zu allem Übel durfte ich hier am Arsch der Welt noch die S-Bahn-Station suchen gehen und mir ein teures Ticket kaufen. Die Kontrollen waren im Moment verstärkt im Einsatz, so daß schwarzfahren nicht infrage kam. Zu Hause legte ich mich ins Bett und träumte, jemand sei hinter mir her und rufe dauernd: »Steifen! Steifen!«, aber das war Pitt und nicht Swetlana aus der Putzkolonne. Mit Pitt ging es während meiner Jobberei den Bach hinunter. Die erste Luft war raus, und außerdem lagen meine Nerven etwas blank. Ich war zu kaputt, um mich friedlich von seinem Bumsschweiß volltropfen zu lassen, und dann kriegte ich auch noch die Grippe.

An dem Abend, an dem ich Fieber bekam, wollte er unbedingt mit mir ins Kino. »Was ist denn das für ein Film?«

»Ach, super, der muß super sein, den muß man einfach gesehen haben, kennst doch Stanley Kubrick.«

Nie gehört. Ich dachte, na ja, ein netter, gefühlvoller Liebesfilm kann mir in meinem angeschlagenen Zustand nicht schaden, aber er schleppte mich ausgerechnet in »Clockwork Orange« in der englischen Originalfassung, und das war nicht gerade die Medizin, die ich brauchte. Die Gewaltszenen gingen mir total auf die Nerven, und als Pitt nach dem Film noch zum Vögeln mitkommen wollte, kriegte ich die Krise: »So ein scheiß Film, und das in meinem Zustand.«

»Du hast überhaupt keine Ahnung von Filmen, echt nicht, das war der beste Film, den ich seit langem gesehen habe.«

»Frage mich, was daran so toll sein soll, wenn die jugendlichen Säcke sich da aufführen wie die Geistesgestörten.«

»Ey, was rede ich mit dir über diesen Film? Du hast einfach keine Ahnung, da ist jedes Wort zuviel, ey. Raub mir nicht den letzten Nerv, Mann.«

»Wenn ich dir den letzten Nerv raube, brauchst du jetzt auch nicht mitzukommen.«

Er sah mich entsetzt an. Sein schöner Fick, ey, Mann, ey, alles mußte ich ihm versauen. So ein Mist aber auch, daß er damit total auf mich angewiesen war. Jedenfalls im Moment. Dann Schweigen. Ich kriegte höllische Kopfschmerzen. Der Film hatte mir wirklich den Rest gegeben. Als meine U-Bahn-Haltestelle kam, fragte er pampig: »Was ist jetzt? Soll ich noch mitkommen oder nicht?«

»Haben wir das nicht gerade geklärt?«

»Überleg dir gut, was du sagst«, tönte er und straffte die Schultern. Diese Drohung gab den Ausschlag: »Nein. Und komm mir ja nicht noch mal in die Quere.« Darauf gab er keine Antwort. Ich stieg aus, und er blieb drin, und das war's.

schon wieder über den Stellenangeboten. Grippe hin, Grippe her – ich mußte die Miete ranschaffen. Die Putzkolonne suchte wieder Blöde für ihre defekten Abzieher, und in Haidhausen suchte einer ungelernte Kräfte »evtl. für Dauerstellung«, aber auch vorübergehend und vor allem sofort. Ich nahm den nächsten Bus und fuhr hin. Der Typ, dem die Firma gehörte, hieß Schenkel und saß allein in seinem Büro, als ich kam. Er hatte extrem kurze Haare, so daß es von weitem aussah, als hätte er eine Vollglatze. Sein Kopf war kugelrund, seine Lippen dick, und er hatte sehr helle Augen und wollte, nachdem er meine Papiere gesehen hatte, nichts weiter von mir wissen.

»Okay, morgen früh sieben Uhr«, sagte er, »Sie kommen ins Erdgeschoß, Etiketten kleben.« Er sprang auf und wies mir die Tür: »Am besten, Sie bringen sich was zu essen mit. Eine Brotzeit oder so. Wir machen hier keine langen Pausen, und Sitzgelegenheiten gibt's hier auch nicht.« Der Mann war deutlich.

Als ich am nächsten Morgen fünf Minuten zu früh kam, waren die anderen alle schon an der Arbeit. An langen Tischen stehend nahmen sie Prospekte aus Kartons und klebten je ein rundes, großes Etikett hinein. Der Firmeninhaber kam direkt auf mich zugeflogen: »Hier stellen Sie sich hin. Passen Sie auf, ich zeig's Ihnen. Sie schlagen den Prospekt auf, hier in der Mitte, und auf die rechte Seite pappen Sie das Etikett. Der Robert holt Ihnen die Kartons und die Etiketten, Sie müssen ihn nur früh genug rufen, der muß die aus dem Lager holen, und Sie wollen ja keine

Zeit verlieren. Das wird nach Kartons bezahlt, ist schon klar, oder?«

Die anderen rissen wie die Weltmeister die Etiketten von der Folie und pappten und knallten und stapelten und pappten und knallten und stapelten. Die Kataloge pfiffen nur so durch die Luft, die Finger wirbelten, ratsch, zack, klack und: »Robert, Folien bitte!« »Robert, ich brauch Prospekte!«

Ich begann, die Etiketten von den Folien zu ziehen, was sich als schwieriger erwies als gedacht. Erstmal mußte es mir gelingen, einen Fingernagel unter das Biest zu kriegen und es beim Abziehen nicht zu verletzen. In der Zeit, in der ich ein Etikett geklebt hatte, hatten die anderen schon den halben Karton voll. Allmählich wurde ich schneller. Aber so schnell wie die anderen wurde ich nie.

Währenddessen geriet der Boss mit einer der Damen in Streit. Auf einmal brach ein Höllenspektakel los. Sie schrie in höchster Tonlage was von einem Lohn, der ihr noch zustünde, und er brüllte was von nicht vorhandenen Papieren. Und auf einmal riß er sie an den Haaren hoch und zerrte sie, immer noch an den Haaren, durch den ganzen Saal zur Tür, hinter der sie kreischend verschwand. Kurzzeitig ließ ich die Arbeit fallen. Sollte ich mir als ehemalige KPD-Sympathisantin das kommentarlos mit angesehen haben? Die Situation schrie doch nach Solidarität mit der unterdrückten, ausgebeuteten Klasse. Der Begriff der »Ausbeutung« füllte sich hier erstmals mit Leben, und ich dachte, die KPDler hatten doch recht gehabt: Wir haben den Kapitalismus, und es gibt auch eine Ausbeutung. Aber time is money, und für die Nachbereitung kommunistischen Gedankenguts war die Gelegenheit außerordentlich ungünstig.

Ich war jetzt auf den Trichter gekommen, bei der Positionierung der Etiketten nicht so lange herumzueiern, bis ich die Mitte der Seite erwischte, sondern das Ding einfach reinzuknallen, egal, wo es zu kleben kam. Ich war überzeugt, daß das niemandem auffallen würde, und zuerst fiel es auch nicht auf, bis ich noch dreister wurde und die Etiketten halb aus dem Heft heraushängen ließ. Gerade in dem Moment, in dem ich das bemerkte und eine Stufe herunterschalten wollte, stand Schenker schon neben mir.

»Was soll das hier werden?« blökte er und hielt mir einen Katalog vor die Nase. »Soll das saubere Arbeit sein? Die Etiketten gucken ja halb raus!« Sein Gesicht war rot bis violett. Die anderen legten, schien mir, noch einen Zahn zu und blickten angestrengt auf ihre Kataloge. Ich erwartete, an den Haaren hinausgeschleift zu werden und kniff schon die Augen zu. Denn *ihn* betrog man nicht. Wider Erwarten faßte er mich aber nicht an, sondern sagte einigermaßen gefaßt: »Passen Sie besser auf, Sie müssen genauer arbeiten. Jeder Prospekt kostet mich fünf Mark.« Dann ging er nach hinten.

Ich war so platt, nicht mindestens zusammengeschlagen worden zu sein, daß ich beschloß, nun sehr korrekt zu kleben, wodurch ich wieder langsamer wurde. Gegen Nachmittag endlich hatte ich *fast* das Tempo der anderen erreicht. Da wurde die Aktion für beendet erklärt, und wir mußten Christbaumkugeln verpacken. Schenker ging mit einem Blöckchen in der Hand durch unsere Reihen und wies nach undurchschaubaren Kriterien auf einige von uns mit den Worten: »Du und du und du, du auch, und du und du. Morgen sechs Uhr. Auf die Minute pünktlich.«

Da er auch auf mich gewiesen hatte, fragte ich meine Nachbarin, was uns morgen um sechs erwarte, aber sie sprach kein deutsch. Eine andere klärte mich auf: »Morgen am Band. Hast du noch nie am Band gestanden?« Sie tat gerade so, als sei am Band zu stehen genauso natürlich, wie sich nach dem Stuhlgang den Hintern zu wischen.

»Ach so, *Band!*« sagte ich. »Alles klar.«

Auch am nächsten Morgen kam ich zu früh. Im Saal fand ich nur Robert, schläfrig auf einer Palette Zeitungen hockend, die Zigarette mit überlanger Asche im Mundwinkel: »Was willst du denn hier? Ihr seid doch oben heute.«

»Wie, oben? Wo, oben?«

»Na, oben, die Treppe rauf. Beeil dich, das Band läuft schon. Hörst du das denn nicht?«

Ich hechtete die Treppe nach oben, und dann sah ich es, *das Band*, und es lief tatsächlich schon.

»Dalli, dalli«, rief Schenker, »Sie kommen aber auch auf den letzten Drücker. Los, hierhin, bleiben Sie da stehen.«

Ich stellte mich an den angewiesenen Platz und guckte, was die anderen machten. Auf dem Fließband kamen verschieden große Zeitungsstapel angefahren. Die nahmen sie herunter und stapelten sie auf ihren Tischen. Nebenbei wickelten sie Banderolen um die Stapel, klebten die mit Adressenetiketten zu und legten die Stapel wieder auf das Band.

»Vorsicht! Hier fliegt alles runter!« schrie eine hinter mir. Ich wuchtete die Stapel vom Band auf meinen Tisch und stapelte sie kreuzweise. Warum stellten sie das Band nicht so ein, daß jede einen Stapel entnehmen und ordentlich bearbeiten konnte? Warum mußte das Band so schnell laufen, daß wir zwischendurch immer stapeln mußten, um zu vermeiden, daß die Stapel am Bandende auf den Boden fielen? Am Bandende standen zwei Frauen an einer Packmaschine, die die größeren Stapel mit Zwirn zusammenband. Das Ganze machte einen Höllenlärm.

Den besten Job hatten die Frauen, die an der Spitze des Bands standen und einfach nur die Stapel auf das Band legten. Das waren zwei Deutsche. Wenn ihnen zu langweilig wurde, stellten sie die Geschwindigkeit des Bandes höher, und wir flogen zwischen Band und Tisch hin und her wie hospitalische Waisenkinder im Zeitraffer. Nach einer Stunde schon bluteten mir die Hände von dem Zeitungspapier, und das Blut tropfte auf die Banderolen und die Zeitungen, und ich dachte, was wohl die Empfänger dachten, wenn sie blutige Zeitungen kriegten, aber es kam nie eine Reklamation.

Ab und zu blieb das Band stehen. Das waren paradiesische Minuten. Meist hatte es einen leider sehr schnell zu behebenden Defekt. Beim Stillstand des Bandes schien es urplötzlich totenstill zu sein. Nach einigen Sekunden hörte ich es in meinen Ohren rauschen. In der Jackentasche hatte ich ein belegtes Brot, aber bevor ich es auswickeln konnte, schepperte das Band schon wieder, und die Stapel rollten heran. Um eine Zigarette halb zu rauchen, mußte es sich schon um einen schwerwiegenden Defekt handeln. Sowie das Band stand, kam Schenker die Treppe heraufgeschossen und flog wie ein Pfeil an die Bandspitze und rief: »Das ist alles mein Geld, ihr Scheißfotzen. Das macht ihr doch absichtlich. Robert! Robert! Komm mal gucken, bring das in Ordnung, aber dalli!« Dann blieb er stehen und glotzte mit hervorquellenden Augen auf die vermeintliche Unglücksstelle: »Sabotage ist das, mir macht ihr doch nichts vor, so oft, wie das Band steht. Ich hatte gerade Leute zur Wartung hier, das *kann* überhaupt nicht stehenbleiben! Morgen stehen hier andere Weiber, da könnt ihr euch drauf verlassen.«

»Aber Chef, wir haben doch gar nichts gemacht, ehrlich nicht, da muß 'ne Schraube locker sein oder sowas, ein Wackelkontakt. Hören Sie doch mal, das klappert doch, das haben wir schon vor zehn Minuten gesagt, ehrlich, Chef.«

»Weg da! Aus dem Weg!« Er und Robert steckten die Köpfe in die Maschine, und nach wenigen Minuten ging es weiter. Schenker sah in solchen Minuten aus, als bekäme er gleich einen Herzinfarkt, und die meisten wünschten ihm den auch. Das Spiel mit dem stehenden Band wiederholte sich täglich etwa zehnmal. Anschließend wurde zur Strafe das Tempo erhöht: »Dalli, dalli jetzt, ihr habt genug Zeit vertrödelt, das ist mein Geld, was ihr hier verpulvert.« Wenn er mit hochroter Birne die Treppe heraufdüste und fast über seine eigenen Füße stolperte vor Wut, konnte ich meine Schadenfreude kaum verbergen.

Schenker war übrigens schwul und hatte einen gepflegten Frauenhaß. Sein Betthase war der Stapelwagenfahrer Robert, der an Fließbandtagen eine ruhige Kugel schob. Er saß dann auf seinem Stapelwagen und qualmte und sah uns bei der Arbeit zu. Gelegentlich fuhr er Stapel holen oder transportierte die zusammengeschnürten Pakete ab. In der Mittagspause setzte er sich zu Schenker ins Büro, während wir die ganze Pause damit verbrachten, vor dem einzigen Klo Schlange zu stehen. Pinkeln konnte man sowieso den ganzen Tag nicht. Dazu hätte das Band angehalten werden müssen, und wenn es von selbst stand, war es zu riskant, ins Erdgeschoß zu rennen, wo sich das Klo befand, denn man wußte ja nie vorab, wie lange das Band stehen würde. Mittags versuchten dann alle, ihr Ei abzulegen, und wieder waren die deutschen Frauen an der Bandspitze im Vorteil, denn die Bandspitze befand sich in Türnähe, und bis die anderen Geplagten endlich am Klo angekommen waren, hatten die Deutschen längst mit ihren Haufen das Klo verstopft. Ob das Klo verstopft war oder nicht, war uns Nachfolgenden allerdings ziemlich wurscht. Auf solche Feinheiten konnten wir keine Rücksicht nehmen. Ich weiß nicht, wer das Klo saubermachen mußte, jedenfalls war es jeden Tag nach dem ersten Schiß der Deutschen wieder verstopft.

Mit den Sitzgelegenheiten hatte Schenker übrigens nicht zuviel versprochen: Es gab weder Stuhl noch Bank. Wer unbedingt sitzen wollte, mußte sich auf den herumstehenden Paletten ein Plätzchen suchen, was Schenker gar nicht gerne sah: »Wollt ihr wohl eure fetten Ärsche von meinen teuren Paletten nehmen! Das hat mir gerade noch gefehlt. Hoch, aber dalli. Und paßt mit euren speckigen Flossen auf. Ewig seid ihr am Fressen, widerlich.«

Mit meinem Einsatz war er offenbar zufrieden. Am Nachmittag ging er wieder mit seinem Blöckchen herum und bestimmte per Zuruf, wer am nächsten Tag die Ehre hatte, an seinem Band ein paar Flocken zu verdienen. Die Frauen nahmen die Zuweisungen entgegen wie den himmlischen Segen, und ich konnte bald nicht umhin, dieses absurde Gefühl zu teilen.

Gerade als ich das Band liebgewonnen hatte und überhaupt nicht mehr aufs Klo mußte, wurde ich dazu verdonnert, im Erdgeschoß wieder als Packerin zu arbeiten. Dort galt es, Gläsern mit Früchten in Alkohol ein kariertes Tuch um den Hals zu binden, ein Strohbändchen umzuwickeln und ein Schleifchen zu drehen. Danach wanderten die Gläser in Kisten voller Holzwolle. Bei dieser saublöden Arbeit verdiente man nicht die Butter auf dem Brot.

Ich erlaubte mir, Schenker im Vorbeigehen zu fragen, warum ich denn nicht mehr am Band arbeiten könne. Er stutzte kurz und sagte geradezu väterlich: »Ich dachte, ich tu Ihnen einen Gefallen. Also, dann, morgen um sieben wieder am Band.« Der und mir einen Gefallen tun, nicht zu glauben. Aber so verrückt war es auch wieder nicht. Irgendwie hatte der Scheißkerl einen Funken Sympathie für mich, keine Ahnung, warum. Jedenfalls mehr als für Evelyn.

Evelyn war Masochistin. Anders ist es nicht zu erklären, daß sie in Schenker verknallt war. Sie war knapp über fünfzig, sah aus wie achtzig und schminkte sich, als müsse sie auf dem billigsten Straßenstrich ihre tägliche Ration Schnaps verdienen. Ihre ausgestrockneten Haare waren pechschwarz gefärbt und an den Ansätzen schlohweiß. Sie war klapperdürr mit ausgemergeltem, faltigen Gesicht und kleinen, roten Augen, über denen zwei kohlrabenschwarze breite Balken windschief gemalt waren, und auf der knochigen Nase rutschte eine viel zu große, altmodische Brille bis zur Nasenspitze. Ihr Atem rasselte, denn sie war Kettenraucherin, sofern sie zum Rauchen kam, und die Nägel lackierte sie feuerrot.

Wie ein halbverhungerter alter Wolf lief sie Schenker hinterher, und ihm war es ein Genuß, sie zusammenzuscheißen: »Was willst du schon wieder hier, du blöde Fotze, ich hab dir doch schon zehnmal gesagt, daß ich nichts für dich habe. Geht das nicht in deinen Kopf rein, hä, hast du den Verstand schon ganz versoffen?« Sie wimmerte dann etwas Unverständliches, denn entweder saß ihr Gebiß nicht oder sie hatte einen Teil davon zu Hause gelassen.

Dann hörte man ihn wieder bellen: »Du bist doch noch zu blöd zum Scheißen, Evelyn. Jag dir nicht soviel Schnaps hinter die Kiemen, dann kannst du auch wieder arbeiten für mich. In diesem Zustand bist du den Boden nicht wert, auf dem du stehst, und jetzt mach die Fliege, aber dalli.«

Während dieser Auseinandersetzungen flog er ständig im Saal hin und her und hatte überall was zu kontrollieren oder zu richten, und sie schoß keinen halben Meter immer hinter ihm her. Es sah aus, als führten sie eine Ballettnummer auf.

»Guck dich doch an!« schrie er gegen den Lärm der Maschine des Bands an, »für dich gibt doch keiner mehr fünf Pfennige, so wie du aussiehst. Guckst du eigentlich auch mal in den Spiegel morgens? Nee, kannst du ja nicht, da würdest du ja zu Tode erschrecken. Hör doch auf, du kannst doch vom Fusel nicht lassen, mich kannst du doch nicht verarschen, mich doch nicht.« Dann wieder ihr unverständliches Wimmern. Dann er wieder: »Du kannst ja nicht mal die Zigarette in der Hand halten.« Dann: »Robert! Robert, wo bleibst du denn, Herrgottsakrament, nimm mir mal die Evelyn ab, die krieg ich heute nicht mehr los, laß sie irgendwas verpacken, egal was, Hauptsache weg mit ihr.« Da küßte sie ihm die Hand. Sie küßte ihm tatsächlich die Hand. Er schleuderte sie weg wie eine Ratte und ging wieder mißmutig seiner Wege. Dieses Schauspiel wiederholte sich noch ein-, zweimal die Woche.

Es war eine absolut symbiotische Beziehung. Er hätte sie ja rausschmeißen können wie die andere damals, aber er liebte es offenbar, angebettelt zu werden und genoß die Schweinereien, die er ihr an den Kopf warf. Sie war sein verbaler Sandsack. Und vielleicht war er der einzige Mann, der sich ihr überhaupt noch zuwendete, wenn auch auf diese niederträchtige Weise.

Als ich genug Geld und eine ansehnliche Sammlung von Pflaumen in Armagnac beisammen hatte, ging ich zu ihm und sagte, dies sei heute mein letzter Tag. Er guckte mich verdutzt an. So etwas hatte er ja noch nie gehört. Er, der große Arbeitsspender, die Wohltätigkeit in Person, mußte sich anhören, daß sich jemand ungefragt aus seinem generösen Dunstkreis entfernte. Er faßte sich kurz und sagte: »Natürlich. War ja von vornherein klar. Wollen mal sehen, was Sie noch zu kriegen haben.« Er hackte auf seiner Rechenmaschine herum und blätterte anstandslos das Geld auf den Tisch: »Bitte sofort nachzählen. Reklamationen sind ausgeschlossen.« Ich sollte nicht merken, daß er beleidigt war.

Kaum hatte ich sein Büro verlassen, raste er wieder durch den Saal und brüllte gegen das Band an.

Meine Hände waren von Schnittwunden übersät. Dennoch war ich nicht unglücklich. Ich hatte mir bewiesen, richtig hart malochen zu können. Das erschien mir im Moment wichtiger als mein Abitur. Und bald würde ich mich wieder den angenehmeren Seiten des Lebens widmen können. Schließlich hatte ich schon lange keinen Mann mehr gehabt. Ich knackte eines der Armagnacgläser, vielleicht waren es auch Himbeeren in Himbeergeist oder Williams-Christ-Birne – ich weiß es nicht mehr –, und soff das ganze Glas leer. Danach war ich fast zwei Tage krank. Ich beschloß, mit den restlichen Gläsern meine Verwandtschaft zu Weihnachten zu beglücken, denn Weihnachten traf sich die ganze Familienblase samt Onkel und Tante in Böblingen. Und da ich nicht wußte, wohin an Weihnachten, rief ich bei der Mitfahrzentrale an, ob jemand nach Stuttgart führe. Wunderlich holte mich an der Autobahnausfahrt ab.

Ich hatte ihn nie so recht gemocht und folglich selten genau angesehen, aber diesmal sah er so schlecht aus, daß es
selbst mir auffiel. Er hatte im Gesicht diese Altmänner-
haut gekriegt, die um so trauriger aussieht, je aufgeräum-
ter die Männer sich geben. Auch Wunderlich spielte tapfer
den Munteren, aber es war leicht zu merken, daß etwas
nicht mit ihm stimmte.

»Die können einem ganz schön auf die Nerven gehen«,
sagte er während der Fahrt, »seit der Opa fast taub ist, hat
sich die Oma angewöhnt, zu schreien. In einer normalen
Tonlage kann die überhaupt nicht mehr sprechen. Und bei
ihm muß man alles wiederholen, was man gesagt hat.
Furchtbar. Furchtbar anstrengend, kann ich dir sagen.«

Ich dachte, welch seltsame Fügung, daß er in sein eigenes Spiegelbild blickt, ohne es zu merken. Sein Gehör war
so vorzüglich, daß er auf einen Donnerschlag mit »Herein« reagierte. Beinahe jeden zweiten Satz mußte man
wiederholen. Er hatte recht: Es war furchtbar anstrengend.

»Warum steckt er denn sein Hörgerät nicht ein?« fragte
ich.

»Was weiß ich. Er sagt, das piept.«

»Piept deins denn auch?«

»Bitte? Wieso? Nein, meins piept nicht.«

»Warum trägst du es denn nicht?«

»Bitte? Äh, was? Ich brauche das nicht, ich höre noch
ganz gut.«

Wie sich herausstellte, waren beide, der Opa und Wunderlich fast taub. Sie hörten nur das, was sie nicht hören sollten. Das allerdings aus weitester Entfernung.

Wunderlich erzählte, er sei längere Zeit im Krankenhaus gewesen. Weshalb, ließ sich nicht genau klären. Angeblich wegen einer harmlosen Prostatageschichte. Die übrigen Krankheiten hätte er sich erst dort geholt: »Die Ärzte sind die reinsten Verbrecher. Wenn ich nicht so gut selbst aufgepaßt hätte, wäre ich heute schon unter der Erde. Die probieren einfach irgendwelche Medikamente an dir aus und lassen dich dann liegen, bis du verreckst. Ins Krankenhaus bringen mich keine zehn Pferde mehr. Und dann lauter Verrückte auf dem Zimmer, die mitten in der Nacht dauernd die Schwester rufen. Wenn ich bloß daran denke. Alte Männer sind was Grauenvolles.«

Wie meine Mutter später erzählte, hatte er im Krankenhaus dermaßen randaliert und war sogar dem Chefarzt an die Gurgel gegangen, daß meine Mutter fast täglich auf Entschuldigungstournee gehen mußte, damit sie sich weiterhin um ihn kümmerten. Und der Verrückte in seinem Zimmer war ein Komapatient gewesen, der so viel Krach schlug wie eine Mumie.

Meine Mutter sah blendend aus wie immer. Sie war jetzt auf dem Gesundheitstrip und schaufelte haufenweise Vitamintabletten und Stärkungsmittel in sich hinein. Sie aß überwiegend vegetarisch und alles ohne Sauce. Abends gab es für sie nur selbst angemanschtes Müsli. Für die Großeltern, die ausgeprägte Fleischfresser waren, mußte sie sich vorübergehend umstellen. Als wir ankamen, stand sie mit der Oma in der Küche, beziehungsweise die Oma saß auf dem Schemel, auf dem ich sonst immer gesessen hatte, und die Mutter begoß einen Braten im Ofen.

Im Wohnzimmer flackte der Opa Zigarre rauchend auf der Couch und zog sich im Fernsehen eine Show aus dem Pariser Lido rein, woraufhin Wunderlich sofort bemerkte:

»Jaja, was wäre die deutsche Nation ohne Fernsehen. Vielleicht würde sie versehentlich mal ein gutes Buch lesen.«

»Was sagst du?« fragte der Opa gutgelaunt. »Ah, da ist ja unsere Studentin. Na, was macht denn das Studium? Bist du nicht bald fertig, sag mal?«

»Ich habe doch das Fach gewechselt, Mensch.«

»Ach so, jaja. Und die Verehrer? Was machen die Verehrer?«

Opa hatte es mit den Verehrern. Er war dem Wahn anheim gefallen, seine Enkelin sei von so erlesener Schönheit, daß ihr stehenden Fußes sämtliche Männer verfielen. Schon ging es weiter: »So ein hübsches Mädchen wie du, da müssen die Männer doch Schlange stehen.«

»Ja, klar, bis nach Gelsenkirchen.«

»Was sagst du?«

»Es gibt heute keine Verehrer mehr, Opa, die Verehrer sind ausgestorben.«

»Wer ist gestorben?«

Ich verzog mich in die Küche. Bei meinem Eintritt unterbrach die Oma sofort ihren Redefluß. An ihren erhitzten Wangen sah ich, daß sie sich eben in Rage geredet hatte.

»Was redet ihr denn so Interessantes? Kann ich vielleicht mal mithören?« fragte ich, worauf sich die beiden mit Blicken verständigten. Meine Mutter sagte: »Es geht um Opa. Oma meint, er hat eine Freundin.«

»Was? Der Alte? Glaub ich nicht.« Ich mußte lachen, was die Oma sehr entrüstete: »Du hast ja keine Ahnung, Kind, wozu die Männer fähig sind. Je oller, je doller. In deinem Alter habe ich mir darüber auch noch keine Gedanken gemacht. Kein bißchen Stolz haben sie, kein Format, nichts. Jahrelang habe ich es in mich reingefressen, weil es mir so peinlich war. Muß man sich mal auf der Zunge zergehen lassen: *Mir* war das peinlich – ihm nicht.

Aber glaub mir, Kind, ich weiß, was ich sage: Er hat eine Nutte.«

Ich mußte schon wieder lachen. Nicht über die Mitteilung, sondern über den Ausdruck »Nutte« und ihren Tonfall. Aus ihrem Mund hörte sich das an, als würde die eine Nachbarin zur anderen sagen: »Stellen Sie sich vor, meine Geranien haben den Rost!« oder »Hinter unseren Wohnzimmertapeten sitzt der Schimmel.«

»Lach doch nicht so blöd!« mahnte meine Mutter. »Der Oma ist das ernst.«

»Kind, Kind«, meinte die Oma betrübt, »tu mir einen Gefallen und heirate nicht. Wenn ich das alles vorher gewußt hätte, hätte ich im ganzen Leben nicht geheiratet. Als Frau ist man immer die Dumme. Was könnte es mir gutgehen, wäre der Vater nicht. Ich könnte glatt wieder sehen, ganz im Ernst, wenn er nicht wäre, ob ihr's glaubt oder nicht.«

Die Oma hatte den grünen Star und war zu neunzig Prozent blind. Ich fand, da ergänzte sie sich ganz gut mit dem Opa. Sie hörte die Einbrecher an der Tür, und er sah, wenn sie den Herd anließ. Perfekt.

»Ja, also, nun mal Butter bei die Fische«, sagte meine Mutter, »hast du sie denn nun gesehen, oder wie kommst du darauf?«

»Ach, sehen! Was brauche ich die zu sehen? Die steht immer am Ende der Straße und erwartet ihn. Und wenn ich dann rauskomme, verschwinden sie ganz schnell. Das ist mir doch viel zu dumm.«

»Hast du denn irgendwelche Beweise? Ich kann den Vater doch nicht einfach darauf ansprechen, wenn ich keine Beweise habe.«

»Beweise habe ich tausendfach. Lauter nagelneue Anzüge. Frag ihn doch mal, von wem er die neuen Anzüge alle hat. Alle im Bettkasten versteckt. Und Krawatten. Und eine neue Lampe im Flur. Die richtet sich jetzt schon hinter meinem Rücken meine eigene Wohnung ein für die Zeit, wenn ich mal nicht mehr bin. Die warten nur, bis ich unter der Erde bin, dann zieht die sofort bei uns ein.«

»Mutti, ihr habt doch gar keine neue Lampe im Flur. Ich war doch erst vorige Woche bei euch.«

»Jetzt ist da aber eine neue.«

»Soll ich ihn mal darauf ansprechen?«

»Der lügt ja sowieso. Der lügt, wenn er den Mund aufmacht. Manchmal, wenn er so auf der Couch liegt und der Mund so offensteht, weißt du, dann denke ich, der liegt da wie aufgebahrt, und vielleicht ist es endlich soweit. Ich wollte, er wäre tot, dann ginge es mir besser.«

Die Mutter zog es vor, diese Entgleisung zu ignorieren: »So, das Essen ist fertig. Kommt ihr alle? Vater! Das Essen ist fertig!«

Die Männer hörten wieder keinen Ton. Wunderlich kniete mit Kopfhörern groß wie Sammeltassen vor seiner Stereoanlage, und der Opa war über einem Kreuzworträtsel eingenickt.

Als ich später allein mit ihm war, sprach ich ihn auf die Nutte an: »Sag mal, ich hab gehört, du bist ja noch ganz schön munter, was?«

»Was sagst du?«

»Du bist noch ziemlich munter so auf einem gewissen Gebiet, habe ich gehört.« Wie sage ich es meinem Kinde.

»Ja, ich mache noch jeden Morgen meine Kniebeugen auf dem Balkon. Und einmal die Woche gehe ich noch ins Hallenbad. Schwimmen. Da habe ich mir vom Brustschwimmen den ganzen Nacken verspannt, sagt der Arzt, jetzt soll ich nur noch Rückenschwimmen machen.«

»Da lernst du wohl schon mal eine Frau kennen, was?«

»Was? Frau? Ja, Frauen gibt es da auch. Die sind da in der Überzahl. Die Männer haben sie ja alle unter die Erde gebracht. So früh morgens, wenn ich da bin, sind ja nur die Rentner im Wasser.«

»Und? Gefällt dir da keine?«

»Was? Ob wer fällt? Ist ja immer ein Bademeister da, da kann eigentlich nichts passieren.«

»Hast du Bekannte da?«

»Ja, der Bademeister kennt mich noch von früher. Das ist ganz gut, daß da eine Aufsicht ist, sonst springt schon mal jemand von der Seite ins Becken, das ist ja gefährlich, nicht.«

»Die Oma sagt, ihr habt eine neue Lampe im Flur.«

»Die spinnt doch sowieso. Wozu brauchen wir in unserem Alter noch neue Lampen, die würde ja am liebsten das ganze Inventar erneuern, Hauptsache, das Geld wird unter die Leute gebracht.«

»Und neue Anzüge hättest du?«

»Was für Züge?«

»Du hättest lauter neue Klamotten, sagt sie. Geschenkt gekriegt von einer Frau.«

»Ja ja, gegen Motten gibt's ja jetzt Papier, das stinkt nicht so. Die Kugeln früher, die haben gestunken wie die Pest.«

»Die Oma spuckt Gift und Galle wegen dir, weißt du das denn nicht?«

»Die soll sich mit ihrer Gallenoperation nicht so wichtig machen. Was wäre sie ohne ihre Gallenoperation, ja, wenn es die nicht gäbe. Seitdem behauptet sie, sie hätten sie unten zugenäht. *Zugenäht!* Das kam der wie gerufen, der alten Hexe. Seitdem läuft nix mehr. Ich könnte ja noch. Aber was willst du machen. Sie sagt, sie haben sie zugenäht, da kann man nix machen, nicht?«

Ich war jetzt doch etwas erschüttert. Das Gespräch nahm eine völlig unerwartete Wendung. Was wurde hier gespielt? Ich beschloß, der Sache auf den Grund zu gehen: »Die Oma behauptet, du hättest eine Freundin.«

»Freundlich? Wieso freundlich? Freundlich finde ich das nun nicht gerade.«

»*Freundin*, Opa!« Ich schrie jetzt auch. In der Küche, wo die beiden Frauen das Geschirr spülten, wurde es umgehend still. Ich zischelte ihm ins Ohr: »*Oma sagt, du gehst fremd.*«

»Die spinnt doch sowieso.«

»Stimmt es also nicht?«

Er sah mich mit weitgeöffneten Augen an: »Ja, mit wem denn um Himmels willen? Die Weiber sind doch froh, daß sie den Alten endlich unter der Erde haben, meinst du, die fangen ausgerechnet mit mir den Zirkus noch mal von vorne an? Zeig mir eine, die noch freiwillig mit einem alten Kerl wie mir ins Bett steigt und ich nehm sie mit Kußhand. Guck sie dir doch an, die fetten, alten Weiber, wie sie in den Cafés die Rente ihrer Männer veraasen und danach scheinheilig mit dem Gießkännchen zum Friedhof marschieren. Die sind froh, daß er endlich unter der Erde liegt, deswegen wird er auch so eifrig begossen, damit der ja nie wieder aufsteht. Der Alte kann sich ja nicht mehr wehren, hat sie ja lange genug geärgert, nicht. Je früher die Männer unter die Erde gehen, desto besser. Wir stören doch nur. Was meinst du, warum die alten Männer oft so unausstehlich sind – weil sie keiner mehr haben will, deshalb.«

Fast hatte ich Mitleid mit ihm. Ich wollte ihm gerade empfehlen, mal in einen Puff zu gehen, da sagte er: »Ich brauche nichts mehr im Leben. Ich habe mein Klavier. Und das mußte ich auch noch in den Keller stellen. Die gnädige Frau kann es nicht mehr ertragen. Jetzt spiele ich eben im Keller, was soll's. Da habe ich meine Ruhe und brauche auf niemanden Rücksicht zu nehmen.«

Jetzt tat er mir wirklich leid. Ich wußte nicht, was ich noch sagen sollte. Er nahm wieder das Kreuzworträtselheft zur Hand. Plötzlich wandte er sich mir noch einmal zu:

»Stell dir mal vor, in den fünfzig Jahren, in denen wir verheiratet sind, hat sie mir nicht ein einziges Mal Panhas gekocht. Oder Himmel und Erde. Meine Lieblingsspeisen. Angeblich wird ihr schlecht vom Geruch.«

Das war nun wirklich die Höhe. Was es alles so gab in Deutschlands Ehen.

»Und jetzt der Quatsch mit den Socken. Schmeißt mir die ganzen Socken weg. Und Sakkos von mir. Gehe ich zufällig an den Container und finde meine guten Sakkos im Müll. Zum Glück waren sie noch alle in der Folie von der Reinigung, da konnte ich sie unbeschadet wieder rausholen. Jetzt ist sie natürlich schlau geworden und zerschneidet die Sachen vorher. Dauernd kann ich mir neue Socken kaufen. Das geht langsam richtig ins Geld. Ich will dir mal was sagen: Deine Oma hat einen gewaltigen Riß in der Schüssel. Wenn sie nicht so alt wäre, müßte sie eigentlich sofort in die Klapsmühle, aber die nimmt ja keiner mehr.«

Ein letztesmal wollte ich mich um Wahrheitsfindung bemühen: »Die Oma sagt, du kennst eine Nutte.«

In der Küche wurde es wieder still. Der Opa sagte unwirsch: »Was ist *das* jetzt wieder für ein Mist?«

»Sie sagt, die Socken und die Sakkos hättest du von dieser Nutte geschenkt gekriegt.«

Er nahm wieder den Kugelschreiber zur Hand: »Seit wann kriegt man von Nutten was geschenkt? Ich kenne das eher so, daß man da was mitbringen muß. Hör mal, hier, du hast doch Abitur. Sag mir mal einen Berg in Mexiko, langes Wort, fängt mit Popo an.«

»Mann, Opa, in Geo war ich immer ganz schlecht.«

»Na, hör mal, und sowas studiert? Eine Jugend ist das heute.«

Ich latschte wieder in die Küche. Da kam Wunderlich

von irgendwoher und wollte ganz dringend meine Mutter unter vier Augen sprechen. Er sah so bestürzt aus, als sei ihm gerade ein Furunkel am Hintern geplatzt. Die Mutter verschwand mit ihm auf den Flur.

»Der Vater lügt, wenn er den Mund aufmacht«, begrüßte mich die Oma, »dem darfst du kein Wort glauben.«

»Ich glaube nicht, daß er eine Freundin hat.«

»Hat er dich auch schon eingewickelt. Dann glaubst du es eben nicht. Mir glaubt ja sowieso keiner. Ihr seid alle gegen mich. Und alles, weil ich die Kinder nicht im Stich lassen wollte. Ich hätte gehen sollen damals, als das mit der Frau von Unruh passiert ist. Auf den Knien angefleht hat er mich, zu bleiben. Jawohl, auf den Knien, das Schwein. Dieses Ferkel. Wäre ich doch gegangen damals. Hätte ich es doch wahrgemacht.«

Eine Sekunde lang hatte ich Sehnsucht nach Pitt. Nach dem schlichten Vorstadtmacho Pitt und seinem »Baby«-Scheiß. Alles schien mir besser als die Abgründe der groß-elterlichen Ehegemeimnisse.

Mit ernster Miene kam die Mutter zurück und füllte ein Glas mit Leitungswasser. Dann zählte sie Tropfen aus einem braunen Fläschchen ab und verschwand mit dem Glas.

»Was ist denn los mit Wunderlich?« fragte ich die Oma.

»Als du klein warst, durftest du noch nicht mal Opa zu ihm sagen. Weißt du das überhaupt? Onkel mußtest du zu ihm sagen. Der eitle Fatzke. Ein eitler Fatzke ist das. Oben hui und unten pfui.«

Die Mutter führte Wunderlich am Arm in das Wohnzimmer wie ein verletztes Kind: »So, jetzt setzt du dich schön hier hin und nimmst deine Kopfhörer. Sieh mal, der Vater sitzt ganz ruhig über seinem Kreuzworträtsel, der stört dich nicht.« Wunderlich setzte sich umständlich und zog sich mit zittrigen Händen die Lauscher über den Kopf. Sie kam zu uns in die Küche: »Dem Gerhard geht es nicht gut. Er hat wieder seine Depressionen.«

»Jaja«, schimpfte die Oma, »wenn alles nichts hilft, gibt's Depresssionen.« Wahrscheinlich wußte sie nicht, was das ist. Sie sprach es aus, als meinte sie Kompressen oder so etwas.

»Mutti, du hast ja keine Ahnung, der Gerhard ist stark suizidgefährdet, du hast ja keine Vorstellung davon, was hier zu Hause los ist.«

Die Oma zog es vor, zu schweigen. Alles, was nicht unmittelbar mit ihrem Mann, dem Ferkel, zu tun hatte, interessierte sie nicht. Bei jedem erdenklichen Thema versuchte sie eine Parallele zu ihrem Nutten-Trauma zu ziehen. In diesem stetigen Bemühen waren ihr Hinweise auf Wunderlichs Krankheiten nur hinderlich, denn krank war der Opa ja nicht, außer im Kopf, beziehungsweise in der Hose.

In dem Moment klingelte es an der Tür, und die Oma rief beglückt: »Das ist Rudi. Ich mach schon mal auf.« Rudi war der Bruder meiner Mutter. Er war vor Jahren nach Amerika ausgewandert, war dort zur Marine gegangen und hatte dann bei Campbell Soup gearbeitet. Er schrieb immer lange Briefe und schickte viele Fotos, auf denen er entweder Wasserski in Florida fuhr oder mit einem riesigen Fisch in der Hand vor einer Blockhütte saß. Die Oma hatte ihm im Gegenzug Schallplatten von Freddy Quinn und Lale Andersen geschickt. Zuerst »Junge, komm bald wieder« und dann »Ein Schiff wird kommen«. Aus unerfindlichen Gründen schien sie die Existenz dieses Knaben für alles zu entschädigen, was ihr in ihrem Leben an Schweinereien geschehen war. Als er vor ein paar Jahren überraschend wiederkam mit dem erklärten Ziel, eine Familie zu gründen, ging für meine Oma eine Traum in Erfüllung.

»Der Wunderlich will sich umbringen?« fragte ich, als ich mit meiner Mutter allein war, eher pflichtschuldig als interessiert, »warum denn?«

»Das ist eben so bei Depressiven, die brauchen keinen Grund. Eben hat er wieder geweint, der Besuch hier ist schon viel zu belastend für ihn. Wenn er ein Gewehr hätte, würde er sich erschießen, hat er eben gesagt. Das Vergnügen habe ich bald jeden Tag. Wenn das so weitergeht, muß er in die Klinik. Ich kann nicht jede Sekunde auf ihn aufpassen wie auf ein Kleinkind. Neulich stand er in der Wanne und hatte sich ein altes Kabel von der Stereoanlage um den Hals gelegt. Ich dachte, mich trifft der Schlag. Kommst du ins Badezimmer und denkst an nichts Böses, und da steht dann der Mann mit einer Schlinge um den Hals. Splitterfasernackt.«

Bei der Vorstellung des nackten Wunderlich schüttelte es mich. Zum Glück kamen Rudi und Frauke mit ihrem eleganten kleinen Sohn herein, der jetzt schon plärrte, wo er noch gar keinen Grund dazu hatte. Ich mochte den kleinen Hosenscheißer nicht. Jedesmal, wenn ihm was nicht paßte, schmiß er sich auf den Boden und simulierte Krämpfe. Er steigerte sich dermaßen in seine Wut hinein, daß er erst rot und dann blau anlief und jeden in größte Sorge versetzte, daß er gleich verrecke. Beim Essen sagte er ständig: »Das sieht aus wie weißes AA. Das sieht aus wie grünes AA. Das sieht aus wie rotes AA.«

Für meinen Geschmack machten sie um den Schreihals zuviel Theater. Ich wunderte mich, daß noch niemand Wandhalter erfunden hatte, in die man die kleinen Blagen klemmt, wenn sie einen nerven, und einen schalldichten Maulkorb dazu. Bei uns durfte der Kleinsack in der ganzen Wohnung herumrennen und sich überall die Knochen blauschlagen. Dann fing das Geschrei wieder an, und man mußte ihn trösten und verarzten und ihm was versprechen, und kaum war er wieder ansprechbar, knallte er gegen die Wand oder flog vom Stuhl oder sonst was. Unter tausend Spaziergängern im Wald war er der einzige, der sich eine Zecke einfing, und die natürlich direkt am Sack. Und wieder mußte er betütelt werden, der weinerliche Zimperling. Erst bekam er Öl auf den Sack, und wenn sich die Zecke dann löste, wurde sie mit einer Pinzette herausgezogen. Meine Mutter war in diesen Dingen sehr bewandert, da auch der Hund ein begehrtes Zeckenopfer war.

Frauke sah aus wie immer. Sie hatte den Vorteil, daß sie unauffällig alterte. Es spielte keine Rolle, ob die Tränensäcke, die sie immer schon gehabt hatte, eine Spur tiefer hingen oder ob die Nase noch mehr anschwoll. Sie blickte wie immer trübsinnig aus ihren wässerigen Augen und wartete dringend auf eine Gelegenheit, sich mit ihren Alltagsthemen, die keinen interessierten, ins Gespräch zu bringen. Ob sie mit den Frauen aus ihrer Gemeinde einen Adventskranz bastelte oder Hagebuttengelee einkochte – mit ihren intellektuellen Beiträgen riß sie mich immer glatt vom Hocker.

Als die Heulboje wieder mal Pipi machen mußte, bot ich mich als Begleitung an. Natürlich rutschte er prompt mit dem Hintern ins Becken und mußte abgetrocknet werden. »Die Mami hält mich viel fester als du«, maulte er. Daraufhin klebte ich ihm eine und sagte: »Macht deine Mami das auch fester?«

Er glotzte mich an wie eine Erscheinung aus dem Jenseits, und ich dachte, paß auf, jetzt geht es los, eins, zwei und Riesengeschrei. Aber er guckte mich nur an und gab keinen Ton von sich. Er hielt die Augen weit aufgerissen und hatte die Erkenntnis im Blick: Du bist ja noch böser als ich.

Im Lauf des Tages sah er mich immer wieder an wie den Leibhaftigen, und Frauke sagte verwundert: »Mein Gott, ist der brav heute. So müßte er immer sein, nicht, Rudi? Richtig angenehm.«

»Sehr angenehm«, pflichtete der Onkel bei, den das überhaupt nicht interessierte.

»Komm mal zur Mami, mein Schätzelein«, flötete Frauke. Der Zwerg kam aber nicht. So schnell erholte er sich nicht von seiner brandneuen Entdeckung. Er guckte aus der Wäsche, als hätte er zuviel Underberg getrunken, und ich dachte, vielleicht bin ich als Pädagogin gar nicht so schlecht, Ochsenknecht hin, Ochsenknecht her.

Am zweiten Feiertag hatte ich von Familie erst mal wieder die Nase gestrichen voll und seilte mich unter einem Vorwand ab. In München fand ich im Briefkasten ein Schreiben vor, das mich freundlichst daran erinnerte, daß der Aufenthalt für Studenten im Olympiadorf befristet sei, ich wegen des Fakultätswechsels bereits in den Genuß der Verlängerung des Mietverhältnisses gekommen sei und im nächsten Semester die Wohnung für Kommilitonen freizumachen habe. Frohes Neues Jahr.

lag an der Hohenzollernstraße, nur zehn Schritte von der Leopoldstraße entfernt, wo sich das Schwabinger Leben abspielte. Meine Befürchtungen, keine erträgliche und vor allem erschwingliche Wohnung zu finden, erwiesen sich als unbegründet, was vielleicht daran lag, daß ich mich in den Ferien auf die Suche machte. In der Mensa hingen immer Wohnungsangebote mit abreißbaren Telefonnummern aus, und in der Hohenzollernstraße suchte eine WG noch eine vierte Mitbewohnerin. Ausdrücklich wurde eine Frau gesucht.

Ich wählte also die Nummer und verabredete mich mit dem Vormieter. Beziehungsweise war er der Ex-Freund der Vormieterin, einer Vietnamesin, die ihn sitzengelassen hatte. Jetzt wollte er wenigstens noch die Einrichtung verscherbeln. Wir trafen uns unten vor der Wohnung, die in der sechsten Etage lag. Natürlich gab es keinen Aufzug. Man glaubt gar nicht, wie viele Häuser in München keinen Aufzug haben. Auf der vierten Etage war bei mir erst mal Schluß. Keuchend ging ich in die Knie.

»Da gewöhnst du dich dran«, meinte der Typ, »anfangs kam ich auch nicht in einem Zug nach oben. Was meinst du, was du nachher für tolle Beine kriegst.« Ein Connaisseur. Mir fiel dabei ein Typ ein, der einen Tag vor meinem Auszug endlich den Mut gefunden hatte, an meiner Tür zu klingeln, weil er im Aufzug immer hinter mir gestanden und meinen Arsch bewundert hatte. Er nannte ihn »breites Becken«, aber es kam auf dasselbe hinaus. Ich wußte damals nicht, ob ich beleidigt oder geschmeichelt sein sollte. So breit fand ich meinen Arsch wieder nicht, um als Objekt für Fetischisten zu dienen.

Am Abend vor dem Umzug stand ich ein letztes Mal auf dem Balkon, den ich nie genutzt hatte, und blickte Abschied nehmend auf die Parkplätze hinab, und da stand wieder dieser Exhibitionist hinter den Mülltonnen und holte sich lustlos einen runter. Er hatte mich schon vor einigen Jahren belästigt. Ganz dicht war er einmal mit seiner offenen Hose an mich herangekommen, als ich Almut in ihrem Bungalow besuchen wollte, und hatte etwas Unverständliches gemurmelt, und ich hatte ihn mehr vor Schreck, aber auch aus Wut angeschnauzt, er solle sich mal ganz schnell verpissen. »Entschuldigung«, hatte er gesagt, »entschuldige vielmals.« Jetzt stand er gut verborgen hinter den Mülltonnen, und die Leute gingen massenhaft vorbei und hatten keine Ahnung. Ich weiß nicht, welcher Teufel mich ritt, auf jeden Fall rief ich runter: »Hau ab, du Wichser, verschwinde!« was bei ihm zu wahren Begeisterungsstürmen führte. Er wandte mir sein Gesicht zu und fing an zu rubbeln, was das Zeug hielt. Als ich das sah, ging ich wieder rein. Dieser Vorfall und der mit dem Arschfetischisten schienen mir Winke des Schicksals zu sein, daß ich im Olympiazentrum nichts mehr verloren hatte und es höchste Zeit war, abzuhauen.

Endlich waren wir in der sechsten Etage angelangt. Es handelte sich um eine Wohnung mit vier separaten, einzeln abschließbaren Zimmern, von denen jedes über ein Waschbecken und ein Fenster verfügte. Der Ex sagte: »Deins ist das schönste Zimmer. Größer als die anderen. Und das einzige, das nach hinten liegt. Da hast du deine Ruhe.« Er konnte nicht ahnen, daß ich zu der Zeit auf Ruhe wenig Wert legte, und fügte hinzu: »Und du hast einen herrlichen Blick. Guck mal aus dem Fenster.« Auch herrliche Blicke bedeuteten mir nicht viel. Ich spähte kurz hinaus und blickte auf lauter Dachziegel. Weit unten lagen ein paar verwahrloste Gärten. Daß das Zimmer Schrägen hatte, fand ich gemütlich, unpraktisch, wie ich war, und daß ich die gesamte Einrichtung für popelige 250 Mark erstehen konnte, war für mich ein Geschenk des Himmels, da ich nicht einen einzigen Stuhl besaß. Die Stehlampe allerdings sah aus, als hätte sie schon in manchen Schlachten als Waffe gedient, und der Sisalteppich löste sich auch gerade in seine Bestandteile auf. Das Bett war in der Mitte eingesunken, als hätte eine Herde von Nilpferden darauf kopuliert, und die Pflanzen auf dem Regal rollten vor Trockenheit die Blätter ein.

»Tja, dann können wir ja gleich zur Vermieterin gehen«, meinte der Typ, »die Dusche und das Klo zeige ich dir draußen. Den Kühlschrank benutzen alle gemeinsam. Du hast ja den Ofen dahinten, wenn du was kochen willst.« Bei dem Ofen handelte es sich um eine zweiflammige Kochplatte in einem Regal. Ich war mit allem einverstanden.

Die Vermieterin führte im Erdgeschoß eine Drogerie im Vorkriegsstil, war schon ziemlich alt und bediente zusammen mit einer anderen Alten eine Kundschaft, die im Durchschnitt auch nicht viel jünger war. »Und Sie bekommen also Stipendium?« fragte sie mich. Ich bejahte und versuchte, bieder auszusehen. Sie beäugte mich kritisch: »Putzen tun Sie auch, gell?« Ich nickte heftig. Was meinte sie damit? »Das Treppenhaus putzt unsere Katharina.« Dann war ja alles bestens. »Und bei Herrenbesuch, gell, da geben S' scho acht.« Ich bejahte lebhaft. Und wie ich acht gab. »Verbieten können wir's ja eh nicht«, lächelte sie bedauernd, »also, mir san einig, gell, und der Mietzins kommt zum Monatsdritten wie bisher.«

Danach war ich der glücklichste Mensch in ganz Schwabing. Ich hatte es geschafft, endlich war ich eine echte

Schwabinger Pflanze, endlich gehörte ich *richtig* dazu. Ein Katzensprung zur Uni, zum Englischen Garten, zur Münchener Freiheit, zur Amalienstraße, zur Türkenstraße, zum Elisabethplatz. Und ganz ohne die üblichen WG-Interviews von wegen »Wie stehst du politisch« oder »Bist du bereit, zweimal die Woche Geschirr zu spülen«, ganz zu schweigen von den nölenden Gespreiztheiten »Weißt du, wir suchen jemanden, der wirklich zu uns paßt, da lassen wir uns mit der Wahl lieber etwas Zeit« und »Du, wir könnten das Balkonzimmer an dich abtreten, aber nur, wenn du den Balkon auch mal für andere bereitstellst, meinst du, du kannst das mit dir vereinbaren?« Da konnte es passieren, daß man das Zimmer nicht kriegte, weil man die falschen Klamotten anhatte oder Henna im Haar oder wenn einem, unverzeihlich, der korrekte Durchblick fehlte. Ich fand es schön, daß ich mein Zimmer mit einem Sicherheitsschloß abschließen konnte. So freiheitlich denkend war ich nicht, daß ich es schätzte, wenn während meiner Abwesenheit jeder in meinen Sachen herumwühlte.

Abends trudelten nach und nach die Mitbewohnerinnen ein. Zuerst kam Lisa, ein freundliches Bauerntrampel. Lachend zeigte sie ungemein viel Zahnfleisch. Lisa besuchte eine hauswirtschaftliche Schule und machte klar, daß sie unter Menstruationsbeschwerden litt und daher gerne ihre Ruhe hätte. Sie läge dann nämlich einige Tage im Bett. Wenn Föhn sei, bekäme sie Migräne, so daß sie dann ebenfalls gerne ihre Ruhe hätte, aber ansonsten konnte ich mich ohne Leine und Maulkorb bewegen. Sie sah aus wie ein geräucherter Landschinken und war doch empfindlich wie eine englische Lady aus dem neunzehnten Jahrhundert.

Die zweite war eine wohlgenährte Studentin der Veterinärmedizin und bezeichnete sich als gute Freundin einer der Millowitsch-Töchter. Ihre Eltern wohnten um die Ecke, aber sie habe sich abnabeln wollen und sei ja die meisten Zeit sowieso bei ihren Eltern, wo sie auch ihre Mahlzeiten einnähme, so daß wir ihren Platz im Kühlschrank unter uns aufteilen könnten. Das fand ich sehr großzügig.

Die dritte wohnte ganz hinten in einem Schlauch von Zimmer und lebte auf einer Matraze auf dem Boden. Sie war gebürtige Griechin, hatte eine unheimlich dicke, blondgefärbte Mähne, ein hohlwangiges, interessantes, leidendes Gesicht mit Augenlidern auf Halbmast und war mager wie eine Heuschrecke. Sie hieß Melina und war mir sofort sympathisch. Sie trug Samtwesten mit Pailletten und lange Zigeunerröcke und hatte wunderschöne Zähne. Als ich bei ihr anklopfte, brach sie gerade aus einem Kopfsalat die Mitte heraus und legte den Rest auf die Fensterbank: »Das esse ich morgen.« Den Salat aß sie ohne Dressing aus einer Plastikschüssel mit den Fingern. Sie bot mir einen Platz auf ihrer Matraze an und hockte sich im Schneidersitz neben mich. Sie war ungeheuer gelenkig. Sie setzte sich auch auf Stühle im Schneidersitz hin, was ihr bei ihren dünnen Beinen und dem eingefallenen Bauch natürlich weniger Schwierigkeiten machte als zum Beispiel mir. Nach dem opulenten Mahl fing sie an, bedächtig einen Joint zu drehen, den sie mit mir teilte.

Bei dem meisten Zeug verpürte ich kaum eine Wirkung, aber dieses hier eröffnete eine Welt voller Heiterkeit und Albernheit, und wir kringelten uns vor Lachen, keine Ahnung, worüber. Dann gingen wir raus. Die Bürgersteige bogen sich hoch wie aufgekrempelt, die Leute hatten spitze Köpfe und verbogene Taillen, wie im Spiegelkabinett, wir kriegten uns kaum wieder ein. Dann gingen wir in ein Café und erzählten uns gegenseitig unser Leben. Sie erzählte, wie sie unter dem Tod ihres Vaters gelitten hatte und daß sie eine Fehlgeburt gehabt hatte und von der Mutter verstoßen worden sei und nie mehr in ihr Heimatdorf zurückkönne und wie hart das Leben als Straßenverkäuferin sei, denn jeder blicke auf sie herab, weil sie Griechin sei, und sage zu ihr, sie solle erst mal vernünftig deutsch lernen, und sie sage dann immer, sie spräche immer noch besser deutsch als die anderen griechisch, und die Männer behandelten sie auch so schlecht, als sei sie nichts wert, jeder wolle nur bumsen und ließe sich dann nicht wieder blicken und so weiter, und wir grölten und kreischten und schnappten nach Luft, so lustig fanden wir das, wir fielen fast von den Stühlen vor Gelächter. Sowas Komisches hatten wir überhaupt noch nie gehört. Und als ich dann anfing von der »Bildungsgemeinschaft« und der Hasenscharte mit ihrem Niveatopf, kollabierten wir fast. Wenn Haschisch immer diese Wirkung gehabt hätte, wäre ich garantiert süchtig geworden. Aber so gutes Zeug wird einem nur selten angeboten.

Leider lernte Melina bald nach meinem Einzug einen fürchterlichen Stricher kennen, den lieben André, der plötzlich bei ihr einzog, meine Milch aus dem Kühlschrank klaute und stundenlang die Dusche oder das Telefon blockierte. Die André-Story sollte unsere Freundschaft noch auf eine harte Bewährungsprobe stellen.

Ich hatte mir in dieser Zeit einen kleinen tragbaren Schwarzweißfernsehapparat gekauft, und da wir in Bayern Österreich empfingen, entdeckte ich eine Vorliebe für Filme mit Hans Moser, die sie dort ständig wiederholten. Das Fernsehen war allerdings kein Ersatz für das wahre Leben, und das wahre Leben würde sicher auch nicht sechs Etagen hochklettern, an unsere Tür klopfen, sich begeistert in meiner heruntergekommenen Pinkelbude niederlassen und mir ein Freudenfest bereiten, von dem ich allerdings nach wie vor selbst keine Vorstellung hatte, wie es aussehen sollte. Und so gewöhnte ich mir an, abends regelmäßig auszugehen.

Eine Münchener Disco brauchte man vor Mitternacht nicht zu betreten. Sie war dann gähnend leer, hatte allerdings den Vorteil, daß man Einlaß bekam, wohingegen die Türsteher, die Götter des Nachtlebens, einen später nur reinließen, wenn ihnen die Visage paßte. Meistens hieß es: »Heute nur Klubmitglieder« oder: »Nur Stammkunden«, was ich wörtlich nahm und schüchterne Diskussionen über die kafkaeske Frage vom Zaun brach, wie man in einem Laden Klubmitglied wird, der keine Klubmitglieder hat. Wie ein Stammgast sah ich in meinen abgewetzten Klamotten allerdings wirklich nicht aus, also brauchte ich neue Klamotten, und das bedeutete, ich brauchte Geld.

Im Studentenwerk gab es eine Einrichtung, die »Studentenschnelldienst« hieß. Dort konnte man morgens um sieben oder acht Uhr eine Losnummer ziehen und bekam dann über Mikrophon eine Liste von Jobs vorgelesen. Wer die niedrigste Nummer gezogen hatte, konnte sich den besten Job aussuchen. Die anderen nahmen die Scheißjobs oder lungerten noch ein, zwei Stunden herum, ob nicht noch was Besseres nachkäme. Die Jungs wurden fast immer für schwere körperliche Arbeit gesucht wie Möbelpacker oder Bauarbeiter, aber bei den Frauen waren die Jobs bunt gemischt. Manchmal kam ein Regisseur und suchte sich von uns die Statisten aus. Hauptsächlich suchten sie kaputte Typen, die möglichst drogenabhängig aussahen, oder noch besser: waren, weshalb ich mit meinen gesunden Pausbäckchen leider nie infrage kam. Manchmal suchte eine Firma auch gleich zehn, zwanzig Leute, zum Sortieren von Erdbeeren auf Fließbändern zum Beispiel oder für das Büffet eines Firmenjubiläums.

Mein erster Job bestand darin, Pfeffermühlen zusammen zu bauen, wofür ich eine ausgeprägte Begabung an den Tag legte. Da konnte man ja Sehnsucht nach Schenker bekommen! Man mußte den vierkantigen, dünnen Stiel in ein passendes winziges vierkantiges Loch stecken, und entweder war ich blind oder hatte kein Zielwasser getrunken – auf jeden Fall war der Auftraggeber nicht sehr zufrieden mit mir. Er war scharf auf eine kleine Thailänderin, die die Dinger mit traumwandlerischer Sicherheit zusammendrehte, als hätte sie ihr Leben lang nichts anderes gemacht.

Meine Domäne war das Kuvertieren. Ich hatte vorher nicht gewußt, wie viele Firmen riesige Kuvertieraktionen veranstalten, gleich ob Ämter, Banken oder mittelständische Unternehmen. Meistens mußte man um einen langen Tisch herumlaufen, Briefbögen und Prospekte sammeln und dann in einen Umschlag stecken. Ich war auch nicht schlecht im Abwiegen und Eintüten von Peperoni und Oliven. Sie stellten uns hohe Holzfässer ins Zimmer, aus denen wir nach Augenmaß abschöpften, abwogen, in Plastiktüten einfüllten und mit einer Schweißmaschine die Tüten dicht verschlossen. Da wir nach Stückzahl bezahlt wurden, ersparten wir uns die Zeit für das Abwiegen, so daß die Gewichte der Tüten recht unterschiedlich ausfielen, was aber nie irgend jemanden interessierte. Kurz bevor die Fässer leergeschöpft waren, kippten wir die restlichen Früchte in ein großes Becken, um uns nicht bücken zu müssen, und über diesem Becken pflegte meine Kommilitonin mit Vorliebe ihre Füße zu waschen. Sie war überhaupt sehr eigenwillig. Sie bewegte sich in einem solchen Affenzahn, als hätten sie bei ihr den falschen Gang eingelegt und wollte mit ihrem Arbeitstempo unbedingt ins Guiness-Buch der Rekorde, weshalb sie auch gerne den weiten Weg zur Toilette scheute und sich lieber über dem Becken erleichterte. Das sparte Zeit und verlieh den Oliven eine würzige Note. Mir hätte es nichts ausgemacht, noch einen Tag dranzuhängen. Wozu die Hetze?

Zu Hause legte ich einen Koffer voller Oliven und Peperoni an, denn meine Mutter liebte das Zeug, genauso wie die Kräuter der Provence. Die füllten wir in kleine Tontöpfchen mit Deckelchen und Bastschleife, was ausgesprochen provençalisch aussah.

Und dann zog ich die Nummer eins und bekam den Traumjob. Ein Geschäftsmann suchte zwei Ladies, die eine Geburtstagsfeier für seine ungarische Freundin vorbereiten sollten. Solche Freßjobs waren sehr begehrt. Bei einem BMW-Empfang zum Beispiel hatte ich die ausgefallensten Spezialitäten gebunkert und nachher beim Essen des öfteren gerätselt, welchem Tierchen die niedlichen Teile ihr appetitliches Aroma verdankten.

Der Geschäftsmann war noch ziemlich jung und etwas nervös. Seinen ungarischen Kram hatte er schon selbst besorgt, und wir sollten ihn nur schön aufschneiden und ansehnlich dekorieren. Wir waren zu zweit, ich und eine etwas langatmige Blondine von der nichtssagenden Sorte, von der die Männer gern behaupten, sie habe Klasse. Von Dekoration hatte sie jedoch keinen blassen Dunst. Ich hingegen bemerkte, daß zum Dekorieren und Anrichten von Speisen ein angeborenes Talent in mir geschlummert hatte, und war anschließend überzeugt, das künstlerische Hantieren mit Speisen sei meine wahre Berufung. Ich ging völlig in dem Job auf.

Der Geschäftsmann wieselte derweil in seinem Garten herum, wo er lange Tische und Bänke aufstellte und einen Ausschank einrichtete. Es sollte ein Prachtfest für seine Juliska werden, und er ließ es sich nicht nehmen, sich höchstselbst um jeden noch so kleinen Furz zu kümmern, damit seine Juliska nachher auch garantiert von einem Entzücken ins andere fiel. Diese Juliska beneidete ich jetzt schon. Das mußte ja ein Superweib vom Format mindestens einer Marika Rökk sein, und wahrscheinlich tanzte sie nachher Csardas auf dem Tisch. Umsichtigerweise ließ er uns sogar die Betten frisch beziehen.

Der Anblick meiner Speisenarrangements brachte ihn komplett aus dem Häuschen: »Das sind ja richtige Kunstwerke! Wo haben Sie das denn gelernt? Das übertrifft ja meine kühnsten Erwartungen. Ein richtiger Glücksgriff sind Sie, wirklich wahr.« Irgendwie hatte ich ihn ins Herz geschlossen. Als er sich dann frischmachen ging, deponierte ich Salamis und Schinken hinter der Hecke in der stillen Hoffnung, daß sich kein Hund hierher verirren möge.

Für die ersten Gäste sollten wir ein Glas Wein ausschenken, und da die Gäste, zumindest die männlichen, Gefallen an uns fanden, was dem Hausherrn nicht entging, flüsterte er uns zu: »Noch eine Stunde für den doppelten Lohn, wenn ihr noch bleibt.« Ich war sofort dabei, aber die Blonde gab sich zickig, sie war verabredet, das täte ihr sehr leid. Verabredete konnten wir hier nicht gebrauchen, weg damit, wo war das Problem, notfalls konnte ich auch blonden Charme entwickeln, und her mit dem Rotwein. Was gab es Schöneres, als für das Feiern auch noch bezahlt zu werden?

Binnen kurzem flackte ich zwischen zwei brünstigen Säcken und las den Leuten das Sternzeichen vom Gesicht ab. Das war einfacher, als das verblüffte Volk es sich träumen ließ. Ich entpuppte mich als Partyereignis, und von Königin Juliska, die übrigens wie eine leicht frustrierte Postschalterbeamtin aussah, erntete ich mißgünstige Blicke.

Der Geschäftsmann raunte mir zu, jetzt möge ich doch mal einen Herrn zum Tanzen auffordern, damit sich die anderen auf die Tanzfläche wagten. Obwohl Tanzen nach wie vor nicht zu meinen Stärken gehörte, füllte ich meine restlichen Hemmungen in ein Gläschen Rotwein und warf mit meinen Gliedmaßen um mich, als hätte ich das

Temperament erfunden. In ein solches Partytalent mußten sich die Männer einfach reihenweise verlieben. Der
Freund des Hausherrn zum Beispiel und, nach anfäng-
licher Rücksichtnahme auf die Postschalterbeamtin, auch
der Hausherr selbst. Binnen weniger Stunden hatte mich
der Wein zum Superweib mutieren lassen, und das Leben
war ein goldener See mit brillantenbesetzten Schwänen.
Jeder Mann, der eine Frau dabei hatte, schien zu bedauern,
nicht allein gekommen zu sein. Einige Damen, unter
ihnen die abgehalfterte Traumfrau Juliska, ließen erst die
Hängebäckchen sinken und dann jeden Mut, mit mir in
Konkurrenz zu treten und verschwanden nach und nach
von der Bildfläche, was dem Hausherrn seltsamerweise
gar nichts ausmachte. Er und sein Kumpel flatterten abwechselnd oder gemeinsam um mich herum, denn für so
ein Superweib läßt man auch eine Postbeamtin gerne ziehen.

Dem Superweib wurde dann plötzlich speiübel. Noch
nie zuvor war mir so übel gewesen. Die Gegenstände jag-
ten ins All, die Farben lösten sich auf in gelbliches Grau,
und aus der Erde turnten mir tausend Kreisel entgegen.
Aus unerfindlichen Gründen suchte ich nicht die Toilette
auf, sondern schoß raketengleich die Treppe zum Schlafzimmer hoch, wo die frischbezogene Bettwäsche aufge-
schlagen war und mich ungerührt angähnte wie ein wei-
ßer Riesensarg. Vor dem Bett plumpste ich zu Boden und
reiherte ausgiebig den Teppich voll. Hinter mir hergelaufen kam der Hausherr mit seinem Kumpel und versorgte
mich mit Alka Seltzer, wonach ich sofort wieder einsatz-
bereit war. Leider war das Fest zu Ende, und die beiden
Kumpels stritten sich jetzt darum, wer mich nach Hause
bringen dürfe. Ihr Elan hatte unter meiner Reiherei nicht
gelitten, ich alleine spürte den Verlust meines Charmes,
der sich ein Stockwerk höher auf dem Schlafzimmertep-

pich in rotbraunen Krusten verewigte. Der Hausherr verlor die Schlacht um die abgebröckelte Venus und beschwor sie inständig, am nächsten Tag zum Abspülen vorbeizukommen, für denselben Lohn natürlich, und natürlich würde er auch helfen, und ob ich es auch versprechen würde.

Vor meiner Haustür kam der Kumpel in den Genuß einer lauwarmen Knutscherei mit dem speziellen Flair einer von Magenbrei angesäuerten Mundflora. Manchen Männern graut vor nichts. Am nächsten Abend, als ich halbwegs wieder bei Kräften war, fuhr ich noch einmal hin und suchte im Dunkeln die Hecke ab. Die Salamis waren noch an Ort und Stelle.

begannen für gewöhnlich gegen zehn in der Türkenstraße, entweder im »Alten Simpl« oder im »Stop In«, ein paar Häuser weiter. Der »Simpl« war dafür bekannt, daß in ihm Künstler und Pressefritzen verkehrten. Traf unsereiner unvorhergesehen auf eine solche Berühmtheit, hielt man mit seinem Interesse gefälligst hinterm Berg. Hysterisches Gequieke war hier völlig fehl am Platz. Im übrigen tat man sich mitunter schwer, die Prominenz als solche zu identifizieren, denn der hochgewachsene Charmeur mit der gewissen Tiefgründigkeit im Blick, der Garant für feuchte Träume und volle Kinokassen, entpuppte sich nicht selten als niedliche Miniatur. So war zum Beispiel eine Maria Schell derart kleinwüchsig, daß ich sie auf dem Weg zur Toilette fast niedergetrampelt hätte. Dazu rief auch noch jemand: »Das ist doch die Romy Schneider!« Aber die Schell setzte trotz der enttäuschenden Körpergröße souverän ihren Weg zum Klo fort, wo sie sich wahrscheinlich mit anderen Promis über die Leiden der Kleinwüchsigkeit austauschte und sich über zu groß geratene Gaffer beklagte, die überall in den Kneipen wie die Schmeißfliegen herumschwirrten und despektierlich aus der Wäsche guckten. Wie ich zum Beispiel. Nach dem Pinkeln integrierte sich die Schell sofort wieder in der Traube ihrer Fans, während ihr damaliger Mann, der Veit Relin, der ausnahmsweise nicht kleinwüchsig war, dem koketten Treiben seiner begehrten Frau amüsiert über seine Pfeife hinweg zusah.

Andere Größen von Film und Fernsehen versprühten

ihr Promi-Odeur, um sich an der naturbelassenen Oberweite eines drallen Dirndls vom Hasenbergl zu ergötzen,
die bei mir Assoziationen einer niederbayrischen Bunt-
gefleckten weckte. Wieder andere ließen ihre Vorliebe für
hyperblondierte, unprofessionelle Professionelle vom Stapel, denen sie ihr leider total verpfuschtes Leben auftisch-
ten und zum Schluß in ihren Kir Royal flennten, als hätten sie Aktien an ihrem eigenen Kinoflop, und durch die
Bank teilten sie alle eine geradezu hysterische Aversion
gegen Alkohol.

In diesem Laden hatten sie nicht gerade auf mich gewartet, so daß ich meistens alleine herumstand und aus
Langweile eine Zigarette nach der anderen paffte. Manch
einsame Männerseele schickte zwar einen Testblick vorbei, aber bis sich der Draufgänger in Bewegung setzte, war
ich meistens schon wieder weg. Sie brauchtes einfach zu
lange, um in Schwung zu kommen. Sie guckten und soffen
und guckten und soffen etwas schneller, und dann glotzten sie und soffen noch schneller, und wenn man sich das
lange genug mit ansah, ließen sie sich auf dem Weg zum
Klo endlich herab, einen Spruch loszulassen, der einem
vor Originalität die Schuhe auszog. Ich hielt das für Zeitverschwendung, und es war mir auch egal, ob sich ein
Eichinger oder George hinter dem schüchternen Ge-
duldsvogel verbarg und ich vielleicht gerade eine Holly-
woodkarierre in den Wind schlug.

Im »Stop In«, einige Schritte weiter, war es auch nicht
viel besser. Hier verkehrten die Studenten und angehen-
den Drehbuchautoren, gelegentlich auch Penner und Hu-
ren und vor allem Schnorrer. Angeblich konnte man hier
ganz gut essen, aber nachdem es mir einmal gelungen war,
einen Blick in die Küche zu werfen, begnügte ich mich mit
Bier. Der Laden machte nicht viel her, das Mobiliar war
von äußerster Schlichtheit, das Licht rücksichtslos und

die Toiletten eine Katastrophe. Der Raum war schmal und unendlich und hatte einen ebenso langen Tresen, an dessen Ende es einen kleinen Raum mit Stehtischen und Barhockern gab, von wo aus man die ganze Kneipe im Blick hatte. Da man am Tisch schnell in die Flirtsackgasse geriet, wenn sich etwa ein Pärchen mit seiner Lasagne direkt neben einem niederließ, klemmte ich mich hinten auf einen der Barhocker und nuckelte an meinem Bier. Für mehr reichte mein Geld nicht.

Einmal fiel ich fast vom Hocker. Da kam der Dschungeltyp aus der Zeitungswissenschaftsvorlesung herein und gesellte sich zu einer Gruppe mit Bekannten. Er trug seinen olivgrünen Tarnanzug und die Haare verwegen nach hinten und warf mir das Achtel eines Blickes zu, was reichte, um mein Herz zum Randalieren zu bringen. Wie immer, wenn ich elektrisiert war, blieb ich auf meinem Arsch sitzen wie frisch zementiert und hätte mir eher in die Hose gemacht, als mich jetzt vor seinen Augen in Bewegung zu setzen. Als er sich nach einer Weile direkt neben mich setzte, war ich gerade zu Beton geworden und hatte Schwierigkeiten mit einem eingeschlafenen Fuß. Plötzlich wandte er sich mir ruckartig zu und sagte: »Gib mir mal eine Hand.« Mein Lachen klang wie ein Schluckauf, als ich blöde fragte: »Welche?« Ich dachte, vielleicht wollte er Handlesen oder sowas. »Ist doch egal« sagte er unwirsch und sofort darauf: »Hast du Lust, mit zu mir zu kommen? Ich wohne hier gleich um die Ecke.«

Was antwortete man auf eine so formvollendete, feinfühlige, ebenso elegante wie einfallsreiche, betörende Einladung zum Bumsen? Ich war ziemlich gebügelt: »Ähm, wo denn?«

»Blütenstraße«, gab er Auskunft. »Also, was ist?«

»Nee«, sagte ich. Nee, wirklich nicht, ey, wo leben wir denn, 'n bißken nett darf's schon sein, woll, da waren mir

ja die lahmen Mauersegler aus dem »Simpl« noch ange-
nehmer. Da ging der Dschungeltyp weg. Trotzdem fand
ich ihn weiterhin klasse, auch wenn er keine hatte.

Es war sonderbar, irgendwie war immer noch alles mei-
lenweit von dem entfernt, was ich mir in meinem Träumen
im braven Schwabenland so diffus unter »Erleben« vorgestellt hatte. Ich nahm mir daher vor, meine Erwartungen
soweit zu reduzieren, daß mir mein Leben wenigstens
nicht langweilig erschien. Ich führte mich ja auf wie eine
Alkoholikerin, die erst nach dem zehnten Wodka ihr er-
sehntes Rauscherlebnis hat. Ein Heer von Büromäusen
hätte vielleicht gerne mit mir getauscht. Ich brauchte gar
nicht beleidigt zu sein. Gegen zwei, drei Uhr morgens
ging ich ins Bett, um elf begann die erste Vorlesung, nachmittags um fünf war das letzte Seminar zu Ende, und den
Rest des Tages trieb ich mich in oder vor der Mensa herum
und klönte mit ein paar Politbarden, die sich in ihren Agi-
tationspausen zwei Wiener mit Senf und einen Kaffee im
Plastikbecher gönnten, oder trabte zum Monopterus, wo
mich im bläulichen Dunst verschiedener Joints eine
Wespe in den Fuß stach, daß ich drei Tage nicht laufen
konnte, oder ich aß versalzenen Steckerfisch und Lachser-
satzbrötchen mit frischen Zwiebeln und stank davon wie
ein vollgekotztes Klo, und wenn ich früh genug ins Bett
kam, zog ich im Studentenschnelldienst eine Nummer
und machte mich mit dem Stadtplan in der Hand auf den
Weg. Auf diese Weise kam ich in der ganzen Stadt herum.

Und dann lernte ich Alois kennen. Das heißt, zuerst
lernte ich Thomas kennen. Am Elisabethplatz gab es eine
Disco, die, einstmals Schwulenkneipe, von umtriebigen
Heteros längst zum Gemischtwarenladen umfunktioniert
worden war. Eines Nachts stand an der Tanzfläche ein
blonder, bildschöner Mensch mit einem sonderbaren,
schmerzlichen Zug um den Mund, was mein wählerisches

Gemüt in bedenkliche Wallungen versetzte. Er sah aus wie eine retouchierte Ausgabe von Pitt beziehungsweise wie der junge David Bowie. Er war zum Niederknien. Er trug ein dunkelblaues Samtjackett, an dessen Kragen die im Discolicht gülden schimmernden Haare aufstießen, und duftete wie eine Obstplantage im Paradies. Ich war hingerissen. Sowas wie den hatte die Welt noch nicht gesehen. Stand der einfach so hier herum ohne Bodyguard und Miezengeschwader, von den Hyänen der übersättigten Society noch unentdeckt wie eine seltene Preziose tief im Gestein, die allein mein Laserblick in ihrer Kostbarkeit erkannte.

Daß ich mich zu seinen Füßen wand, blieb ihm nicht verborgen. Ohne seinen edlen Kopf zu senken, beäugte er mich mit dunklem Blick und starrte dann weiter auf die Tanzfläche. Das beeinträchtigte meinen Enthusiasmus in keinster Weise. Einmal entflammt, hätte mich nicht einmal die örtliche Feuerwehr zum Erlöschen gebracht. Daß er mich nicht weiter zur Kenntnis nahm, war logisch, schließlich hatte er Geschmack, und das tanzende Volk war ihm Kulisse, mehr nicht.

Ich ging nun häufiger in diese Disco, die sich »Cosi« nannte, so daß mich der Türsteher, ein schwuler, tätowierter Bullenbeißer, bald kannte und auch nach Mitternacht durch die Schar der vergebens um Einlaß Bettelnden lotste. Wenn ich an den Unerwünschten vorbeidefilierte, fühle ich mich minutenlang wie Sylvia von Schweden. Dem Türsteher wäre ich an anderen Orten nicht gerade angstfrei begegnet, aber nach einer Weile mochte er mich richtig gut leiden, weiß der Henker, warum. Mit seinem Segen schritt ich die Treppen hinab an der Garderobe vorbei in das Reich meiner verwegenen Träume, und da stand der Traumtyp in den sich drehenden Scheinwerfern und verzog wie immer keine Miene.

Der junge Gott hatte nur einen einzigen Freund, das war der Alois. Wenn er sich mit dem unterhielt, lachte er sogar, wobei ich feststellte, daß den Zähnen vielleicht eine Überkronung ganz gut angestanden hätte, aber ich wehrte mich erfolgreich gegen kleinliche Haarspalterei und konzentrierte mich auf meine Strategie. Ich hatte mir überlegt, mich erst einmal an Alois heran zu machen, um dann sozusagen im fliegenden Wechsel das eigentliche Objekt meiner Begierde zu überwältigen.

Alois war ebenfalls ein attraktiver Junge. Er war groß und dunkel, und sein Lieblingswort hieß »Contenance«, vor allem, wenn er nach dem neunten Bier schwankend gegen den Tresen flog. Er hatte schöne, schlanke Hände, auf deren Rücken er ab und zu eine Prise Schnupftabak ausstreute, die er mit der Nase einsog, selbstverständlich *ohne* zu niesen. Gegen Morgen pflegten sich, nach dem üblichen Bierkonsum, unter seiner Nase zwei schwarze Spuren bis zur Oberlippe zu ziehen, aber das tat seiner Schönheit keinen Abbruch. Alois war von Männlein und Weiblein gleichermaßen umschwärmt, und nach fünf Halben dachte ich mir, so frech bist du morgen nicht mehr, und fing an, ihn zu vergewaltigen. Er kreischte wie eine Jungfrau im Schlafrock: »Nicht, nicht, Hilfe, ich bin doch schwul, Hilfe, zu Hilfe!«

»Ach Quatsch«, sagte ich gefühllos, »wo bist du denn schwul, red dir doch nix ein!« Und machte weiter. Obwohl er sich zwischendurch immer wieder daran erinnerte, schwul zu sein, machte ihm der Überfall doch einen Heidenspaß. Kaum hatte er sich fallenlassen, stieß er wieder spitze Schreie aus und wehrte sich halbherzig gegen meine krakenhafte Umklammerung, aber dann machte er sozusagen versehentlich ganz schön mit, jedenfalls mehr, als einem Schwulen anstand.

Thomas beobachtete uns wohlwollend. Er war, wie gesagt, schön, und schöne Männer können keine Frauen aufreißen, daher wissen sie einen weiblichen Blücher durchaus zu schätzen. Da machte es auch nichts, sondern gehörte quasi zur Inszenierung, daß ich bei Alois nicht ernsthaft landen konnte, und es dauerte nicht lange, und Thomas kam von selbst auf mich zu, und wir unterhielten uns über diese und jene Nichtigkeit, und alle Weiber glotzten zu uns herüber und dachten, wie hat die das nur geschafft. Diese unvorschriftsmäßig übergewichtige, besoffene Kuh – was findet so ein Traumprinz ausgerechnet an der? Hat die vier Titten oder was? Ich aber suhlte mich in der Gewißheit, den ersten Supermann meines Lebens an der Angel zu haben. Wer hätte das gedacht!

Natürlich landeten wir irgendwann in seiner Wohnung. Ich weiß nicht, was ich erwartet hatte, einen Palast oder ein Schloß oder eine Yuppiebude mit Designermobiliar – ich weiß nur, daß mich die Bude, in der er sein müdes Haupt auf ein Kissen bettete, ein wenig ernüchterte. Die Einrichtung war schäbig, um nicht zu sagen ärmlich, bei näherer Betrachtung auch grauenvoll spießig. Unter dem Fenster, das zur Straße führte, stand eine ausziehbare Bettcouch in Graubraun, davor lag eine beigefarbene Fußmatte, ansonsten gab es einen Kleiderschrank von Ikea und einen uralten Küchentisch aus Resopal, wie ihn meine Oma schon vor zwanzig Jahren auf den Sperrmüll geworden hatte. Um diesen Tisch herum gruppierten sich drei Plastikstühle mit Stahlrohrgestell. Auf dem Tisch duftete ein überquellender Aschenbecher.

Wir zogen uns aus und legte uns auf sein Bett, und wenn es nach ihm gegangen wäre, hätten wir verschimmeln können, denn er lag da wie eine Wasserleiche und blickte mich an wie ein Hund, der unter Blasenverschluß leidet und aufgefordert wird, Gassi zu gehen. Schlagartig fühlte ich mich überfordert. Das gesamte Verführungsprogramm allein auf meinen zarten Schultern – der machte sich das Leben leicht. Hätte ich mich mal lieber nicht so aktiv gebärdet, an dieser Chose war ich ja selbst schuld. Tapfer begann ich seinen matten Schwanz zu bearbeiten, ohne daß er viel Wirkung zeigte. Er selbst rührte keinen Finger. Das konnte doch nicht sein, daß sich überhaupt nichts regte. Was war denn das für eine Scheiße, irgendwas lief doch hier schief, Mensch, so rasend viele Erfahrungen hatte ich auch nicht, daß ich jetzt gezielt Kapitel sechs Absatz vier aufschlagen konnte: Was tun bei schlappen Schwänzen? Ich hatte bisher noch keinen gehabt. Ich fragte dämlich:

»Soll ich dir einen blasen?«

»Laß mal, das hat ja doch keinen Zweck.«

Mir war zumute wie einem Luftballon, in den eine Nadel sticht.

»Jetzt bist du enttäuscht, nicht?«

»Nee, ach was«, log ich. Es mußte ja nicht jedesmal gebumst werden, wieso auch, ich war ja sowieso nicht scharf auf Schwänze, vielleicht konnte man sich ja einfach mal ein bißchen nett unterhalten, wie wär's denn damit? Oder lieber erst was trinken, das löst die Zunge, die Wirkung von den zehn Bierchen von vorhin hatte der Luftballon ja nun leider mitgenommen. »Ich hab nur Milch im Kühlschrank.«

Er rauchte schweigend. Als Unterhaltungskünstler war er sozusagen ein Geheimtip, er hätte die Jubiläumsgäste eines mittelständischen Unternehmens garantiert zu Standing ovations hingerissen. Erst als ich auf seinen Job zu sprechen kam, zeigte er leidliches Reaktionsvermögen. Er war Dekorateur, aber ein lustloser und fast schon arbeitslos. Eigentlich wollte er lieber in Indien leben, München sei so langweilig, da kenne er schon fast alles. Nein, eine Freundin habe er nicht. »Jetzt kannst du dir ja denken, warum.« Aber wenn mich das nicht störe mit seiner müden Gurke, wäre der Platz an seiner Seite noch frei. Wie rührend. Wenn der Sockel nur nicht so hoch gewesen wäre, auf den ich ihn gestellt hatte. Der tiefe Fall war so schnell nicht zu verkraften. Nach der zwölften Zigarette haute ich ab. Er war so schön, der Thomas, der schönste Mann meines Lebens, und so allein.

Beim nächstenmal gingen wir zu mir. Ich hatte es nicht übers Herz gebracht, das abzulehnen, zugleich reizte mich die Vorstellung ungemein, sprachlos miteinander auf dem Bett zu liegen und das morgens um drei, wenn im Fernsehen nichts mehr kam.

Er bewunderte meine geschmackvolle Wohnung, die immer mehr der üblichen Müllhalde glich, und um nicht an Langweile zu krepieren, fing ich an, ihm einen zu blasen. Er hatte einen einigermaßen appetitlichen Schwanz, der nicht so stank wie die meisten anderen, und nachdem ich mich ordentlich abmühte, kriegte er ihn tatsächlich hoch. Nach einer halben Ewigkeit kam er sogar und lobte mich in den höchsten Tönen für meine therapeutischen Qualitäten: »Du machst das richtig, gut, weißt du das? So sanft. Nicht so brutal wie die anderen.« Mir war es eher vorgekommen, als hätte ich wie ein Biber an einer verkorkten Baumrinde genagt, aber sei's drum. Als diplomierte Bläserin verließ ich das Bett und förderte eine Flasche Cointreau zutage. Thomas war richtig gut drauf. Jahrelang war er nicht gekommen, das mußte jetzt begossen werden. Wenn er mich anschaute, hatte er Sternchen in den Augen.

Aber meine großen Gefühle für ihn hatten sich kleinlaut in ihr Mauseloch verkrochen. Vor meinem geistigen Auge sah ich mich jeden Abend an seiner müden Gurke herumschmatzen. Wir tranken die ganze Flasche leer. Das heißt, er trank, ich nippte nur. Schnaps war nie mein Ding. Und als die Flasche leer war, ging er kerzengerade zur Tür hinaus, ohne auch nur eine Spur zu wanken. Von da an betrachtete er mich als seine Frau.

Zum Glück war er leicht wieder abzuschütteln. Beim nächsten Mal nahm ich ihn einfach nicht mehr mit. Er war nicht beleidigt, er wurde nicht unfreundlich, er verlor kein Wort darüber, aber er fragte auch nie mehr. Also doch royale Attitüde, Hut ab. Ins »Cosi« kam er nicht mehr so oft wie früher, dann kam er gar nicht mehr. Jemand erzählte, er sei nach Indien gegangen, aber das stimmte gar nicht, er hatte nur geheiratet. Ein einziges Mal kam er mit ihr vorbei. Sie war sehr attraktiv und lebhaft, und das »Cosi« war ihr viel zu langweilig. Sie sah sich nur kurz um und dampfte dann wieder mit ihm ab. Es wurde erzählt, sie hätten sich beide ganz zurückgezogen und genügten einander in ihrer verliebten Zweisamkeit. Nach ein paar Jahren verließ sie ihn, und er hängte sich auf.

hatte ich mich ganz gut durchmanövriert. Das Studieren
hatte ich mir schwerer vorgestellt. Man mußte sich nur für
ein Thema anmelden, sich die angegebene Sekundärliteratur beschaffen, die wichtigsten Thesen daraus abpinseln
und zu einer eigenen »Arbeit« zusammenstoppeln, die
man dann beim Dozenten abgab. Oder man hielt ein Referat.

Referate waren allerdings mein Tod. Die Vorstellung,
mich vor den vielen erwartungsvollen Blicken beweisen
zu müssen, machte mich krank. Längst vergessen geglaubte Minderwertigkeitskomplexe kamen als grinsende
Nattern aus ihren Löchern gekrochen, uralte Versagens-
und Prüfungsängste nisteten sich im Magen ein, die Beine
mutierten zu Wassergurken, im Gehirn herrschte ein Vakuum, und der Hals verweigerte die Stimme, so daß ich
durch die Nase piepste wie ein Model vorm Mikrophon.
Kurz: Ich wurde krank.

Wunderlich, der gerade mal wieder aus dem Reha-
Zentrum entlassen worden war, schickte mir als alter
Valiumfreak per Post eine Tablette, verbunden mit dem
Hinweis, den er selbst nie befolgt haben dürfte: daß eine
halb genüge. Das Zeug war der Knüller. Ich wurde die
Ruhe und Souveränität selbst. Wie die Queen vor ihrem
Volk stand ich vor der verpennten Meute und warf mit linguistischem Feinmaterial so virtuos um mich, daß mir
selbst die Fragen des Dozenten wie die eines Erstkläßlers
vorkamen. Ob die immer so doof waren, und ich hatte es
nur nie gemerkt? Oder verarschten die mich hier etwa?

Dem Dozenten imponierte seine eigene Begriffsstutzigkeit dermaßen, daß er mir für das Referat die Bestnote ausstellte. Ich verstand die Welt nicht mehr. Gott, was war ich intelligent.

Postwendend schrieb ich Wunderlich, ob er mir nicht noch eine Portion von dem Zeug schicken könne, ich hätte schließlich nicht nur ein Referat zu halten, aber der alte Moralist rückte nichts mehr raus und schrieb gestelzt wie eh und je, daß ich mich erst im nächsten Semester auf die Zusendung einer weiteren Pille gefaßt machen könne. Und bitte unbedingt die genannte Dosierung beachten. Es handele sich schließlich nicht um Gummibärchen. Er hatte gut reden, er konnte das Zaubermittel gleich pfundweise in sich hineinschütten. Zeit seines Lebens litt der arme Kerl unter Schlaflosigkeit, was natürlich übel ist. Übler war allerdings, daß er besonderen Wert darauf legte, diesen Zustand mit meiner Mutter zu teilen. Er wälzte sich so lange grunzend im Bett herum und klapperte so umständlich mit dem Wecker, um zum hundertstenmal die Uhrzeit zu kontrollieren, daß selbst Dornröschen kußlos erwacht wäre. Kaum hörte er Lebensgeräusche neben sich, hielt er jammervolle Reden über das Joch seiner Schlaflosigkeit, und am Tag war dann nicht nur er, sondern auch meine Mutter wie gerädert. Und das alles für eine Witwenpension.

Egal welches Fach ich belegte, überall turnte einer von der KPD herum und versuchte unbeirrt, mich unter seine Fittiche zu nehmen. Im Germanistischen Institut kam wieder einer auf mich zu und teilte mir mit, daß es ein Hauptseminar über Bert Brecht gäbe, für das man sich unbedingt einschreiben müsse. Da ich ihn richtig nett fand, ließ ich mich ein letztes Mal breitschlagen und meldete mich für dieses Brecht-Seminar an.

Zur Teilnahme berechtigte das Ablegen einer Vorprüfung. Daran hatte ich in meinem Leichtsinn gar nicht gedacht. Die Zeit des Durchmanövrierens war vorbei. Die Entdeckung meiner Dummheit stand bevor.

Was wußte ich über Bert Brecht, außer daß er irgendwie schmuddelig aussah wie Faßbinder? Brecht war das Lieblingsthema meines Deutschlehrers in Stuttgart gewesen, nur leider hatte ich es seinerzeit vorgezogen, romantischen Quark in meiner Birne spazieren zu führen. Das Bewußtsein meiner Ignoranz legte sich über mich wie ein Leichentuch. Im Geiste sah ich mich zurückkehren zu Niveatöpfen und Platzhirschen oder aber an ratternden Fließbändern Zeitungen stapeln mit der Fratze von Evelyn, der schwarzen Kakerlake aus dem Schenkerschen Etikettensalon.

Also beschloß ich, sämtliche Werke Brechts mitsamt der Besprechungen und Kritiken zu erwerben und mich damit vierzehn Tage lang zu Hause einzusperren. Dasselbe machte ich ein paar Jahre später mit Henry Miller, Hans Fallada und Heinrich Mann. Ich las alles von A bis Z. Ich versuchte, alles nicht nur zu verstehen, sondern es mir auch einzuprägen, und zum Schluß war mir das auch mit einer einzigen Ausnahme gelungen. Die Ausnahme hieß »Mann ist Mann«, und obwohl der Titel durchaus Bezug zu meinem Leben hatte, schrammte das Werk an meinem Begriffsvermögen haarscharf vorbei. Ich beschloß, diesem minimalen Risiko keine übertriebene Bedeutung zu schenken. Neben meinem Bett stapelten sich leere Wasser- und Weinflaschen, auf dem Tisch häuften sich muffige Brotreste und Toastbrotfolien, und aus den leeren Konservendosen äugten Kippen wie gelähmte Maden.

Randvoll mit Wissen über Brecht lief ich zur Zwischenprüfung ein. Die Erinnerung an mein Blackout im

ersten Abitur jagte mir nach wie ein dunkles Bombenge-
schwader. Der Dozent war ein mittelalter Typ von freundlich resignativer Wesensart. Er war in seinem langen
Dozentenleben schon von soviel Dummheit umtost worden, daß er seine einstigen hohen Erwartungen zuerst in
Mitleid, dann in allesverzeihende Güte verwandelt hatte.
Als er meine Nervosität bemerkte, lächelte er sparsam und
munterte mich tonlos auf: »Bleiben Sie schön ruhig, es reißt
Ihnen keiner der Kopf ab.« Er konnte nicht ahnen, daß
jede halbwegs freundliche Zuwendung in stressigen Situationen bei mir automatisch die Tränenschleuse öffnet.

Als erstes fragte er mich nach »Mann ist Mann«. In meinen Ohren begann es zu dröhnen, mein Verstand meldete
sich ab, vom Himmel regnete es Selbstvorwürfe und
Schuldzuweisungen – ich brauchte mir nicht länger mehr
etwas vorzumachen, ich war dumm wie Brot.

Nach einigem Würgen preßte ich heraus, daß ich da einiges nicht so ganz verstanden hätte. Da sagte er ungerührt: »Das ist normal.« Dann wollte er den Namen des
prominentesten Kritikers wissen. Ich hatte zwar bei meinem Studium die Kritiker nicht weiter für erinnerungs-
würdig gehalten, konnte aber wie ein gutprogrammierter
Automat »Herbert Ihering« ausspucken. »Sehr gut«,
lobte er, »da kann ich mir die anderen Fragen ja sparen.
Ich freue mich, Sie in meinem Seminar begrüßen zu können.«

Ich dachte, der nimmt mich auf den Arm. Ich dachte,
das gibt es doch nicht, da hockte ich vierzehn Tage lang
über sämtlichen Werken Brechts und hätte schwafeln
können bis Mitternacht, und nun genügte ein einziger
Name, und es war geschafft. Ich wußte nicht, ob ich lachen oder heulen sollte.

Draußen saßen die anderen Prüflinge: »War's schwer?«
»Nee, superleicht.« Mißgünstig verfolgten sie mich mit

ihren Blicken. Wahrscheinlich war ich für sie ein aufgeblasener Angeber.

Mit solchen war das Seminar allerdings gut gefüllt. Unter den Männern schien es einen Wettstreit darüber zu geben, wer sich am besten aufblasen konnte. Der eine krakeelte gleich zu Anfang, daß er sich Zutritt zu irgendeinem Museum in der DDR verschaffen könne, der nächste hatte Kontakt zu einer Verwandten Brechts, und der dritte vögelte gar die Tochter. Na, so ungefähr. Wahrscheinlich sind sie alle Politiker geworden. Ich holte mir mein Thema ab und ließ mich für den Rest der Saison nicht mehr blicken. Mein exzessives Nachtleben ließ ein sorgfältigeres Studium leider nicht zu, denn seit ich Alois kennengelernt hatte, machte das Nachtleben erst richtig Spaß.

In früher Jugend war Alois mal verlobt gewesen mit einer Tschechin. Sonntags waren sie immer in der Innenstadt spazieren gegangen und hatten sich in den Möbelhausschaufenstern die künftigen Möbel ausgesucht. Das war zu der Zeit, als ihm noch der Unterwäscheteil des Quelle-Katalogs als Wichsvorlage genügte. Er schob auch später, als er schwul war, gelegentlich eine Nummer mit einer Frau, vorausgesetzt sie sah aus wie Dolly Buster im Querformat, weshalb ich ihm nicht gefährlich werden konnte. Aber richtig verlieben, glühend und romantisch, konnte er sich nur in einen Mann. Und er verliebte sich inbrünstig und dauerhaft und grundsätzlich unglücklich.

Alois hatte erzkonservative Eltern. Der Vater arbeitete in einer Brauerei, und die Mutter war Putzfrau. Da Alois ihr einziges Kind war, ließen sie nichts unversucht, ihn liebevoll zu umsorgen, was ihn immer furchsteufelswild machte. Jedesmal, wenn die Mutter anrief, um sich nach ihrem Jungen zu erkundigen, regte er sich unverhältnismäßig über diese Störung auf und brüllte schließlich unflätiges Zeug in den Hörer. Wenigstens erfuhr sie auf diese Weise, daß er noch lebte. Der Mutter sehnlichster Wunsch war ein Enkelkind von ihrem Alois. Loisl, wie sie ihn nannte. Das Enkelkind und die Verniedlichung seines Namens brachten ihn auf die Palme.

Samstagmorgens kamen die Eltern mit Putzeimer und Staubsauger angerückt, um dem Herrn Sohn die Bude sauberzumachen. Die Mutter hatte stets eine große Schüssel mit selbstgemachtem Kartoffelsalat dabei und frisches Brot und Aufschnitt und einen vorzüglichen Meerrettichsalat. Sie hatte keine Ahnung, daß das ganze Zeug in meinen weiten Magen wanderte, weil Alois aus Furcht vor Gewichtzunahme fast nichts davon anrührte. Wenn sie am Samstag aufkreuzten, lagen wir meistens noch im Bett. Es kam oft vor, daß wir in der Disco nichts aufgerissen hatten und uns zusammen in sein großes Bett legten und klassische Musik hörten. Während ich mich aus seinem Kühlschrank bediente, erläuterte er mir das Zusammenspiel der einzelnen Instrumente. Von selbst wäre ich nie auf die Idee gekommen, daß zum Beispiel die Klarinette der Oboe antwortete und so weiter, daß Rossini komisch war und Mahler tragisch. Alois war ein Feingeist. Er liebte Mahlers Verzweiflungsmusik, auch bei Bruckner ging ihm das Herz auf, ich hingegen freundete mich mit der »Mazeppa« von Liszt an. So kam es, daß wir am Samstagmorgen die »Mazeppa« schmettern ließen, und während ich den Inhalt der letzten Kühlschrankfüllung verdaute, begannen die Eltern mit ihrer Putzorgie.

Mit der Dickfelligkeit unseres Nachrausches thronten wir in seinem Bett und qualmten uns zügig ein, der Vater umsaugte uns unverdrossen akribisch, und die Mutter schleuderte mir böse Blicke entgegen. Im Lauf der Zeit hatte sich der Vater angewöhnt, uns einfach zu ignorieren. Andächtig zog er mit dem Staubsauger seine Bahnen und segelte mit dem Staubtuch über die Leisten, und wir glotzten aus dem Bett wie launische Kuckuckskinder. Gelegentlich brüllte Alois: »Macht doch nicht solchen Lärm!«, oder: »Hoffentlich habt ihr's bald.« Und ich dachte, wenn sie gleich gehen, stürze ich mich als erstes auf den neuen Kartoffelsalat. Sie machte ihn mit Mayonnaise und Zwiebeln und obendrauf ganz viel Schnittlauch. Dekoriert war er mit hartgekochten Eiern und Tomaten. Ihr Rezept habe ich später übernommen und immer gute Erfolge damit erzielt. Bevor ich ging, packte Alois mir dann noch allerhand ein: »Hier, nimm das mit, ich schmeiß es sowieso weg. Gestern habe ich wieder gesehen, wie fett ich geworden bin, grauenvoll. Hach, so kann man ja bald nicht mehr vor die Tür gehen, da kann man ja gleich zu Hause bleiben. Wer soll einen da noch anschmachten?«

»Du spinnst doch, wo bist du denn fett, du Hühnerknochen?«

»Hier!« schrie er in höchster Verzeiflung und quetschte ein Stück Haut an der Hüfte zwischen den Fingern, »ich werde fett und immer fetter, da guckt mich wirklich bald kein Schwein mehr an. Gott, meine Figur, ich könnte heulen, könnte ich. Ihr Heteros habt gut lachen, ihr könnt ja aussehen wie Hängebauchschweine, da kriegt ihr immer noch einen ab. Aber Schwule sind Ästheten, verstehst du, Ästheten. Ich sage dir, im nächsten Leben werde ich Hetero, ihr habt es doch in allem viel leichter.« Er meinte es todernst, sein Aussehen hatte oberste Priorität, da konnte auch kein Bruckner was ändern. Jetzt hieß es aufpassen, daß das Licht im Badezimmer nicht auf seinen Haaransatz fiel, sonst war der Tag gelaufen. Angeblich fielen ihm an den Ecken die Haare aus, weshalb er sich die Haare vorne immer auf große Wickler drehte und dann drei Pfund Festiger draufsprühte. Saß das Gebilde anschließend nicht absolut wunschgemäß, blieb er lieber zu Hause und beweinte zu »Der Tod und das Mädchen« das grausame Schicksal des Älterwerdens.

Aber ansonsten war es auch tagsüber mit Alois schön. Wir traten auf wie ein verliebtes Paar und versauten uns dadurch manche Chance. Wir paßten einfach ideal zusammen, er feinsinnig und um »Contenance« bemüht und ich bodenständig verträumt und von krachledernem Humor. Nachmittags gingen wir der Figur zuliebe im Englischen Garten spazieren und umrundeten in zügigem Tempo den Kleinhesseloher See, wo die alten Weiber die Enten fütterten. Unser Gang endete im »Nest« auf der Leopoldstraße, wo wir einen Capuccino zu uns nahmen. Das »Nest« war ein extrem schlichter Laden ohne Chrom, Spiegel und anderen Firlefanz: Hier trafen sich die Abgefuckten, Drogensüchtigen und Penner, die Geheimnisvollen, die Hohlwangigen, die Schweiger und Tagträumer, die Übriggebliebenen und Hoffnungslosen, die Abgebrannten und, wie überall, die Schnorrer. Schräg gegenüber lag das »Capri«. Das wimmelte von Schickimickis und ländlich aufgebrezelten Festzeltschönheiten. Uns waren Ambiente und Klientel zu peppig, daher bevorzugten wir das »Nest«, obwohl die Atmosphäre dort eher lau war. Irgendwie war der Laden leblos. Die Leute hingen auf den unbequemen Stühlen und qualmten ihre Joints oder dealten unterm Tisch, und die einzige Bewegung entstand, wenn einer aufs Klo ging. War kein Tisch frei, klemmten wir uns an den Tresen und sahen dem Barmann bei der Arbeit zu. Viel Abwechslung hatte er nicht, außer, wenn ein Bekloppter auf die Idee kam, ein Eis zu bestellen. Das Eis war grau und hart wie Zement.

Eines Tages kam Lydia reingeflogen und setzte sich zu uns, weil sie Alois kannte. Sie trug einen etwas heruntergekommenen schwarzen Nerz und Pumps mit extrem hohen Absätzen, wodurch sie etwa einen Meter neunzig groß war. Das katzenhafte Gesicht mit den hohen Backkenknochen umrahmten rote Kringellocken. Sie war stark geschminkt und sah mit ihren knallroten Nuttenschuhen selbst für Schwabing auffällig aus. Beim Lachen hielt sie immer eine Hand vor den Mund, weil sie eine Zahnlücke hatte, die dummerweise genau vorne in der Mitte war. Irgendein Schwein hatte ihr den Zahn mal ausgeschlagen, und der sei jetzt irgendwo in Afrika, nein, nicht der Zahn, aber wenn er wiederkäme, würde sie ihn zur Kasse bitten, und ob wir nicht eine Wohnung für sie wüßten, sie hätte sich vorübergehend von ihrem Freund getrennt, denn so richtig aus sei es ja eigentlich nicht, und wenn sie wieder eine Wohnung hätte, seien sie sofort wieder zusammen, aber so im Obdachlosenasyl hätte man ja schlechte Karten bei den Typen, dabei sei es dort gar nicht so übel, sie würde zum Beispiel den ganzen Tag Tischtennis spielen, um fit zu bleiben.

Als der Kellner kam, um ihre Bestellung aufzunehmen, sagte sie hoheitsvoll: »Ich bin nur auf einen Sprung hier, bin gleich wieder weg.« Und nachdem er gegangen war: »Bin nämlich total blank, haha, oder kann mir mal jemand zwanzig Mark leihen? Rückgabe garantiert.«

Unser Frohsinn erfror mit einem Schlag. Meine Mäuse waren immer ziemlich genau abgezählt, und auch Alois war eher reich an Erfahrung, aber wir legten zusammen, damit sie sich wenigstens einen Kaffee bestellen konnte. Ich verlieh nur sehr ungern Geld, weil Geldverleihen das Gehirn verstopft: Erst fragt man sich, wann man es wiederkriegt, dann, *ob* man es wiederkriegt und dann ärgert man sich, weil man es *nicht* wiederkriegt. Geld sollte man lieber verschenken. Da weiß man gleich, wo man dran ist und bekommt das Gefühl von Edelmut gratis.

»Jedenfalls ist er erst mal weg, und ich habe keine Verbindung«, fuhr sie in ihren Erzählungen fort, »das ging ja so schnell. Plötzlich mußten wir aus der Wohnung raus, da weißt du ja gar nicht, wohin so schnell. Haben uns die Schweine einfach auf die Straße gesetzt, stellt euch das vor, und die Klamotten mit dazu. André ist dann gleich irgendwohin abgehauen, wo er pennen konnte, und ich bin ins Asyl. Aber in einer Woche kommt neue Kohle, dann nehme ich mir sofort eine Bude, bis dahin werde ich André schon gefunden haben. Ihr habt nicht zufällig so einen Langen, Hübschen gesehen mit superblonden Haaren, also, so 'n auffälliger Typ, der geht ja nicht einfach unter.«

Natürlich handelte es sich bei diesem André um keinen geringeren als den aufgeblasenen Strizzi, der sich bei Melina eingenistet hatte und der mir schon lange auf den Zeiger ging und der eine Art hatte, sich in unserer Wohnung zu bewegen, als seien wir anderen seine Untermieter. Sein ganzer Lebensstil war exzessiv. Er duschte nicht zehn Minuten, sondern mindestens zwei Stunden, auf dem Klo hockte er beinahe genauso lange, das Telefonieren war seine große Leidenschaft, wofür er nicht einen Pfennig bezahlte, und wenn er bumste, brüllte er wie ein angeschossener Hirsch. Kam ich vom Einkaufen, schien er hinter der Tür zu lauern, ob ich was in den Kühlschrank stopfte. Zehn Minuten später war die Hälfte verschwunden. Zwischendurch verdiente er sich als Edelstricher ein paar Mark, und wenn das nicht langte, ging er im Supermarkt Schinken und Käse klauen. Er hatte ein schmales, hübsches Albinogesicht wie ein Weißkopfadler mit hellen, kalten Katzenaugen und silberblondes langes Haar. Er war sehr groß und sehr schlank, und Melina war der Meinung, den Fang ihres Lebens gemacht zu haben. Während sie auf der Leopoldstraße Lamm-Fellmäntel und indischen Silberschmuck verkaufte, flackte er qualmend auf der Matratze und telefonierte uns die Rechnung hoch. Ich war davon überzeugt, daß Melina ihm nichts weiter bedeutete als eine billige Unterkunft, und daß sie seine Zockermentalität mit blindem Liebeswahn belohnte, war einfach absurd. Das alles ging mir durch den Kopf, als ich sagte: »Dein André hat schon eine andere, wo er untergekommen ist.«

Lydia xplodierte vor Begeisterung. »Was«, schrie sie, »du weißt, wo er ist? Wo denn, sag schon, Mensch, ich suche den schon wochenlang.«

»Er wohnt in unserer WG«, sagte ich. Von dem Moment an hatte ich sie auf dem Hals. »Kann ich dich besuchen? Jetzt gleich? Nee, Moment, ich bin gerade nicht so gut drauf, ich rufe dich an, schreib mir die Nummer auf. Das gibt's ja nicht, so ein Zufall. Wer is'n das, diese Melina? Na ja, er brauchte ja ein Dach überm Kopf, kann man ja verstehen. Wie sieht sie denn aus, die dumme Nuß?«

»Die sieht nicht schlecht aus. Und der wohnt da schon eine ganze Weile, dein André.«

»Ja, klar, seit wir rausgeflogen sind. Raffiniert, dieser Sack, gaukelt der einen von Liebe vor, damit er unterkriechen kann, das ist typisch André. Also, bis bald.« Sie zog nicht einem Moment lang die Möglichkeit in Erwägung, daß Melina ihm mehr bedeuten könnte als eine Unterkunft, sie schien ihn gut zu kennen. Er war einfach zu gerissen, zu kalt und zu hübsch.

Es vergingen keine drei Tage, da stand Lydia in meiner Bude: »Ist er da?«

»Keine Ahnung, habe heute noch nichts gehört von dahinten.«

»Und sie? Ist sie bei der Arbeit?«

»Klar, aber zum Pinkeln kommt sie hoch.«

»Und du meinst, er ist jetzt da? Kann ich mal klopfen gehen?«

»Sicher.«

»Oh, du hast da Seife liegen. Hör mal, ich habe mich seit drei Tagen nicht waschen können, kann ich mir mal die Unterhose eben einseifen?«

Sie nahm die Seife und rieb sich damit den Steg ihrer Unterhose ein: »Riecht besser. Weißt du, ich habe heute nacht so 'n blödes Arschloch gevögelt, der hat mich nicht mal duschen lassen, die Säcke werden immer unmöglicher, stimmt's etwa nicht, und dabei dachte ich, der Typ hat endlich mal Klasse, jedenfalls sah er so aus und die Bude gleich um die Ecke vom Stop-In, alles superpraktisch, da wäre ich sonst gerne mal für 'n paar Tage geblieben... was?«

»War das in der Blütenstraße zufällig?«

»Ja, warum?«

»Und der hat so 'n Oberlippenbart und trägt Tarnanzüge?«

»Ja, schon. Tarnanzüge? Ich weiß nicht. So 'ne grüne Kluft hatte der an, glaube ich, ich habe nicht so genau hingesehen.«

Mir war die gute Laune etwas verhagelt. Mein Traumtyp vögelte eine eingeseifte Unterhose, ja, isses denn.

»Wie war der denn so, der Typ?«

»Ein Arschloch, sagte ich doch schon. Wenn diese Melina jetzt da unten jobbt, könnte man sich die ja mal angucken, oder? Man muß ja wissen, mit wem man es zu tun hat. Wo sagst du, steht die? Dicke blonde Haare, sieht aus wie Catherine Deneuve? Na, da bin ich ja mal gespannt.«

Nach einer Weile kam sie aufgebracht zurück: »Sag mal, hast du was an den Augen? Catherine Deneuve, da lachen ja die Hühner. Ein ganz verhärmtes Frettchen ist das, haushoch bin ich der überlegen, die sieht ja richtig mickerig aus, richtig fies, bäh, da kann man ja Mitleid kriegen, ehrlich. Kann sich doch mit mir überhaupt nicht vergleichen. Der muß es ja nötig haben. So eine Vogelscheuche.«

Sie schwätzte sich noch eine halbe Stunde Mut an, dann klopfte sie an Melinas Tür, und André kam raus: »Ich werd nicht mehr. Lydi!«

»Da biste platt, was? Ja, mir entkommst du nicht.«

»Kommt mir auch so vor.«

»Hier wohnst du also.«

»Siehst du ja.«

»Ja, hast du mich denn nicht mal vermißt?«

»Das Leben geht weiter.«

»Jetzt sei doch nicht so komisch, Mensch. Wie geht's dir denn?«

»Gut. Und dir? Hast du wieder 'ne Wohnung?«

»So gut wie. Ich muß nur noch den Vertrag unterschreiben.«

»Also, haben tust du sie noch nicht.«

»Nicht direkt. Morgen oder so.«

»Wenn du wieder 'ne Wohnung hast, kannst du dich ja mal melden, ich komm mal vorbei.«

»Das ist aber großzügig von dir. Und inzwischen bumst du den ausgemergelten Mistkäfer hier, was?«

»Das ist kein Mistkäfer.«

»Na, was denn sonst. Ich hab sie mir doch angesehen, diese Mickymaus. Bist ja ganz schön tief gesunken.«

»Wenigstens ist sie nicht so überdreht wie du. Die schreit nicht wegen jedem Mückenschiß herum und schmeißt mit Aschenbechern durch die Gegend.«

»Habe ich ja wohl auch Grund zu gehabt, meinst du nicht?«

»Ist doch scheißegal. Ewig dieser Zirkus mit dir, wenn ich mal anschaffen ging, hast doch auch davon gelebt.«

»Na, ich bin dir ja wohl nichts schuldig geblieben, oder

was willst du damit sagen? Du schuldest mir ja heute noch einen Blauen, so sieht das doch aus.«

»Paß mal auf, ich habe keine Lust, mich hier mit dir herumzustreiten. Mit uns ist es aus, was willst du überhaupt hier? Mit der Melina komme ich schon klar, da brauche ich dich nicht dafür.«

»Ja, weil die zu doof ist, um zu merken, was los ist mit dir. Die weiß ja sicher nicht mal, daß du anschaffen gehst, der guckt die Doofheit ja schon aus den Augen.«

»Na, wenn schon. Lieber 'ne ruhige Doofe als 'n keifenden Klugscheißer.«

Und so weiter. Als sie wiederkam, standen ihr Tränen in den Augen: »Dieses abgewichste Arschloch. Das ist ja so ein Arschloch.«

»Vegiß ihn.«

»Das Schlimme ist, wenn ich eine Wohnung hätte, wäre der so schnell bei mir eingezogen, so schnell könntest du gar nicht gucken. Hach, mich juckt's wieder, Scheiße, irgendwas stimmt da nicht.« Sie kratzte sich an der Mösenfront: »Nicht, daß ich wieder lebenden Besuch habe. Kommt mir ganz so vor. Scheiße, die Apotheken verdienen sich an mir dumm und dämlich. Aber wenn ich die Filzläuse wieder habe, dann weiß ich auch, von wem, der kriegt die zurück, das kann ich dir sagen. Ciao dann, ich muß weg, ich habe heute abend Gala.«

Nach einem Besuch von Lydia war ich immer wie erschlagen. Ich warf die Seife weg, holte das Telefon ins Zimmer und rief Alois an.

»Bist du vom wilden Affen gebissen?« bölkte er gleich los. »Ich drehe doch gerade meine Haare ein. Du weißt genau, daß ich mir um diese Uhrzeit die Haare eindrehe, und die sitzen schon wieder nicht, die werden immer dünner. Meine Mutter hat da so einen Schaumfestiger mitgebracht, der taugt *überhaupt* nichts, die reinste Katastrophe. Ruf mich wieder an zwischen sechs und sieben, sonst kriegen wir Ärger. Ausgerechnet du bist das, und ich denke noch, das kann nur wieder so ein Proletenschwein sein oder meine Mutter oder sonst ein Ignorant. Also, nichts für ungut, ab sechs bin ich wieder ansprechbar.«

Ich schaltete den Fernseher an und machte eine Flasche Wein auf. Sie sendeten einen Hans-Moser-Film. Für Hans Moser ließ ich jeden Kerl stehen. Hans Moser, der seinen Hansi im Vogelkäfig durch die Gegend trug, und immer wurde ihm übel mitgespielt, das tat so gut. Heute war er Portier und machte natürlich alles verkehrt. Ich kuschelte mich in meine Kissen und ließ den Wein langsam durch die Kehle rinnen. Mit Hans Moser vergaß ich die Welt.

Am nächsten Tag war ein Traumwetter. Leider hatte ich einen Granatenkater. Als ich so unvorsichtig war, aus dem Fenster zu sehen, überfiel mich die Mittagssonne wie ein Bombenhagel, und das Vogelgezwitscher dröhnte in meinem Kopf als kämpften tausend Preßlufthammer mit Beton. Ich zog die Vorhänge zu und machte meinen Kontrollgang: Vergnügt badeten die Kontaktlinsen in ihrer Aufbewahrungsflüssigkeit, und im Portemonnaie fehlte kein größerer Schein. Sogar die Schuhe standen akkurat neben dem Bett. Es klopfte. Halbtot walzte ich zur Tür: »Ach, Melina. Bist du aus dem Bett gefallen?«

»Wieso, es ist zwei Uhr mittags.«

»Hast du frei?«

»Es ist Sonntag. Kann ich nicht mal 'n bißchen reinkommen? André ist gerade nicht da.«

Sie setzte sich im Schneidersitz auf den Korbsessel und drehte sich eine Zigarette: »Ich weiß nicht, was ich tun soll, mir ist so langweilig.«

»Hol dir einen runter.«

»Was?«

»Sollte 'n Scherz sein.«

»Was heißt denn das überhaupt?«

»Was heißt was?«

»Was du gerade gesagt hast: runterholen. Ich habe das noch nie verstanden.«

»Na, Wichsen, onanieren, hast du doch bestimmt schon mal gehört.«

»Nein.«

»Na ja, was weiß ich, wie du das nennst. Ist ja auch egal. Mit André wirst du ja wohl ausgelastet sein.«

»Was meinst du damit?«

»Hör mal, Melina, jetzt stell dich bitte nicht dümmer als du bist, dafür habe ich heute keinen Sinn.«

Sie schien mir heute wirklich etwas neben der Kappe zu sein. Aus ihren tiefliegenden dunklen Augen blickte sie mich traurig an wie ein aus dem Nest gefallener Piepmatz kurz vorm Abnippeln. Im ganzen Leben würde ich nicht so mager werden wie sie. Ich lenkte ein: »Ich meine, der André ist sicher ganz gut im Bett, so wie der herumkommt.«

»Was weiß ich. Wir bumsen eigentlich nicht so oft. André sagt das auch immer mit dem Runterholen, ich soll mir einen runterholen, und ich weiß gar nicht, wie das geht.«

Mir war zumute, als hätte der liebe Gott sie persönlich geschickt, um mich zu strafen. Ich sagte: »Aber was ein Orgasmus ist, weißt du schon, oder?«

Wieder der Blick aus traurigen Augen und keine Antwort. Dann sagte sie plötzlich: »André will sich einen Hund kaufen.«

»Was hat das denn jetzt damit zu tun? Jetzt sag mal ehrlich: Du hast dich noch nie selbst angefaßt?« Ich glaubte es nicht.

»Wieso anfassen? Wo anfassen?«

»Meine Güte«, es war zum Verrücktwerden, »in den Nasenlöchern wahrscheinlich!«

War es möglich, daß sie mit dem göttlichen Zauberquell, der Tastatur des Glücks, dem wiederholbaren Wunder der Natur, noch keine Bekanntschaft gemacht hatte? Ein ganzes Buch hätte ich schreiben können über die Kirmes in meiner Möse, und da saß dieses vertrocknete Würmchen und hatte keinen blassen Dunst. Aber es war jetzt nicht die Stunde für Wichslektionen. Was mir fehlte, war ein Alka Seltzer oder wenigstens ein Aspirin: »Ist noch was zu trinken im Kühlschrank?«

»Ich geh mal gucken.«

Sie kam mit einer traumhaften Flasche Mineralwasser zurück.

Dann fing sie wieder von dem Hund an, den André kaufen wollte.

»In eurem kleinen Zimmer noch ein Hund?«

»Kann sein, daß wir ausziehen.«

Das war ja mal eine gute Nachricht. Endlich haute der Schmarotzer ab.

»Zieht ihr zusammen?«

»Ja, klar, wir lieben uns doch.«

Darauf sagte ich besser nichts. Ich trank den Rest der Flasche aus und rülpste röhrend.

»Wahrscheinlich holt er heute schon den Hund ab«, jammerte sie weiter wie zu sich selbst. Die spitzen Knochen an ihren Knien stachen mir ins Auge. An dem Mädchen war wirklich kein Gramm Fett. Am Oberkörper hatte sie zwei flache Beulen mit dicken, dunklen Warzen, und wenn sie auf dem Klo ein Ei gelegt hatte, roch es immer nach Stroh statt nach Scheiße. Ich beäugte ihre winzigen Fußnägel, die die Form von Orangenkernen hatten, als hätte ich nie zuvor ihre Füße gesehen und müßte nun eine Reportage darüber schreiben. Meine Aufmerksamkeit klebte zu lange an den Dingen um mich herum, mein Verstand leierte aus, alles schien mir sonderbar und neuartig, selbst meine eigene Nagelhaut. Meine eigenen Hände waren mir fremd, meine Füße schienen jemand anderem zu gehören oder einer Leiche, und ich stellte mir vor, wie ich aussähe, wenn ich tot wäre, und plötzlich taten mir meine Füße so leid, daß ich fast heulte. Ich betete, daß sich dieser Zustand bald von mir verabschieden möge.

Melina drückte mir wieder ihr Hundegespräch aufs Auge: »André steht auf große Hunde, der bringt bestimmt einen Dobermann mit, wenn er einen kriegt.«

Auch das noch. Ich fürchtete mich ein wenig vor großen Hunden. Außer vielleicht vor Bernhardinern. »Ich mag ja Hunde«, äußerte ich, »sofern sie mich nicht gerade anfallen, aber sollen Dobermänner nicht alle den Verstand verlieren nach einer Weile?«

»Guck mal, mein Bauch.« Unvermittelt schob sie ihr Hemdchen hoch. Ich konnte keinen Bauch entdecken. Mein Blick fiel auf ein flaches Etwas mit einem riesigen, eingefallenen Bauchnabel.

»Du mußt mehr essen«, sagte ich lahm. Es lag sicher an mir, daß mir ihre Gesprächsbeiträge heute so zusammenhanglos erschienen. Mein Zustand besserte sich nicht, und ich überlegte, ob ich nicht vielleicht den Tag ganz abschreiben und mir lieber eine Flasche Sekt hinter die Kiemen schütten sollte, um danach gleich bis in den nächsten Morgen durchzuschlafen.

»Naa, schau doch«, wurde sie plötzlich bayrisch und stellte sich ins Profil. Soviel Hartnäckigkeit war ich von ihr gar nicht gewohnt. Ihr Bauch stand tatsächlich leicht vor, etwa so wie meiner, nachdem ich zehn Kilo abgenommen hatte.

»Ich kriege ein Kind.« Sie sagte das so, als kriegte sie einen Pickel am Kinn. Dann setzte sich wieder in den Schneidersitz. »Tja, deswegen ziehen wir ja auch aus.«

»Er weiß es also schon.«

»Klar.«

»Und was sagt er dazu?«

»Ihm ist das egal.«

»Und dir?«

»Mir auch.«

Ich hatte jetzt endgültig die Schnauze voll von dem Ge-
labere. Auf einmal sehnte ich mich danach, unter Menschen zu kommen. Ich rief Alois an. Alois war verabredet
mit einigen schwulen Kumpels, sie wollten an die Isar fahren, sich dort sonnen und schwimmen, und ich könne
gerne mitkommen. Ich machte mich sofort auf die Socken.

Alois wohnte in der Schellingstraße, die ich leicht zu
Fuß hätte erreichen können, aber in meinem Zustand zog
ich die U-Bahn vor. Vor seinem Haus stand ein roter
PKW wie vereinbart, und hinten drin saß Alois und
winkte. Unterwegs mußten wir eine Mary abholen, die
ich noch nicht kannte. Ich begrüßte es sehr, daß ich nicht
die einzige Frau bleiben würde. Mary war aufgetakelt, als
ginge sie in ein Nachtlokal und nicht zum Schwimmen,
richtig scharf mit High-Heels und engem Lederrock, ein
vorzügliches Outfit für einen Ausflug an die Isar. Sie
nahm vorne Platz und als sie sich kurz nach hinten umdrehte, um uns zu begrüßen, traf mich fast der Schlag.
Mary war ein Kerl. Und leider ein dunkelhaariger, weshalb unter der Make-up-Schicht die Bartstoppeln bläulich
schimmerten.

Nachdem wir ein Stück die Isar entlang gefahren waren, fanden wir ein Plätzchen, das uns einsam genug erschien, und während wir uns in der Sonnen aalten, baute
der Fahrer den Grill auf. Wäre mir nicht noch so schlecht
gewesen und die Sonne nicht so ordinär grell, hätte es ganz
gemütlich werden können. Marys neuen Hormonbusen,
den sie stolz zur Schau trug, ignorierte ich, da er mich an

ihren Schwanz in der Hose erinnerte, und diese Kombination verdarb mir etwas den Appetit. Die Dehnbarkeit meiner Toleranzgrenzen ließ heute sehr zu wünschen übrig. Und dann fing es auch noch an zu regnen, bevor das Fleisch gar war, und von dem halbrohen Fleisch mußte ich kotzen. Zu dem Zeitpunkt prasselte der Regen kühl und erfrischend auf mein Haupt, und die anderen warteten bibbernd vor Kälte im Auto und mahnten mich zur Eile.

An diesem Abend blieb ich ausnahmsweise zu Hause. In Melinas Zimmer bellte schon der Hund. Nach meiner Einschätzung mußte es sich mindestens um einen sibirischen Wolf handeln. Ungewohnt rücksichtsvoll dachte ich an die arme Lisa, die mit PMS im Bett lag wie immer bei Vollmond und sicher ihre Ruhe brauchte. Und ich auch. Der Hund heulte die ganze Nacht. Wahrscheinlich heulte er den Mond an.

Ich lag wach und las einen Brief von meiner Freundin Margit. Sie war frischverliebt in einen Kommilitonen und stellte mir etliche Fragen, unter anderem was es zu bedeuten habe, wenn der Typ, kurz bevor er kam, den Schwanz herauszog. Sie konnte sich keinen Reim darauf machen und schien geradezu beleidigt. Was ich denn davon hielte. Ich schrieb zurück, ob sie die Pille nähme und wenn ja, solle sie ihm das ruhig mitteilen, das wäre ihm sicher eine große Freude. Da einige Monate später die Botschaft von ihrer Schwangerschaft kam, war er wohl einmal zu langsam gewesen. Sie heirateten dann bald.

In dieser Nacht machte ich zum erstenmal die Erfahrung, daß sich das kleine Naturwunder keineswegs immer nach Lust und Laune wiederholen ließ. Da konnte ich noch so ausgefallene Phantasien produzieren, die jeder Feministin Schauer des Entsetzens über den Rücken gejagt hätten – es rührte sich nichts oder jedenfalls zu wenig. Nicht einmal die Nummer mit dem perversen Zorro funktionierte, als der ich in meiner individuellen Porno-welt vor pädophiler Kulisse anonyme Tittentussis nervte und der sich pünktlich zwei Sekunden vor Raketenab-schuß in mich zurückverwandelte. Wahrscheinlich war es an der Zeit, einen neuen Film einzulegen. Vielleicht als Graf von Monte Cristo im Harem oder Videofilmer beim Volleyball am FKK-Strand. Aber Volleyball im Harem mit dem Grafen als Filmfritzen – es brachte alles nichts.

Unzufrieden wälzte ich mich herum und spann ein paar abgegriffene Träume von irgendeinem Typen, der mich anbetete, meine Wäsche wusch und meine Bude sauber-machte, von einem Wunderwesen, das sich um mich küm-merte wie ein Papi, wenn es mir schlecht ging, und der sich an besseren Tagen anstandslos in den Arsch treten ließ, im übrigen nicht immer gleich beleidigt war und gerne mit mir Fahrrad fuhr, seelentief, witzig und treu, von einem Mann, der mich noch seelentiefer und witziger fand als sich selbst und total unvergleichlich in meiner Art und der gelegentlich seinen Schwanz zu Hause ließ und ein Auto hatte und ein paar Aktien auf der Bank und den man ein-fach wegpusten konnte, wenn man die Schnauze voll hatte, und der den Arm um mich legte, wenn ich das heu-lende Elend hatte – so wie jetzt. Gott, war ich mies drauf.

und zwar immer in Typen, die eine gewisse, für mich absolut unergründliche »Würde« ausstrahlten. Die »Würde« war der Schlüssel zu Alois' Herzen. Eines der Objekte seiner Zuneigung pflegte zwischen zehn Uhr und Mitternacht im »Stop-In« seine Würde unter schwarzen Augenbrauen und burgunderrot gefärbter Haarpracht zu verbreiten und ähnelte einem übriggebliebenen Deep-Purple-Roadie oder einem arbeitslosen Kulissenschieber eines drittklassigen Theaters. Stundenlang konnte Alois solche Würdenträger heimlich anschmachten, ohne daß es je zur Kontaktaufnahme gekommen wäre. Entweder beachtete ihn der Würdevolle nicht oder entpuppte sich als Hetero oder für uns wurde es Zeit für das »Cosi«.

Gegen zweiundzwanzig Uhr trafen Alois und ich uns im »Stop-In«. Vorher hatte ich mir, um Geld zu sparen, zu Hause einen angesoffen, und Alois war in ein paar schwulen Puffs gewesen, wo die harten Jungs verkehrten mit Leder, Ketten und Tätowierungen, wie zum Beispiel im »Pimpernel«. Er schleppte selten was ab, und wenn, machte er nicht viel Aufhebens davon. Wenn ich fragte: »Na, wie war's denn gestern?«, sagte er: »Wie soll's schon gewesen sein, ich habe dem Typen erst mal was von Mahler vorgespielt, davon hatte der noch nie was gehört.«

»Und *dann?*«

»Dann die ›Unvollendete‹. Damit konnte er auch nicht viel anfangen.«

»Ja, und dann? Was habt ihr *dann* gemacht?«

»Du stellst Fragen. Was man halt so macht, gell. Nichts Besonderes.«

Manchmal behauptete er steif und fest, es sei überhaupt nichts gelaufen, und schon gar nicht sei er etwa in den Arsch gefickt worden. Wer sich in den Arsch ficken ließ, hatte in seinen Augen kein Niveau. Er tat immer so, als leiste er als Abgesandter des Goethe-Instituts kulturelle Entwicklungsarbeit mit Gottfried-Benn-Vorträgen, der »Eroica« im Hintergrund und eingeflochtenen Exkursen über die Weimarer Republik. Da er aber fleißiger Besucher der stadtbekannten Klappen war, konnte ich ihm das nicht so ganz abnehmen.

So wenig er von sich erzählte, so heiß war er auf detaillierteste Berichterstattung meiner nächtlichen Erlebnisse. Passenderweise hatte ich mir zu der Zeit One-Night-Stands angewöhnt, so daß ich einiges zu seiner Unterhaltung beitragen konnte. Es war die Zeit meiner paranoiden Bindungsangst. Es konnte jetzt schon verkehrt sein, morgens neben einem Typen aufzuwachen. Weder ertrug ich ein gemeinsames Frühstück noch ein morgendliches Bussi oder gar eine Neuauflage der vergangenen Nacht. Nach vollbrachter Tat verabschiedete ich mich auf die französische Art. Die Typen waren leider nicht immer so diskret. War versehentlich einer in meiner Bude gelandet statt ich in seiner, mußte ich das Programmende mit Posaunenklang irgendwann selber verkünden, ehe er beleidigt das Feld räumte. Die meisten hätten vor einem netten Frühstück zu gerne noch ihre Morgenlatte untergebracht und wären mit pelziger Nachtzunge über mich hergefallen. Aber da konnte ich sehr ungemütlich werden. So ein Verhalten schienen sie gar nicht gewohnt zu sein. Als einmal einer meinte, er hätte noch bis neun Uhr Zeit, stellte ich den Wecker vor, so daß er nach drei Minuten klingelte und sagte: »Neun Uhr!«

Die meisten Aufrisse machte ich im »Cosi«. War ich gut drauf und restlos von mir überzeugt – was eher selten der Fall war –, brauchte ich mich nur kurz sehen zu lassen und hatte die freie Wahl, und wenn sich der erste zu plump und bräsig anstellte oder aus dem Maul stank, ging ich einen Schritt weiter und nahm den nächsten. Zu anderen Zeiten, die in der Überzahl waren, stand ich herum wie schimmelndes Fallobst und verzog mich nach Hause, bevor sich bei der Schmälerung meiner Ansprüche eine gewisse Unbedenklichkeit einstellte. Die Frage, warum ich an einem Abend als Prinzessin durchging und am anderen als Insekt, ließ sich leider mit dem gesunden Menschenverstand nicht beantworten, denn ich war immer gleich zurechtgemacht und mein Alkoholpegel war immer derselbe.

Irgendwann lernte ich Nobs aus Österreich kennen. Da er sehr gut aussah, spielte es zunächst keine Rolle, daß sein Reden vergebens war, weil ich kein Wort verstand. Ich verstand aber genug, um ihn nach Hause zu begleiten, eine Nacht mit ihm zu verbringen und ausnahmsweise, weil er am Arsch der Welt wohnte, in seiner Wohnung zu übernachten. Erst am Morgen entdeckte ich sein herausragendes Attribut, das mir in der Nacht hochprozentiger Entspannung gar nicht besonders aufgefallen war: Er hatte eine Banane so groß wie ein Kinderarm. Da ich Kinderarme an Männern etwa so schätze wie geknebelt zu frühstücken, wollte ich mich sofort auf die Socken machen, ließ mich aber von einem liebevoll zubereiteten Brunch erweichen, zu bleiben. Eine Batterie von eiskaltem Weißbier in seinem gutbestückten Kühlschrank tat ihr übriges, und irgendwann erlebte der Kinderarm seine unvermeidliche Renaissance, was kein Vergnügen war. Nicht, daß er nicht hineingekommen wäre. In dieser Hinsicht kannte er kein Pardon, Mann ist Mann, und rein damit. Sein Ding stieß mir ständig gegen den Uterus, und wer behauptet, das sei ein Genuß, der lügt. Ich hatte das Gefühl, es stemmte mir das Gehirn durch die Schädeldecke.

»Nee, Nobs, geh mal raus jetzt, das ist mir echt zu groß, mir reicht es. Schluß jetzt, hör schon auf, Mensch, für sowas bin ich nicht gebaut.«

»Da gewöhnst du dich schon dran«, meinte er gutgelaunt, »nachher findest du es Spitze.«

»Niemals«, sagte ich. »Jetzt kann ich erst mal in die Apotheke gehen, Scheiße.«

Nobs lachte und knackte noch ein Weißbier: »Hier, trink noch was, dann merkst du das nicht. Heute nacht hast du doch auch nichts gesagt. Du fandst es richtig gut, hast du gesagt.«

Wer weiß, was ich nachts wieder für einen Scheiß erzählt hatte, das war doch sowieso nicht ernstgemeint.

»Da gewöhne ich mich nie dran«, sagte ich, »mit so einer Gurke bist du ja echt gestraft. Wer kann schon sowas gebrauchen!«

»Hast du eine Ahnung«, sagte er beleidigt. Zumindest glaubte ich, das verstanden zu haben, denn wegen seines schrägen Dialekts kam nach wie vor nur die Hälfte bei mir an. »Hier, ich zeig dir mal meine Dankesbriefe.« Er zog einen Stapel Briefe aus einem Schränkchen und wedelte mir damit vor der Nase herum: »Hier ist der Beweis. Soll ich mal vorlesen?«

»Nee, danke. Ich glaube es trotzdem nicht.«

»Hier steht es aber schwarz auf weiß. Jeden Brief kann ich dir vorlesen. Die wollen alle nur meinen Schwanz. Ehrlich. Die sind da ganz verrückt drauf.« Er nahm ein gerahmtes Foto vom Schränkchen mit einer tranig blickenden Schönheit mit sorgfältig ondulierten Locken, die aussah wie eine bekannte Fernsehansagerin: »Die ruft täglich an und fragt, wann sie zum Bumsen kommen kann. Was glaubst du, mein Telefon steht nicht still.«

Im Moment stand es ziemlich still. Ich warf noch einen trüben Blick auf seinen monströsen Oschi und setzte mich dann in Bewegung. Da er sich unbedingt für den Abend verabreden wollte, sagte ich gutmütig zu und trabte dann endlich Richtung S-Bahn. Ich hatte einen Gang wie John Wayne.

In den Apotheken arbeiteten schlaue Menschen. »Ich brauche was für Wunden«, sagte ich kaum hörbar, »so Schürfwunden, wissen Sie…«

»Bepanthen Roche«, kam es wie aus der Pistole geschossen, »das ist das Richtige. Einen Moment, ich hole es eben.«

Ich war sicher, daß sie mich nicht richtig verstanden hatte: »So an Weichteilen, ähm…«

»Ich weiß schon, was Sie meinen.« Die Apothekerin eilte nach hinten und kehrte mit einer länglichen Schachtel zurück. Ich schien irgendwo eine Plakette zu tragen vom »Verein deutscher Bumsgeschädigter«. Wahrscheinlich sah ich haarscharf aus wie die Tochter von Rosenresli. Ich zahlte einen ansehnlichen Betrag, den ich eigentlich Nobs hätte in Rechnung stellen sollen, und widmete mich meinen Blessuren. Er hätte mit den Apotheken Münchens einen Exklusivvertrag schließen können. Sein Weißbier hätten sie ihm allemal finanziert. Garantiert wollte ich den nicht wiedersehen.

Ebenso wenig wie den Typen mit den Spinnenbeinen. Die Spinne sah mit seinem markanten Kopf aus wie O.W. Fischer in jungen Jahren und wäre der Traummann für meine Oma gewesen. Als ich ihn kennenlernte, trug er einen weißen Rolli und schwarze Jeans. Er hatte sich eine reduzierte Mimik zugelegt, weil er glaubte, seine eisblauen, starren Blicke reichten aus, um jede Frau um den Verstand zu bringen. Blauäugige Männer halten sich oft für unwiderstehlich, keine Ahnung, warum. Meine Aufmerksamkeit hatte er dem Mangel an interessantem Material zu verdanken, einer Flaute, die jede Disco zeitweise heimsucht und der man am besten begegnete wie dem Fall der Aktien an der Börse: ignorieren und am Ball bleiben.

Die Spinne war Dozent und wohnte in der Amalienstraße, was ich wegen der Nähe zur Hohenzollernstraße sehr begrüßte. Man konnte ja nie wissen, ob der Fick auch so spannend war wie der Flirt davor, bei dem man sich noch fühlte wie Madame Pompadour, und dann landete man in einer mehr oder weniger traurigen Bude, wo die dreckige Wäsche unterm Waschbecken ihr erotisches Flair verbreitete und die Sportschuhe neben dem Bett für die Atmosphäre einer kleinen Käserei sorgten, und man fragte sich, was eine Madame Pompadour in Augenblicken solcher Romantikeinbuße tun würde. Wie gesagt, der Dozent hatte mehr als dünne Gliedmaße. Als er sich jetzt auch noch mit angezogenen Beinen ins Bett hockte, war der Spinneneindruck perfekt. Ich mochte ihn eigentlich nicht mehr anfassen.

Da mich die Euphorie schnöde verlassen hatte, stand ich vor dem Bett wie der Esoterikproband vor dem glühenden Kohlenteppich, und da er seinerseits auch nicht gerade vor Einfallsreichtum sprühte, war die Vorstellung eigentlich schon beendet, bevor sie begonnen hatte. Manchmal wäre es besser gewesen, einfach zu gehen, statt dessen nötigte mich die Höflichkeit zur Mühseligkeit eines Marathonlaufes, bei dem der Läufer seine Schuhe vergessen hat. Die Spinne war von der Sorte, die stundenlang herummachen können, ohne daß es zum Abschuß kommt. Ich dachte an die Turnstunden bei Frau Merian, in denen ich auch immer Stoßgebete zum Himmel geschickt hatte, sie mögen doch endlich vorbei sein. Der Typ hatte die Ruhe weg. Mal stocherte er von hinten, mal von vorne, dann verdrehte er mir die Beine, um seitwärts einzulochen, dann sollte ich stehen und dann wieder sitzen und dann am besten die Gliedmaßen ineinander verknoten, und als alles nichts half, kam die übliche Blasnummer, und ich hatte schon dermaßen die Faxen dicke, daß ich dachte, wenn er nicht gleich soweit ist, ist Feierabend und ich hole mir beim Bäcker frische Brötchen. Die Aussicht auf die warmen Brötchen ermutigte mich zu einer letzten Kraftanstrengung, und ich positionierte mich so, daß ich seine Spinnenbeine nicht im Blickwinkel hatte, und legte los. Erstmals hatte ich die Idee, für meine Wohltätigkeiten künftig Geld zu verlangen, das war reine Dienstleistung, die ich hier erbrachte, ich bekam dafür nichts zurück. In Zukunft gab es kein Freibier mehr.

Plötzlich hatte ich einen unbekannten Geschmack im Mund. Ich brauchte ein paar Sekunden, bis ich kapierte, was los war. Es war nicht zu fassen: Der Kerl hatte versucht, mir in den Mund zu pinkeln.

»Was ist denn?« fragte er unschuldig, als ich aufsprang.

»Was wohl«, sagte ich und zog mich an. Meinetwegen konnte der seine tröpfelnde Gurke sonstwo hinstecken, bei mir war heute geschlossen. Außerdem lockten mich die frischen, warmen Brötchen. Der Typ saß verdutzt da mit seinen geknickten Streichhölzern und dem halbgaren Schwanz und blickte mich aus seinen O. W. Fischer-Augen an: »Du kannst doch nicht einfach mittendrin aufhören, was ist denn los? Hast du keinen Bock mehr oder was?«

»Ich muß weg«, sagte ich, auf eine Diskussion legte ich keinen Wert, »ich habe einen Termin.«

»So früh?«

Ich drückte die Clips an meine Ohrläppchen und schlüpfte in die Schuhe.

»Sehen wir uns wieder?« fragte er immer noch ungläubig.

»Und ob!« sagte ich, aber die Ironie entging ihm.

»Du hast ja gar nicht meine Nummer«, bemerkte er pfiffig und wühlte nach einem Kugelschreiber. Ich nahm den Zettel und ging. Schade um sein markantes Gesicht. Oma wäre auch auf ihn hereingefallen.

Der nächste Kandidat war schwarzhaarig mit dunklen Augen und machte mich im »Cosi« sozusagen im Vorbeigehen an. In unregelmäßigen Abständen kam er vorbei und sülzte mir was in die Ohren und verschwand ebenso plötzlich, wie er angerauscht kam. Kaum war ich an einem anderen dran, kam er wieder angeflogen und meldete ältere Rechte an. Als wir den Laden frühmorgens verließen, schmiß er seine letzte Bierflasche gegen eine Hauswand, daß es nur so schäumte, und ich dachte, so ein Idiot, schade um das schöne Bier. Er wohnte in einer WG und war sehr karg möbliert. Bevor es überhaupt zur Sache ging, erklärte ich, daß ich morgen eine Vorlesung hätte und daher den Wecker stellen müsse. Da knallte er auch den Wecker an die Wand, der in tausend Teile zersprang, und schlug mir ein paarmal unsanft ins Gesicht: »Das ist für den Wecker.«

Ich hatte einen Typen erwischt, den sie vergessen hatten, in die Klapsmühle zu stecken, und wollte auf der Stelle gehen, aber er schrie: »Dich mach ich kalt, ich bring dich um.« Er schlug meinen Kopf gegen die Wand hinter seinem Bett, und als ich mich losreißen konnte, stürzte ich auf den Gang und schrie um Hilfe, aber keiner kam raus. Vermutlich waren sie den nächtlichen Radau gewöhnt und grämten sich schon bei der Vorstellung, am nächsten Morgen beim Leichentransport mit anfassen zu müssen.

Rasend vor Zorn zerrte er mich wieder in sein Zimmer, wobei er mir die Haare büschelweise ausriß. Ich war mir jetzt ziemlich sicher, daß er mich ohne weiteres um die Ecke bringen würde, und meine anfängliche Wut verwandelte sich in kühles Kalkül, mit welchem Trick ich hier lebend wieder herauskäme. Ich mußte seine Spezialmacke herausfinden und knacken. Meine erste Eingebung, ihn ordentlich anzupflaumen, hatte den Effekt, daß ich noch ein paar in die Schnauze kriegte. Folglich konnte die weiche Tour nicht schaden. Als ich anfing, zu schluchzen, ließ er von mir ab. Sofort fing ich an, jämmerlich zu flennen, wobei ich den Kopf gesenkt hielt, um mir heimlich Spucke unter die Augen zu schmieren. Tatsächlich kam auch gleich eins seiner zarten Fingerchen an und prüften, ob die Augen naß waren. Zum Glück prüfte er nicht den Salzgehalt, sonst wäre sicher die doppelte Ladung fällig geworden. Er sank auf die Knie, preßte seinen Kopf in meinen Schoß und jaulte: »Ich liebe dich, ich liebe dich, meine Süße, meine Kleine, meine Allerliebste, verzeih mir, kannst du mir noch einmal verzeihen?« Ich verhielt mich ruhig und dachte, Jessas nee, was manche Typen für ein Theater abziehen.

Mir war klar, wenn ich jetzt den kleinsten Verhaltensfehler mache, geht die Randale wieder von vorne los. Ich schluchzte noch etwas herum, und er kam mit seiner Gurke heraus, die winzig war wie in Cornichon, und soff ab, bevor er den Motor überhaupt starten konnte. Dann schlief er auf der Stelle ein.

Mit der Flucht wollte ich warten, bis er tief genug schlief, aber das Arschloch schlief nie tief genug. Immer wieder schoß er urplötzlich aus seinen Kissen hoch und öffnete kurz die Augen, um dann wieder zu sägen und zu röcheln und dann wieder wie vom Blitz getroffen hochzuschnellen und wild um sich zu starren. Er mußte wirklich verrückt sein. Ich hatte keine Gelegenheit, zu gehen. Schließlich mußte ich ja erst meine Klamotten anziehen. Irgendwann pennte ich ein.

Morgens wachte ich davon auf, daß er aufstand und mit

einer Flasche Milch zurückkam. Ohne mich auch nur eine Sekunde zur Kenntnis zu nehmen, gluckerte er die ganze Flasche aus und schlief danach wieder eine wie von einer Bombe erschlagen. Da endlich wagte ich, mich anzuziehen und auf den Gang hinaus zu schleichen. Ich hatte sogar noch den Nerv, ins Bad zu gehen und meine Visage zu überprüfen. Außer daß mir ein paar Haarbüschel fehlten, war nichts zu sehen.

Bevor ich ins Seminar ging, suchte ich die Toiletten in der Mensa auf und untersuchte meine Kopfhaut, die zu brennen begann. Aus jeder einzelnen Pore, in der einst ein Haar gesessen hatte, blickte mir ein kleiner Blutstropfen entgegen.

Ich kaufte mir ein Paar runzelige Gummischnüre, die sie hier als Wiener Würstchen verkauften, trank den plörrigen Kaffee aus dem Plastikbecher mit dem Plastikrührstäbchen und überlegte, warum diese Plastikstäbchen immer ein Loch haben und warum Wiener Würstchen immer aussehen wie ungewaschene Pipiröhrchen kleiner Jungs und warum ich den Senf nie sauber aus dem Tütchen quetschen konnte und warum mich heute nacht mein Instinkt im Stich gelassen hatte. Schon beim Zerschmettern der Bierflasche hätten sämtliche Alarmglocken bei mir läuten müssen. Welcher zurechnungsfähige Zeitgenosse wirft schon halbvolle Bierflaschen gegen die Wand.

Danach trabte ich ins Linguistikseminar in der Schellingstraße und legte mit den anderen ein Puzzle zusammen, eine Arbeit, mit der bewiesen werden sollte, daß jedem Menschen ein Drang nach Gruppenzugehörigkeit innewohnt. Wir schoben auf dem Tisch unsere Puzzlestücke hin und her und suchten ein passendes Teil, dem wir uns anschließen konnte. Einige fanden sofort ihr Gegenstück, andere mußten etwas länger herumprobieren, bis sie endlich Anschluß fanden, und ich, wie sollte es auch anders sein, blieb auf meinem Teil sitzen. Damit konzentrierte sich das Interesse der freundlichen Dozentin ausgerechnet auf mich: »Beschreiben Sie doch bitte mal Ihre Gefühle. Hatten Sie nicht Sorge, daß Sie keinen Anschluß fänden?«

»Nö«, log ich.

»Aber irgendwie beschleicht einen doch die Furcht, kein Gegenstück zu finden und nirgendwo dazuzugehören, nicht wahr?«

»Och, nö«, sagte ich.

»Es soll sozusagen bewiesen werden, daß es dem Individuum ein natürliches Bedürfnis ist, sich zu integrieren«, dozierte sie ohne den rechten Triumph, und dann wieder penetrant: »Und das ist ganz normal, daß man nervös wird, wenn man sieht, daß man übrigbleibt, das können Sie auch ruhig zugeben.«

»Nö«, machte ich wieder. Inzwischen hatte jemand den passenden Platz für mein Teil gefunden. Es lag jetzt adrett zwischen den anderen eingefügt, wozu also das Aufsehen, und außerdem brannte mir die Kopfhaut.

»Also, es soll bei einigen eine leichte Panik entstehen«, insistierte sie jetzt etwas gereizt, »nicht der zu sein, der übrigbleibt. Dann ist das bei Ihnen eben etwas anders.«

Genau, dachte ich, ich war schon immer etwas anders, das konnten Sie ja nicht ahnen, mich juckt das überhaupt nicht, ob ich übrigbleibe oder nicht, und wenn, gebe ich es garantiert nicht zu. Was war schon dieser Anflug einer kleinen Panik verglichen mit den Attacken, die ich gerade hinter mir hatte. Kinderkram.

Am Abend erzählte ich Alois davon.

»Mei, ist das ein Schwein. Dem müßte man mal granatenmäßig die Fresse polieren.«

»Ja, aber wer könnte das machen. Du ja wohl nicht.«

»Tja, das weiß ich auch nicht im Moment. Was willst du denn jetzt machen?«

»Was soll ich denn machen? Anzeigen? Wie will ich das beweisen? Ich bin doch feiwillig mitgegangen, wird jeder sagen.«

»Das berechtigt ihn doch nicht, so über dich herzufallen. Außerdem läuft der weiter frei herum, eines Tages bringt der wirklich noch jemanden um.«

»Ich habe keine Lust, eine Staatsafffäre draus zu machen. Wenn mir noch mal einer so dumm kommt, schneide ich ihm den Schwanz ab, aber wirklich, dann ist endlich Ruhe im Karton.«

»O Gott, wenn ich das nur höre, zieht sich bei mir alles zusammen. Stell dir vor, wenn das Schule macht.«

»Wenn du zum Manne gehst, vergiß das Messer nicht.«

Was mir viel mehr stank als der Durchgeknallte der letzten Nacht war die Tatsache, daß bereits Wochen vergangen waren, und André plus Dobermann wohnten immer noch hier. Melinas Bauch war aufgegangen, als erwarte sie mindestens Drillinge. Auf ihren dünnen Beinchen eierte sie mit der Reisenplempe über den Gang aufs Klo, und wieder zurück und wieder aufs Klo den ganzen Tag hin und her, während André sich in unbeobachteten Momenten über den Kühlschrank hermachte und meine Vorräte wegfraß. Irgendwann hatte ich den Kanal voll und legte mich mit ihm an. Da sagte er: »Wenn du nicht gleich die Schnauze hältst, schlitze ich dir den Bauch auf und gebe dir deine Eingeweide zu fressen«, und der Dobermann fletschte das Gebiß. Seitdem trank ich mein Mineralwasser warm.

erhielt ich die mütterliche Order, meine Großeltern zu besuchen. Wieder einmal fand eines dieser bewährten Familientreffen statt, und diesmal bedeutete es eine willkommene Unterbrechung meines freudlosen Sexuallebens. Auch Wunderlich, den sie mal wieder aus der Klinik entlassen hatten, war dabei. Das Lachen, das ohnehin nie seine Spezialität gewesen war, hatte er sich nun komplett abgewöhnt. Sein Gehör war nicht besser geworden, und auf Ansprache reagierte er kaum. Auch die Intelligenz war in den unsichtbaren Kanälen seines Gehirns auf Nimmerwiedersehen versickert und kam nur dann zum Vorschein, wenn er Schulwissen aus seiner Zeit als Lehrer abspulen durfte. Fehlerlos betete er Unterrichtsstunden von Annodazumal herunter.

Im Umgang mit meiner Mutter benahm er sich wie ein Kleinkind. Es war nur schwer vorstellbar, daß der hilflose alte Knabe einmal mit beiden Beinen im Leben gestanden und sich nicht selten als intellektuelle Koryphäe gefallen hatte, vor der wir Normalsterblichen als geistig Minderbemittelte verblassen mußten. Wenn ihn heute etwas quälte oder eine Kleinigkeit nicht so lief wie gewohnt, kam er angedackelt und trug jammernd seine Klagen vor: »Mein Hörgerät fiept.« Oder: »Mein Gebiß wackelt hinten links.« Und: »Meine Nasenhaare müßten mal wieder geschnitten werden.« Und: »Der Hund hat Schleim im Auge, kannst du mal danach sehen?«

Abends wurde er mit dem Hund auf die Couch gesetzt, mit dem er sprach wie mit einem Säugling: »Nun mach mal schön Liegerchen, ja, so ist es brav, na, was ist denn, nun bleib auch schön liegen, sei schön lieb, oh, ich glaube, sie hat gepupst.« Bei dem bestialischen Gestank, der dem kleinen Vieh entwich, konnte man sich nur an die Balkontür retten. Jackie guckte dann immer betont harmlos, erstaunt über das Aufhebens und riß das Maul sperrangelweit zum Gähnen auf.

Und Wunderlich sorgte sich: »Nicht, daß sie was mit dem Darm hat.« Sein Einfühlungsvermögen rührte daher, daß er selbst Probleme mit dem Darm hatte. Von Zeit zu Zeit schob er den Hund urplötzlich sehr unsanft von sich, ganz gleich, ob der gerade seine REM-Phase hatte oder nicht, sprang auf und stürzte in die Küche. Von dort hörte man es dann blubbern und krachen, daß die Lampe wackelte, und manchmal kam er auch nicht zurück und mußte von meiner seufzenden Mutter gesucht werden. Er saß dann im Gästezimmer und brachte die Nummer vom vergeigten Suizid und wie gerne er ein Gewehr hätte, um sich endlich um die Ecke zu bringen, aber wenn er eins hätte, wüßte er jetzt schon, daß er zu feige wäre, und diese Feigheit, die warf er sich vor, weil er früher einmal ein Mensch mit Zivilcourage gewesen sei, und jetzt sei er nur ein erbärmlicher Feigling, der es nicht einmal schaffte, sich umzubringen, jedes x-beliebige liebeskranke Gör könnte sich was antun, bloß er nicht, er kriegte das einfach nicht gebacken.

Ich sagte zu meiner Mutter: »Ich glaube nicht, daß der sich je umbringt, der wird hundert Jahre alt.«

»Ich auch nicht, gottseidank«, sagte sie, »ich brauch mir eigentlich gar keine Sorgen zu machen. Aber dann steht er wieder in der Wanne mit dem Kabel um den Hals, das erschreckt mich doch immer wieder zu Tode.«

Wenn er sich wieder eingekriegt hatte, köpfte meine Mutter eine Flasche Rotwein und schenkte zwei kleine, goldumrandete Weingläser halbvoll, eins für sie und eins für ihn, und dann tranken sie das Gesöff wie eine teure Medizin: den ganzen Abend lang ein einziges Glas. Dazu kaute meine Mutter ungeschwefelte Rosinen und Ingwerstäbchen, und Wunderlich verschmierte die nähere Umgebung mit Mon Cherie. Mit unseren Mon-Cherie-Vorräten hätten wir einen Stand auf dem Flohmarkt aufmachen können. Meine Oma hatte irgendwann die unumstößliche Erkenntnis gewonnen, daß Mon Cherie der Gipfel der Gaumenfreuden sei, und deckte die ganze Verwandtschaft kistenweise damit ein.

Kaum waren wir bei den Großeltern eingetrudelt kam bergeweise Mon Cherie auf den Tisch, und wenn man sich den Appetit so richtig schön verdorben hatte, gab es Sauerbraten mit Klößen und hinterher einen Underberg. Der Opa wurde müde und legte sich hin, Wunderlich wurde auf der Couch geparkt, und die Weiber verdrückten sich in die Küche, um über die Männer abzulästern.

Bei der Oma öffnete sich augenblicklich das Ventil: »Der Vater, der Vater, du glaubst ja nicht, was das für ein Schwein ist. Mir glaubt ja keiner, wem kann ich mich schon anvertrauen.«

»Ich glaube dir, Mutti.«

»Du tust auch nur so, als ob, und hintenherum haltet ihr alle zum Vater.«

»Wie kannst du denn sowas sagen, das ist doch absoluter Unsinn. Nun erzähl schon, was ist denn wieder vorgefallen?«

»Ach, Kind, was heißt schon vorgefallen. Das ist ein Dauerzustand ist das. Es fällt ja dauernd was vor. Jetzt haben wir plötzlich lauter neue Handtücher. Gelbe. Dabei paßt Gelb überhaupt nicht zu den Kacheln. Was die sich dabei gedacht hat, weiß ich auch nicht. Da siehst du, daß die keinen Geschmack hat. Und die ganze Bettwäsche ist neu, stell dir vor.«

»Wie merkst du das denn, daß die neu ist, wo du nichts mehr sehen kannst?«

»Also, das ist doch die Höhe, mir jetzt auch noch meine Blindheit vorzuwerfen. Siehst du, du glaubst mir auch nicht, ich habe es doch gleich gesagt. Es ist ein Jammer, es ist wirklich ein Jammer. Da brauche ich ja wohl in Zukunft den Mund überhaupt nicht mehr aufzumachen, wenn die eigenen Kinder einem schon nicht mehr glauben.«

»Ich glaube dir ja, Mutti. Jetzt beruhige dich bitte. Keiner will dir was. Aber wann soll er das ganze Zeug denn in die Wohnung geschleppt haben? Du bist doch immer zu Hause.«

»Als wenn das eine Schwierigkeit wäre für den raffinierten Hund. Der jubelt einem alles unter, wenn du nicht aufpaßt. Ich schlafe doch auch mal oder etwa nicht. Na also, da hast du es doch schon. Wo ist das Problem? Man ist ja nicht den ganzen Tag hellwach, nicht. Plötzlich sind die Sachen da, schwupps, und hastdunichtgesehen. Und dann diese Socken. Tonnenweise nagelneue Socken, die hat einen Sockentick, die Nutte, ich sage es dir. Und komm mir nicht mit ›Die sind nicht mehr neu‹. Da sind ja noch die Banderolen dran, ich bringe dir nächstesmal welche mit, dann kannst du sie dir selber ansehen. Von wegen ›nicht neu‹. Ich bin doch nicht blöd. Das hätten sie gerne. Aber noch habe ich alle fünf Sinne beisammen, jawoll.«

Die Oma sah neuerdings ganz witzig aus. Die blauen Dauerwellen, die ihr der Schreiter immer persönlich auf winzige Röllchen gewickelt hatte, hatte sie gegen eine schlohweiße, glatte, kinnlange Frisur eingetauscht, mit der sie aussah wie eine Mischung aus Prinz Eisenherz und Simone de Beauvoir mit einem Schuß Juliette Greco. Sie hielt sich für sehr emanzipiert beziehungsweise hätte es sein können, wenn ihr der Alte mit seiner Nuttennummer nicht immer die Tour vermasselt hätte: »So jung wie du möchte ich noch mal sein«, wandte sie sich an mich, »da würde ich alles anders machen, das schwöre ich dir. Mein Leben würde komplett anders verlaufen. Als erstes würde ich schon mal nicht heiraten. Mir käme kein Mann ins Haus. Wozu braucht man die Männer außer zum Kohlenraufholen. Sie verderben einem jede Freude am Leben. Weißt du, in der Jugend bist du unvorsichtig und läßt dich erweichen und gibst einem das Ja-Wort, und wenn du ihn dir vierzig Jahre später anguckst, kriegst du das nackte Grausen. Ja, so ist das, da braucht ihr gar nicht zu lachen. Dicke Bäuche kriegen sie, ob vom Bier oder vom Fressen, und rülpsen und stinken den ganzen Tag und die ganze Nacht, ach, von der Nacht will ich schon gar nicht reden ... Ja, so ist das, alle meine Krankheiten, die habe ich nur durch den Vater. Ich wäre kerngesund, wenn der Vater nicht wäre. Ich könnte glatt wieder sehen. Da wäre ich nicht blind, o nein, da könnte ich wieder sehen wie ein junges Mädchen.«

Von ihren Mundwinkeln zogen sich zwei tiefe Furchen bis an das Kinn. Alle unguten Gefühle, die in ihrem ausgemergelten, alten Körper wüteten, konzentrierte sie auf den heiteren, vollgefressenen Patriarchen, der vom Leben nichts mehr erwartete als leicht angebratene Kohlrouladen, ein mittelschweres Kreuzworträtsel und ein Impromptu von Chopin.

»Er hat doch auch seine guten Seiten«, wandte die Mutter ein.

»Ja, wo denn? Die kannst du doch mit der Lupe suchen«, krähte sie, »wo sind sie denn, die guten Seiten? Die Andere, die kriegt die vielleicht zu sehen, ich doch nicht.«

»Du willst doch sowieso nichts mehr von ihm«, versuchte meine Mutter es mit Logik.

»Ich wollte, er wäre tot«, kam dann von ihr, »jeden Morgen, den ich aufstehe, gucke ich als erstes, ob er noch lebt. Und jedesmal macht er die Augen auf. Und dann grinst er und sagt immer: ›Ja, da hast du wieder mal Pech gehabt, ich lebe noch.‹ Ist das nicht widerlich? Ich könnte ihn umbringen. Wirklich, da fehlt nicht mehr viel.«

»Mutti, jetzt ist es aber gut. Überleg doch mal, als du neulich gefallen bist mitten in der Nacht, da hat er doch auch den Notarzt geholt. Er hätte dich doch einfach liegenlassen können.«

»Das traut er sich nicht, das Schwein. Tagelang spricht er nicht mit mir. Weißt du, wie das ist?«

»Ach, der Gerhard spricht auch fast nichts den ganzen Tag. Die Männer sind eben so, die reden nicht viel.«

»Das ist ein Unterschied, ob einer von Natur aus nicht viel redet oder absichtlich nicht. Bei dem Vater ist das Absicht. Damit will er mich bestrafen. Ich kenne den besser als ihr.«

»Wenn du ihn auch immer so beschimpfst mit solchen Ausdrücken. So kenne ich dich gar nicht von früher, ich weiß gar nicht, wo du diese Ausdrücke auf einmal her hast, wirklich, schön ist das nicht.«

»Der hat euch alle gegen mich aufgehetzt. Rudi auch. Der war früher auch ganz anders mir gegenüber. Den hat er sich bestimmt auch schon vorgeknöpft, da mache ich jede Wette. Dieses hinterhältige Schwein. Nur er darf sich fröhlich mit seiner Nutte treffen, da sagt keiner was. Mir glaubt ja keiner, ich kann ja nicht so gut reden wie der Herr Handelsvertreter. Das konnte er ja immer schon gut, die Leute einseifen. Ihr durchschaut ihn alle nicht, der macht euch allen nur was vor.«

Am Nachmittag ging es zu Rudis Schwiegermama, Frau Wischnewsky. Frau Wischnewsky war in grauen Vorzeiten einmal Schauspielerin gewesen und hatte sogar mit Carola

Höhn in einem Film gespielt. Wegen Frauke hatte sie ihren heißgeliebten Beruf aufgeben müssen, woran sie gern und oft erinnerte. In Ermangelung einer Bühne gab sie privat eine Mischung aus Maria Hellwig und Marika Rökk. Sie war blond und drall und flink auf den Beinen, und wenn man nicht aufpaßte, fing sie an zu zwitschern: »Ich brauche keine Millionen, mir fehlt kein Pfennig zum Glück, ich brauche nur Musik, Musik.« Oder: »Schön ist es, auf der Welt zu sein, sagt die Biene zu dem Stachelschwein«, und die Oma erinnerte sich an ihre Altstimme und ging in den Wettstreit mit »Ich steh im Regen und warte auf dich« von Zarah Leander, aber sie brauchte sich gar nicht anzustrengen, denn der Opa hatte von der Wischnewsky sowieso die Nase voll. Am Anfang hatte ihn das wohlgenährte Täubchen durchaus becirzt, aber die aufdringlich zuckersüße Tour war ihm bald auf den Keks gegangen, und außerdem verbarg sich hinter dem Zuckerguß ein stahlharter Wille, mit dem sie ihre Mitmenschen gerne dirigierte und kontrollierte, wofür der Opa ungeeignet war.

Wenn sie einen nicht gerade mit ihren altbackenen Sangeskünsten nervte, lotste sie einen ins Schlafzimmer, wo etliche Bilder ihrer verschiedenen verblichenen Männer standen, und trug selbstgefertigte Gedichte vor wie: »Mußtest du auch von mir gehen, werden wir uns wiedersehen dort im Himmel droben und den Herrgott loben.« Mir wurde jedesmal schlecht. Unvorstellbar, daß die alten Säcke, die sie mit ihren Bastelarbeiten im Krankenhaus besuchte, reihenweise ihrem zuckrigen Charme erlagen. Sie war eine der Freiwilligen, die sich um Kranke kümmern, die keine Angehörigen haben. Dieses schöne Ehrenamt verhalf ihr auch in forgeschrittenem Alter noch zu einem Ehemann, der bald abnippelte und etlichen, wenn auch bettlägerigen Verehrern, die ihr vor dem Abkratzen noch schnell ein paar Millionen vermachten. »Ach ja, meine Verehrer«, flötete sie dann und wann, »ich habe ja so viele, ich kann sie gar nicht zählen, und alle brauchen sie mich, tja, was wären die ohne mich, ich bin ja die einzige, die sich überhaupt noch kümmert.«

Die Oma wurde zusehends verdrießlicher. Der Kaffee schmeckte ihr nicht: »Was, das ist Tschibo? Der schmeckt ja sonst ganz anders.« Und die Sahne hatte irgendwie einen Stich bei dem warmen Wetter, aber was wollte sie machen, es war nun mal Verwandtschaft, und da hieß es Augen zu und durch. Im stillen wartete sie nur auf die Gelegenheit, meiner Mutter wieder die Ohren vollzutexten, was der Vater für ein Schwein sei und wie froh sie wäre, ihn endlich unter der Erde zu sehen.

Später sollte er an den Augen operiert werden, und er kam für eine Woche ins Krankenhaus. Und plötzlich war Ball paradox: »Wenn das mit der Operation nicht gutgeht, was wird dann aus mir. Ich fühle mich so einsam hier alleine. Keiner da, mit dem man sprechen kann.«

»Ihr sprecht doch sowieso kaum noch miteinander. Jetzt nutz doch mal die Gelegenheit – immer hast du gesagt, du wolltest von ihm befreit sein, jetzt hast du doch den Idealfall.«

»Ach, Kind, wenn der Vater nun nicht wiederkommt, ich mag gar nicht daran denken. Wenn ihm was passiert, was dann? Jetzt sind wir schon so lange verheiratet, da gewöhnt man sich einfach aneinander. Es war doch mal eine große Liebe, nicht. Das darf man ja nicht vergessen, trotz allem. Und jetzt bin ich so allein.«

Sie zählte die Stunden, bis er wiederkam. Als es soweit war, gurrten sie einen Tag lang herum wie die Turteltauben, dann ging es in verschärfter Tonart weiter. »Jetzt hab ich die Faxen endgültig dicke«, teilte sie meiner Mutter mit, »jetzt laß ich mich scheiden, besser spät als nie.

Besorg mir mal einen guten Anwalt, aber ganz schnell, ich kann es kaum erwarten, bis ich von dem Kerl geschieden bin. Ich halte es keinen Tag länger aus mit dem Schwein.«

»Hör mal, du kannst dich doch nicht mit achtzig Jahren scheiden lassen, was soll das denn, die lachen dich ja aus. Wo willst du überhaupt hin?«

»Wieso? Er soll mir mein Geld ausbezahlen. Ich kriege im Monat achthundert Mark Blindengeld, das hat er sich ja auch noch zur Seite geschafft, das will ich wiederhaben, da hat sich ein schönes Sümmchen angesammelt, das klage ich ein, da kannst du Gift drauf nehmen.«

»Das Geld liegt auf einem gemeinsamen Konto, Mutti, da kannst du jederzeit dran.«

»Kann ich eben nicht. Ich habe die Karte nicht, und überhaupt hat der alles an sich gerissen, die Bankgeschäfte erledigt der doch immer, da soll ich ja möglichst keine Ahnung von haben. Der hortet mein Geld für die Zeit, wenn ich nicht mehr bin, dann kann er mein Geld mit seiner Nutte auf den Kopf hauen.«

»Mutti, er spart, damit ihr im Alter auch noch was habt, ihr könnt doch hundert Jahre alt werden, da soll es euch ja auch noch gut gehen, jetzt beruhige dich doch endlich.«

Sie wollte sich aber nicht beruhigen. »Ich will die Scheidung, und damit basta.«

»Und wohin willst du dann gehen?«

»Ich brauche nicht viel, ich bin anspruchslos. Ich kann mir ein Zimmer nehmen, ich habe noch nie viel gebraucht.«

»So ein Zimmerchen kostet auch Geld.«

»Dann ziehe ich eben zu euch. Das Gästezimmer steht sowieso fast leer. Das Bügelbrett, was da drinsteht, kann genauso gut auf den Balkon, der ist ja überdacht, und das andere Zeug auch, das brauchst du ja sowieso nicht mehr.«

Meine Mutter schwieg entsetzt. Bloß keinen Krach pro-
vozieren. Das hatte ihr gerade noch gefehlt, neben dem
Selbstmordfuzzi noch die verrückte Alte in der Bude.

Bevor es soweit kam, wurde die Oma wieder mal ins
Krankenhaus eingeliefert, wo sie zu neuer Jugend er-
blühte. Die Ärzte waren ja so nett zu ihr, endlich wurde
sie behandelt wie eine Dame, und die Schwestern waren
alle so lieb. Es hagelte Mon-Cherie-Schachteln. »Ich fühle
mich wie neugeboren. Der Herr Doktor hat gesagt, Frau
Liebermann, hat er gesagt, Sie kriege ich auch wieder auf
die Beine, und dann hat er mir über die Wange gestreichelt
und gesagt: ›Für Ihr Alter sind Sie ja noch richtig gut in
Schuß, Sie sehen ja glatt zwanzig Jahre jünger aus, wenn
ich mir die Bemerkung erlauben darf.‹ Stell dir vor, zwanzig Jahre. Na ja, sage ich, Herr Doktor, jetzt wollen Sie
aber eine alte Frau auf den Arm nehmen, nicht? Da sagt er:
›Nein, nein, Frau Liebermann, das ist mein Ernst, und
wenn ich ein paar Jährchen jünger wäre, wer weiß ...‹ Stell
dir vor, das hat er gesagt!« Sie lachte sich kaputt: »Ist das
nicht reizend? Ach, wir haben so einen netten Doktor
hier, das ist der Oberarzt, ja ja, das ist nicht irgendwer.«

»Sehr reizend«, pflichtete meine Mutter bei, »der Vater
läßt dich schön grüßen übrigens, morgen kommt er wieder mit.«

»Ach, der Vater, der Vater!« Sie machte eine wegwer-
fende Handbewegung. »Der kann meinetwegen bleiben,
wo der Pfeffer wächst, den brauche ich hier nicht, der blamiert mich bloß beim Oberarzt. Morgen früh ist wieder
Visite. Bin gespannt, was der Herr Doktor mir wieder zu
sagen hat.«

Der Vater indes vermißte sein Eheweib: »Die Wohnung
ist so leer, jetzt, wo sie weg ist. Warum wird sie denn noch
nicht entlassen? Hat das was Schlimmes zu bedeuten? Wie
lange soll das denn noch dauern? Liegen kann sie zu

Hause auch. Die brauchen da nicht künstlich die Betten zu belegen, so ein Quatsch, rede doch mal mit dem Arzt, ob das denn nötig ist.«

Heimlich nahm er Geld von dem gut gehüteten Sparbuch und ließ in der Küche eine neue Sitzbankecke mit geblümten Polstern einbauen, mit der er sie bei ihrer Rückkehr stolz überraschte. Sie sah sich die Erneuerung an, strich einmal mit der Hand über die Rückenlehne und sagte: »Sieht irgendwie unbequem aus.«

»Probier sie doch mal aus. Wolltest du doch immer haben, eine Sitzbankecke«, sagte er, bewegt von seiner eigenen Großherzigkeit.

»Hmm, doch, recht hübsch«, meinte der Drachen, »jetzt muß ich mich aber erst mal auf die Couch legen, schließlich bin ich ja noch nicht ganz gesund.«

Zehn Jahre später starb sie. Er ging nicht mit zur Beerdigung, weil er Beerdigungen nicht ausstehen konnte. Er besuchte auch nicht ihr Grab. Obwohl Rudi ihm das Klavier wieder in die Wohnung stellte, gab er das Klavierspielen auf. Ein Vierteljahr später war auch er tot.

für das Lehramt mußte ich ein Semester Pädagogik studieren, und um den Schein in Pädagogik zu kriegen,
mußte ich ein Praktikum an einer Schule absolvieren. So
hielten sie einen ständig in Bewegung. Eines Nachmittags
sprach ich an der Schule an meiner Straße vor, ob sie jemanden gebrauchen könnten. Sie konnten immer jemanden gebrauchen. Morgens um acht sollte ich antanzen, was
mir sofort die Laune verdarb. Ausgerechnet am Abend
vorher hatte ich gefressen und getrunken, als sollte am
nächsten Tag der Dritte Weltkrieg ausbrechen. Ich hatte
drei Flaschen Mineralwasser, eine Flasche Cola, eine Tüte
Grapefruitsaft mit drei ausgepreßten Zitronen getrunken,
ohne auch nur einmal aufs Klo zu müssen, und über den
Tag verteilt drei Brötchen, ein Ei, eine große Dose Hüh-
nersuppe, eine Schale Hering in Sahnesauce mit Zwiebeln, eine Riesenportion Leberkäse mit Pfeffersauce und
eine große Dose Kartoffelsalat gegessen, der nach Kleb-
stoff schmeckte, und abends hatte ich mir noch ein Stück
Blauschimmelkäse genehmigt. Ich konnte gar nicht aufhören, zu essen. An einem Tag, an dem ich mir einen
anballerte, aß ich fast nichts und rannte dauernd aufs Klo,
und am Tag darauf überkam mich eine tierische Trink-
und Freßsucht. Mit dem Ergebnis, daß am folgenden Tag
der ganze Körper voller Wasser hing und ich wie eine
traurige Qualle aussah, als hätte ich die ganze Nacht geheult.

In dieser Verfassung stellte ich mich dem desinteressierten Kollegium vor. Abgesehen von dem überflüssigen

Wasser in meinem Balg fühlte ich mich nicht schlecht und hatte wenigstens einen klaren Kopf. Stundenlang hatte ich vor dem Kleiderschrank gestanden, ohne was zu finden, das ich für geeiegnet gehalten hätte. Ich entschied mich für einen langen, bunten Rock und ein T-Shirt, und der Direktor sagte: »Tja, so sehen heute die Praktikantinnen aus. Dann gehen Sie mal in die 8b, die sind heute verwaist, und sehen Sie zu, daß die einigermaßen ruhig sind. Machen Sie irgendwas mit denen, Ihnen wird schon was einfallen.«

Ich hatte ohnehin einen Horror vor der ganzen Geschichte, und *so* selbständig hatte ich mir das nicht vorgestellt. Ich hatte gedacht, ich sitze hinten in der Klasse und döse etwas vor mich hin, während der Pauker wie gewohnt seinen Stoff durchzieht. Tapfer trottete ich davon und suchte die 8b. Vor der Tür blieb ich kurz stehen und holte einmal tief Luft. Dann riß ich die Tür auf, marschierte in die Klasse und sagte: »Grüß Gott. Ich bin die neue Referendarin.« Danach war erstmal Sendepause bei mir. Mir fiel nichts mehr ein. In der Klasse war ein Höllenspaktakel und ein wüstes Durcheinander, und ich trug mal wieder zur Unzeit die Tarnkappe.

Je nachdem, wie oft die Schüler durchgefallen waren, waren sie zwischen fünfzehn und achtzehn Jahre alt, und einige von ihnen sahen aus, als suchte man besser keinen Streit mit ihnen. Die älteren hatten die letzten Reihen für sich reserviert, wo sie Bier tranken und Karten spielten oder in ominöse Verhandlungen verstrickt waren, weiter vorne wurde geschrien und mit Taschen um sich geworfen, die Mädchen erzählten sich etwas extrem Wichtiges, dessen Mitteilung keinen Aufschub duldete, und höchstens zwei oder drei beschäftigten sich mit etwas, das auf den ersten Blick einem Schulbuch oder einem Schreibeft ähnelte.

Daß sie mich ernsthaft ignorierten, machte mich auf der

Stelle stocksauer. Ich fing an, herumzubrüllen, daß sie mit der Vorstellung aufhören könnten, wir seien hier nicht in einer Kneipe, und was sie überhaupt glaubten, wo sie hier seien und ob sie vielleicht was aufs Maul brauchten. Eine pädagogisch wertvolle Lektion war das zwar nicht, aber immerhin merkte einer irritiert auf: »Was will *sie* denn, ey, wer issn des überhaupt, ey.« Und sein Kumpel, der gerade ein gutes Blatt zu haben schien, antwortete, ohne aufzublicken: »Des woiß i ned. Mach weida jetzt.« Dann sprach mich einer direkt an: »Was wuistn du, hä? Bist du die neie Bragdigondin, hä?« Und die Kumpels um ihn herum lachten dreckig, als hätte er einen schweinischen Witz gemacht. Ich lief durch die Gänge, wie es unsere Lehrer früher auch gemacht hatten und spuckte Gift und Galle, was das hier für ein Scheißverein sei, und am besten wäre es wahrscheinlich, wenn sie alle nach Hause gingen und irgendwo als Hilfsarbeiter anfingen. Vielleicht hätte man zu Hause aber auch nur vergessen, ihnen mal was aufs Zifferblatt zu geben. Da wurde es etwas ruhiger. Etwa die Hälfte der Rabauken nahm mich mit sparsam aufleuchtendem Respekt zur Kenntnis. Dafür rebellierten jetzt die Mädchen in den vorderen Bänken: »Lassen Sie uns doch in Ruhe, wir lernen ja schon, was wollen Sie überhaupt von uns, wir haben hier unsere Arbeit zu korrigieren.«

Die Jungs guckten jetzt einfältig zu mir her, als erwarteten sie von mir ein exklusives Unterhaltungsprogramm. »Wo seid ihr denn in den letzten Stunde stehengeblieben?« fragte ich und bekam sogar eine Antwort. Sie lasen gerade Goethe, wie süß, und ich sagte, da würden wir jetzt weitermachen. Einige kramten unwillig ihr Buch heraus und knallten es unter Flüchen auf den Tisch. Der harte Kern der biertrinkenden Spieler jedoch ließ sich überhaupt nicht stören, und jedesmal, wenn es im Spielverlauf einen Höhepunkt gab, schrien sie auf wie von der Tarantel gestochen und grölten, als müßten sie in Regensburg Gehör finden.

Auf einmal stand einer der Jungs, der etwa auf mittlerer Höhe saß, auf, drehte sich nach hinten und sagte laut: »Jetzt führts euch doch neda so auf, des bringts doch ned. Sie macht ja auch nur ihren Job, des is doch a Schmarrn so.« Und zu mir sagte er: »Lassen S' Eahna von dene nix gfalln.«

Augenblicklich wurde es still. Nicht so still, daß man die berühmte Stecknadel hätte fallen hören können, aber ziemlich still. Die Kartenspieler kramten in ihren Taschen, und der Rest schlug die Bücher auf. Ich war wie vom Donner gerührt. Wer war denn dieser Wahlverwandte, der mich rettete aus tiefer Not? Ich ließ sie eine Kurzfassung des nächsten Kapitels schreiben, das ich ihnen erst einmal vorlas. Zwischendurch warf ich dem Tasso-Egmont von Berlichingen neugierige Blicke zu. Vor lauter Dankbarkeit hätte ich ihn am liebsten adoptiert.

Der junge Mann hieß Mario, was den Verdacht nahelegte, daß seine Ahnen aus dem Land stammten, in dem die Zitronen blühen, und bevor ich mich als verzauberte Mignon ganz dem Wahnsinn ergab, bemerkte ich noch rechtzeitig, daß er das ganze Gesicht voller dicker roter Pickel hatte, es waren schon beinahe Beulen, eine neben den anderen. Hatte Goethe eigentlich Pickel gehabt?

Nach dem Vorlesen gab ich ihnen noch einige Hinweise für die Zusammenfassung und latschte dann die Gänge auf und ab. Im Klassenzimmer herrschte die Ruhe vergeblichen Brütens. Auf einmal flog die Tür auf, und der Direktor stand im Rahmen. Verdutzt spähte er in den Raum und sagte dann zu mir: »Oh, Verzeihung, Frau Kollegin, ich dachte, der Raum wäre leer.« Hinterher erfuhr ich, daß die 8b der Schrecken der gesamten Lehrerschaft war und sie nie geglaubt hätten, daß ich das mit denen packen würde, und als die Klasse so mucksmäuschenstill war, hatte der Direktor gedacht, wir wären einfach abgehauen.

Ich überlegte, wie ich Mario was Gutes tun könnte, aber mir fiel nichts ein. Dann war die Stunde schon vorbei. Wie man mir erzählte, hatte sich der Klassenlehrer der 8b nervenkrank in psychiatrische Behandlung begeben, und auf so eine Dumme wie mich hatten sie gerade gewartet, die ihnen den Sauhaufen ruhigstellte. Mittags sah ich sie rauchend an ihren schweren Maschinen stehen, die vor der Schule parkten. Im Dunkeln wäre ich ihnen lieber nicht begegnet.

Am nächsten Tag war ich gleich wieder dran. In der Stunde vorher hatten sie eine Englischarbeit geschrieben und waren zum Teil ziemlich aus dem Häuschen, was sie falsch und richtig hätten. Sie waren im Musiksaal untergebracht und diskutierten heftig, als ich hereinkam.

»Setzt euch!« dröhnte ich. Die meisten setzten sich, wenn auch in Zeitlupe. Nach einigen Minuten saßen alle bis auf einen. Der wollte mich fertigmachen. »Du bist auch gemeint«, wandte ich mich an ihn. Er stellte sich taub. Vor sich auf dem Tisch hatte er seine Schultasche stehen. Die packte er in großer Gemütlichkeit komplett aus und dann wieder ein. »Jetzt setz dich endlich auf deinen verdammten Arsch!« Schwaches Gelächter. Der Typ nahm keine Notiz von mir. Er packte die Tasche wieder aus wie ein Geisteskranker. Mario ließ mich diesmal im Stich, weil er ebenfalls in eine lebhafte Diskussion über die Englischarbeit verstrickt war.

Vorne saß ein kleiner Typ mit Brille, den ich als Streber einschätzte. Er pinselte fleißig sein Heft voll. Den sprach ich an: »Sag mal, wie heißt eigentlich dein Kumpel da?« Er blickte kurz hoch, gab Auskunft und pinselte dann konzentriert weiter. Ich nahm einen Zettel und schrieb mir den Namen auf. Plötzlich waren sie alle hellwach: »Was schreiben S' denn den Martin auf, wozu issn des guad, hä?«

»Der Herr Direktor hat mich gebeten, ihm die Stören-friede alle aufzuschreiben«, log ich. Ein Protestgeheul ging los: »Soa Schweinerei, des is ja e Sauerei is des, mir wern dem Martin scho helfa, des mochd der mit uns ned.« Der Taschenpacker saß jetzt jedenfalls. Allmählich be-ruhigten sie sich und stellten mir Fragen zu ihrer Englisch-arbeit, und ich war froh über meine brauchbaren Eng-lischkenntnisse. Ich schrieb ihnen die fraglichen Wörter an die Tafel, und sie rechneten sich ihre Benotung aus. Die Sonne blinzelte freundlich in den verstaubten Saal, und ich spielte mit dem Gedanken, auf dem Klavier herumzu-klimpern, aber leider war ich total aus der Übung. »Kann jemand von euch Klavier spielen?«

»Der Mario!« Marios Beulen leuchteten rotviolett. Er weigerte sich. »Los, Mario, jetz spuist uns wos, geh weida.« »Komm, du spielst doch so schön, bitte, Mario.«

Dem armen Kerl blieb nichts anderes übrig, als nach vorne zu schleichen, wo er sich vor lauter Verlegenheit fast neben den Hocker setzte, dann aber beherzt in die Tasten griff und für gute Stimmung sorgte. Wieder ging die Tür auf, und der Direx starrte auf die Szenerie. Nach einer Se-kunde war die Tür wieder zu. Schon war die Stunde wie-der zu Ende. Einige wollten wissen, was jetzt mit dem Zettel geschähe. Den hatte ich ganz vergessen. Ich nahm ihn aus der Tasche und zerriß ihn. Zustimmendes Geheul brach los: »Spitze, ey, ssupa, Sie san scho okay.« Ich be-dachte Mario mit Herzchenblicken.

Einmal wiesen sie mir die 4a zu. Das war eine neue Her-ausforderung. Daß ich die 8b einigermaßen im Sack hatte, hieß noch lange nicht, daß mir das bei der 4a auch gelingen würde. Ich riß in bewährter Manier die Tür auf, schoß in die Klasse und setzte gerade zu einem Riesengebrüll an, als etwa vierzig kleine Mädchen aus den Bänken schnellten und im Chor »Grüß Gott, Frau Lehrerin« zirpten. Vierzig Gesichtchen blickten mich erwartungsfroh an. »Na ... dann setzt euch mal«, sagte ich lahm, »wo seid ihr denn letztesmal stehen geblieben?« So plötzlich konnte ich meinen Adrenalinspiegel nicht senken. Mit hellem Stimmchen berichtete eines der Engelchen, daß ihre liebe Lehrerin krankgeworden sei, was ihnen allen so leidtäte, aber ich sei auch sehr nett. Da kamen mir fast die Tränen, und minutenlang regte sich in mir der Wunsch, selbst ein Dutzend solcher Lämmchen in die Welt zu setzen. In Erinnerung an die 8b verflog diese Anwandlung allerdings rasch wieder.

Einige Jungs aus der 8b hatten mich richtig ins Herz geschlossen und trugen mir sogar die Bücher. Wenn ich durch die Gänge lief, trabte immer ein kleiner Fanclub neben und hinter mir her, ich kam mir vor wie ein Popstar. Der Direx meinte generös: »Sie haben sich ja ganz wacker geschlagen, hätte ich am Anfang gar nicht gedacht, wenn ich mal ehrlich bin. Und was meinen Sie, ist der Beruf nun was für Sie?«

»Och, warum nicht?« sagte ich link, »wenn die alle so nett sind wie die 8b – dann könnte das schon was für mich sein.« Er guckte etwas schief. »Man muß sich halt durchsetzen können«, sagte er dann, »wer das nicht kann, ist arm dran. Dann machen die einen gnadenlos fertig, das kann ich Ihnen sagen. Da kriegt es mancher an den Nerven. Und wenn denen was nicht schmeckt, kommen die heute mit dem Anwalt daher. Das ist nicht mehr wie zu unseren Zeiten.«

»Ja, auf die Idee mit dem Anwalt wären wir damals leider nicht gekommen«, sagte ich, »den hätte ich manchmal gut gebrauchen können.« Der Direx nahm das als Witz und bedauerte, daß mein Praktikum nun zu Ende sei:

»Der Kollege von der 8b kommt nämlich nicht wieder, wie ich das so sehe, der hat das psychisch nicht verkraftet. Und Ersatz bekommen wir auch nicht. Böse Situation.« Da konnten einem die Mistviecher aus der 8b ja richtig leidtun, immer nur hin- und hergeschoben und immer nur Aushilfslehrer – was sollte aus denen noch werden? Adieu, Mario, adieu, 8b.

Als ich Monate später mit Alois am Chinesischen Turm saß, kamen einige der ehemaligen Schüler aus der 8b auf mich zu: »Gehn S', woarn Sie nedemol Bragdigondin bei uns? Jo, freile woarn Sie des. Mir sitzn do drühm, wollens Eahna ned zu uns hogga?« Ich lehnte dankend ab, und Alois meinte: »Da hast du ja richtig Eindruck gemacht bei den kleinen Jungs. Ist gut fürs Selbstbewußtsein, was?«

»Brauchst gar nicht zu lästern. Da war einer, der Mario, wenn der nicht gewesen wäre, also, der hat mir echt geholfen, und Klavier spielen konnte er auch. Ein richtig sensibles Kerlchen, genau wie du. Was aus dem wohl mal wird.«

»Na, was schon. Angestellter im öffentlichen Dienst wird er werden oder Automechaniker.«

Schade drum.

bestanden hatte, ging ich dazu über, das, was ich zusätzlich zum Stipendium brauchte, mit erotischer Dienstleistung zu verdienen. Das war nicht schwer, weil man
nachts in Schwabing ohnehin öfter angesprochen wurde,
ob man nicht Lust hätte auf einen Fick. Wenn ich unterwegs war zum »Stop-In«, fuhren manche Autos langsam
neben mir her, aber das Einsteigen war mir zu riskant.
Eines Morgens auf dem Heimweg kam ein junger Typ
hinter mir hergelaufen und fragte, ob ich ihm nicht einen
Gefallen tun könnte, er hätte schon wochenlang nicht
mehr gebumst, und jetzt sei er ein ganz dringender Fall.

»Aber nur mit der Hand«, gab ich herablassend Auskunft.

»In Ordnung«, sagte er schnell. Er war blond und mit
Sommersprossen übersät, der Typ Mann, den meine Oma
immer Lausejunge genannt hatte. Er sah aus, als hätte er
seine letzten Milchzähne noch nicht verloren. Aus seinem
billigen Polyacrylpullover zog ein dünner Streifen Schweiß-
geruch in meine Nase. Wir gingen ein paar Schritte zusammen. Dann sagte er: »Ich habe nicht viel Kohle, ich bin
Student. Ob ich es wohl etwas billiger kriegen könnte?« Na
super, mein erster Kunde und gleich klamm.

»Wieviel hast du denn?«

»Fünfundneunzig, fünf Mark habe ich vorhin schon
ausgegeben, dummerweise, ich hatte so 'n Kohldampf.«

»Beides kann man eben nicht haben«, quälte ich ihn
und legte einen Schritt zu, »hat es denn wenigstens ge-
schmeckt?« Er folgte mir auf den Fersen.

»Geht so. Hot-dog habe ich gehabt, da ist ja auch mehr Brötchen dran als Wurst, dazu 'ne Cola, da ist das Moos schon weg.«

»Wo ißt du denn sonst?«

»Ich? In der Mensa meistens, die hat ja abends zu. Warum? Wolltest du mich einladen?«

»Noch so'n Spruch, und du kannst es dir selbst besorgen. Also, meinetwegen, fünfundneunzig sind gebongt. Wir machen es bei mir im Hausflur unten vor den Kellern, und daß du mir leise bist dabei.«

»Töne kann man nur von sich geben, wenn man den vollen Preis bezahlt, oder?«

»Halt jetzt mal endlich die Schnauze.«

Ich führte ihn ins Kellergeschoß und stellte ihn an die Wand: »Erst die Kohle.« Er war willig wie ein Lamm. Als das Flurlicht wieder ausging, machte er die Hose auf, und ich holte ihm zügig einen runter. Er war ruckzuck fertig. »Danke schön auch«, sagte er artig, »wenn ich mehr Kohle hätte, könnte ich ja mal wiederkommen. Oder gibt's Rabatt, wenn man öfter kommt?« Auf solch kaufmännische Detailfragen war ich noch gar nicht vorbereitet. Der erste Kunde und gleich ein potentieller Stammfreier, Mann, ich mußte ja richtig gut gewesen sein.

»Wieviel kannst du denn im Monat erübrigen?«

»Viel nicht, ich kriege ja nur Stipendium.«

»Ja, sag mal, und da willst du mit mir über Rabatt verhandeln? Von dem Stipendium kannst du doch nicht leben und nicht sterben. Ich glaube, du tickst nicht richtig. Du kennst wohl die Preise nicht. Was meinst du denn, wen du vor dir hast, 'ne Fünf-Mark-fuffzig-Nutte?«

»Fragen kann man ja mal«, meinte er, »ich habe gedacht, vielleicht bin ich dir sympathisch.«

»Nee, Junge«, sagte ich abgebrüht, als sei ich schon Jahre im Geschäft, »um Sympathie geht es nicht in diesem

Job, so leid es mir tut. Das einzige, was zählt, ist die Kohle, und die hast du nicht.«

»Scheiße«, sagte er, »dann muß ich mir eben öfter einen runterholen. Trotzdem vielen Dank.«

Das nächste Angebot war etwas ausgefallener. Ich war auf dem Weg ins »Cosi«, wurde aber von einer randvollen Blase gequält, weswegen ich mich in einen Hauseingang verdrückte. Dabei bekam ich Gesellschaft von einem Aufreißer der gehobeneren Kategorie. Mit teilnahmslosem Blick stand der junge, gutgekleidete Typ etwa drei Meter von mir entfernt und wartete geduldig auf das Ende meiner Verrichtung. »Hau ab!« rief ich. »Kann man hier nicht mal in Ruhe pinkeln? Das ist ja wohl das letzte, 'ner Frau beim Pinkeln zuzusehen. Geht dir da einer fliegen oder was?«

Der Typ ließ sich nicht beirren. Er beobachtete, wie ich mir die Hose wieder hochzog und griesgrämig aus dem Schatten trat. Gerade wollte ich die nächste Tirade loslassen, da sagte er in geschäftlichem Ton: »Ich suche eine Frau, die sich die Füße küssen lassen will. Ein leichter Job, kein Bumsen, kein Küssen, nichts. Nur die Füße zeigen.«

»Was ist los? Ich versteh nur Bahnhof.«

»Du brauchst dir nur die Füße küssen zu lassen, ist überhaupt nichts dabei. Strümpfe ausziehen, Platz nehmen und basta.«

»Sag mal, hast du das nötig, so einen Schmarrn? Kannst du nicht bumsen oder was soll das? Du bist ja noch nicht mal dreißig und dann schon so daneben?«

»Das ist doch nicht für mich, mein Gott, das ist für jemanden in Bogenhausen, Name spielt keine Rolle. Ein berühmter Mann, na ja, du wirst ihn vielleicht nicht kennen.«

»Ich bin zu doof, meinst du wohl.«

»Nee, das nicht, aber der ist nicht mehr deine Generation, schon ein bißchen älter.«

»Ja, wie alt denn, achtzig oder neunzig?«

»So alt auch wieder nicht. Vielleicht kennst du ihn ja auch, guck ihn dir halt an, dann siehst du schon. Sieht gut aus, ein vornehmer Typ, der reißt sich sein Material nicht selber auf, für die Akquisition bin ich zuständig.«

»Klingt nobel. Und ich soll jetzt mit dir im Wagen nach Bogenhausen fahren.«

»Genau. Ist doch nichts dabei. Ich würde es am liebsten selber machen, aber das geht ja leider nicht. Eine supersaubere Sache, leicht verdientes Geld, und wenn du sein Typ bist, kannst du regelmäßig kommen. Wo gibt's denn das, daß man fürs Füßeküssen auch noch bezahlt wird? Ehrlich, Frau müßte man sein, ihr wißt gar nicht, wie leicht ihr es habt im Leben.«

»Ach, weißt du ... so ein Wahnsinnstraumjob ist das auch wieder nicht. Bogenhausen ist mir auch ein bißchen zu weit im Moment. Wirst schon eine andere finden. Ich hab's im Moment nicht so nötig.«

Mir war der Vogel nicht geheuer. Seine Story war zwar zu ausgefallen, um nicht wahr zu sein, aber Vorsicht ist die Mutter der Porzellankiste. Augenblicklich ließ er die freundliche Maske fallen: »Ihr seid echt beknackt, ihr blöden Fotzen, jetzt kann ich bei 'ner anderen Tussi wieder von vorne anfangen zu labern, und der Alte wartet schon seit zwei Stunden, ist ja nicht zu fassen. Dann sag doch gleich, daß du zu blöd bist, dann spare ich mir die Zeit, so eine Scheiße, so eine verfickte Scheiße. Mann, sind die Weiber blöde, soviel Dummheit in einem einzigen Gehirn. Möchte wisssen, wozu ihr überhaupt eins habt, wenn ihr's nicht benutzt, Scheißweiber, elende.«

Im »Cosi« hatte ich seit einiger Zeit einen dicken Mann beobachtet, der stumm an einem kleinen Wandtisch zu stehen pflegte und ein Bier nach dem anderen kippte. Er war mir aufgefallen, da er in der Nähe des Ausschanks stand, und jedesmal, wenn ich mir was zu trinken holte, folgten mir seine ausdruckslosen Blicke, aber er sagte nichts. Nach einiger Zeit wurden die Blicke etwas lebhafter und noch etwas später einladend.

»Na, Dicker«, sprach ich ihn an, »was stehst du denn jeden Abend hier herum? Mußt du morgens nicht zur Arbeit?«

»Ich bin Kellner«, sagte er, »willst du ein Bier?«

Ein Bier konnte nie schaden. Ich blieb ein paar Minuten bei ihm stehen und zog dann weiter. Hinter der Säule, an der er stand, führten zwei Stufen zu einer tieferliegenden Rundbar. Dort hielt der Regisseur Faßbinder Hof. Faßbinder war schwul oder jedenfalls überwiegend schwul und für seine künstlerisch wertvollen Filme überregional bekannt. Um sich herum hatte er immer einen Troß hoffnungsvoller Stricher oder schwuler Komparsen, von denen er gelegentlich einen in einem seiner Filme unterbrachte. Vielleicht versprach er ihnen das auch nur, ich weiß es nicht. Das Auffälligste an dem Mann war seine Ungepflegtheit, aber trotz der pechschwarzen Fingernägel und des braunen Gebisses wedelten die Stricher um ihn herum, als sei er Sean Connery pesönlich. Auch Schauspieler waren da. Denen, die schon einmal irgendwo mitgespielt hatten, tropfte die Blasiertheit aus jeder einzelnen Pore.

In eine dieser Knallchargen war Robert unsterblich verliebt. Robert war eine zwei Meter große Schwuchtel, die mich gut leiden konnte, weil ich die einzige war, die sich für seine Schwärmereien Zeit nahm. Robert lag mir gerne stundenlang in den Ohren, wie verliebt er sei in irgend so einen Saftheini, der mal in einem amerikanischen Film mitgespielt hatte, und ob ich diesen Ausschnitt aus dem Film nicht noch genau im Gedächtnis hätte, wo der Typ aus dem Badezimmer gekommen sei mit einem Handtuch untenrum und sich dann langsam angezogen hätte, und die Musik sei so toll gewesen, zum Niederknien, und diese Musik, die müßte er sich auch noch besorgen, wenn er nur wüßte, von wem die sei, jedenfalls hätte der Saftheini sich dann umgedreht zu dem Hauptdarsteller und ihm einen Blick zugeworfen, also einen Blick, den konnte man gar nicht beschreiben, so voller vornehmer Verletzlichkeit, einfach unglaublich, dieser Blick, also, der brachte Robert glatt um den Verstand.

Ich warf dem Saftheini einen prüfenden Blick zu, obwohl Robert immer quiekte: »Nicht hinsehen, nicht hinsehen, ich hab doch gesagt, du sollst nicht hinsehen!«, und konnte von vornehmer Verletzlichkeit nicht die Spur entdecken. Er schob gerade wieder aufs Klo ab, nachdem ein kleiner Typ mit O-Beinen und blondgebleichtem Haar vorausgegangen war. Die mußten hier einen Geheimcode haben, mit dem sie sich untereinander verständigten.

»Geh doch hinterher«, munterte ich Robert auf, aber das war für ihn undenkbar: »Huuch, so aufdringlich, nein, das könnte ich nicht, das ist mir viel zu plump. So ein edler Mensch, und ich ihm dann einfach auf die Toilette folgen, niemals.«

»Mit dem kleinen Blonden schiebt er doch jetzt auch 'ne Nummer, oder nicht?«

»Das verstehst du nicht. Ich will ja keine Nummer mit ihm, ich will ja, daß der sich in mich verliebt. Das ist doch eine völlig andere Liga. Wo isser denn jetzt? Du mit deinen blöden Einwänden, jetzt habe ich die Klotür ganz aus den Augen verloren. Wo bleibt der denn? Oder ist der schon raus? Hast du ihn gesehen? So lange können die doch nicht rummachen, Kruzifix aber auch. Hach, daß da nicht mal einer nachsehen kann!«

Endlich kam der blonde Knirps wieder rausmarschiert, kurz darauf schlenderte der Schauspieler in Roberts Blickfeld und schob sich eine Zigarette in sein Pokerface. Durch den Qualm seiner Zigarette warf er Robert einen völlig nichtssagenden Blick zu, der diesen fast in Ekstase versetzte: » Er hat mich angeguckt, hast du gesehen? Der hat mich angeguckt, stimmt doch, oder? Der muß doch ein Interesse haben an mir, wenn er mich anguckt. Sag doch! Meinst du, der hat Interesse an mir?«

»Kann schon sein.«

»Ich werde wahnsinnig, ich dreh komplett durch. Ich könnte heulen, heulen könnte ich. Dieser Mensch, dieser schöne Mensch, und guckt mich an. Ich könnte auf die Knie fallen vor dieser überirdischen Schönheit, vor dieser Haltung…«

Am einfachsten wäre es gewesen, er hätte sich mit Alois zusammengetan. Der erzählte mir original denselben Schmarrn von »Haltung«, »Würde« und »Verletzlichkeit«. Alois nannte das »Noblesse«, das könne man nicht lernen, das hatte man oder nicht. Robert meinte bestimmt dasselbe. Ich hätte die beiden sofort miteinander verkuppelt, aber wie sich herausstellte, hatten sie vor einigen Jahren bereits eine Nacht miteinander verbacht, über die sie beide kein Wort verlieren wollten. Wahrscheinlich hatte Robert Mahler nicht gekannt, oder Alois hatte sich nicht in den Arsch ficken lassen wollen, oder beide waren zum Ficken zu vornehm, was weiß ich.

Eines Nachts, es war gerade Faschingszeit, ging ich aufs Klo, um meine linke Kontaktlinse heraus zu nehmen, die sich schmerzhaft am Augapfel angesaugt hatte, als drei Weiber, auf dem einzigen wackligen Tisch sitzend, in ein

Riesengekreische ausbrachen: »Mausi, Mausi, ja, grüß dich, da bist du ja, gell, da schaugst!«

Ich erschrak fast zu Tode. Was bedeutete dieser ungewohnte Lärm in der gesitteten Damentoilette? Die drei Weiber waren wildgeschminkt mit abenteuerlichen Perücken, riesigen Zigeunerkreolen und falschen Schönheitsflecken, trugen High-Heels mit Riemchen und jede Menge Rüschen und Spitzenvolants, und eine davon rief: »Erkennst du mich denn nicht? Mei, Mausi, ich bin's doch, der Robert!«

»Was macht ihr denn im Weiberklo?«

Mit den Pumps war er mindestens zwei Meter fünfzehn.

»Ja, *sie* jetzt wieder. San mir vielleicht keine Weiber? Du bist scho guat!«

Ihn auch noch auf dem Weiberklo zu treffen, war mir etwas zuviel des Guten. Er saß dort mit seinen zwei Kumpels in knallrot und türkis und soff sich herrlich einen an. An seinen Augen lösten sich die falschen Wimpern und bogen sich aufwärts wie sterbende Insekten, und hinter dem Lippenstift, dickverschmiert wie Ketchup, wirkte das Gebiß wie zerbombtes Stadtgemäuer. Die Möglichkeit, sich jährlich einmal kostümiert als Frauen auf dem Weiberklo herumzutreiben, kosteten die drei morschen Schönheiten aus, bis der Laden dicht machte.

Ich ging erstmal den dicken Kellner begrüßen, der mir sofort einen ausgab. »Wenn du immer nur hier herumstehst, lernst du nie eine Frau kennen«, sagte ich, »du muß mal richtig reingehen in den Laden, wo die Leute sind.«

»Wieso, dich habe ich doch auch kennengelernt.«

»Das nutzt dir doch nichts.«

»Kann man nie wissen.«

Drinnen knutschte ich mit einem hübschen Jungen, der

eigentlich zu jung war für meinen Geschmack. Ich fand ihn langweilig. Ich hatte heute Hummeln im Arsch, außerdem war mir gerade eingefallen, daß ich abgebrannt war. Ich ging wieder an dem Dicken vorbei: »Für 'n Blauen mache ich dir's mit der Hand.«

Kaum war ich mit dem Dicken auf der Straße, kam der Hübsche hinter uns her: »Bezahlen kann ich auch.«

»Schleich dich, siehst du nicht, daß du hier überflüssig bist?« raunzte der Dicke, und ich sagte: »Du hast mir doch eben schon einen Wein bezahlt von dem Hunderter. Da kriegst du doch keinen Blauen mehr zusammen. Und außerdem: So 'n hübsches Kerlchen wie du bezahlt doch nicht, Mensch, du mußt dich auch ein bißchen an die Gebräuche halten.«

Betrübt blieb er zurück. Vor einigen Jahren noch hätte ich mich in ihn verlieben können, und heute bot er mir Geld an. Er konnte ja nicht wissen, daß es nichts dafür gab, weil mir war inzwischen eine bequemere Variante eingefallen, den Männern das Geld aus der Tasche zu ziehen. In einer Toreinfahrt blieben wir stehen, und der Dicke nestelte an seiner Hose herum. Ich sagte profimäßig: »Erst die Kohle.« Das Geld in der Tasche wartete ich auf den Moment, wo er die Hose so weit heruntergelassen hatte, daß sie ihm in den Kniekehlen hing, dann schoß ich wie eine Rakete zum Taxistand und dampfte ab. Wir fuhren direkt an ihm vorbei. Er stand immer noch regungslos mit der heruntergelassenen Hose in der Toreinfahrt und wartete auf bessere Zeiten. Ich hoffte, ihn nicht so schnell wiederzusehen.

Schon vier Tage später stand er wieder an seinem Stammplatz. Ich war etwas besorgt, ob er Theater machen würde, mir eine scheuern oder die Polizei holen oder sonst was, aber er fragte einfach nur wie immer: »Willste 'n Bier?«

Verlegen nahm ich das Glas entgegen: »Biste nicht sauer?«

»Naa«, sagte er bayrisch, »warum denn? Das Leben ist halt so.«

Entschuldigend erläuterte ich: »Weißt du, ich hatte keine Kohle mehr.«

»Ist scho recht«, meinte er, »wenn du ein Bier willst, sag mir nur Bescheid.«

Ich war schwer beeindruckt.

In manchen Nächten konnte ich kein Ende finden. Ich war der Typ, der als letzter Gast auf seinem Barhocker baumelt, wenn schon die Lichter angegangen waren und die Putzfrau mit dem Eimer schepperte. Es war das Gefühl, daß noch nicht genug passiert sei, um den Abend zu beenden. Es war eine gähnende Langeweile in mir. Wie ein hungriger Wolf verschlang ich mit unersättlicher Gier jedes Erlebnis, und wurde und wurde nicht satt. Im Gegenteil, mein Hunger wurde nur noch größer.

Noch auf dem Weg nach Hause hoffte ich, daß irgend jemand das Fenster aufriß und mich zu sich heraufrief, und wenn ich blau genug war, legte ich mich zum Schlafen mitten auf die Straße und hoffte auf einen Verkehrsstau, damit endlich was los wäre. Nach ein, zwei Stunden erwachte ich und torkelte weiter, und wieder war eine langweilige Nacht vorbei. Die Hohenzollernstraße war nämlich nachts gesperrt.

War genug Kohle da, beehrte ich noch ein Frühlokal. Es gab da drei, vier Läden, die auch um fünf Uhr morgens reichlich Publikum fanden. Übriggebliebene, Besoffene und alle, die noch was essen wollten, fanden sich dort zusammen, um vielleicht doch noch was abzustauben nach der durchzechten Nacht. Ich strich durch die Gänge und wartete, meist nicht lange, darauf, angesprochen zu werden.

So landete ich eines Morgens auf den Knien eines freundlichen Zechers, knutschte noch ein wenig herum und ließ mir das Taxi spendieren. Ein paar Tage später trafen wir uns im »Alten Simpl«. Er hatte sich unheimlich in Schale geworfen und war für meinen Geschmack viel zu chic. Nüchtern betrachtet war er nicht mein Fall. Er war ziemlich klein und toupierte seine Haare, er trug einen schnieken, cremefarbenen Anzug und Toreroabsätze, wegen der Größe. Lokale wie den »Simpl« schien er nicht gewohnt zu sein, sonst hätte er sich nicht so aufgedonnert.

Wir landeten im Nebenraum, in dem nie was los war, und hatten uns nicht viel zu sagen. Er war früher Zuhälter gewesen, aber jetzt sei damit Schluß, die Mädels an dem Morgen, die an unserem Tisch gesessen hatten, seien übrigens auch im Gewerbe und hätten gerade ihre Schicht beendet gehabt. In meinem Suff hatte ich gar keine Mädels gesehen. Ich sagte: »Ich habe auch schon mal daran gedacht, auf den Strich zu gehen.«

»Warum das denn? Bist du blöd? Du studierst doch!«

»Na und? Das eine schließt doch das andere nicht aus. Hättest du vielleicht was dagegen?«

»Allerdings«, sagte er, »das finde ich überhaupt nicht gut. Ich bin ja auch jetzt ausgestiegen, damit will ich nichts mehr zu tun haben, das ist Schnee von vorgestern.«

Als er auf meiner Bettkante saß, zog er seinen Stielkamm aus der Westentasche und sortierte seine toupierten Haare, die lagen wie gemalt. »Bumsen willst du nicht?« fragte ich.

»Nein«, sagte er, »dazu bist du mir zu schade.«

In welchem Lore-Roman war ich denn hier gelandet? Er hatte eine Flasche Sekt und eine Schachtel Pralinen mitgebracht und sagte: »Die trinkst du mal alleine und denkst an mich.« Unter einem Zuhälter hatte ich mir auch was anderes vorgestellt.

Wenige Tage später rief er an und sagte: »Ich wollte dir nur mitteilen, ich habe wieder ein paar Pferdchen laufen.«

»Das ist aber schade.«

»Ich weiß. Ich komme da nicht von los. Mach's gut, und vergiß mich nicht.«

Auch unter einer Nutte hatte ich mir was anderes vorgestellt. Sie hieß Lilian und saß mit einem Typen aus der Kunstakademie im »Schariwari«. Der Typ trug einen schwarzen Vollbart und machte mich direkt von der Seite an: »Meinst du, du bist was Besseres, weil du nicht auf den Strich gehst?«

»Habe ich doch gar nicht gesagt.«

»So manche Hure ist zehntausendmal anständiger als ihr sogenannten anständigen Weiber. Ihr könnt mir sowieso gestohlen bleiben mit eurer Anständigkeit, die steht mir bis hier oben.«

Er wollte unbedingt einen ablassen, dabei hatte ich noch kaum einen Ton geredet.

»Die Lilian ist mir am Arsch mehr wert als ihr ganzen anständigen Fotzen im Gesicht«, verkündete er finster und leerte sein Glas.

»Habe ich nichts gegen«, äußerte ich, so fröhlich es ging, »reg dich ab, Alter.«

Er reckte sich über dem leeren Glas, das dabei umfiel und über den Tisch rollte: »Die Lilian ist meine große Liebe, meine ganz große Liebe. Das ist eine Frau zum Anbeten, ich bete diese Frau an, jawohl, dazu stehe ich, ich bin Kerl genug, um dazu zu stehen, daß ich diese Frau anbete, weil sie anbetungswürdig ist.« Bei diesem pathetischen Erguß hatte er versucht, die Augen aufzureißen, aber es reichte nur zu einem schlierigen Blick, und jetzt mußte er sich erst einmal kurz orientieren, von wem überhaupt die Rede gewesen war. Dann hatte er's wieder: »Da bist du ja, geliebtes Weib, komm her an meine grüne

Seite.« Da saß sie bereits die ganze Zeit und äußerte jetzt ironisch: »Nur Geld hast du keins, gell, Alter?«

»Eines Tages habe ich Geld«, fuhr er schlapp hoch und schniefte bekümmert über seiner schwarzen Wolle, »dann kaufe ich dir die ganze Welt. Ein Königreich für eine Hure! Kann man hier noch ein Bier haben in dem Pißladen, oder sind wir hier in der Wüste Gobi?«

Nachdem wir uns eine Weile so nett unterhalten hatten, stellte sich plötzlich heraus, daß Lilian nicht wußte, wo sie übernachten sollte, weil ihr Typ das Schloß ausgewechselt hatte und sie deshalb im Moment nicht in die Wohnung kam. Der Bärtige pennte seinerseits schon bei einem Kumpel, und schwupps, hatte ich Lilian am Hals. Ich hatte noch nie gerne Gäste aufgenommen, schon gar nicht, wenn ich sie nicht kannte. Der Bärtige sagte: »Das ist das Mindeste, was du für sie tun kannst. Es ist eine Ehre, wenn die Lilian bei dir schlafen möchte. Wenn sie überhaupt *möchte*. Ich würde was drum geben, wenn ich ihr diesen Wunsch erfüllen könnte.«

Mir fiel so schnell keine glaubwürdige Ausrede ein. In solchen Situationen war ich immer wie blockiert. Ich war davon ausgegangen, daß der Bärtige und Lilian ein festes Team seien mit gemeinsamer Bleibe, und hatte nicht im Traum damit gerechnet, als Asyl für diese heilige Hure zu dienen. Schüchtern wandte ich ein: »Meine Bude ist nicht aufgeräumt.«

»Ach, bist du auch 'ne Schlampe«, freute sie sich, »ist mir gleich sympathisch.«

Unsympathisch war sie mir auch nicht gerade. Sie war eine noch sehr junge, dunkelhaarige Naturschönheit mit etwas starrem Blick und schlechten Zähnen. »Wenn du willst, nehme ich dich morgen zu meinem Stammplatz mit, ich hab da was an 'ner Autobahnauffahrt, da kannst du richtig absahnen. Bist du schon mal anschaffen gewesen?« Ich verneinte. »Willst du's mal lernen?« Warum nicht. Ein wenig professionelle Nachhilfe konnte nicht schaden.

»Okay«, sagte sie generös, »dafür, daß du mich heute nacht bei dir pennen läßt, bringe ich dir ein paar Tricks bei. Mußt ja nicht wirklich ficken, das machen nur die Anfänger, hältst die Hand vor, ich zeig dir das, die Kerle sind ja kreuzdumm.«

Besoffen wie ich war, fand ich die Idee grandios bis phänomenal. Beim Aufwachen am nächsten Tag war die Euphorie allerdings verflogen. Erstens hatte ich einen Granatenbrand und nichts zu trinken im Haus, und zweitens wäre ich gerne allein gewesen. Aber Lilian war nicht abzuschütteln: »Abgemacht ist abgemacht. Du hast was für mich getan, jetzt bin ich dran. Zieh dich an, drücken gibt's nicht.« Ich staunte über ihre Vitalität. Vielleicht war sie gestern nicht so blau gewesen wie ich. Mir brummte der Schädel, und der Durst brachte mich fast um den Verstand: »Ich muß mir unterwegs unbedingt was zu trinken kaufen.«

»Du hast aber auch dauernd was anderes. Jetzt reiß dich zusammen, sonst wird das nie was mit dir.«

Nachdem wir ein gutes Stück mit der S-Bahn gefahren waren, gingen wir zu Fuß weiter. Ich wurde von Minute zu Minute verdrießlicher: »Also, jetzt brauche ich aber was zu trinken, ich gehe ein vor Durst. Dahinten ist ein Kiosk. Laß uns mal da rübergehen.«

»Jetzt reicht es mir aber bald!« blökte sie mich an. »Du immer mit deinen Extrawürsten. Da kommen wir ja nie an, wenn ich mich darauf einlasse. Du trinkst jetzt nicht und aus die Maus.«

Der autoritäre Tonfall war genau mein Ding: »Wenn ich was trinken will, dann trinke ich was. Und wie lange dauert das denn noch, bis wir da sind. Das ist ja am Arsch der Welt, dein scheiß Stammplatz.«

»Wie redest du denn mit mir, sag mal. Wenn ich gewollt hätte, hätte ich dir heute nacht was in dein Bier getan, du Nebelkrähe, dann hättest du jetzt keine müde Mark mehr. Nur damit du weißt, wen du vor dir hast.«

Öha! War ich mal wieder ein bißchen naiv gewesen. Dankbar hatte ich zu sein. Dankbar und folgsam. Zwei meiner hervorstechendsten Eigenschaften. Ich maulte weiter: »Der Weg ist mir zu weit, Lilian, ehrlich, ich kann nicht mehr, ich brauche was zu trinken.«

In Wahrheit hatte ich Muffensausen. Ich wollte nicht auf den Strich gehen und die hohle Hand machen. So ernst hatte ich es wieder nicht gemeint mit dem bißchen Nebenverdienst. Das Professionelle war mir nicht glamourös genug, das war ein saublöder Knochenjob, und saublöde Knochenjobs hatten seit jeher die Eigenschaft, mich abzutörnen. Beim nächsten Kiosk überquerte ich einfach die Straße und ließ Lilian stehen. Sie keifte mir noch ein paar Flüche hinterher und ging dann alleine weiter. Ich kippte mir eine eiskalte Cola hinter die Binde und kehrte ins Leben zurück. Ich hatte gekniffen und war froh drum.

Allmählich war ich an dem Punkt angekommen, wo mir das Nachtleben keinen Spaß mehr machte. Jede Nacht spielte sich mehr oder weniger dasselbe ab. Manchmal stand ich in der Disco wie eine Fremde im eigenen Wohnzimmer. Es war auch nicht mehr wichtig, ob ich was abschleppte oder nicht, weil sich auch in den Betten mehr oder weniger immer dasselbe abspielte. Sie bestiegen mich, hoppelten auf mir herum und fragten hinterher, wie es war. Und ich dagegen stöhnte und keuchte, als hätte ich einen Hundertmeterlauf hinter mir, und kurz bevor sie kamen, gab ich die Explosionsnummer. Ob einer hektisch rammelte wie ein Kaninchen mit Fluchtpsychose oder gemütlich wie ein übersättigter Stallhase –

in der Summe erschienen sie mir wie ein Heer mißratener Artisten mit stumpfsinnigen Zirkusnummern. Und was für eine Nummer mich erwartete, konnte ich den Kandidaten immer schon vorher an der Nase ablesen: die schmusige Schleichernummer, die eine uteruswarme Mütterlichkeit mit Tittenaperitif erforderte oder neckische Spielchen mit Schampus im Bauchnabel, oder die Minimalistennummer, die sich auf die karge Funktionalität der Geschlechtsorgane beschränkte, oder die harte Nuttennummer, die nur mit einem ordentlichen Schuß Vulgarität abging. Und je älter der Typ, je leerer der Blick und je mehr Kohle auf der Bank desto langatmiger die ganz Geschichte. Konnte ich einen nicht haargenau einordnen, war er mit Sicherheit impotent oder heftig quergestrickt und folglich für meinen Geschmack zu strapaziös. Am lästigsten waren die Impotenten. Der eiserne Wille, wider die Natur einen hochzukriegen, machte sie rasend wie angeschlagene Boxer. Hechelnd vor wütender Anstrengung stießen sie die faulen Schwänze in mich hinein, und wieder und wieder kam die weiche Welle und mit ihr der große Frust, und mit jedem Versuch wurde der Kampf brutaler, rücksichtsloser, verkrampfter, aussichtsloser, und der Frust kannte kein Ende. Ich gab dann und wann ein paar nettgemeinte Bemerkungen von mir, aber wirklich leid taten sie mir nicht.

Wenn Alois keinen Bock zum Ausgehen hatte, traf ich manchmal Lydia. Die Filzläuse, von denen sie hin und wieder heimgesucht wurde, bekämpfte sie, indem sie sich eine Glatze schor. Die Filzläuse waren ihr von unten her quer durch das Gesicht auf die Kopfhaut gekrabbelt. Ich konnte nicht glauben, daß man sie erst bemerkte, wenn sie sich auf dem Kopf bequem eingerichtet hatten, aber sie war angeblich immer so beschäftigt mit ihren Animierjobs und Peepshows, ihren allgemeinen finanziellen Auseinandersetzungen und regelmäßigen Schlägereien, daß sie keine Zeit gehabt hatte, sich darum zu kümmern. Heute hatten sie sie zum Beispiel wegen ihrer Handverletzung, die sie sich beim Plazieren eines Glases im Gesicht eines besonders charmanten Gastes zugezogen hatte, beim Blutspenden abgewiesen.

Zu Beginn des Abends hatte sie noch einen violetten Turban um die Glatze drapiert, und dazu trug sie dicke, goldene Ohrringe wie aus der Wundertüte, aber nach ein paar Bierchen war ihr der Turban lästig, und sie riß das Teil vom Kopf und präsentierte, abrakadabra, ihre glattgeschorene Eichel dem geschockten Publikum. Nach ein paar Minuten der Gewöhnung fanden die Männer das granatenmäßig erotisch und rissen sich um ihre Gunst. Sie stellte sich als Tänzerin vor mit ziemlich hohen Ansprüchen, und tatsächlich tanzte sie in selbstgenähtem Glitteroutfit auf sogenannten »Galas«. Bei genauer Betrachtung handelte es sich um die monatliche Spezialvorstellung für besoffene Bauern, wo sie auf Jaffa-Kisten für die grölende Dorfjugend strippte und sich anschließend auf die eine oder andere Nummer einließ. Sie sah wirklich nicht schlecht aus und hatte schöne, lange Beine, aber leider war sie ständig klamm.

Unsere Verabredungen liefen immer folgendermaßen ab: »Hi, Lydi hier, hast du nicht Lust, heute abend was trinken zu gehen?«

»Du, heute nicht, ich bin noch kaputt von gestern.«

»Mensch, komm doch mit, du Faultier. Zu Hause sterben doch die Leute.«

»Nee, ich habe keine Lust.«

»Zu Hause erlebst du doch nichts, denk dran, morgen bist du nicht mehr so jung wie heute. Komm, zieh dich an, laß dich nicht so hängen, ich hole dich in einer halben Stunde ab.«

»Also gut, in einer Dreiviertelstunde.«

Saß sie dann aufgetakelt wie ein Pfingstochse in meiner Bude, kam die Wahrheit ans Licht: »Hör mal, du kannst mir doch sicher das erste Bier spendieren, nicht, ich bin heute knapp bei Kasse. Oder weißt du was, leih mir zwanzig Mark, dann brauche ich dich nicht dauernd anzubetteln. Das ist für jeden von uns ein Stück Freiheit.«

Am nächsten Tag war dann alles vergessen. Meistens war sie nach so einer Nacht ohnehin tagelang wie vom Erdboden verschluckt und hing irgendwo auf dem Land bei einem verwitweten Bauern ab oder war nach Düsseldorf in eine Peepshow gefahren, wo sie Frischfleisch brauchten. Die Mädchen in den Peepshows wurden regelmäßig ausgewechselt, damit den Säcken nicht vor Monotonie der Schwanz abfiel, und so kam Lydia in Deutschland ganz nett herum. Von dem Geld kaufte sie sich massenhaft Riemchensandaletten im teuersten Geschäft der Stadt, auf denen ich keine zehn Meter weit gekommen wäre. Sie hätte in den Dingern ohne weiteres den Mount Everest bestiegen.

Insgeheim war sie immer noch auf André scharf. Der war samt schwangerer Melina und Dobermann in eine Maisonettewohnung etwa zehn Häuser weiter gezogen. Auch Lydia wohnte nicht weit weg, nämlich am Hohenzollernplatz. Dort teilte sie eine Zweizimmerwohnung mit ihrem schizophrenen Kater, der immer wie unter Strom plötzlich quer durch die Bude schoß und wieder zurück, zack, wieder nach vorne, und zack, wieder zurück und danach völlig geistesabwesend aussah, als sei er vom Balkon gestürzt. Ich fragte mich, was das hysterische Vieh wohl gemacht hätte, wenn André mitsamt Dobermann bei ihr eingezogen wäre, aber der spielte gerade in einem anderen Film. Überraschenderweise gefiel er sich in der Rolle des stolzen Familienvaters und ging sonntags mit

Frau, Kinderwagen und Hund auf der Leopoldstraße spazieren. Fehlte nur noch der Spazierstock mit den silbernen Plaketten. Melina hatte einer gesunden Tochter das Leben geschenkt und davon ein Becken bekommen wie eine Badewanne.

Etwa ein halbes Jahr nach der Geburt hatte André dann die Schnauze voll vom Familienleben und verschwand nach Gomera, was gerade groß in Mode war. Melina brachte die Tochter in einem Hort unter und jobbte als Bedienung im »Capri«, wo ihre Leichenbittermiene den Umsatz explosionsartig steigerte und sie ständig mit den männlichen Gästen im Clinch lag, die sie gern als Arschlöcher titulierte. Die Enttäuschungen mit André und diversen Nachzüglern ähnlichen Geblüts hatten ihr aufs Gemüt geschlagen, und sie hatte fortan nur zwei Gedanken: das Kind und die Moneten. Für andere Themen war in ihrem Gehirn kein Platz mehr. Sie bekam einen stumpfen Blick und hängende Augenlider, und ihr seltenes Lachen hörte sich an wie müdes Gebell.

Die Tochter geriet nach dem Vater. Sie war groß, hellblond, schmal und hübsch, und alles, was Melina sich vom Mund absparte, schob sie dieser Tochter in den Arsch. Das Mädchen erhielt Geigenunterricht, Ballettunterricht und eine Reitbeteiligung und sah mit ihren edlen Klamotten aus wie eine Prinzessin. Wenn sie ihre Mutter mit Andrés hellen Augen anflirtete, konnte die ihr nichts abschlagen. Den Namen André allerdings durfte man in ihrer Gegenwart nicht aussprechen. Sie schrie dann: »Wer ist dieses Arschloch überhaupt? Ich will den Namen nicht mehr hören, ich kenne das Arschloch nicht.«

Wieder von Gomera zurück, wahrscheinlich, weil ihm das Geld ausgegangen war, hatte er sich dann ein paar Monate bei seiner alten Freundin Lydia einquartiert, bis er

eine betuchte Witwe kennenlernte, die mit ihm nach Gomera zurückging. Ob sie den Dobermann mitgenommen
haben, entzieht sich meiner Kenntnis. Melina hatte ihn nie
gemocht. Den Dobermann. Ich lernte dann bald Marcello
kennen und zog kurz darauf nach Waldtrudering.

24. *Wieder ging ein Sommersemester zu Ende.*

Kurz vor Toresschluß hatte ich mich zwei Wochen lang in der Bibliothek verbarrikadiert und alles an Material geplündert, was die anderen übrig gelassen hatten. Das Studieren fiel mir nach wie vor nicht schwer, und da ich immer noch kein Berufsziel hatte, erwog ich ernsthaft die Promotion. Aber es kam anders.

Eines Sonntagnachmittags saß ich bei Lydia auf der schwarzen Cordmatratze am Boden, auf der man jeden Fussel sah, und beobachtete Merlin, den Kater, der wieder wie gehirnamputiert durch die Gegend zischte. Da das Katzenklo wie üblich duftete wie ein Pariser Pissoir im neunzehnten Jahrhundert, strullte das gestörte Vieh verständlicherweise auf den Boden, und auch sonst stand Hygiene nicht auf Lydias Programm, so daß ich gleich wieder gehen wollte, um mich zu Hause einem entspannenden Solo zu widmen, aber Lydia bestand auf Gesellschaft, denn sie erwartete Besuch von einem ihrer verheirateten Versicherungsangestellten mit Anzug, Krawatte und Ehering in der Hosentasche, und ich sollte ihre die Wartezeit verkürzen.

Ich war von der vergangenen Nacht übermüdet. Da hatte ich selbst einen Bürohengst aus Pasing, der mich ständig »Zaubermaus« nannte, nach Hause begleitet, hatte ihn unter den Tisch gesoffen, bis er mit offenem Mund in den plötzlichen Tiefschlaf der Werktätigen fiel, und dann im Flur seine Brieftasche gefilzt. Ich hatte ihm noch was dringelassen für ein gutes Frühstück inklusive Morgenzeitung. Meinem Kosenamen machte ich jedenfalls Ehre.

In Erinnerung an diese Nacht sagte ich zu Lydia: »Sag mal, ist das bei dir auch so: Je mehr ich bumse, desto weniger macht mich das an.«

»Ehrlich gesagt, ich bin schon froh, wenn ich keinen Horrorfilm erlebe. Bei euch sogenannten anständigen Weibern lassen sie die Sau ja nicht so raus wie bei mir. Beklag dich nicht, dir geht es doch Gold.«

»Das kann ja nicht das Kriterium sein, nur keinen Horrorfilm zu erleben. Ich hab mal gehört, daß das Spaß machen soll. Ich meine, alleine – kein Problem. Drei Minuten, und der Fall ist erledigt. Aber hast du Spaß an der Bohrerei? Sag ehrlich? Und hast du denen mal was gesagt?«

»Das kannst du dir schenken, da kriegen die den Schlag ihres Lebens. Ich habe das mal versucht, da guckte der mich an, als hätte ich gesagt, meine erogene Zone sitzt direkt hinter der Bauchspeicheldrüse. Meistens kommen sie einem dann mit der Story, daß die anderen Weiber schon beim Anblick ihres Eumels vor Geilheit in den Teppich beißen.«

»Tun sie ja auch. Ich meine, im Film jedenfalls. Dieses ewige ›Ja,ja‹-Gestöhne und diese Hechelei, dabei steckt der Typ bloß seine Möhre rein, davon kommt nicht mal eine Meersau nach jahrelanger Einzelhaft. Da schreit man doch nicht die ganze Nachbarschaft zusammen.«

»Na ja, aber einfach halbtot rumhängen kannst du auch nicht bringen, das törnt die Kerle ab. Die wollen eben Action, zack-zack, so kennen die das aus Film und Fernsehen. Und ein bißchen Gelenkigkeit kann ja auch nicht schaden, da sparst du das Fitneßstudio. Ich denke immer daran, wie viele Kalorien ich dabei verbrauche, da wirst du ganz von alleine aktiv. Und von der Kohle gehe ich mir am nächsten Tag ein Paar Schuhe kaufen. Ich habe da wieder ein Paar gesehen, die warten nur auf mich. Echtes Schlangenleder in pink, der Wahnsinn pur. Sowas geilt mich auf, da geht mir echt einer ab. Ich glaube, du nimmst dich einfach zu wichtig ... Merlin, jetzt leg dich halt mal dahin, du Depp, sonst kommst du ins Tierheim, bist ja auch nur ein Sack.«

»Was heißt hier wichtig. Ich nehme mich nicht wichtiger als die Kerle sich auch. Wenn man immer nur die Schnauze hält, ist bald halb Deutschland am wichsen, und die andere Hälfte fickt 'ne Gummipuppe.«

»Du hast Sorgen. Was meinst du, was mich das interessiert, ich muß hier nicht die Welt verändern. Sollen sie doch ficken, was sie wollen, meinetwegen können sie ihre Dinger in ein Astloch stecken, Hauptsache, es bleiben ein paar übrig, die mir meine Schuhe finanzieren.«

»Mit dir kann man nicht reden, du denkst immer nur ans Geschäft.«

»An was denn sonst? Du kommst dafür immer daher wie die Heidi von der Alm und glaubst noch an die große Liebe. Für dein Alter auch ein bißchen merkwürdig, findest du nicht? Du solltest mit mir mal in die Bar kommen und dir mal zeigen lassen, wie man die Säcke elegant ausnimmt. Du mußt wieder Spaß kriegen an der Sache. Wenn du dir richtig was kaufen kannst dafür, hast du auch mal wieder ein anderes Thema drauf. Hast doch gute Titten.«

»Wo habe ich denn gute Titten? Du hast wohl einen Knick in der Pupille.«

»Das kann ich besser beurteilen. Guck mal meine, die sind echt Scheiße.« Sie hob ihr T-Shirt hoch. Da hingen die flachen Brüstchen wie zwei kleine türkische Mehlfladen.

»Ich spare auf eine Operation«, sagte sie, »bißchen Silikon, nicht zuviel, dann mache ich auch mehr Umsatz. Die sollten alle mal mit ihrer eigenen Mutter ins Bett steigen, dann würde denen der Tittenwahn bald vergehen. Die haben doch alle nicht lange genug an der Mutterbrust gehangen. Ich sage dir, die Säcke kannst du nur ausnehmen, alles andere ist Gartenlaube. Mensch, ich war drei Tage nicht auf dem Klo. Melvin, komm mal hierher jetzt, du blödes Vieh. Morgen muß ich Verdauung haben, sonst kann ich nicht auftreten mit der prallen Plempe. Das wird mir wieder die Hämorrhoiden aufreißen, halleluja.«

»Als wenn es bei den Puffbauern drauf ankäme.«

»Was heißt hier Puff? Ich arbeite nicht im Puff, ich bin Künstlerin! Oder ist das etwa keine Kunst, was ich mache? Erst mal nachmachen, alte Eule. Immer 'ne große Klappe. Willst du mal meine neue Choreographie sehen?«

Gelenkig rappelte sie sich von der Matratze hoch, verscheuchte den irren Kater und sprang durch die Bude wie die Duse persönlich: »Den Schleier mußt du dir denken, der ist gerade im Wäschekorb. Wenn ich eine Ausbildung gehabt hätte, wäre richtig aus mir was geworden.«

»Wärst du für eine klassische Karriere nicht zu groß gewesen?«

»Die Margot Werner ist auch groß und war Primaballerina. Sag mal, wie spät ist es eigentlich? Der Herbert wollte um neun Uhr hier sein, jetzt ist es gleich zehn. Ein Bier habe ich noch, dann muß der aber da sein.«

Sie nahm die Flasche aus dem Kühlschrank: »Die teilen wir uns. Willst du die Flasche oder das Glas?«

»Ich nehme den Rest aus der Flasche. Aber lange bleibe ich nicht mehr.«

»Ich möchte bloß wissen, wo der scheiß Herbert bleibt. Langsam habe ich die Säcke echt dicke. Ewig machen die sich interessant, dabei geht einem das nur auf den Zahn. Der hat einen Sack bis auf die Knie, mein Fall ist der sowieso nicht, aber verabredet ist verabredet.«

»Vielleicht hat seine Frau Lunte gerochen. Immerhin ist heute Sonntag.«

»Mir hat er gesagt, sie leben getrennt.«

»Sagen die das nicht immer?«

Schweigen. Das Bier war alle. Übergewichtig quälte ich mich vom Boden hoch: »Jetzt gehe ich aber, ich brauche eine Runde Schlaf.« Ich schob mich Richtung Ausgang.

»Scheiße, Mensch, ich glaube, der kommt nicht mehr.« Sie war sauer. Ich konnte ihr nicht helfen. Wenn er sowieso nicht ihr Fall war, war es doch egal.

»Wozu versprechen die was, wenn sie von vornherein wissen, daß sie es nicht halten können? Erkläre mir das mal. Ich verlange doch gar nicht, daß man sich wiedersieht. Meinetwegen braucht man sich überhaupt nicht wiederzusehen. Da sitzt man hier 'rum in voller Montur, und der kommt nicht. Inzwischen könnte man zehn andere aufreißen. Die reinste Zeitverschwendung ist das.«

»Wahrscheinlich meinen sie, das gehört zum guten Ton. Ich verabrede mich sowieso nicht mehr. Am nächsten Tag ist alles anders. Da willst du nicht mehr an die Nacht erinnert werden, und der Typ, der da vor der Tür steht, ist der Müllmann.«

»Ich glaube, ich weiß auch nicht mehr genau, wie der aussah. Ich glaube, er war sowieso zu alt. So ein Bürohengst mit Alibifamilie, bläst sich auf, indem er im Büro den dicken Max markiert. Schiebt seinen platten Arsch auf dem Bürostuhl hin und her, bis ihm einer steht, und dann bimmelt er nach der Tippse fürs Steno und geilt sich an seinem eigenen Geschwafel auf.«

»Steno gibt's doch heute kaum noch.«

»Nicht? Was denn sonst?«

»Die quatschen kleine Bänder voll mit ihrem Schrott, und die Sekretärin stopft sich Stöpsel in die Ohren und schreibt nach Gehör. Manche machen das den ganzen Tag, Woche für Woche, Jahr für Jahr, und die einzige Abwechslung ist, wenn das Telefon klingelt oder wenn sie zum Kopierer wackeln. Kein Wunder, daß die sich pausenlos in ihre Chefs verknallen. Aus lauter Langweile.«

»Kann man verstehen.«

»Ich jobbe doch dauernd in solchen Büros. Was Öderes gibt es kaum. Den ganzen Tag Papier hin- und herschieben. Da stehe ich noch lieber hinterm Tresen und schenke Bier aus, das hat wenigstens noch einen Sinn.«

»Ich dachte immer, Sekretärin, das wäre was Gehobenes. Die können einem ja richtig leid tun. Den ganzen Tag das Gesülze tippen, das irgend so ein Wichtigtuer absondert, das muß ja die Hölle sein.«

Erschüttert puderte sie ihre Nase nach. »Übrigens, ich hätte auch fast Abitur gemacht. Ein Jahr vorher bin ich abgegangen. Weißt du, warum?«

Ich verneinte etwas genervt. Schließlich stand ich schon seit über fünf Minuten an der Tür.

»Da habe ich ein Kind gekriegt. Ja, da staunst du, was? Lydi ist Mutter. Mit siebzehn. Das war schon fast ein Skandal. Aber das Kind auch noch schwarz – das war der unverdünnte Albtraum für meine Eltern. Jetzt lebt er bei meiner Mutter, und sie haben sich allmählich daran gewöhnt. Oder sagen wir mal, es blieb ihnen ja nichts anderes übrig, hähä. Derrick habe ich ihn genannt.«

»Wie originell.«

»Doch nicht nach dem Krimi, Mensch. Der Vater hieß so. Ein Ami war das und mein allererster Fick. Hat mich gleich ausgeknockt, der schwarze Hengst. Bis ich das geschnallt habe, war ich im fünften Monat. Hör mal, steh doch nicht so ungemütlich da herum, bleib doch noch, ich könnte uns was zu trinken besorgen.«

»Mann, es ist gleich Mitternacht. Da hätten wir ja genauso gut ins ›Cosi‹ gehen können.«

»Au ja, super Idee. Gehen wir ins ›Cosi‹. Hast du zufällig ein paar Mark übrig?«

Und so kam es, daß ich mich doch noch todmüde ins »Cosi« schleppte, wo Lydia nach fünf Minuten einem Klon von Herbert oder Detlef oder Wolfgang um den Hals hing und sich wie Bolle amüsierte und sich ständig die Hand vor die Zahnlücke hielt, was bald überflüssig war, da der Typ sie fixierte wie ein Verhungernder eine knusprige Schweinshaxe plus Knödel und Salat

Beim Hereinkommen war mir ein Typ ins Auge gefallen, der so auffällig suchend durch die Gänge gestrichen war, daß er in seinem übertriebenen Eifer meine aufgeputzte Wenigkeit glatt übersehen hatte. Sowas wie den hatte ich noch nie gesehen. Er sah nicht einfach nur sensationell gut aus mit seiner schwarzen Lockenpracht und den scharfgeschnittenen Augen – er sah vor allem aus wie ein ausgehungertes Raubtier, ein sibirischer Wolf, mit besonderen Ansprüchen an die Beute seiner Wahl. Für den Mann mußte was getan werden, den konnte man nicht leiden lassen. Selten genug, daß ein derart ausgefallen apartes Vögelchen ohne Begleitung herumflog.

Nachdem er das gesuchte Menü nicht gefunden hatte, ließ er sich mit ein paar Kumpels auf dem Boden nieder und kümmerte sich nicht um die anderen Leute, selbst die niedlichste Blondine fesselte seine Aufmerksamkeit nicht. Von Zeit zu Zeit schickte ich einen Blick in seine Richtung, aber er schien den Gedanken an einen Aufriß aufgegeben zu haben und schwadronierte lebhaft mit seinen Kumpels, ohne mich zu bemerken.

Ich lehnte an der Säule, wo sonst der Dicke stand, und konzentrierte meine Aufmerksamkeit zur Abwechslung auf die Aktivitäten des Schankkellners und Alois, der sich weiter hinten mit gequälter Miene von einem Glatzkopf die Ohren vollabern ließ. Ich war so müde, daß ich mich nicht einmal zum Verlassen des Lokals aufraffen konnte, und stellte mir gerade vor, wie paradiesisch es wäre, wenn mich irgendwer die Treppen hinaustrüge, als der Typ mit seinen Kumpels plötzlich neben mir stand und mich ansprach. Leider in in einer fremden Sprache. Er radebrechte auf englisch und italienisch, daß er leider kaum Deutsch spräche, aber nichtsdestoweniger gerne mit mir woanders hingehen würde. Ich sagte das Übliche, nämlich, daß ich ihn ja nicht kenne. Er brauchte etwas, bis er mich verstanden hatte, aber im nächsten Moment schnappte er mich, knutschte mich wild ab und sagte etwas auf italienisch. Sein Kumpel übersetzte: »Er meint, jetzt kennst du ihn ja.«

Daß dem sibirischen Wolf, in den ich schon nach zwei Minuten verknallt war, die Schönheitshierarchie der Münchener Nachtszene unbekannt war, lag an der Kürze seines Aufenthaltes in dieser Stadt, er hätte sonst in der Kategorie Supergroupies freie Wahl gehabt und seine Zeit nicht mit Partnermaterial mittlerer Güte verschwendet. Für mich war er eindeutig eine Nummer zu groß. Neben ihn gehörte eine schmalärschige Platinblondine mit Schenkeln wie junge Aale und Titten wie Germknödel, mit einem Dauerlächeln unter den bronzeschimmernden Bakkenknochen, das ihr beneidenswert kindliches Gemüt spiegelte, mit Lippen, die auch in gespanntem Zustand prall waren wie reife Kirschen nach einem Reaktorunfall. Statt dessen – ich.

Er hieß Marcello, und ich ließ mich breitschlagen, mit ihm Richtung Münchener Freiheit zu traben, weil es dort angeblich die Möglichkeit gab, einander näher zu kommen. Meine häusliche Müllhalde wollte ich im Augenblick lieber nicht zur Besichtigung freigeben. Das kleine Zimmer, das seinem Kumpel gehörte, lag im Dachgeschoß, und Marcello bedeutete mir, leise zu sein. Ich hatte ohnehin nicht die Angewohnheit, in fremden Treppenhäusern den Urschrei zu üben. Das Zimmer war, wie gehabt, an geschmackvoller Gemütlichkeit kaum zu überbieten. Es gab ein Bett für eine Person, einen Nachttisch, einen Kleiderschrank und ein Paar Schuhe vor dem Bett. Außerdem ein Fenster, einen Linoleumboden und einen Kleiderhaken an der Innenseite der Tür. Kaum hatten wir uns auf dem Bett niedergelassen, flog die Tür auf, und eine bayrische Vermieterin älteren Zuschnitts ließ ein Gekeife vom Stapel, das wahrscheinlich mit einem Schlag das ganze Haus aufweckte: »Jo, wos is'n des, ha? Des duld i fei ned unter meim Dach, so a Unzucht, so a elende, schaugt's daß weidakimmt, ihr Gsindl, ihr italienisches, ihr verlaßt sofort mein Haus, sonst ruf ich den Wachtmeister...«

Ihr Geplärre nahm kein Ende. Auf keinen Fall wollte sie sich gleich beruhigen. So eine Gelegenheit bot sich ihr auch nicht jeden Tag, da mußte man schon etliche Nächte auf der Lauer gelegen haben. Noch als wir längst auf der Straße standen, keifte sie von oben aus dem Fenster herab. Inzwischen hatte ich mich von meinem Schrecken erholt und blökte ein paar saftige Schweinerein nach oben, aber Marcello bedeutete mir, kein Aufsehen zu erregen, und außerdem, machte er mir verständlich, wisse er jetzt nicht, wo er schlafen solle.

Ja, so ein Pech aber auch. Wie viele Menschen in München doch nachts keine Bleibe haben. Und immer hatte ich sie am Hals. Nach dem Dachgeschoßdrama hatte sich mein romantischer Drang nach Zweisamkeit urplötzlich verabschiedet, und ich wollte nichts weiter als mein bleischweres Haupt auf meine ungelüfteten Kissen betten und in einen todesähnlichen Schlaf versinken.

Ich erklärte ihm bar jeder Freundlichkeit, er könne meinetwegen mitkommen, aber den Gedanken an Sex möge er sich aus dem Kopf schlagen. Ob er meine Botschaft im Kern begriff, entzog sich meiner Kenntnis. Jedenfalls kletterte er brav hinter mir in den sechsten Stock hinauf und fiel beim Anblick meines adretten Zimmers fast vom Glauben ab: »Porco dio.« Nach meinem Dafürhalten hieß das »du Schwein«, weshalb ich kurzzeitig meine Müdigkeit vergaß und ziemlich sauer wurde. Wer sich Kommentare zu meiner Wohnsituation erlaubte, konnte meinetwegen gleich die Tür von außen schließen.

»Porca madonna«, sagte er. Ich fragte mich, ob die Italiener ihre Frauen so verehren, daß sie sie als Madonnen bezeichnen, und bedeutete ihm, daß ich jetzt nach nebenan ginge, um aus Melinas ehemaligem Zimmer eine Matratze zu holen. Leider war das Zimmer abgeschlossen. Resigniert kam ich zurück. Würde ich also meine schmale Prinzessinnengruft mit diesem unrasierten Einsneunzigraubtier teilen müssen. Wenn ich müde war, konnte ich wirklich sehr unleidlich sein.

Unleidlichkeit hin, Unleidlichkeit her, in der körperlichen Nähe, die sich aus der Enge des Bettes zwangsläufig ergab, entpuppten sich die Gegebenheiten als maßgeschneidert für einen Fick, und ehe ich großartig Einspruch erheben konnte, war er schon in mir drin und lieferte eine Vorstellung aus Energie und Vehemenz, die ich schon lange nicht mehr erlebt hatte. Mein Anteil an dieser Spätaufführung war eher unbedeutend. Danach schlief ich wie ein Stein.

Als ich gegen Mittag erwachte, war er immer noch da. Höflichkeitshalber verbarg ich meine Verdrießlichkeit über seine Anwesenheit und hantierte umständlich in meiner Kochecke herum, in der Hoffnung, er möge sich bald schleichen. Aber er saß rauchend in meinem Bett und beobachtete mich, so daß mir nichts anderes übrigblieb, als ihm die für italienischen Geschmack außerordentlich lukullische Spezialität Leberkäse mit Kartoffelsalat anzubieten, den er mit Riesenappetit verputzte. Dann machte ich ihm klar, daß ich nun verabredet sei, weshalb er leider endlich gehen müsse. Er schaute mich todtraurig an und machte keine Anstalten, aufzustehen. Er schaffte es, mir klarzumachen, daß er nach Belgien weiterzöge, wenn ich ihn nicht liebte. Meinetwegen konnte er nach Mexiko ziehen. Um die Mittagszeit war jeder Mann einfach überreif.

Plötzlich fing er an zu weinen. Das war ja gräßlich. Fast hätte ich über das flennende Riesenbaby schallend gelacht. Die kindliche Selbstverständlichkeit, mit der er mir erklärte, daß er von mir geliebt werden wollte, fand ich einfach nur komisch. Für meinen Humor hatte er allerdings keinen Sinn. Er kritzelte mir eine Telefonnummer auf einen Zettel, gab mir einen heftigen, harten Zwiebelkartoffelsalatleberkäsekuß, der mir fast die obere Zahnreihe eindrückte und ließ mich endlich allein.

Im »Nest« wartete der verärgerte Alois. Ihn hatte in der Nacht eine Frau mit Titten wie Blasebälgen vergewaltigt, weshalb er nicht die beste Laune hatte. Von klassischer Musik hatte sie natürlich keine Ahnung gehabt, und von den Titten würde er noch monatelang Erstickungs-Albträume haben.

Überhaupt fand er heute das Leben scheiße, denn eigentlich hatte er Historiker werden wollen statt Betriebswirtschaftler, und nur sein Schmalspur-Abi hinderte ihn an der Verwirklichung seiner Bestimmung: »Was soll ich im Büro, frage ich dich, da versteht mich eh keine Sau. Ich und arbeiten und mir die Gurgel mit einer Krawatte zuschnüren wie all die anderen Affen, mir graust es bei der Vorstellung. Ich werde die Arbeitslosen nie verstehen, die sich in die Hose machen, weil sie keine Arbeit haben. Die sind nicht ganz dicht. Was soll bloß aus mir werden? Ich halte das nicht aus, diese stupiden Büroböcke mit ihren Weibergeschichten, ihrem Fußball und ihren Kegelklubs, das ist nicht meine Lebensart.«

Den ganzen Nachmittag hing er mir in den Ohren, daß seine proletarischen Eltern an seinem Unglück schuld seien, weil sie ihn in die verkehrte Schule geschickt hätten, und aus Rache gäbe es jetzt auch keine Enkelkinder. Wir kippten einige Weißbiere und lästerten über alle möglichen Leute ab, und dann mußte ich nach Hause, weil im Fernsehen ein Hans-Moser-Film kam. Diesmal war er ein Kutscher, der als Kutscher kein Geld mehr verdiente, und sein Kumpel war das Schlitzohr Paul Hörbiger, der rechtzeitig auf das Taxi umgestiegen war und damit die große Kohle machte. Oder war es das plüschige Café, das Moser führte, und der Hörbiger nebenan die moderne Musikkneipe mit Live-Band. Ich weiß es nicht mehr.

Als der Film zu Ende war, fiel mir in meiner Langeweile nichts anderes ein, als Marcello anzurufen. Die Nummer gehörte zu einem italienischen Restaurant, und der Typ am Telefon sagte: »Der Marcello ist nach Belgien gegangen. Der kommt nicht wieder.«

Mich traf fast der Schlag. Das war doch wohl nicht sein Ernst. Schnell ein Glas Wein drauf und Gefühle sortiert. Ich konnte es nicht fassen. Ja, wie, was, wieso haute mich das so um? Der arme Kerl, der nur geliebt werden wollte – ja, Kruzifix, was wäre an einer kleinen Notlüge so schlimm gewesen? Er war gegangen, weil ich ihn nicht geliebt hatte! Die Tragik dieser Erkenntnis legte sich zentnerschwer auf mein weingetränktes Gemüt. Plötzlich war ich felsenfest davon überzeugt, die große Liebe verloren zu haben. Wieder einmal hatte ich nicht aufgepaßt. Einmal im Leben ein Mann, der zwei Nummern zu groß für mich war, und ich wieder einmal zu blöd, die Gunst der Stunde zu nutzen. Wo das doch so wichtig war, diese Sache mit der großen Liebe. Schluchz.

Heulend rief ich Alois an: »Und jetzt ist er weg. Den sehe ich nie wieder. Nie wieder, stell dir das nur mal vor.

Der wäre es gewesen, Alois, ich schwöre es dir. Das war der Mann meines Lebens.«

»Mei, wie ich das hasse, dieses Gejammere wie aus einem Frauenroman. Was bist du denn auch so blöd und läßt ihn gehen? Wenn man so blöd ist, gehört man bestraft. Was läßt du den ziehen, du Unglückswurm?«

»Weiß ich doch auch nicht, heute mittag war er mir noch völlig gleichgültig, ehrlich, ich war froh, ihn loszusein, ja, das ist so, und jetzt ... Alois, ich verkrafte das nicht, daß ich ihn nie wiedersehen soll. Was kann ich denn nur machen?«

»Ganz dicht bist du ja nie gewesen. Hör mal, ich bin gerade mitten in der Vierten von Brahms, die muß ich noch eben zu Ende dirigieren. Meinetwegen können wir uns später im ›Cosi‹ treffen, dann kannst du dich ausflennen.«

»Was soll ich noch im ›Cosi‹, der kommt sowieso nicht mehr.«

»Also, servus dann, bis nachher.«

Ich heulte eine Runde. Immerhin war mir der Mann meines Lebens durch die Lappen gegangen, das mußte begossen werden, innerlich und äußerlich. Ich schenkte mir noch ein Glas Wein ein. Hoffentlich lungerte noch irgendwo eine weitere Flasche herum, es sah ganz so aus, als gäbe es einen Grund, maßlos zu feiern und zu flennen. Es gab zu wenig Gelegenheiten, die Lust am Leiden zu befriedigen. Die Banalität fröhlichen Verliebtseins war mit der Tragik der verlorenen Liebe nicht zu vergleichen, erlaubte doch der Stachel des frischen Schmerzes sich einzubilden, hehrer Gefühle mächtig zu sein. Welche Abgründe in mir schlummerten! Demnächst wollte ich Alois mal um informative Details zu Wagner bitten. Vor meinem geistigen Auge schwebte ich in bodenlanger Wildseidenrobe erhaben in Bayreuth ein und stahl Margot Werner die Schau. Die trug überhaupt immer Gewänder, die mit ihrer

Haarfarbe nicht harmonierten, das würde ich der dann endlich mal beibiegen. Hach, das Leben könnte eine ganz neue Wende nehmen. Ich erschauerte vor der kreativen Macht des Leidens.

Etwas irritiert von dem edlen Rauscherlebnis besann ich mich auf den Quell desselben: Ich Riesenidiot hatte den Typen ziehenlassen, der mir auf einmal mehr wert schien als fünf Jahre Freibier im »Cosi«. Ich rief Lydia an.

»Ich komme gleich bei dir vorbei, ich habe hier was zu klären mit dem Vermieter«, sagte sie, »der Sack behauptet, ich hätte die Miete für diesen Monat nicht bezahlt, wahrscheinlich will er mal umsonst drübersteigen, die linke Ratte. Warte, bis ich komme, du mußt unter die Leute, da vergeht dir schon der Liebeskummer.«

»So, wie ich jetzt aussehe, kann ich nirgendwo hin«, schluchzte ich in neu aufflackerndem Schmerz, »ich kann gar nicht so viel heulen, wie ich fertig bin. Ich bleibe heute zu Hause. Das überlebe ich alles nicht. Dieser Italiener, der wäre es gewesen, ehrlich. Ich habe ja gar nicht gewußt, daß es ein Italiener sein muß! Wenn ich das früher gewußt hätte, wäre ich doch mal nach Italien gefahren. Der hatte was an sich, das findest du in ganz Deutschland nicht.« Selten so eine Scheiße gelabert. Lydia war geduldig: »Ich hab schon kapiert. Bleib mal schön ruhig, ich bin spätestens um elf bei dir.«

Als sie endlich kam, sah ich aus wie eine Qualle, und das Leben war eine einzige Titanic. »Mit der Fresse kann ich mich doch nirgends blicken lassen. Wenn ich gewußt hätte, daß du unbedingt ausgehen willst, hätte ich nicht so viel geheult. Ich habe doch gesagt, ich heule heute und kann nicht unter die Menschheit.«

»Los, schmink dich jetzt, klatsch dir was ins Gesicht, den Unterschied merkt doch kein Mensch. Du meinst auch immer, alle Welt ist unterwegs, um sich jeden deiner

Pickel von nahem anzugucken. Keine Sau guckt da hin.«
Sie nahm sich wieder meine Seife und rieb sich den Steg
ihrer Unterhose ein: »Meine Dusche ist kaputt. Du hast
doch nichts dagegen?« Meinetwegen konnte sie sich das
ganze Seifenstück unten reinschieben. Was war schon ein
Stück Seife verglichen mit einem italienischen Wolf, der
weinen konnte.

»Ich geh mit den Augen nicht weg«, fing ich wieder
trotzig an, »wozu überhaupt? Der einzige Typ, der mich
interessiert, ist in *Belgien*. Also, was soll ich in München
noch ausgehen?«

»Mensch, mach voran jetzt. Das Gejaule ist ja nicht aus-
zuhalten. Du bist doch nicht die einzige auf der Welt, die
Liebeskummer hat. Ehrlich, du bist nicht der Nabel der
Welt, und mir ist der André schließlich auch durch die
Lappen gegangen, habe ich da so eine Show abgezogen
wie du? Kann mich nicht erinnern. Meinst du, an mir wäre
das spurlos vorüber gegangen?«

Bloß jetzt nicht die André-Story, Teil achtundzwanzig,
Kapitel fünfzehn, den Schmarrn konnte ich bereits vor-
und rückwärts beten. Plötzlich verstand ich meine Oma,
die sich bei ihrem Nuttenthema auch von niemandem im
Redefluß unterbrechen lassen wollte. Auch mein Poten-
tial an Winsel- und Fiep-Arien war noch lange nicht erschöpft, leider mangelte es an hingebungsvollem Publikum. Schluchzend begann ich mich zu schminken: »Meine
Augen sehen aus wie Enteneier.«

»Das sieht im Dunkeln kein Mensch. Außerdem siehst
du aus wie immer.«

»Vielen Dank für dein Einfühlungsvermögen.«

»So genau gucken die Kerle wirklich nicht hin. Denen
genügen die Schlüsselreize, lange Haare, Babyface, Titten
höhergeklemmt, und schon gehen die ab wie eine Rakete.«

Ich bemalte mich wie eine kurzsichtige Geisha, klipste

mir unechte Kreolen an die Ohren und marschierte mit Lydia ins »Muttibräu«, wo wir aufgetakelten Kirmesfiguren unter den verkleideten Transvestiten und Transsexuellen nicht weiter auffielen. Leicht ermattet vom Schmerz schüttete ich tranig ein Bier in mich hinein: »Frag mich, was ich hier soll. Der Typ ist in Belgien.«

Wir zogen eine Pinte weiter. Oben auf der Treppe blieben wir stehen, um zu checken, ob sich unten jemand für uns interessierte. Einige Kerle schauten zu uns hoch.

»Wie sehen aus wie zwei Pudel im Karnevalskostüm«, bemerkte ich lustlos, »die lachen sich doch halbtot über uns.«

»Wieso denn?« sagte sie beleidigt. »Du spinnst ja wohl leicht. Ich habe einen halben Tag an diesen Klamotten genäht. Super sehen wir aus, komm weiter runter, ich glaube, wir kommen hier ganz gut an.«

Das glaubte sie immer. Schon beim ersten Typen, der über einsachtzig war, blieb sie wie zufällig stehen und nestelte an ihrer Tasche: »Hast du mal Feuer vielleicht? Ich finde meins gerade nicht.« »Ja, Feuerzeuge sind wie schöne Frauen, sie wandern von einem zum andern«, kam die philosophische Antwort. Ich spazierte alleine weiter, fest davon überzeugt, daß einer, um mich anzusprechen, blind sein mußte. In meiner Verlorenheit wünschte ich, ich wäre nie vor die Tür gegangen. Als mich tatsächlich einer ansprach, hielt ich das für einen schlechten Scherz. Ich wollte ihn gerade fragen, wo er seinen Blindenstock vergessen hätte, als ich bemerkte, daß er Marcello ein wenig ähnlich sah. Oder halluzinierte ich schon?

»Eigentlich bist du viel zu stark geschminkt«, begann der Marcello-Klon die Konversation recht originell, »ich mag geschminkte Frauen sonst nicht. Aber komischerweise gefällst du mir trotzdem.« Also nicht blind, sondern Gehirnschaden. »Gleich, als du auf der Treppe stehen geblieben bist«, fuhr er mit seinem Gesülze fort, »wußte ich, die wirst du heute abend kennenlernen.« Innerlich flennte ich weiter um meinen verlorenen Traum: Wenn ich weiterhin als weiblicher Bajazzo mein Leben an Stehtischen mit Marcello-Substituten knutschend und saufend würde fristen müssen, könnte ich mir gleich die Kugel geben, und am Grab sollten sie singen: »Sie hat mich nie geliebt« aus »Don Carlos«, Inszenierung: Roman Polanski im Koksrausch.

Weinselig knutschten wir uns durch den Abend, bis es Zeit war, ins »Cosi« zu gehen. Der Typ, der keine Schminke mochte, klebte an mir wie ein zutraulicher Welpe. Mir hingegen hing die romantische Tour heute zum Hals heraus, ich hatte noch nicht einmal mehr Lust zu küssen. Kaum waren wir im »Cosi« gelandet, preschte Alois aufgeregt auf mich zu und erklärte, daß Marcello eben hiergewesen sei und jetzt wahrscheinlich draußen in der Telefonzelle stünde, um mich zu Hause anzurufen.

»Also, ehrlich, Alois, jetzt mußt du mich auch noch verarschen, wo's mir sowieso schon so schlecht geht.«

»Geh doch selbst gucken, der muß ja noch draußen in der Zelle stehen. Ich habe dem ja noch deine Nummer geben müssen, die hast du ihm ja auch mal wieder nicht gegeben, schlau wie du immer bist, ja, du bist immer richtig auf zack. Los, geh schon nach oben.«

Moment, Leute, eine alte Frau ist keine Concorde, ich brauche zwei Minuten zur Selbstidentifikation. Wer bin ich, wohin gehe ich, was geschieht mir? Den Balg voller Alkohol, die Birne voller Watte und das Herz wie frisch operiert – und jetzt das Schicksal in der Telefonzelle? Ich glaubte es nicht. Allmählich setzte ich meinen trägen Arsch in Bewegung. Auf der Straße entdeckte ich die einzige Telefonzelle weit und breit, und drinnen stand Marcello und unterhielt sich mit – wahrscheinlich der menstruierenden Lisa, die sich über die nächtliche Störung ihres Schlafs sicher rasend freute. Als er mich sah, kam er herausgestürzt, und wir fielen einander in die Arme. Wie sich herausstellte, hieß in dem Restaurant, in dem Marcello jobbte, noch ein anderer Typ Marcello, der tatsächlich nach Belgien gegangen war, und die Idee, mich mit Belgien zu erpressen, war ihm durch diesen anderen Typen gekommen, er selbst hatte nie auch nur eine Sekunde erwogen, nach Belgien zu gehen.

Die dicken Augen hätte ich mir schenken können. Eine Bemerkung, ein gelangweilter Anruf, eine falsche Auskunft, und schwupps, hatte er mich im Sack. Trick siebzehn sagten wir früher dazu. Ein Trickser war er, weiter nichts, und ich fiel mit stürmischer Begeisterung drauf rein.

Tausend Engel hörte ich singen, alle Glocken Münchens sollten läuten und verkünden, was mir widerfahren war. Kleinlaut verschwand die Sehnsucht nach dem Unglück im blaß erleuchteten Eingang des »Cosi«. Die Liebe hatte mich getroffen wie der Blitz, und alle meine Hormone jubilierten im Chor: Die Liebe, die Liebe ist eine Himmelsmacht, und wen sie beglückt, der ist von Gott geküßt. Dünnflüssig wirbelte das Blut durch die polierten Adern, die Leber zwitscherte im Frühlingsrausch, und der Uterus hüpfte selig im Takt des tiefroten Herzens, das prall glühte wie ein Sonnenaufgang am indischen Ozean. Meine Gelenke quietschten vor Glück, der Verstand fiel in den Winterschlaf, und die Alarmglöckchen in den Ohren klingelten so leise, daß ich sie für himmlischen Harfenklang hielt. Das Leben war schön, so schön, zu schön, um wahr zu sein.

der Weingegend unweit von Venedig. Er protzte mit einer etwas unglaubwürdigen Geschichte vom Knast, aus dem er angeblich geflohen war, aber wenigstens hatte er keinen um die Ecke gebracht. Er besaß nur ein einziges Paar Socken und eine einzige Jeans und schlief zusammen mit einigen seiner Kollegen in einem Zimmer über dem Restaurant. In den ersten Tagen nach seiner unspektakulären Flucht – angeblich brauchte man in Italien nur die Wärter zu bestechen – war er in der Küche als Spüler untergekommen, bis der Patrone bemerkt hatte, daß er bei den Damen gut ankam, ihm eine schwarze Kluft und ein weißes Oberhemd verpaßte und als Kellner einsetzte. Mit einer etwas grantigen Eleganz segelte er fortan durch den Laden. Für mich sah er aus wie ein italienischer Conte, und es konnte nur eine Frage der Zeit sein, bis sie ihn für den Film entdeckten. Beim Anblick seiner aufrechten Haltung, der Unbestechlichkeit seiner grimmigen Miene und dem kaum gezügelten Verführerblick erschloß sich mir erstmals Alois' ewiges Gerede von »Würde« und »Noblesse«. Marcello beherrschte die Kunst, bei unbewegter Mimik allein mit den Augen zu sprechen, und das so dosiert und pointiert, daß einem beim kleinsten Anflug seines Interesses das Hemd aus der Hose flog. Sein Blick war nicht sanft und gefühlvoll, sondern abschätzend und herausfordernd, aber hinter der Festung seiner Grandezza witterte ich unerschütterlich einen Schatz an Gefühlsreichtum. Mein ungetrübter Optimismus rührte daher, daß ich bis dahin die Machoattitüde für eine augenzwin-

kernde Variante des männlichen Balzverhaltens mißver-
standen hatte, die im Ernstfall abgelegt wurde wie der BH
vorm Vögeln, ich wäre nie auf den Gedanken gekommen,
daß manche Typen die Parodie der Männlichkeit verinner-
licht haben wie eine Religion, bei deren Ausübung man ja
auch keinen Spaß versteht.

An solch klugen Überlegungen hinderte mich meine
erotische Verblendung. Außerdem hätte ich mich eigentlich auf das Examen vorbereiten müssen, und bei dem
Wort »Examen« wurde mir grundsätzlich schlecht. Nachts
war ich mit Marcello unterwegs bis in den Morgen, und
am Tag kurierte ich meinen Kater aus. Außerdem mußte
Marcello immer erst gegen Mittag ins Lokal, so daß ich,
wenn ich mich denn hätte aufraffen können, erst am
Nachmittag hätte lernen können. Zwar verlängerte ich
wegen des Stipendiums brav die Immatrikulation, nahm
pflichtbewußt an abendlichen Arbeitskreisen teil, hing
noch einige Zeit an der Mensa ab, aber innerlich hatte ich
mich von dem ganzen Zirkus verabschiedet. Was interessierte mich der dröge Quark, wo ich jetzt die Freuden
himmlischer Gefühle genoß. In meiner Gartenlauben-
welt war kein Platz für ödes Abschreiben witzloser Thesen akademischer Kopftiere, die nichts besseres zu haben
schienen, als *bedeutsam* zu sein, statt eine Frau in den
Arm zu nehmen und ihr zu sagen, daß sie die schönste ist
auf der Welt. Man mußte Prioritäten setzen.

Das Leben machte Spaß. Abends besuchten wir die besten Freßtempel Münchens, und anschließend spülten wir
in den Kneipen die Nieren durch. Das Geld, das er verdiente, mußte unter die Leute gebracht werden. Nachdem
er einige Jeans und Socken und eine Lammfelljacke gekauft hatte, waren seine modischen Bedürfnisse gestillt,
und mir genügten die Fummel aus dem Secondhand-Shop,
Klamotten von verstorbenen Omis aus Österreich oder

der Schweiz, kiloweise geliefert in großen, blauen Müll-tüten, die Bluse für fünf Mark fünfzig. Dazu eine schwarze Maulwurffelljacke mit eckigen Schultern und ein violetter Lippenstift.

Bei näherer Betrachtung wies Marcello einige kleinere Schönheitsfehler auf, über die ich großzügig hinweg-sah wie zum Beispiel schlechte Zähne, Schuppen und Schweißfüße. Seine Vorliebe für das Arschficken hingegen überstieg meine Toleranzgrenze. Er mußte sich das im Knast angeeignet haben, wenngleich er zehn Eide schwor, niemals mit einem Kerl gefickt zu haben. Jedenfalls war diese Macke verdammt lästig, weil ich ständig darauf ach-ten mußte, ihm nicht arglos den Rücken zuzukehren. Kaum hatte ich mich zur Seite gedreht, kam er von hinten angerobbt und versuchte, seinen Ständer anzubringen. Mir fiel immer der Scherz vom sibirischen Klo ein, das be-kanntlich aus einem großen Knüppel besteht, mit dem man beim Scheißen die Wölfe verjagt. Nachdem ich von Alois gehört hatte, daß die jungen Stricher alle den Schließmuskel ausgeleiert haben, war ich auf die Nummer nicht besonders scharf. Außerdem kriegte man hinterher immer einen gesegneten Durchfall. Nein danke.

Abgesehen von dieser ärgerlichen Macke war er, ver-glichen mit den anderen Stümpern, zumindest am Anfang im Bett eine Offenbarung. Meine Explosionsnummer, die ich mittlerweile perfekt beherrschte, beeindruckte ihn al-lerdings überhaupt nicht. Er meinte, ich könne die Schau-spielerei ruhig einstellen, das gäbe es ja gar nicht, daß eine Frau allein vom Ficken käme.

He, wo ist der nächste Ohrenarzt, ich brauche schnell-stens einen Termin. Wie war das doch gleich mit den Träu-men, die wahr werden, damit rechnet man doch nicht im Ernst, das entspricht ja nicht der Definition eines Trau-mes, daß er wahr wird, Mensch, da bin ich ja gar nicht drauf vorbereitet irgendwie, und überhaupt … Erst war ich perplex und dann beleidigt. Ich hatte doch nicht in langen Lehrjahren ein solches Fingerspitzengefühl beim Timing entwickelt, um mir jetzt Verlogenheit unterstellen zu lassen. Oft genug war mir bestätigt worden, eine Nummer eins im Bett zu sein, da konnte er nicht einfach daherkommen und mir mein gemütlich eingerichtetes Lügengebäude zerschlagen. Das war ja geradezu ein Trennungsgrund.

Statt meiner glanzvollen Stöhn-und-Keuch-Darbietung erhielt ich Lektionen wie eine Auszubildende im ersten Lehrjahr. Ich konnte mich von meiner Entrüstung überhaupt nicht erholen, da mochte er sich noch so fachmännisch mit meiner Schnecke befassen. »Vergiß das Theater. Bei mir brauchst du das nicht mehr. Laß dich einfach gehen. Wo ist die Schwierigkeit.«

Aber nach mehreren, zugegebenermaßen kompetenten Versuchen, drohte er bereits die Geduld zu verlieren: »Also, wenn du heute nicht endlich kommst, liebst du mich nicht.«

Auch meine Mutter hatte immer gesagt: »Gib dich einfach so, wie du bist.« Gerade das fiel mir aber sauschwer. Ich konnte mich nicht erinnern, mich je so gegeben zu haben, wie ich war. Im Moment wußte ich sowieso nicht, wer ich war. Ich fühlte mich wie ein Mosaik aus lauter kleinen Lügensteinchen, und ich war sauer, daß er meine Kunst nicht respektierte. Hätte er nicht einfach den Schwanz reinhängen können wie Millionen anderer Männer auch und anschließend in den verdienten Tiefschlaf fallen, während ich mir gemütlich einen runterholte?

Es war ihm bierernst. Er wollte ehrlichen Sex oder gar keinen, und ich brauchte bei dem, was *ich* unter ehrlichem Sex verstand, keinen Zuschauer. Er mühte sich ab, und ich verfluchte die Einrichtung Sex in Bausch und Bogen.

Warum konnte man nicht einfach lieb und nett zueinander sein, schön ausgehen, mampfen, süffeln, sich amüsieren, lecker knutschen, Händchen halten und die Sterne betrachten, aneinander denken, Geschenkchen machen und sich gut vertragen? Warum mußte es diesen scheiß Sex zwischen Mann und Frau geben, den ich so nötig hatte wie einen Kropf. Schließlich wollten wir keine Kinder zeugen. Wozu dann überhaupt ein Schwanz?

Dann verlegte er sich auf Drohungen: »Das ist für mich frustrierend, wenn du nicht kommst. Ich fühle mich wie ein Stück Scheiße. Du kannst mich nicht lieben, sonst würdest du mir das nicht vorenthalten. Wenn das so weitergeht, ist es besser, wir trennen uns.«

Auch das noch. Schreck, laß nach. Trennen wollte ich mich ja nun nicht von ihm. Im Grunde hatte Marcello ja recht. Hohes Gericht, der Angeklagte hat es gut gemeint, und eigentlich sollten die Männer ja alle so sein, das hätte mir mühsame Jahre in der Schauspielschule erspart. Meine Güte, wenn ihm denn soviel daran lag und bevor er sich woanders umsah, dann wollte ich also mal nicht so sein und Gnade walten lassen und … und …

… Sternengewitter und Goldregen, Sivesterraketen am Himmel, als Picassofisch oder Juwelenbarsch tanzte ich Samba im Indischen Ozean, und alle Haie standen stramm und salutierten.

»Na also«, meinte er zufrieden, »na bitte.« Ich fragte ihn in milder Euphorie, wieso er so gut Bescheid wisse über die Präparation von mösenkulinarischen Genüssen, und er meinte ungewohnt bescheiden, das lerne in Italien jeder Depp auf der Straße. Mir war, als hätte er meine Seele geküßt, dabei hatte er mir nur einen geblasen.

Dann erhielt ich von den beiden alten Tanten aus der Drogerie einen Brief. Die Nachbarn hätten sich mehrfach über wechselnden Herrenbesuch in unserer Wohnung beschwert, und außerdem seien bei uns Schüsse gefallen, weshalb man mir leider kündigen müsse. Die anderen Damen erhielten einen identischen Brief. Meine Absicht, bis zum Obersten Gerichtshof zu rennen, wurde von den beiden verbliebenen Mitbewohnerinnen leider nicht unterstützt. Die eine hatte gerade ihre Schule beendet und zog wieder aufs Land, und die andere zog zu ihrem Freund, einem bekannten, frühvergreisten Kabarettisten mit drei Haaren auf dem versoffenen Schädel. Ich begnügte mich mit einem beleidigenden Brief an die Adresse der Moraltanten und machte mich auf die Suche nach einer neuen Bleibe.

Nach etlichen Vorstellungsgesprächen landete ich in einer Zweier-WG am Englischen Garten, in der ein Typ einen Mitbewohner suchte und ausnahmsweise überhaupt keine Ansprüche stellte, und an mich ganz besonders nicht, weil ich, wie Lydia gesagt hätte, die Schlüsselreize zu bieten hatte, auf die er abfuhr. Obwohl die Wohnung mich nicht sonderlich anmachte mit den Blümchentapeten, den Vorlegematten und Vitrinen im Flur, sagte ich dem Typen zu. Immerhin war die Gegend günstig. Aber nachdem Marcello sich in dem Mausoleum umgesehen hatte, meinte er, ich solle doch lieber zu ihm ziehen, da könnte ich sogar umsonst wohnen, er habe ja jetzt ein eigenes Appartement über dem Restaurant. Mehr als die Spießeridylle hatte ihn der Mitbewohner verschreckt, der mir als Zweitligist in der Disziplin »Schönersaufen« hätte gefährlich werden können.

Leider wohnte Marcello am Arsch der Welt. In Waldtrudering. Trudering war schon ein Ding der Unmöglichkeit, aber Waldtrudering war für eine Schwabinger Pflanze wie mich eine glatte Zumutung. Andererseits lockte die Aussicht, umsonst zu wohnen und, nicht zu verachten, Marcellos etwaige Umtriebigkeiten im Auge behalten zu können. Eines Nachts packten wir meine Klamotten in große, blaue Plastiksäcke und transportierten den ganzen Kram nach Waldtrudering. Alles Überflüssige blieb ebenso zurück wie der Müll und die krustenverklebten Ofenplatten. Auch von den Möbeln konnten wir nicht viel gebrauchen, denn Marcellos Appartement war möbliert, also schleppten wir nur zwei Nachttische ab und meinen alten Schwarzweißfernseher.

Die neue Bude mit französischem Bett und komplett eingerichteter Küchenzeile schien als moderner Frauenknast konzipiert worden zu sein: vorne brutzeln, hinten ficken. Ich mochte gar nicht daran denken, wie viele Türkenfrauen in solchen Hütten fett und unglücklich wurden. Mir sollte das nicht passieren, soviel stand fest.

im Bett ungezwungen zu sein, harmonierten wir sexuell recht gut. Unser Gerechtigkeitsempfinden veranlaßte uns, je ein Pfund Schneckensex gegen ein Pfund Gurkensex zu tauschen, wie du mir, so ich dir. Da er über genügend Potenz verfügte, um mir varietéwürdige Verrenkungen, exotische Bodengymnastik und utensilienbestückte Hochglanznummern zu ersparen, hätte man einen Pornofilm mit uns nur als Schlafmittel vertreiben können. Unser Programm war, alles inklusive, nach maximal zehn Minuten beendet. Meistens läuteten wir damit die Nachtruhe ein.

Gegen zehn Uhr abends kam Marcello von der Arbeit, und wir zogen los. Er war gesellig und mußte unter die Leute, unter Landsleute, denn als Sprachgenie beherrschte er nach einigen Monaten zwar perfekt Floskeln wie »Andere Baustelle« und »Kollege kommt gleich«, die er wegen ihrer vermeintlich unglaublichen Komik bei jeder passenden und unpassenden Gelegenheit vom Stapel ließ, aber jemandem wie Alois konnte man dieses Geschwätz keine zwei Minuten zumuten, ohne daß dem Feingeist vor Ungeduld der Schnupftabak auf der Oberlippe vibrierte. Marcellos lebhaftes Mitteilungsbedürfnis stand in keinem Verhältnis zu seinen deutschen Sprachkenntnissen, und so beschränkten sich unsere Geselligkeiten bald auf die italienischen Landsleute. Daß ich binnen kurzem die italienische Sprache perfekt zu beherrschen hatte, wurde stillschweigend vorausgesetzt.

Meistens saßen wir in italienischen Kneipen herum,

und die Wirte holten die Spezialitäten aus den Kellern, die sie den deutschen Gästen vorenthielten, riesige Parmaschinken, von denen hauchdünne Scheiben gesäbelt wurden, oder steinharter Parmesan, dazu ein ausgesuchter Tropfen Wein und Pizzabrot, dünn, heiß, knusprig und gut gewürzt. Es wurde gelacht und gelabert, geplant, verworfen, gewettet und geträumt, und ich wurde immer fetter. Auf dem Rückweg knackte Marcello im Vorbeigehen irgendeine Nobelkarre, und wir sahen nach, was die feine Gesellschaft an Bord gelassen hatte. So kam ich zu einer teuren Armbanduhr, eleganten Badeklamotten, die mir zu klein waren, Ohrringe, die ich mangels Ohrlöcher nicht tragen konnte, Reizwäsche, die zu klein war, diversen Ledertaschen und Sonnencremes, einem Morgenmantel und Schuhen, die auch zu klein waren. Ich schloß daraus, daß in Luxuskarrossen überwiegend Zwerge saßen, zumindest, was die Weiber betraf. Außerdem erwischten wir Euroschecks mit Karte, die wir in verschiedenen Städten von Bekannten Marcellos einlösen ließen.

Marcello war bald im Besitz von falschen Papieren, die ihn als Luigi Mantovani auswiesen, und erwarb einen alten Ford, mit dem wir besoffen durch die Stadt gurkten, ohne daß sich jemand von der Polizei für uns interessiert hätte. Ich ließ mir endlich Ohrlöcher stechen, um die teuren Ohrringe der Luxuszwergin unterzubringen, und stellte fest, daß die Dinger unecht waren. Ich bekam einen Hautausschlag von den Ohren bis zur Brust. Es war eben alles Bluff.

Kaum war ich von der Allergie geheilt, wurde ich schwanger. In Unkenntnis meiner Fruchtbarkeit hatte ich geglaubt, kurzfristig ohne Pille klarzukommen, ich war einfach zu faul gewesen, zum Arzt zu gehen, und schon war die Kacke am dampfen. Marcello war begeistert, war doch sein gehaltvoller Tropfen nicht vergeblich vergossen

worden, und es stellte sich heraus, daß er an der weltweiten
Verbreitung seines italienischen Samens ein patriotisches
Interesse hatte, da für ihn die Überlegenheit der italie-
nischen Rasse unzweifelhaft feststand. Die Krone der
menschlichen Schöpfung war italienisch, was die Namen
Sinatra, Martino oder Brando eindeutig dokumentierten.
Über sowas hatte ich mir noch nie Gedanken gemacht.

Als arbeitslose Ex-Studentin mit Alkohol-, Nikotin-
und Gewichtsproblemen, zusammenlebend mit einem von
der italienischen Polizei gesuchten Operettenkellner in
einem Appartement, in dem noch nicht einmal ein Tisch
stand, konnte ich Marcellos Euphorie nicht teilen. Schon
drei Tage nach der Tröpfcheninfusion wurde mir abends
hundeübel, und meine Brüste hingen am Körper wie Han-
telgewichte aus dem Fitneßstudio. Der Frauenarzt, den ich
nun aufsuchen mußte, meinte, von Schwangerschaft gäbe
es keine Spur, und lehnte es ab, so früh Blut abzunehmen.

»Wahrscheinlich wünschen Sie sich insgeheim ein Kind«,
orakelte er, »aber schwanger sind Sie auf keinen Fall. Ich
fahre jetzt drei Wochen in den Urlaub. Wenn Sie danach
immer noch der Meinung sind, schwanger zu sein, kommen Sie noch einmal zu mir. Dann ist es immer noch früh
genug.«

Drei Wochen bebrütete ich meine Ungewißheit. Als der
scheiß Frauenarzt endlich aus dem Urlaub zurück war, war
ich ziemlich geladen. Wenn der mich noch einmal als hysterische Simulantin behandelte, würde ich ihm an die
Gurgel gehen. Er war sauer, mich wiederzusehen: »Wenn
Sie unbedingt wollen, machen wir meinetwegen eine Blut-
abnahme. Das wird Sie dann hoffentlich endlich überzeugen.« Lieber hätte er mich rausgeschmissen.

Draußen vor seinem Sprechzimmer wartete ich demütig auf das Ergebnis. Vielleicht, überlegte ich, hatte er ja
recht, und es war nur ein kleines Hormondesaster oder

eine Scheinschwangerschaft oder ein verstopfter Eileiter oder sonst was, ich wollte ja gerne alles nehmen, wenn es nur keine Schwangerschaft wäre. Die Sprechstundenhilfe lächelte mir freundlich zu. »Wissen Sie schon was?« fragte ich kleinlaut. »Gleich«, sagte sie, »es läuft ein bißchen langsam.« Was hieß denn das? Flitzt das Blut schneller, wenn kein Braten im Rohr ist, oder wird es davon träger? Dann hängte der Doktor seinen erglühenden Kopf über meinen Stuhl: »Kommen Sie mal herein.«

Ich saß vor ihm wie ein Lamm, das gleich geschlachtet werden sollte. Lieber Onkel Doktor, sag jetzt bitte, daß das alles nur ein Spiel war, und jetzt darf wieder gelacht werden. Auf einen Papierwisch starrend, sagte er: »Also, Sie sind in der sechsten Woche. Frage: Wollen Sie es, ja oder nein.«

Ich dachte, der kommt aber schnell zur Sache, mein lieber Herr Gesangsverein, und das im christlich-sozial-regierten Bayern. Ich verneinte hölzern. Er guckte mich immer noch nicht an: »Dann kommen Sie am Dienstag um acht Uhr morgens hier her. Sie erhalten einen Briefum-schlag, den nehmen Sie mit in die Klinik. In dem Um-schlag steht alles drin, Sie geben ihn nur an der Klinik ab. Packen Sie sich eine Tasche mit dem Nötigsten. Sie bleiben etwa drei bis vier Tage dort. Noch Fragen?«

Keine Fragen, Herr General. Bitte höflichst um Em-bryoentfernung, Sie vastehen, kann ja nischt draus wer-den, wa, Vatta polizeilich vefolgt, Mutta nich janz dicht im Kopf, unsaubere Verjangenheit, wennse vastehn, wat ick meine, alles in allem asoziale Verhältnisse.

Im Krankenhaus kam ich in ein Zimmer mit drei Hoch-schwangeren, die sich mit gequält-beseligter Miene auf die Geburt vorbereiteten, und als ich morgens aufstehen wollte, kam die Schwester angerannt und rief: »Um Gottes willen, bleiben Sie doch liegen, es ist doch schon alles vorbei. Sie müssen liegenbleiben.« Ich bemerkte einen dumpfen Schmerz im Unterleib und erinnerte mich, daß ich auf dem OP-Tisch gewitzelt hatte, sie möchten mir bei der Rasur nichts von meinem Schneckerl abschneiden, was die gar nicht komisch gefunden hatten.

Am nächsten Tag konnte ich schon mit Marcello im Park spazieren gehen. Er wirkte etwas gehetzt, was ich darauf schob, daß er heute früher arbeiten mußte. In Wahrheit verzieh er mir nicht, daß ich dem Produkt seiner Manneskraft nicht den gebührenden Respekt erwiesen hatte. Ich aber fühlte mich befreit wie von einem Geschwür; für die Berücksichtigung phallischer Eitelkeiten war es zu spät. Vielleicht war ich eine gefühlskalte Egomanin, das herzlose Gegenmodell zur italienischen Mamma, die personifizierte Gewissenlosigkeit – ganz sicher war ich aber erleichtert, wieder intakt zu sein.

Kurz darauf brachte er die Syphilis nach Hause. Es fing an mit rotbraunen Flecken in den Handflächen und auf den Fußsohlen. Der »Medizinische Ratgeber«, ein Geschenk meiner Großeltern, legte den Besuch eines Arztes dringend nahe. Ich fragte ihn, wo er wohl glaube, sich diese Kinderkrankheit geholt zu haben. Das wußte er nicht. Er schlug vor: »Vielleicht auf dem Klo?« Tatsächlich war er einmal alleine im »Stop-In« gewesen, als ich in der Klinik lag. Das Klo im »Stop-In« war ein stadtbekannter Bakterienpool. Seltsam nur, daß ich mir dort in zehn Jahren keine Syphilis geholt hatte. »Hast du dich etwa auf die Brille gesetzt, du Idiot?«

»Weiß ich nicht mehr, kann schon sein.«

»Oder hast du mit einer anderen gevögelt? Gib es zu, gib es jetzt wenigstens zu, du blöder Hund.«

»No, no, no, porca miseria, no!« Er weinte beinahe. Mir war auch zum Heulen zumute. Es war ja klar wie Kloßbrühe, er war auf einer »anderen Baustelle« gewesen, das

Schwein, und obendrein noch so blind, die einzig verseuchte Schnalle Münchens zu begatten, der Schwachkopf, eine traumhafte Pißnelke mußte das gewesen sein, dafür verdiente er glatt den bayrischen Verdienstorden, dieser Aasficker, Rattenrammler, diese Kadavergurke auf zwei Beinen, dieses Furunkel eines aufgeblähten Ypsilonchromosomens.

Aber stopp! Unter meinen mannigfachen Begabungen war die zum frommen Selbstbetrug schon immer besonders ausgeprägt. Was nicht sein sollte, durfte nicht sein. Als wir beim Arzt waren, pflanzte ich mich daher vor dem mildherzigen Doktor auf und fragte sehr ernsthaft: »Sagen Sie ehrlich, ist es möglich, sich das auf dem Klo zu holen oder muß man dazu Geschlechtsverkehr gehabt haben?« Marcello hockte eben mir wie das Häschen in der Grube.

Der Arzt bedachte uns beide mit einem barmherzigen Blick und sagte: »Möglich ist alles.«

»Was?«

»Es sich auf der Toilette zu holen. Ähm, theoretisch.«

»Und praktisch?«

»Auch.«

Augenblicklich beschloß ich, nicht weiter zu insistieren.

Während Marcello seine Krankheit auskurierte, legte ich mich zu ihm ins Bett und schaute Fernsehen. Einen Tag und eine Nacht schwitzte und bebte und schlotterte er, dann war das Gröbste überstanden. Daß er mich nicht ansteckte, grenzte an ein medizinisches Wunder. Kein Wunder war es, daß meine Fähigkeit zum Selbstbetrug gelitten hatte. Mein Vertrauen in Marcellos Treue war angeknackst. So hatten wir beide ein wenig Schlagseite, er als ausgebremster Papa und ich als Hornvieh und Fool on the hill.

Marcello hatte eine Menge Kumpels, die meisten schlichtgestrickte Säufer und Spieler und in der Gastronomie tätig, entweder als Wirte oder Pizzabäcker, Kellner oder Eisverkäufer. Manche hatten eine deutsche Ehefrau, andere fünf Bälger in der Toskana, wieder andere, die weder das eine noch das andere hatten, bevölkerten nachts den Bahndamm, zu welchem Zweck sie sich zu viert oder fünft in einen Kleinwagen quetschten und den Nutten Akkordarbeit bescherten.

Unter seinen Kumpels stach nur einer besonders hervor. Der nannte sich Frizzantino, weil er gerne Frizzantino trank. Er arbeitete in einem Restaurant in der Nähe und hatte eine Wampe wie Pavarotti. Leider sang er nicht so gut. Statt dessen spielte er Poker. Hatte er früher Feierabend, kam er herüber und suchte Leute für eine Runde, und sobald er auf der Bildfläche erschien, war ich für Marcello gestorben. Ganz gleich, was wir für Pläne gehabt hatten – Frizzantinos Pokerrunde hatte Vorrang. Mir kam schon die Galle hoch, wenn er hereinkam. Sein Angebot war grundsätzlich stärker als ich, und er wußte das genau.

Ein einzigesmal hatte Marcello mir zuliebe verzichtet und mir dafür einen Abend stumpfen Vorsichhinbrütens und mürrischer Einsilbigkeit serviert, den ich so schnell nicht vergessen sollte. Ich konnte eigentlich nur hoffen, daß Frizzantino Nachtschicht schob oder sich von seiner Frau, einer kurzgeschorenen, bebrillten Lehrerin, zu anderweitigen Unternehmungen verführen ließ. Die Lehrerin aber kümmerte sich nicht besonders um ihren spielsüchtigen Fettsack, der immer in Anzug und Krawatte aufkreuzte, als nähme er an einem Diplomatenempfang teil. Er saß noch keine drei Minuten an der Bar, da marschierte schon die Karaffe mit dem Frizzantino, und alle kamen gelaufen, wo man sich denn heute die Nacht um die Ohren schlagen könne. Fand die Runde im Angestelltenzimmer statt, in dem auch Marcello früher übernachtet hatte, war ich natürlich herzlich eingeladen, zuzusehen.

Es gibt nichts Öderes, als beim Pokern zuzusehen. Das Spiel dauerte immer die ganze Nacht bis in den Morgen. Währenddessen schnarchten und furzten die Kollegen, die nicht mitspielen wollten, lautstark in ihren muffigen Betten, auf den ausgelatschten Tretern qualmten die Sokken, und auf den Stühlen waren uringelb gefleckte Unterhosen drapiert. Ein paar Meter weiter weg versammelte sich die Runde um einen Tisch mit mindestens vier randgefüllten Aschenbechern, in der Mitte des Tischs ein Haufen unsortierter Geldscheine und eine Luft zum Schneiden. Ich langweilte mir die Krätze an den Balg. Nach einer Weile verzog ich mich in unser Appartement und ärgerte mich in den Schlaf. Entweder weckte er mich stolz mit einem Bündel Scheine in der Hand oder er stand am nächsten Morgen wortkarg mit verquollenem Gesicht auf und hatte eine Laune wie Napoleon auf St. Helena.

Einmal hatte Frizzantino ihn beschissen. Wie das genau vonstatten gegangen war, entzog sich meiner Kenntnis und durfte, wie ich in einem Anfall von Feinfühligkeit erahnte, auch nicht hinterfragt werden. Jedenfalls war die Knete verschwunden, und Marcello fühlte sich plump und dreist verarscht, weshalb er einige derbe Flüche ausstieß, was er diesem Stronzo anzutun gedachte, angefangen vom Abschlachten von dessen Hurenmutter bis hin zum Abhacken seiner Eier oder dem Verfüttern der Gedärme an den ehemaligen Eigner derselben und so weiter. Monatelang blieb Frizzantino von der Bildfläche verschwunden. Es war eine schöne Zeit. Nachdem er wieder aufgetaucht war, erfreut sich seine Mutter weiterhin robuster Gesundheit, Frizzantinos Eier waren intakt und, soviel ich sehen konnte, befanden sich auch seine Gedärme noch unter ordnungsgemäßem Verschluß, so daß ich mir anzumerken erlaubte: »Na, was ist? Ich dachte, du wolltest den kaltmachen.«

»Ich habe mir das anders überlegt«, erklärte er bauernschlau, »wenn ich ihn umbringe, habe ich ja nichts davon. Nein, ich werde ihn genauso bescheißen wie er mich. Dann sind wir pari, und ich habe meine Knete zurück.«

Also schlug er sich wieder die Nächte um die Ohren, und ich langweilte mich zu Tode, und er wurde zum zweitenmal beschissen. Er schien danach süchtig zu sein, beschissen zu werden. Wie sich herausstellte, respektierte er den Dicken für die hohe Schule des Bescheißens, denn natürlich handelte es sich um eine besondere Kunst, ihn, Marcello, den mit allen Wassern gewaschenen Obermufti aus Waldtrudering, hereinzulegen. Marcello entwickelte geradezu masochistische Züge.

Frauen spielten natürlich nicht mit. Außer bei offiziellen Anlässen saßen die Frauen auch nicht mit uns am Tisch, sondern tarnten sich als Küchenschaben und zeigten Präsenz lediglich beim Heranschleppen der Weinkaraffen. Manchmal sahen sie uns aus der Ferne mild lächelnd an. Kann sein, daß sie nur prüften, ob der Wein zur Neige ging.

Tino, der fette Wirt einer kleinen Kneipe an der Wasserburger Landstraße, in Größe und Statur Bud Spencer nicht unähnlich, hatte eine sogenannte Geliebte, die schmächtige Mia, mit der er zwei Kinder hatte. Zwei weitere hatte sie mit ihrem Ehemann, der in Italien lebte und von dem sie nicht geschieden war. Gemeinsam mit ihrer Tochter, einer bleichen, überarbeiteten Küchenmade, die sich später von Marcello anstandslos schwängern ließ, kochte sie das Essen für die Gäste. Den Ausschank machte der Sohn, und als Kellner fungierte eine mürrische Schwuchtel aus dem Heimatort. Tino tat nichts, außer zu schwadronieren und die Familie zu dirigieren.

Wo er hinschlug, wuchs kein Gras mehr, und mindestens einmal wöchentlich stellte er dieses Talent auch bei Mia unter Beweis. Mal war das linke Auge blau, mal das rechte, oder sie hatte einen Arm im Verband, wohlweislich den linken, oder ihre Unterlippe war geplatzt oder es fehlte ihr ein Zahn. Ihre Blessuren trug sie würdevoll zur Schau wie alten Familienschmuck als Zeichen edler Herkunft. Im Schatzkästchen ihrer Küchenschabenträume sammelte sie Verletzungen als Liebesbeweise, sie holte sie sich bei ihm ab wie Marienbildchen vom Pfarrer. Zu dem Zweck schrie sie ihn in unangenehm hoher Tonlage an, wenn ihr was nicht paßte, und stellte das schrille Gefiepe auch bei Androhung von Schlägen nicht ein. Selbst wenn Bud-Spencer-Tino sich schon vom Stuhl wuchtete, um ihr in die Küche nachzuwalzen, kreischte sie ununterbrochen weiter. Dann hörte man ein kurzes, aber heftiges Gepolter und Geklappere, und das Gekeife erstarb. Marcello meinte andächtig: »Sie lieben sich eben. Ihr Mann würde sie ja jeden Tag zurücknehmen, aber sie bleibt bei Tino.« Wahrscheinlich hatte ihr Mann nicht den richtigen Schlag.

Auch mit Marcello waren Auseinandersetzungen an der Tagesordnung. Erklärte er mir nicht ausdrücklich, daß ich im Recht sei, kriegte er eine gescheuert. Hätte er das umgekehrt mit mir gemacht, hätte ich sofort die Kurve gekratzt. Diese Drohung bewahrte mich vor Übergriffen in Bud-Spencer-Manier. Im Lauf der Zeit büßte sie allerdings an Wirkung ein. Vor allem mein Geldmangel würzte meine Tiraden nicht gerade mit der nötigen Glaubwürdigkeit. Kurz: Ich mußte Geld verdienen, und damit ich auch weiterhin in meiner Freizeit mit Marcello zusammensein konnte, sollte es am besten auch ein Job in der Gastronomie sein.

Ich fing im Hauptbahnhof als Büffettussi an. Es gab dort eine Selbstbedienungskneipe, eine Art Schnellrestaurant, dort sollte ich Fleischpflanzl, sprich Frikadellen braten, Pommes aufschütten, Nürnberger Würstl wenden und den Fraß über die Anrichte reichen. Davor waren verschiedene Edelstahlbehälter aufgereiht mit Püree, Sauerkraut, Rotkohl und anderen dampfenden Köstlichkeiten. Die Behälter kamen von Zeit zu Zeit aus der Großküche hochgefahren, und ich sollte die leeren hinunterschicken und die vollen in das Stahlgerüst versenken. Davon abgesehen, daß man sich die Finger verbrennen und das Kreuz ausrenken konnte, war der Job nicht unangenehm. Da ich von den italienischen Spezialitäten fett geworden war wie ein Sumo-Ringer, startete ich inmitten der Krautwürschtl und Pommesberge eine strikte Diät und verlor täglich ein Pfund.

Die Kolleginnen beäugten mich zunächst skeptisch. Irgendwie sah ich nicht aus wie ihresgleichen, aber ich hatte bereits zur Genüge die Erfahrung gemacht, daß ich *nirgends* aussah wie ihresgleichen, da konnte ich mich verbiegen, wie ich wollte. Die eine sagte zu mir: »Da wirst du aber deine Fingernägel bald vergessen können.« Und die andere: »Wieso trägst du keine Haube?« Es gab so weiße Krönchen, die sollten wir uns auf das Haar setzen. Die Kollegin meinte: »Warte mal ab, bis sich der erste Gast beschwert.« Aber es beschwerte sich keiner.

Dann sollte ich noch ein Gesundheitszeugnis beibringen. »Ohne das dürfen Sie eigentlich gar nicht anfangen. Also, wir können uns doch drauf verlassen?« Das waren die Typen von oben aus den Büros. Nach einer Woche hatten sie das Gesundheitszeugnis vergessen.

Aber es dauerte nicht lange, und die Gäste gingen mir auf den Zwirn.

»Frollein, was ist denn das hier? Blaukraut? Kann ich denn wählen zwischen Blaukraut und Erbsen? Sind die Erbsen angedickt? Das kann man von hier nicht sehen.

Wissen Sie was, ich glaube, ich nehme von jeder Sorte eine halbe Portion.«

»Das geht nicht.«

»Warum geht das nicht? Die Gemüsesorten kosten doch alle gleich.«

»Das geht trotzdem nicht. Sie können entweder Rotkohl oder Erbsen haben oder von beidem je eine Portion.«

»Ich will aber von jedem eine halbe Portion.«

»Ich darf nur portionsweise ausgeben.«

»Sie wollen nicht, das ist es.«

Genau, ich wollte nicht.

»Was ist denn das für ein Service hier, das ist doch kein Service, wir werden uns beschweren.«

»Welches Gemüse wollen Sie jetzt?«

»Tun Sie Pommes drauf, Sie unfreundliche Gans. Sowas nennt sich jetzt Weltstadt mit Herz, was sollen denn die Touristen denken.«

Dann gab es noch die Wählerischen: »Nein, nicht das Fleischpflanzl da, das nicht, das hier vorne möchte ich, nein, nicht das, jetzt rechts davon, noch ein Stückchen mehr rechts.«

»Die Frikadellen sind alle gleich.«

»Ich möchte aber das von hier unten rechts.« Dabei pickten sie wichtig mit dem Zeigefinger an die Scheibe, als ginge es darum, ein Kind zu adoptieren. Während dieser umständlichen Prozedur hing ich halbgebückt ohne Halt vornüber mitten im heißen Dampf, und die Brille, die ich mir inzwischen besorgt hatte, glitt bis auf die Nasenspitze. Bei der Auswahl des Brillengestells mußte ich wohl an Audrey Hepburn oder Jackie Onassis gedacht haben. Es war so groß, daß der Optiker zunächst bezweifelt hatte, ob es dafür überhaupt dunkel getönte Gläser in meiner Stärke gäbe. Nachdem er ebenso umständlich wie lustlos den einzigen Hersteller Europas eruiert hatte, versäumte er leider, mich darauf hinzuweisen, daß die dicken Gläser in der Größe schwer würden wie zwei Marmeladengläser, weshalb mir das Ding auf der Nasenspitze die Nasenlöcher zusammenquetschte und ich näselte wie durch Kolonien von Polypen. Bei der nächsten Gelegenheit wollte ich mir eine neue Brille kaufen. Bis dahin lief ich herum wie Stevie Wonder mit Heuschnupfen.

Und ich wurde immer dünner. Meine Titten hatten sich schon verabschiedet, dafür machte ich Bekanntschaft mit meinen Beckenknochen. Mit Erfolg hatte ich mir eingeredet, daß es sich bei Pommes um fritierte Kotzebrocken handelte und bei Gemüse um salmonellenverseuchten Dünnpfiff. Essen ekelte mich nur noch an, und trockene Brötchen waren bald das einzige, was ich ohne Brechreiz zu mir nehmen konnte. Ich träumte davon, halbverhungert in einem schwarzen Kostüm mit engem Rock und taillierter Jacke auf knochigen Beinen daherzustelzen und so beschützenswert zerbrechlich zu werden wie chinesches Porzellan. Und endlich kriegte ich eine leichtere, heller getönte Brille.

Wenn ich Marcello nachts meine sauerverdiente Kohle vorzählte, war er richtig stolz auf mich. »Mein deutsches Dickerchen,« nannte er mich liebevoll, wenn auch neuerdings unpassend. Ich schmiß den Job trotzdem.

Einen Teil des Geldes trug ich zum Zahnarzt. Niemand hatte mir gesagt, daß man vom Kiffen braune Zähne kriegt. Der Zahnarzt stellte die Diagnose, ich hätte bestimmt zuviel Betelwurzel gekaut, und als ich seiner abenteuerlichen Unterstellung widersprach, gab er zu, keine Ahnung zu haben, und verpaßte mir die gewünschten Kronen.

hatte schöne Zähne, eine Designerbrille und ein bißchen Kohle auf der Bank, und das sibirische Klo hatte ich auch leidlich gut im Griff, als sich Marcellos Mutter zu einem Münchener Besuch entschloß. Sie kam allerdings nicht wie andere Mütter nach vorheriger Ankündigung an einem schönen Sonntagnachmittag, wenn man die Wohnung in Schuß gebracht hat, die Kaffeemaschine behaglich röchelt und sich die Wespen auf der Schwarzwälder-Kirschtorte verlustieren, sondern sie stand plötzlich morgens um sieben vor der Tür, frisch und ausgeruht nach nächtlichem Schlummer im sanft surrenden Fiat ihres Nachbarn, und wir waren erst um sechs sternhagelvoll ins Bett gesackt.

Als es klingelte, wollten wir erst gar nicht öffnen. Das konnte ja nur ein Verrückter sein. Doch Marcellos Besorgnis um einen fehlenden Mann in Frizzantinos Pokerrunde, die ihn auch im Tiefschlaf nicht ruhen ließ, nötigte ihn, zur Tür zu robben. Was ich als nächstes vernahm, waren etwas verschlafene Freudenrufe aus mehliger Kehle: »Mamma! Mamma!« Tränenreiche Umarmungen folgten, und herein spazierte eine grauhaarige, kleine Dame mit taufrischem Lächeln, gesundem Gebiß und erwartungsvollem Blick in meine Richtung. Ich fühlte mich wie frisch operiert. Ich schloß die Augen und drehte mich zur Wand. Ein Albtraum wurde Wirklichkeit.

Die beiden setzten sich auf die Plastikcouch, der neuen Errungenschaft in unserem geschmackvollen Ambiente, und sie zwitscherte ihm hingebungsvoll was über nachbarschaftliche und verwandtschaftliche Sensationen vor wie zum Beispiel, welche von Marcellos Verflossenen inzwischen Mutter geworden war, welcher Vater von welchem ehemaligen Schulfreund inzwischen verstorben war, welche Tante sich einen jungen Liebhaber genommen hatte und vor allem, was der Anwalt riet, der sich mit der Vertretung von Marcellos Interessen eine goldene Nase verdiente. Einige ehemalige Kumpels nutzten nämlich Marcellos Abwesenheit zwecks Ergänzung der Liste seiner kriminalistischen Verfehlungen, und so kam es, daß er, wie ich mit kurzzeitig erhöhter Aufmerksamkeit vernahm, inzwischen wegen Mordes per Interpol gesucht wurde.

In dem Moment hatte ich die Wahl, aufzustehen und ins Klo zu reihern oder ein paar alte Ohropax zu suchen, um weiteren Offenbarungen zu entfliehen. Die beiden benahmen sich, als sei ich Luft. Marcello bereitete mit Riesenspaktakel zwei Espressi zu, räumte die klirrenden Gläser der letzten Wochen ab und zerschlug einige Flaschen im Müll, und als Krönung der Gemütlichkeit ließ er noch den Staubsauger aufjaulen. Ich hatte kapiert. Ich verließ das Bett, warf mir meinen schwarzen Satinfummel um die knochigen Schultern, den ich ungemein dekadent fand, und schlich ins Badezimmer. Aus dem Spiegel blickte mich ein heroinsüchtiges Model an. Die waren allerdings damals überhaupt nicht angesagt. Ich trug die Haare wie Maria Schneider im »Letzten Tango«, und so abgefuckt, wie ich an dem Morgen aussah, fand ich mich anbetungswürdig schön. Nur die Titten hatten sie leider vergessen, aber Marlon Brando hatte ja auch gelästert, mit den Dingern könnte Maria Schneider bald Fußball spielen. Die Gefahr bestand bei mir nicht.

Wie kleideten uns an und suchten der vergnügten Mamma ein nettes Hotelzimmer in der Nähe. Auf unserem Fußboden konnte sie ja schlecht schlafen. Mit Mühe konnte ich Marcello von der kühnen Idee abbringen, die Mamma zu mir ins Doppelbett zu legen, während er eine Etage tiefer den Qualmsocken Gesellschaft leistete. In dem Hotelchen konnte sie sich erst einmal von der nächtlichen Reise erholen und ein oder zwei Runden pennen, aber die Mamma wollte nicht pennen, pennen konnte sie zu Hause auch, sie wollte in jeder der kostbaren Minuten mit ihrem Wurf zusammen sein. Es lief derselbe Muttertierfilm ab, den ich von Oma und ihrem Rudilein kannte. Zum Frühstücken gingen wir ins »Tino«. Auch Tino hatte noch verschwollene Augen, von seiner Mia ganz zu schweigen. Die Mamma hieß Concetta, und der Name weckte bei mir Assoziationen an ein kleines Moped. Und so benahm sie sich auch: überall dabei, beweglich, pfiffig, anpassungsfähig, flott. Mia flitzte genauso eilfertig um sie herum, Signora hier, Signora da, und der Marcello ist ja wie unser eigener Sohn. Die Mamma war gerührt, und Mia war als Mutter gleich mit gerührt. Marcello sonnte sich im Zentrum dieser verdoppelten Muttergefühle, und ich hockte als Totengräber ihres Frohsinns schlechtgelaunt dabei. Sie erzählten sich das ganze Leben. Und das ihrer Kinder und Kindeskinder mitsamt Fotos und zum Schreien witziger Episoden, das Leben der nächsten und weiter entfernt lebenden Nachbarn, der Schwiegereltern und der Schwiegereltern der Nachbarn.

Abends zogen wir weiter zu einem anderen befreundeten Wirt. Da ging die Tortur von vorne los. Ja, daß der Marcello eine Mamma hatte, das hätten sie ja alle nicht für möglich gehalten, und dazu noch eine so entzückende, da sei der Sohn wohl nicht nach der Mutter geraten, haha. Düster kippte ich einen Wein nach dem anderen in mich hinein und haderte mit dem Schicksal. Noch nie in meinem Leben war ich so kaputt gewesen. Eine Stunde Schlaf nach einem Vollrausch genügte einfach nicht. Wenn sie doch nur voher angerufen hätte. Ich hätte ihr den Himmel auf Erden bereitet. Ich hätte geputzt und eingekauft und gekocht, und wir wären voher nicht ausgerechnet ausgegangen bis in die Puppen, und ich hätte sie sauber geduscht und frisch duftend empfangen wie den liebsten Gast der Welt und Blümchen auf dem imaginären Tisch gehabt und einen Raumduftdeo im Klo und ein Gebäcksortiment im Küchenschrank und was nicht alles. Plötzlich ging mein Mund auf, und heraus spazierte die Anklage im freien Fall und ohne Geländer: »Warum hast du deinen Besuch nicht wenigstens voher angekündigt? Und wenn du noch von der Autobahn angerufen hättest, Telefone gibt es doch überall.«

Eisiges Schweigen. Alles sah mich an, als hätte ich soeben den Mord an meiner eigenen Mutter gestanden. Tapfer nutzte ich die Stille, um mich deutlicher zu artikulieren: »Du hättest bloß anzurufen brauchen, dann wären wir in der Nacht vorher nicht ausgegangen, und wir wären nicht kaputt wie die Affen, und wir hätten gemütlich zu Hause gefrühstückt, und ich hätte uns was gekocht, und alles wäre viel gemütlicher gewesen. Du hättest dich wohler gefühlt, und wir alle hätten uns wohler gefühlt.«

»Bei meinem Marcello fühle ich mich immer wohl«, sagte die Mamma mit wackeliger Stimme und drückte ihren Sohn an sich. Marcello sagte mit eigenartig verschobener Mimik: »Meine Mamma kann kommen, wann immer sie will, die braucht sich überhaupt nicht anzumelden.«

Die Mamma guckte triumphierend. Ich kapierte den Ernst der Lage nicht und fuhr mit meiner unglückseligen Tirade fort: »Nächstesmal sei doch bitte so lieb, und ruf wenigstens von unterwegs noch an ...«

»*Stai zitta!*« fiel mir Marcello ins Wort, »meiner Mamma machst *du* keine Vorschriften, ist das klar? Geht das rein in deinen deutschen Schädel, oder muß ich deutlicher werden? Ich will jetzt keinen Ton mehr von dir hören, sonst gibt es hier ein Unglück, an das du dich ewig erinnern wirst. Weine du erst mal so viele Tränen um mich, wie sie die Mamma geweint hat, dann kannst du den Mund wieder aufmachen.«

Huch, was war denn das? Die Rasanz, mit der ich ins Fettnäpfchen gefallen war, erschreckte mich selbst. Ich ertrank ja schon im Öl. Unbemerkt hatten sich die Rudimente meines gestrigen Rausches mit dem aktuellen Alkoholnachschub verbündet und mir höhnisch die Schlinge um den Hals gelegt. Auch hatte mein Gehör vorübergehend den Dienst quittiert. Erst jetzt bequemte es sich, die zartfühlende Verlautbarung meines italienischen Grande dem Gehirn ordnungsgemäß Bericht zu erstatten: Die Anzahl der Tränen als Berechtigungsschein zum Reden? Ja, wo sind wir denn hier eigentlich? Doch nicht mit mir, mein Freund.

Ich drehte meinen Pseudo-Ehering inklusive Gravur vom Finger und schleuderte ihn quer durch das Lokal: »Dann kannst du deinen scheiß Ring auch wiederhaben. Ich brauche ihn nicht mehr.«

Alles sprang auf, als sei der Laden plötzlich voller Mäuse. Dann gingen sie auf die Knie und suchten den Ring. Nur ich blieb sitzen und beobachtete, wie sie mit gereckten Hinterteilen zwischen den Stühlen herumkrochen. Den Anblick fand ich witzig. Als Marcello mit todernster Miene wieder hochkam, dachte ich einen Moment lang, er würde mir eine scheuern, daß ich bis nach Landshut flog, aber nichts passierte.

Wie es schien, hatte ich nun ausgelacht. Wir fuhren alle nach Hause, wo er mich ablieferte und sich die nächsten

Tage nicht blickenließ. Nur die Mamma traf ich einmal auf der Treppe. Erst jetzt ging mir das Licht auf, daß ihr Bleiben länger dauerte als einen Tag und eine Nacht. Offenbar hatte er sie im Angestelltenzimmer einquartiert und sich gleich mit dazu. Ich sagte artig: »Bon giorno, Signora.« Antwort erhielt ich nicht.

Nach ein paar Tagen kreuzte er wieder bei mir auf: »Such dir ein neues Zimmer. Hier kannst du nicht mehr bleiben. Ich will dich nicht direkt auf die Straße setzen, kannst dir etwas Zeit lassen. Aber mit uns ist es aus.« Danach legte er sich neben mich und schnarchte. Morgens stieg er über mich hinweg wie über einen Hundehaufen, besprühte sich mit einer halben Flasche Rasierwasser und ging zur Arbeit. Am nächsten Morgen in aller Frühe kam er heim, knallte seine stinkenden Schuhe vor das Bett und fiel in todesähnlichen Schlaf.

Als ich einmal die Gelegenheit hatte, ihn anzusprechen, fragte ich: »Kann man denn gar nichts mehr machen?«

»Nein«, sagte er, ohne mich eines Blickes zu würdigen, »wer meine Mamma beleidigt, ist für mich gestorben.«

»Ich habe sie doch gar nicht beleidigt.«

»Ich diskutiere da nicht drüber. Du ziehst hier aus und damit basta. Alles weitere erübrigt sich.«

Am nächsten Tag klapperte ich die Apotheken der Umgebung ab und kaufte alles an Schlaftabletten zusammen, was ich kriegen konnte. Mit einer Zweiliterflasche Wein schloß ich mich ins Badezimmer ein und rührte die Tabletten nach und nach ins Glas. Das sah im Fernsehen immer sehr einfach aus, einmal umrühren und zack, runter damit. In Wirklichkeit lösten sich die Dinger nur sehr mühselig auf und blieben als sandige Pampe auf dem Boden des Glases liegen. Ich gurkste qualvoll an dem Zeug herum. Kein Mensch sagte einem, wie schwer es war, sich umzubringen. Wunderlich hätte es nur einmal wirklich versuchen sollen, dann hätte sich sein Lieblingsthema von selbst erledigt. Als ich den alkoholgetränkten Pillenbrei endlich intus hatte, legte ich mich zum Krepieren auf das Bett.

Gegen zehn Uhr kam Marcello ungewöhnlich früh nach Hause, wodurch mein Sterbeprozeß gestört wurde. Körperlich total im Minus, war ich im Kopf von eisig klirrender Klarheit. Marcello duschte ausgiebig, rasierte sich gemächlich, goß sich wieder einen Kübel Rasierwasser über den Kopf und zog seine Ausgehklamotten an. Er sah zum Anbeten aus. Die Finger ins Bettlaken gekrallt, saß ich auf dem Bettrand und betrachtete das Objekt meines Verlustes. Ich ging hier vor die Hunde, und er bereitete sich auf die nächste Syphilis vor.

Da sagte er: »Ich habe im Moment wenig Geld. Kannst du mir was leihen?«

»Hör mal, ich bin hier gerade am Sterben, Marcello, da kommst du, und willst noch Geld von mir haben. Das ist echt ein bißchen viel verlangt.«

»Sauf nicht soviel«, sagte er, »dann stirbst du auch nicht. Na, laß man, ich komme schon klar. Wenn ich denke, was ich schon alles für dich gemacht habe, jede Woche eine Stange Zigaretten umsonst und die ganze Fresserei im Lokal – habe ich mich je beschwert? Aber wenn ich einmal was von dir brauch, da bist du gerade am Sterben. Typisch.« Dann dampfte er ab und hinterließ eine Wolke Rasierwasser.

Ich merkte, daß ich abnippelte. Den Körper zog etwas mit Gewalt nach hinten, er wollte sich unbedingt hinlegen, um gemütlich zu versiechen. Auf einmal hörte ich von oben unter der Zimmerdecke Hunderte von zarten Stimmchen aufgeregt wispern: »Was machen wir nur, was machen wir nur, die ist doch noch gar nicht dran, was machen wir denn mit der, hier ist doch noch gar kein Platz.«

Ich dachte, verflucht, da oben bist du also auch uner-
wünscht, was ist das für ein Scheißspiel. Dann rief ich die
Notrufnummer an. Ich hatte die Feuerwehr an der Strippe:
»Ich möchte nur wissen, ob drei Röhrchen Schlaftabletten
lebensgefährlich sind.«

»Was ist los?« fragte der Typ. »Sie san hier bei der
Feuerwehr. Ich verbinde.«

Dann kam die Polizei dran. Ich wiederholte meine
Frage. »Moment«, sagte der Typ, »ich verbinde Sie mal.«

Das dauerte lange genug, um eine ganze Schafherde zu
scheren. Dann hatte mich ein Pfaffe an der Angel und fing
an, mich ordentlich zu beseibern: »Madel, was machst du
denn für Geschichten. Warum machst du denn sowas?
Man wirft doch nicht einfach sein junges Leben so fort,
das hat der Herrgott nicht gewollt, daß du dich so versün-
digst.«

»Verdammte Scheiße!« brüllte ich. »Ich will nur wissen,
ob ich jetzt abkratze oder ob ich mich einfach mal ausschlafen kann.«

Aber der Pfaffe war noch lange nicht fertig: »Es gibt immer einen Ausweg, glaube mir, auch, wenn du das im Moment nicht verstehen kannst. Manchmal schickt uns der
liebe Gott Prüfungen im Leben, damit wir uns besinnen.
Manchmal sollen wir einfach nur innehalten im Leben
und uns fragen, ob wir alles richtig gemacht haben oder ob
wir nicht eine Kehrtwende einschlagen müssen. Wann
warst du denn zum letztenmal in der Kirche?«

Ich dachte, wenn hier alles erledigt ist, suche ich den
Knaben persönlich auf und drehe ihm den Hals um. »Hey,
Mann, ich kann hier verrecken, und du schwafelst mir die
Ohren voll. Geht das nicht in deine Birne: Ich brauche
mich nur nach hinten zu legen, dann ist es vorbei!«

Es gab ein Knacken in der Leitung. Endlich meldete
sich jemand vom Roten Kreuz. Ich erklärte ausführlich,

daß ich mich entweder gerade im Sterben befände oder vor einem Tiefschlaf, die Entscheidung wollte ich ihrer geschätzten Erfahrung überlassen, und es seien drei Röhrchen gewesen ungefähr, ja, vor sechs Stunden. »Wo stecken Sie denn?« fragte der Typ mit einem leisen Seufzer.

»In der Wasserburger Landstraße.«

»Ist das nicht in Trudering?«

»Waldtrudering.«

»Das ist ja noch weiter. Moment, ich frag mal eben nach, ob das jemand auf seiner Tour hat. He, Ferdl, ist grad wer in der Nähe von Trudering?«

»Waldtrudering«, korrigierte ich geduldig.

»Waldtrudering«, rief der Typ, »ja, bist du schwerhörig oder was? Hab ich doch gesagt, Waldtrudering, ja, was weiß ich denn, frag halt nach.«

Oben unter der Zimmerdecke schwirrten immer noch die unsichtbaren Gestalten mit ihren Platzproblemen. Ich bedeutete ihnen in Gedanken, sie könnten sich allmählich wieder beruhigen, wahrscheinlich käme ich nun doch noch nicht. Was waren denn das für unprivilegierte Geister, die über den Lauf der Dinge nicht Bescheid wußten. Miserable Informationspolitik da oben, das mußte ich schon sagen. Da kam ja später einiges auf mich zu.

Der Typ am Telefon sagte: »Hören Sie? Also, es ist gerade niemand in Ihrer Gegend. Ich schreibe mir jetzt mal Ihre genaue Adresse auf, und dann machen wir uns auf den Weg. Wie kommen wir denn ins Haus?«

»Die Tür ist offen«, sagte ich. Mit letzter Anstrengung hielt ich mich am Bettpfosten fest. Wenn sie nicht innerhalb von fünf Minuten da waren, war der Ofen aus.

Nach einer Ewigkeit kamen zwei weißgekleidete Typen herein: »Sind Sie das, die angerufen hat?«

»Ja, wer denn sonst.«

»Mir ham uns verfahren, deswegen sind wir so spät, wissen S', nach Waldtrudering kommen wir nicht so oft, ist ja eine vornehme Gegend, da bringen sich die Leute nicht so oft um, gell, Fritz? Ja, wollen Sie vielleicht was mitnehmen ins Krankenhaus? Zahnbürschtl oder was man halt so braucht als Frau.«

Ich zog mich am Bettpfosten hoch und eierte ins Badezimmer. »Laufen kann ich noch!« verkündete ich hoheitsvoll.

»Die ist schon halb hinüber«, meinte einer der beiden, »komm, faß mal mit an.« Sie griffen mir fest unter die Schultern und bugsierten mich die Treppe hinunter in den Rettungswagen. Mit einem Seitenblick sah ich, daß im Restaurant noch Licht war, aber es kam keiner heraus. Dann klemmten sie mich auf eine Bank, und mein Sitznachbar bot mir einen Kaugummi an: »Was hast du dir eigentlich dabei gedacht, he? Das möchte ich wirklich mal wissen, was da so in euren Köpfen vor sich geht. Hast doch nichts als Scherereien. Wegen was hast du das denn gemacht?«

Das fragte ich mich jetzt auch. Ich sagte: »Mein Typ hat mit mir Schluß gemacht.«

Mein Sitznachbar lachte nach vorne zu seinem Kumpel: »Hast du gehört, Fritz, Liebeskummer.« Der andere lachte zurück. Dann meinte der heitere Zeitgenosse: »Was glaubst du, was den das juckt, deinen Freund. Den schert das doch nicht, ob du stirbst oder nicht. Der reißt doch gleich wieder eine andere auf.« Einfühlsames Personal hatten die beim Roten Kreuz.

Im Krankenhaus schnallten sie mich bäuchlings auf eine schmale Bahre. Mit dicken Gummilitzen banden sie mich an Armen und Beinen fest. Dann schoben sie mir einen Schlauch in den Hals. Ich hatte das Gefühl, als rissen sie mir die Speiseröhre auf: »Sie atmen jetzt nur durch die Nase, kapiert? Nicht durch den Mund.« Ein Erstickungsanfall jagte den anderen, ich tobte auf den Bahre herum wie ein Epileptiker und versuchte vergebens, die Gummischnallen zu sprengen. »Schön durch die Nase atmen«, sagte die Schwester gleichmütig, »ich habe Ihnen doch gesagt, nicht durch den Mund atmen, immer schön durch die Nase, na, da kommt ja schon die Brühe.«

Unter mein Gesicht hatten sie einen Gummieimer geklemmt, in den jetzt fontänengleich der Wein und etliche dickere Brocken schossen. Eine jüngere Ärztin kam herein: »Was ist denn jetzt noch? Noch so eine Verrückte? Ja, haben wir denn Vollmond heute, oder was ist los? Brauchen Sie mich noch, oder kann ich endlich gehen?«

»Gehen S' nur, Frau Doktor, das machen wir schon ...«

»Pfui Teufel!« schrie die Frau Doktor, »jetzt hat die mir doch tatsächlich auf die Bluse gekotzt, mei, die Flecken kriege ich ja im Leben nicht mehr raus. Herrgottsakra aber auch, jetzt kann ich mich noch mal umziehen. Hätte ich bloß nicht noch mal hereingeschaut.«

Die Schwester sagte zu der anderen, die den Schlauch hielt: »Da kommt das Zeug. Das Gelbe, das ist es.«

Ich nahm das als Zeichen, daß es nun endlich geschafft sei, aber sie gossen mir noch drei, vier Kübel Wasser in den Schlauch, die ich der Reihe nach auskotzen mußte. Dann hängten sie mich an einen Tropf und stellten mir einen Nachttopf neben das Bett: »Sie werden jetzt oft Wasser lassen müssen.«

So war es. Das Wasser, das aus dem Tropf in den Arm lief, kam unten schnurstracks wieder heraus. Um zu pinkeln, mußte ich mich mitsamt dem Tropf aus dem Bett hieven und mich auf den Topf hocken. Dabei sprang das kleidsame Krankenhaushemdchen hinten und seitlich auf, und da die Tür zum Flur aus ominösen Gründen weit offen stand, konnten mir die Typen, die draußen herumspazierten, bei der sportlich eleganten Tätigkeit zusehen.

Einer, der sich draußen herumlangweilte, blieb stehen und betrachtete mich aufmerksam, als vermutete er den Drehbeginn eines Pornos für Windelfestischisten.

Dann kam ein junger Arzt mit einer jungen Ärztin herein. Er hielt ein Täfelchen in der Hand und erläuterte. »Nach eigenen Angaben Liebeskummer.«

»Ach, du lieber Gott«, gab die Ärztin verächtlich zurück, »hatten wir ja schon länger nicht mehr. Sagen Sie mal, haben wir Föhn heute, ich habe einen Kopf wie ein Heißluftballon.« Dann marschierten sie weiter.

Am nächsten Morgen pflückte mich eine Schwester vom Tropf: »Werden Sie abgeholt?«

Hochsensible Frage. Ich ging ans Fesnter und prüfte, ob sich ein Sturz lohne, aber es war nur der erste Stock.

»Kann ich dann also gehen?« fragte ich.

»Auf eigene Verantwortung, ja«, entgegnete sie, »ich bringe Ihnen was zum Unterschreiben.« Nachdem ich das Formular unterschrieben hatte, setzte ich mich in Bewegung. Auf dem Flur lauerte der Spanner von gestern und faßte sich ein paar mal an den Sack. Draußen war das herrlichste Wetter, wie geschaffen für den Englischen Garten. Als ich nach einigem Suchen eine Straßenbahn fand, stiegen wenig später ganze Schulklassen von Kindern ein und führten sich auf wie eine wildgewordene Horde Schimpansen. Unter mir quietschten die Schienen, und um mich herum tobte der Krieg der hyperaktiven Bayernbrut. Mir war hundeübel. Zumal wir klar wurde, daß sich zu Hause überhaupt nichts geändert hatte. Die Angst vor einem Leben ohne Marcello saugte sich an mir fest wie eine Läuseplage, und weit und breit keine Marienkäfer in Sicht.

Marcello hatte soeben seinen Rausch ausgeschlafen. Verkatert und steif kroch er aus dem Bett und schlüpfte in seine Kellnerkluft. Das ungelüftete Zimmer stank wie ein Paviankäfig. Als er wortlos gegangen war, spähte ich in den Kühlschrank, in dem sich nichts befand als eine Flasche Wein. Den Wein füllte ich in meinen frisch ausgepumpten Magen. Daraufhin kriegte ich einen Kreislaufkollaps.

In dem Moment mischten sich mütterlich-telepathische Kräfte ins Spiel, und meine Mutter rief an: »Wie hörst *du* dich denn an? Was ist denn los um Gottes willen?«

»Ich glaube, mein Kreislauf dreht gerade durch«, sagte ich schwach, »mir ist nicht gut.« Ich war sogar zu schwach zum Telefonieren und legte gleich wieder auf.

Nach ein paar Minuten kam Marcello herauf und betrachtete mich mit den kritischen Augen eines Gebrauchtwagenhändlers: »Was ist mit dir los? Deine Mutter hat unten angerufen, dir geht es angeblich nicht gut.«

»Kreislauf«, gab ich Auskunft. Wenigstens sprach er mit mir, zehn Ave Maria wollte ich dafür beten. »Kannst du mir was in der Apotheke besorgen? Ich schreibe es dir auf.«

Er nahm tatsächlich den Zettel entgegen, aber nicht ohne klarzustellen: »Damit du Bescheid weißt, ich tue das nur für deine Mutter, nicht für dich. Nicht, daß du meinst...«

Zehn Minuten später: »Die geben mir nichts. Mit der Schrift sollst du direkt ins Krankenhaus, haben sie gesagt.«

»Schreib mal ›Kreislaufmittel‹, stark, Kreislaufmittel mit zwei t.«

»Was? Wie heißt das?«

Ich buchstabierte. »Und geh jetzt aber in eine *andere* Apotheke.«

»Bin ja nicht blöd. Andere Baustelle, ist doch klar.«

Endlich kam er mit dem Zeug zurück. Während ich es einnahm, betrachtete er mich mit seltsamer Genugtuung.

Nach allem, was ich seiner Mamma angetan hatte, war mein Zustand nur gerecht. Und überhaupt hatte ich die Anzahl der Tränen noch nicht annähernd erreicht, die mich zum Sprechen berechtigten. Höchstenfalls war ich auf dem besten Weg, mich zu einer ernstzunehmenden Kandidatin für den Job eines Fußabtreters zu entwickeln.

Eine Stunde später kam er wieder rauf: »Wir gehen jetzt um den Block spazieren, damit dein Kreislauf wieder in Schwung kommt. Ich habe es deiner Mutter versprechen müssen.« Das fand ich ausgesprochen rührend.

Gemeinsam schlurften wir durch die Straßen mit den schönen Villen und den hohen Mauern davor und den Schildern »Vorsicht, bissiger Hund«, und auf einmal sagte er: »Ich würde dir ja eventuell verzeihen, wenn es nur um mich ginge, aber Mamma sagt, du hättest sie noch nicht mal mehr gegrüßt auf der Treppe.«

»Und ob ich sie gegrüßt habe!« protestierte ich. »Ich habe sie wohl gegrüßt.«

»Sie sagt nein«, erwiderte er, und es klang wie das Amen in der Kirche.

Das verlogene Miststück von Mamma wollte mir richtig eine zwiebeln. Dieses alte Mutterschwein, sieh mal einer an.

»Ich schwöre dir beim Leben meiner Mutter, daß ich deine Mamma gegrüßt habe.«

»Na ja, wer weiß«, zweifelte er, »vielleicht hat sie es nicht gehört. Das ist natürlich auch möglich. Obwohl sie eigentlich gute Ohren hat. Na, meinetwegen, da steht Aussage gegen Aussage. Dann soll es jetzt gut sein, und du fährst morgen mit dem Zug nach Italien und bittest sie für den Vorfall um Verzeihung. Aber auf Knien natürlich.«

Ich blieb stehen und blickte ihn von der Seite an. Er meinte es todernst.

»Soviel Geld habe ich im Moment gar nicht«, wandte

ich ein, »reicht es nicht, wenn sie uns das nächste Mal wieder besuchen kommt?«

»Wer weiß, wann sie wieder kommt. Die Lust ist ihr erst mal gründlich vergangen bei dem freundlichen Empfang. Vielleicht kommt sie überhaupt nicht mehr.« Sein Timbre war die eines Tragöden. Unser Dialog hatte eindeutig die falsche Richtung eingeschlagen.

»Ich kann gut Briefe schreiben«, schlug ich lebhaft vor, bemüht, jedes Pathos zu vermeiden, »ehrlich, ich könnte ihr einen langen Brief schreiben und sie um Verzeihung bitten, da kann ich mich auch viel besser ausdrücken, als wenn ich ihr gegenüber stehe. Ich kann mir ja ganz genau überlegen, was ich schreibe und wie ich das formuliere, das kommt bestimmt viel besser an.«

Er zögerte. Dann das erlösende Wort: »Einverstanden.«

»Und sind wir jetzt wieder zusammen?«

»Jetzt sind wir wieder zusammen.«

»Wie vorher?«

»Wie vorher.«

»Und lieben tust du mich auch noch?«

»Klar.«

»Vorher aber nicht.«

»Vorher nicht.«

»Gibt's denn das, Liebe auf Kommando?«

»Bei mir schon. Und vergißt den Brief nicht, du hast ja jetzt Zeit.«

Aber es half alles nichts, in der Beziehung war endgültig der Wurm. Einen Tag später fuhr er zwei Straßen weiter das Auto zu Schrott, angeblich, um pünktlich bei mir zu sein, weshalb ich Mitschuld trug. Er hatte eine Frau angefahren und war abgehauen. Von dem Moment an hatten wir die Bullen auf dem Hals. Beim ersten Mal türmte er über das Dach, beim zweiten Mal aus dem Küchenfenster, und dann zog er bei Tino ins Personal- und Kinderzimmer und und ich hing allein in der Bude.

Dann eröffnete Tino in der Nähe des Ungerer-Freibads eine Cocktailbar, in der Marcello den Geschäftsführer mimte, sein Freund Gabriele den Kellner und ich die Barfrau. Vorerst sah der Laden noch aus wie nach einem Bombeneinschlag. Also kratzten wir tagsüber die alten Tapeten von den Wänden, strichen die Zargen, lackierten die Heizkörper, und abends besprachen wir zum tausendsten Mal die Details. Da kein Schwein auch nur ein einziges Cocktailrezept kannte, kaufte ich mir ein Buch, schrieb die bekanntesten Rezepte ab und klebte die Abschrift hinter die Zapfhähne. Meine deutsche Gründlichkeit wurde mit mitleidigem Grinsen quittiert.

Zum Eröffnung gab es Freibier, und das halbe »Cosi« war da. Danach kam keine Sau mehr. Wir soffen weiter Freibier, ernährten uns vom »Wienerwald« und pennten am Boden auf Matratzen inmitten der hufeisenförmigen Bar. Am Nachmittag zogen wir in den Englischen Garten und aßen versalzenen Steckerfisch, damit das Bier wieder schmeckte, und abends vertrieben wir uns die Zeit mit den zwei oder drei Gästen, die sich tatsächlich in unsere gute Stube verirrten.

Kaum hatte ich einen an der Angel, der sich den ganzen Abend vollaufen ließ, um seinen Wissensspeicher zum Thema Elektronik oder Maschinenbau zu leeren, oder was Männer Spannendes absondern, wenn man sie läßt, kam Marcello angeschossen, um mir zu erklären, daß ich von Gastronomie keine Ahnung hätte. Zum Beispiel müsse ich alle drei Minuten den Aschenbecher leeren. Er führte mir vor, wie man das elegant machte. Und überhaupt sei ich selbst der beste Gast und würde mich viel zu intensiv mit den Leuten befassen. Das wäre nicht der Sinn der Sache, daß die alle gleich mit mir ins Bett wollten.

Wir zofften uns von morgens bis abends. Und nachts war an Vögeln nicht zu denken. Nachdem er seit längerem denselben Nullachtfuffzehngurkensalat servierte wie seine Vorgänger, bedauerte ich das nicht. Außerdem hatten wir Rücksicht zu nehmen auf Gabriele, der im Gang schlief, und den armen Kerl durfte man nicht mit gewissen Geräuschen belästigen, denn er suchte händeringend eine Frau wie mich und fand keine, so daß meine bloße Anwesenheit den Mißton von Neid und Eifersucht in die gastronomische Männerfreundschaft brachte, weshalb es besser gewesen wäre, ich hätte mich in Luft aufgelöst.

Erwartungsgemäß machte die Bar bald pleite. Marcello zog wieder zu Tino, und ich brauchte auf der Stelle ein Zimmer. Das Appartement in Waldtrudering hatte sich inzwischen Frizzantino unter den Nagel gerissen, um ungestört dem Pokern nachzugehen. Meine Klamotten waren nicht mehr vorhanden, etwaige Reste derselben in einer Garage verschwunden, zu der ich keinen Schlüssel besaß, und von Frizzantino war aus nachvollziehbaren Gründen keine Unterstützung zu erwarten. Meinen Schmuck hatte er angeblich nie gesehen, bei Schreibkram für die Uni hatten sie gedacht, das sei im Müll am besten untergebracht, und wenn ich gesteigerten Wert darauf legte, wollte er demnächst gerne die Bettwäsche rausrücken, in der er gerade schlief, obwohl er das kleinlich fand, na ja, deutsche Mentalität halt, was soll man als kosmopolitisches Pokerface noch dazu sagen.

zog ich zu Lydia und sprach in der Hoffnung auf ein bißchen Kohle beim Arbeitsamt vor. Aber da hatten sie gerade auf so einen Deppen wie mich gewartet und teilten mir sofort einen Job in einem Schwabinger Steakhouse zu. Dort sollte ich in schwarzen Klamotten die Gäste begrüßen, zum Tisch begleiten und die Kasse bedienen. Der Laden lag in der Nähe von Lydias Wohnung, und die Kollegen machten mir einen lockeren Eindruck. Die Kakerlaken gingen mir allerdings auf den Geist, aber es gab Schlimmeres: den Geschäftsführer.

Schon bald bemängelte er meine langen Hosen. Ob ich nicht ein schwarzes Kleid oder einen Rock habe. Ich besorgte mir einen schwarzen Fummel und ein Paar billige Stoffschuhe mit Riemchen um die Fesseln. Damit war er zufrieden.

Eines Morgens kam er mit der Bombenidee an, daß ich die Scheiben an der Eingangstür saubermachen sollte.

»Ich? Wieso? Ich bin Kassiererin, wir haben doch eine Putzfrau.«

»Die Putzfrau macht es aber nicht, wie Sie sehen.«

»Wieso soll ich das denn ausgerechnet machen?«

»Weil ich es sage, deshalb. Also, besorgen Sie sich einen Eimer und einen Lappen. Als Frau werden Sie ja wohl schon mal Fenster geputzt haben.«

Also tigerte ich mit meinem Abenddreß los, besorgte mir einen Eimer heißes Wasser und eine Lappen und sah mir die Scheiben an. Abgesehen von ein paar Fingerabdrücken konnte ich keinen Schmutz entdecken. Ich wollte gerade ein wenig mit dem Ärmel über die Abdrücke wischen, da kam er auch schon angeschossen: »Mal nicht so zurückhaltend hier. Besinnen Sie sich ganz auf Ihre natürlichen Fähigkeiten. Schön die zarten Finger in das heiße Wasser tauchen, sehen Sie, es geht doch.«

Abends wollte ich mich bei Marcello auskotzen. Der aber konterte bloß, jetzt wüßte ich endlich, wie er leiden müßte, die Gastronomie sei eben kein Zuckerlecken. Das war natürlich Quatsch. Er kellnerte jetzt in einem Schuppen in der City, wo er gelangweilt vor sich hinqualmte, wenn ich ihn besuchen kam, und garantiert vorher keine Glasscheiben geputzt hatte. Meistens klönte er mit der Inhaberin, einer beängstigend jungen Frau, die so aussah, als nähme sie sich, was sie brauchte. Und was immer seine Brötchengeberin äußerte, hatte tausendmal mehr Bedeutung, als alles, was mich betraf. Im »Cosi« langweilte er sich neuerdings. Er bevorzugte neuerdings Clubs und Bars in der Stadt, Pseudopuffs und Stripbuden, wo an den Wänden frauenfreundliche Pornos flimmerten und unter den Tischen aufgetakelte Tussis alten Fettwänsten am Sack spielten. Marcello hatte mit den Inhabern stets unaufschiebbare Geschäfte zu besprechen, und mein langes Gesicht paßte da überhaupt nicht ins Bild. Fehlte nur noch, daß er mir auch einen der lausigen Fummeljobs nahelegte. Er verstand sowieso nicht, warum ich nicht auf dem Strich mein Geld verdiente. Hure war sein Traumjob schlechthin, und er bedauerte oft, keine Frau zu sein. Als Frau würde er in Geld schwimmen.

»Findest du nicht, daß du dich ganz schön verändert hast?« fragte ich genervt. »Wenn ich hier überflüssig bin, kann ich auch wegbleiben.«

»Fang jetzt bloß nicht wieder an mit der Eifersuchtstour, die kann ich im Moment überhaupt nicht gebrauchen. Du hörst ja sowieso die Flöhe husten.«

Wir nervten uns nur noch. Wenn er einigermaßen bei Laune war, kam er noch mit zu mir, um eine trostlose Nummer auf der Matratze zu schieben, und während seiner kläglichen Vorstellungen dachte ich über alles Mögliche nach, zum Beispiel über die Faszination, die von einer wohlhabenden Frau wie seiner Chefin ausging, der er sicher gerne einen blasen würde, wenn sie ihn nur ließe, und über sein totales Desinteresse an mir und darüber, wie ohnmächtig ich war, dieses Interesse neu zu beleben, und über die Unzugänglichkeit zu diesem Mann mit seiner teils schlappen, teils wütenden Fickerei, die mir zum ersten Mal im Leben das traurige Gefühl gab, eine Hure zu sein.

Dann kam auch noch Lydia miesgelaunt von einer ihrer Galatourneen zurück und erklärte mir, im Moment könne sie Männer nicht gut vertragen, weshalb Marcellos Besuche in ihrer Wohnung vorläufig gestrichen seien. Das hatte mir gerade noch gefehlt – die bitter umkämpften Besuchszeiten zusätzlich von Lydia rationiert.

»Was heißt nicht gut vertragen?« fragte ich nach. »Das hört sich ja an wie 'ne falsche Wurstsorte. Du kannst doch nicht die Hälfte der Menschheit komplett aus deinem Leben ausklammern.«

»In meiner Wohnung schon. Das ist das Gute an einer Wohnung. Da kann man die Mißgeburten aussperren, am besten noch mit einem Riegel vor der Tür.«

»Woanders können Marcello und ich uns aber im Moment nicht treffen«, erklärte ich, »er hat doch keine eigene Bude.«

»Ist mir doch egal. Was habe ich damit zu tun? Auf Säcke nehme ich keine Rücksicht mehr, und wenn du mit einem zusammen bist, hast du eben Sand am Paddel. Ich habe an dich untervermietet, und wenn dir hier was nicht paßt, kannst du jederzeit ausziehen, einen Nachmieter habe ich schon. Mit dem Pascal verstehe ich mich ganz gut, und der sucht dringend ein Zimmer. Und außerdem hat der den bösen Blick, dein scheiß Marcello.«

»Seit wann *das* denn? Seit du nicht mehr scharf auf ihn bist?«

»Als wenn ich auf den je scharf gewesen wäre. Hinter *mir* war der her, und frag nicht nach Sonnenschein. Du bist doch sowieso blind auf beiden Augen. Gleich, nachdem ihr euch kennengelernt habt, hat der mich angebaggert, da brauchst du gar nicht so zu gucken. Wenn ich da nachgegeben hätte, wäre ich heute mit dem zusammen und nicht du. Aus lauter Freundschaft habe ich mit dem nichts angefangen, alles nur wegen dir.«

»Wer's glaubt, wird selig.«

»So einzigartig bist du nicht, wie du meinst. Da gibt's tausend Schönere. Ich habe sowieso nie kapiert, was der ausgerechnet mit dir will, der kann doch ganz andere haben. Glück hast du gehabt, sonst nichts. Oder meinst du, du wärst schön mit deinem fetten Arsch? Du solltest auch mal Babynahrung aus dem Glas essen, da stehen genau die Kalorien drauf.«

»Marcello liebt mich«, versuchte ich zu kontern, denn das behauptete er nach wie vor, und ich glaubte es nach wie vor gern.

hatte täglich eine Granatenidee. Eines Abends kam er mit einem Karton voll bunter Pappe an: »Das habe ich beim Aufräumen gefunden.«

»Was ist denn das?«

»Das sind kleine Papp-Ranchen mit Tieren und Ställen und Cowboys und so weiter.«

»Wie niedlich.« Was führte er wieder für einen Mist im Schilde? Konnte der Kerl mich nicht einfach in Ruhe meine Arbeit machen lassen? Er begann geduldig, eine Ranch aufzubauen und war mit seinen langen, knochigen Fingern und den manikürten Nägeln ziemlich geschickt.

»Prima«, lobte er sich, »so sieht das aus, wenn es fertig ist. Das stellen wir jetzt mal hier oben auf die Kasse, damit das jeder gleich sieht. Und immer, wenn ein Kind kommt, gehen Sie ins Büro und holen ihm eine Ranch, und beim nächstenmal geben Sie ihm einen Stall und dann die Tiere, die Cowboys und wo weiter. Haben Sie das verstanden?«

»Ich soll bei jedem Kind raus aus dem Kassenraum, ins Büro gehen und da den Pappkram holen?«

Er nickte grindend: »Im Lager sind noch Hunderte, wenn nicht Tausende solcher Kisten, da können wir noch jahrelang Kinder glücklich machen. Das ist die beste Werbung für unseren Betrieb. Denken Sie nur an McDonald's.«

Ich dachte an gar nichts, außer daran, daß er mich mal kreuzweise konnte.

»Mit Kindern kann ich es nicht so besonders«, wandte ich ein.

»Verlassen Sie sich ganz einfach auf ihre weiblichen Instinkte. Und übrigens: Sie haben jeden Tag dasselbe an, haben Sie nur dieses eine schwarze Kleid?«

Ich rührte die Pappkartons so lange nicht an, bis er sich angewöhnte, jedes Kind zur Kasse zu begleiten. Ich schraubte mir ein tantiges Lächeln in die Mundwinkel und überreichte den mißtrauisch blickenden Blagen eine Ranch.

»Was is'n des, Mama, is des was zum Spieln?«

»Ja, das weiß ich auch nicht, Christoph, nun sag mal schön danke.«

Der Bürstenkopf von Chef erklärte dann freundlich, wie man die Ranch zusammenbaute und daß es beim nächsten Besuch einen Stall gäbe mit Tieren drin, Pferden und Rindern, richtigen Rindviechern, so wie er eins war. Mit dem Ergebnis, daß ich gleich noch einmal laufen durfte, weil: »Wir sind nur auf der Durchreise, wir kommen aus Österreich, da haben Sie ja keine Filiale«, oder: »Mama, ich will aber jetzt gleich den Stall und die Pferdln«, oder: »Kann der Benjamin vielleicht schon ein paar Cowboys dazu haben, er hat nämlich gerade einen Colt geschenkt bekommen, da ist er jetzt ganz narrisch mit. Der Wilde Westen, der hat es ihm jetzt angetan, jaha, gell. Siehst du, Benjamin, die liebe Tante holt dir noch ein paar Cowboys. Jetzt hörst aber sofort mit der Flennerei auf, gell.«

Den ganzen Abend rannte ich die Teppen rauf und runter, um die Gäste zu den Tischen zu geleiten, die sie ohne mich hundertprozentig nicht gefunden hätten, flitzte wieder hoch in den Kassenraum, kramte in den Kartons im Büro, und als besonderes Bonbon durfte ich zweimal die Woche die Türscheiben putzen. Von diesem Idiotenjob wollte ich mich bei der nächsten Gelegenheit verabschieden. Die Gelegenheit kam bald.

Als der Bürstenharry sich eines Tages an der Treppe versteckt hatte, um zu kontrollieren, ob ich einem Kind die Papp-Ranch andrehte, hatte er mich beim Wickel: »Warum haben Sie dem Kind denn keine Ranch mitgegeben?«

»Ich kann nicht dauernd rein und rausrennen, es ist zuviel zu tun im Moment.«

»Hören Sie mal, Ihre aufmüpfige und unfähige Art geht mir schon lange auf den Geist. Sie haben meinen Anordnungen Folge zu leisten und sonst gar nichts.«

»Arschloch.«

»Haben Sie was gesagt?«

»Ja. Arschloch. Oder Riesenarschloch. Oberarsch paßt auch.«

»Sie können gleich Ihre Papiere mitnehmen. In fünf Minuten in meinem Büro.«

Als ich ging, hinterließ ich auf den Türscheiben extradicke Fingerabdrücke und fuhr in den Laden, in dem Marcello jobbte. Leider hatte er versäumt, mir mitzuteilen, daß er heute frei hatte. Zufällig war die Inhaberin auch nicht anwesend. Am nächsten Tag rief ich ihn an.

»Du sollst hier nicht immer anrufen«, wies er mich zurecht, »das wird hier nicht gerne gesehen. Was gibt es denn so Dringendes?«

»Ja, wo soll ich dich denn anrufen, wenn nicht da? Sehen wir uns heute abend?«

»Heute abend kann ich nicht.«

»Was heißt denn das, Mensch? Wieso kannst du nicht? Hast du einen Termin beim Papst oder was? Mach dich doch nicht immer künstlich interessant.«

»Morgen abend kann ich dich von der Arbeit abholen.«

»Ich bin da nicht mehr. Ich habe hingeschmissen.«

»Okay, dann um zwölf im ›Cosi‹. Ich muß jetzt Schluß machen. Ich habe zu tun. Ciao.«

Daß ich die Pißjobs nur angenommen hatte, um in meiner Freizeit ganz für ihn da zu sein, realisierte er nicht. Er hatte immer weniger Zeit für mich, und unsere Terminplanung wurde immer schwieriger. Ich hätte ihn zum Teufel jagen sollen, statt dessen ging ich auf dem Zahnfleisch, und mein Selbstwertgefühl war vor mir auf der Flucht.

Es war eine sonderbare Erfahrung, so tief gesunken zu sein. Ich entdeckte nie gekannte verwandtschaftliche Gefühle für streunende Köter, Stadttauben und Kanalratten. Mir leuchtete zum ersten Mal die Lebensform der Insekten ein, und der Gedanke, selbst eine verkleidete Kakerlake zu sein, erschien mir nicht abwegig. Einsame Kätzchen auf Dächern und Baumkronen, wenn die Menschen längst vor der Flut geflohen sind, auf Landstraßen angefahrene Hasen, die als willkommene Sonntagsbraten auf den Autorücksitz geschleudert werden, sterbende Vögel, von Kindern als Fußbälle benutzt – mein Mitleid für alle gequälten Kreaturen der Welt war grenzenlos.

Zu allem Übel drückte mir das Arbeitsamt sofort den nächsten Scheißjob aufs Auge. Diesmal ging es in einen elitären Gourmettempel der Lufthansa. In der Hoffnung, abgelehnt zu werden, warf ich mich in meine verbeulten Jeans und ein verfärbtes T-Shirt, aber einen Deppen, der klaglos Drecksarbeiten übernimmt, suchen sie überall auf der Welt.

Der Laden war erst vor kurzem von Franz Josef Strauß eingeweiht worden, und die Gäste, die am ungeniertesten schlemmten, waren weitere Prominente und Halbprominente, die sich zu Werbezwecken umsonst die Wänste vollschlagen durften. Am Empfang schwebten ehemalige Stewardessen in Uniform herum, die sich mindestens so bedeutend fühlten wie ihre Gäste, und hinter der Bar langweilte sich eine südländische Schönheit mit klobigem

Gebiß und dunkelblauem Kostüm, auf die der Schank-kellner ein Auge geworfen hatte. Der Schankkellner und ich arbeiteten im selben Raum, durch eine Zwischenwand von den vornehmeren Räumlichkeiten abgetrennt. Ein Stück weiter hinten lag die Küche mit ihrem kettenrau-chenden Starkoch und mehreren jungen, bleichgesichti-gen Beiköchen.

In diesem Ambiente erlernte ich den Umgang mit Kre-ditkarten. Ich hatte eine kleine Maschine, in die ich die Karten legte, den Bügel durchzog und angesichts der als Trinkgeld vermerkten Summe große Augen kriegte. Bei einem großen Tisch waren hundert Mark an der Tages-ordnung. Mit Bescheißen war hier leider wieder nichts, aber als Entschädigung parkten die großen Edelstahltabletts mit den köstlichsten Gerichten auf dem Rückweg bei mir, denn viele Herrschaften waren zum Aufessen zu vornehm oder unterlagen jobbedingt dem Diktat der Ske-lettsucht. So entwickelte ich mich nebenbei zum Gourmet und legte zur Abwechslung mal wieder ein paar ordent-liche Pfund zu.

Einmal kam ein Star-Geiger hinter die Trennwand und verteilte persönlich Trinkgelder. Er hatte ziemlich einen in der Krone und wollte unbedingt jedem die Hand geben. Er konnte ja nicht ahnen, daß der Bierzapfer und ich uns hinter der Trennwand ein kleines Schlaraffenland mit Freibier und retournierten Tabletts geschaffen hatten, aus dem wir Mühe hatten, so plötzlich zu erwachen. Manche wollten auch unbedingt in der Küche dem Koch persön-lich für die Wohltaten danken und nervten uns mit ihrer Begeisterung.

Der Geschäftsführer war ein schnauzbärtiger Sanguini-ker mit einem Hang zur Zauberei. Er konnte einem eine Kugel in der Handinnenfläche verstecken, und wenn man nach ein paar Minuten die Faust öffnete, war die Kugel verschwunden. Die Gäste, die ihn kannten, baten ihn regelmäßig an ihren Tisch und ließen sich was vorzaubern. In seiner Zauberei und der Freude, die er damit bereitete, lag sein ganzes Glück. Seine rundliches Gesicht errötete, die fleischige Nase glühte, und der Schnauzbart wippte geschmeichelt. Fast hätte ich mich in ihn verguckt. Er kniff mich öfter in den Arsch und meinte: »Sie sollten immer Röcke tragen, da sehen Sie richtig sexy aus.« Ich hatte keineswegs die Absicht, sexy auszusehen. Seine Ehe war unglücklich, aber da er katholisch war, kam eine Scheidung nicht infrage. So hielt er sich an die Zauberei, das war eine saubere Lösung. Dauerte es nachts länger, gab er mir Geld für ein Taxi, was nicht gerade billig war, weil ich jetzt in Taufkirchen wohnte. Ab und zu nahm er mich in seinem Wagen mit. Dann erzählte er mir, daß zu Hause nur der Hund auf ihn warte und sich seine Frau schon seit Jahren nicht mehr anfassen ließe und daß es bessere Schicksale gäbe, aber auch schlechtere, und ob mir schon aufgefallen sei, daß der Kellner Gerhard einen verkrüppelten Zeigefinger habe und daß man sich vor den von Gott Gezeichneten in acht nehmen solle.

Manchmal machte ich die Nacht durch, bis die erste S-Bahn fuhr, und trieb mich in den alten Läden herum, die ich von früher kannte, aber entweder gefielen mir die Typen nicht oder ich selbst war unattraktiv geworden oder einfach nur zu abgefüllt zum Flirten. Tatsächlich war ich auf Marcello-Entzug, und auf der verzweifelten Suche mach meiner Droge jagte ich manchmal durch die halbe Stadt. Irgendwo mußte der Typ doch stecken.

Zu der Zeit riß ich ein paar reiche Säcke auf. Unter den Nachtschwärmern waren die Reichen die einsamsten. Sie hockten immer allein an einer Bar, das Gesicht zum Eingang gewendet, und wippten beim Anblick einer alleinstehenden Frau mit den Schuhspitzen. Man brauchte sich bloß danebenzusetzen, schon floß der Wein in Strömen. Sofern ich noch sprachmächtig war, mußte ich darüber Auskunft geben, aus welchem unerfindlichen Grund eine so bemerkenswert hübsche Frau wie ich um diese Uhrzeit alleine unterwegs war und ob ein gemeinsamer Wechsel der Örtlichkeit mit meinen ferneren Plänen konveniere. Da die Geldfritzen meist über keine sehr überzeugende Optik verfügten, hatten sie draußen immer einen Wagen von unschlagbarem Format. Einmal geriet ich dem Sohn des größten Kürschners der Stadt in die Fänge. Er trug eine dicke Hornbrille und fuhr einen goldenen Jaguar. Nachdem er fleißig mein Desinteresse bestrunzt hatte, begleitete ich ihn aus Langeweile und weil die S-Bahn noch nicht fuhr in seine schwarzweiß gefliese Designerwohnung, in der neben einer tomatenroten Couch die Hausbar das auffälligste Möbelstück war. Er wirbelte routiniert wie ein Profi hinter der Bar und zelebrierte seine Künste als Irish-Coffee-Bereiter, aber ich hatte kaum von dem Zeug genippt, da kam er schon zur Sache: »Soll ich dir mal mein Schlafzimmer zeigen? Komm mal mit, das ist gleich nebenan.«

»Nee, zapf mal lieber ein Bier.«

»Gleich. Erst kommst du mal nach nebenan gucken, ich will dir was zeigen.«

»Nee, ich will erst noch ein Bier.«

»Du kriegst gleich soviel Bier, wie du willst, aber erst kommst du mal mit nach nebenan. Los, komm schon, das ist nicht weit.«

Er zerrte mich vom Barhocker hoch wie einen Sack Kartoffeln und schleifte mich ächzend ein paar Meter durch den Raum: »Jetzt stell dich doch nicht so an, Mensch, du brauchst ja gar nichts zu machen, du sollst es dir ja nur mal ansehen.«

Wütend versuchte er mich zu küssen, aber ich wich jedesmal gekonnt aus wie ein amerikanischer Boxer im Ring. Da ich mit einer Vergewaltigungsszene rechnete, trommelte ich prophylaktisch meine Kraftreserven zusammen. Ohne einen Satz blauer Augen legte der mich jedenfalls nicht flach. Diesem hehren Vorsatz schwor ich treu zu bleiben bis an das blutige Ende. Ich konnte im Suff unglaublich stur sein und erstaunliche Kräfte entwickeln.

»Hör mal, du weißt einfach nicht, wie gut ich bin im Bett«, ließ er jetzt die Katze aus dem Sack, »die Weiber sind verrückt nach mir. Glaube mir, es hat sich noch keine beschwert. Du wirst es auch nicht bereuen. Jetzt sträub dich halt nicht so, ich schenke dir auch was Schönes hinterher. Hier, sieh mal, die Pelzjacke, die hier hängt, kannst du nachher mal anprobieren, wie sie dir steht. Komm, sperr dich doch nicht so, Herrgottsakra aber auch.«

Ich blieb stur wie ein Panzer. Genausogut hätte ich mich besteigen lassen können, aber wozu die Umstände? Um hinterher in einem fremden Badezimmer fremden Rotz aus der Möse zu spülen – nein, danke.

»Du, ich habe eine Mordsausdauer, ich kann dich die ganze Nacht vögeln, du willst nachher gar nicht mehr gehen.«

Die ganze Nacht! Das gab den Ausschlag: »Du kannst mir mal ein Taxi rufen.«

»Nachher, nachher.«

Unter Aufbietung seiner letzten Kräfte versuchte er, mich durch einen Gang in sein Schlafzimmer zu ziehen. Mal zerrte er an meinen Armen, mal schob er mich von hinten, dann bedrängten mich seine Beine, aber ich umklammerte störrisch den Türgriff. In den oberen Gefilden war ich bissig, weiter unten ausschlagend wie ein schlechtgelaunter Maulesel.

»Ey, was ziehst du hier eigentlich für eine beschissene Show ab, Mensch«, keuchte er. »Ich meine, sowas macht mich ja an, nicht, wenn sich eine wehrt, normalerweise, werde ich da ja erst richtig geil, aua, zieh wenigstens die Schuhe aus, ey, ich kriege ja lauter Blutergüsse, los jetzt, jetzt verstehe ich aber bald keinen Spaß mehr, laß die Türklinke los, ich krieg dich schon, du Kanaille, was bist du für ein verdammtes Miststück, keine Sorge, das macht mich erst richtig scharf, aua, auaaaa!«

Irgendwie mußte ich ihn heftig erwischt haben. Ich nutzte seine Wehleidigkeit, um ins Wohnzimmer zurückzueilen. Er kam sofort hinterher gestürzt: »Also gut, trinken wir erst noch was. Ich bin ja nicht so. So nötig habe ich es auch wieder nicht, wir sind ja zivilisierte Menschen.«

Seine Einsichtigkeit stimmte mich milde: »Aber nur noch ein Bier.«

Er zapfte schweratmend ein Bier und schaute mich ratlos und angesäuert an. Ich sagte: »Lassen wir's doch einfach, es hat doch keinen Zweck, ich habe eben keine Lust. Wir haben gesagt, wir trinken einen Irish Coffee, mehr nicht. Was mußt du jetzt auf Teufel komm raus bumsen, das versaut doch den ganzen Abend.«

Aus schweißüberströmtem Gesicht glotzten mich seine weit aufgerissenen Augen an: »Ja, du glaubst doch wohl nicht, daß ich so 'n Aufriß wie dich jetzt einfach wieder gehen lasse. Wo soll ich denn um die Uhrzeit was anderes herkriegen, he? Der Abend ist ja sowieso schon reichlich verschenkt für meinen Geschmack. Trink erst mal aus, dann sehen wir weiter.«

»Ruf mir lieber ein Taxi, du bist ja jetzt schon mit deinen Kräften am Ende. Das gibt doch heute nichts mehr, das mußt du doch selbst einsehen.«

Traurig hingen seine Arme an ihm herunter. Er guckte mich mit Kalbsaugen an: »Ich fahre dich die ganze Woche mit meinem goldenen Jaguar herum, wenn du willst.«

»Gib es auf. Wo steht denn eigentlich das Telefon?«

Wortlos reichte er mir den Apparat. Als ich das Taxi bestellt hatte, hockten wir minutenlang schweigend da wie zwei Kinder, die auf den Schulbus warteten. Zum Abschied sagte ich: »Du darfst das nicht persönlich nehmen, ich bin im Moment nicht so gut drauf.«

»Im Geschäftsleben wäre das Betrug. Da würde ich euch regreßpflichtig machen, das kannst du mir glauben, das würdet ihr mit mir nicht machen. Für was rennt ihr denn eigentlich nachts mit polierter Fassade durch die Gegend, wenn ihr nicht poppen wollt. Den Sternenhimmel könnt ihr euch auch zu Hause ansehen.«

»Warum gehst du nicht einfach in den Puff, wenn du's so nötig hast? Da ersparst du dir eine Menge Ärger, du hast doch Geld genug.«

»Puff ist nichts für mich, ich will 'ne Frau, die es aus Liebe macht. Alles andere ist nicht mein Niveau.«

Meine Bude in Taufkirchen war am Arsch der Welt, und sie war das allerletzte. Ich hatte sie durch den Freund einer Bekannten von Alois bekommen. Der Freund der Alois-Bekannten war Ungar, und der Typ in Taufkirchen, in dessen Wohnung ich zog, war ebenfalls Ungar. Er arbeitete als Dolmetscher beim Gericht und hatte eine Tochter von etwa zwölf Jahren, die fettsüchtig war und ihren Alten mit Raubzügen in den umliegenden Supermärkten nervte, wobei es ihr besonders Nagellacke und Lidschatten angetan hatten. Mit den beiden lebte ein irischer Setter, den die Geilheit gelehrt hatte, mit der Pfote die Haustür zu öffnen, um läufigen Hündinnen nachzujagen. Morgens, wenn der Ungar zur Arbeit war und die Tochter zur Schule und ich dringend meinen Schlaf brauchte, heulte er in den höchsten Tönen ohne Unterbrechung stundenlang vor der Tür herum. Den Schlüssel umdrehen konnte er nämlich leider nicht. Ich sperrte den vor Brunst halb wahnsinnigen Hund in das Zimmer des Hausherrn, weil das von meinem am weitesten entfernt war, und da kackte er aus Frust den ganzen Teppich voll. Außerdem lebte in der Wohnung eine Anglistikstudentin namens Carmen, die mit einer Carmen so wenig gemein hatte wie Hans Moser mit Elizabeth Taylor. Sie war mittelgroß, dürr, hatte eine große Nase, kleine Augen und Titten und kurzgeschnittene Fingernägel. Alles, was ich sagte, fand sie goldrichtig und auf den Punkt gebracht oder aber zum Kranklachen komisch. Der Ungar fand mich auch nicht gerade abtörnend, aber mein Fall war er nicht. Zu Hause trug er immer dunkelblaue, ausgeleierte Trainingshosen, die ihm um den schmächtigen Arsch flatterten, und gerne lehnte er erwartungsvoll am Heizkörper in der Küche und schaute mit listigen, dunklen Augen über seinen Spitzbart in die Runde, ob es wohl heute was zu lachen gäbe. Er hatte einen leichten Buckel und suchte dringend eine Frau. An seiner verflossenen ließ er kein gutes Haar. Das dämliche, dreckige, verhurte, bauernschlaue, verlogene, berechnende, fette alte Miststück hätte ich gerne mal kennengelernt. Die Tochter, die angeblich der Mutter ähnelte, hatte bei ihm nichts zu lachen. Wenn er wieder heiratete, käme sie sowieso ins Internat, schmierte er ihr in unregelmäßigen Abständen aufs Brot. »Friß nicht soviel, sonst siehst du bald aus wie deine Mutter, die alte Schlampe. Eines Tages landest du auch noch in der Gosse, warte mal ab, ich helfe dir dann nicht mehr.«

Um das Töchterchen zu trösten, spielte ich ab und zu mit ihr Karten. In Ermangelung anderer Vorbilder bewunderte sie mich, weshalb sie mir erst recht leid tat.

»Hast du nicht Lust, den Vati zu heiraten?« fragte die Ärmste. »Dann müßte ich doch nicht ins Internat, gell?«

Ich erklärte ihr, daß sie diesen Gedanken am besten augenblicklich vergaß.

»Der Vati würde schon wollen«, wußte das kluge Kind.

»Ich habe doch schon einen Freund«, erinnerte ich sie, »den Marcello, denn hast du doch schon mal kennengelernt.«

»Ach, der blöde Costa Cordalis«, maulte sie, »der ist doch viel zu wild für dich, du brauchst was Abgeklärtes.«

»*Abgeklärtes?* Wer sagt das denn?«

»Der Vati.«

»Ach nee!«

»Ja, und daß du eine Frau für einen älteren Mann wärst. Was meint er denn damit?«

»Das möchte ich auch mal wissen«

»Hach, du bist aber dumm. Das sagt der doch bloß, weil er selber älter ist.«

Und immer noch zog ich nachts durch die Straßen. Vollgetankt vom Freibier während der Arbeit brauchte ich anschließend nicht mehr viel zu mir zu nehmen. Marcello war wie vom Erdboden verschwunden.

Das Leben war an Trostlosigkeit nicht mehr zu überbieten. Und ausgerechnet jetzt, war Alois nicht mehr unterwegs! Ausgerechnet jetzt, wo ich ihn brauchte, jobbte er nachts als Taxifahrer und lebte abstinent. Nach seinem Examen hatte er in einem Büro eine Stellung gehabt, aber die Probezeit nicht überstanden. Die Wohnung in der Schellingstraße hatten ihm seine Eltern gekauft. Dort lauschte er Bruckner und stellte das Vögeln komplett ein. Für meine amourösen Eskapaden hatte er keine Ader mehr, sie waren ja auch nicht mehr halb so amüsant wie früher. Hier und da erkundigte sich seine Mutter nach mir. Jetzt, wo sie sich enkelkindmäßig in der Sackgasse befand, hätte sie sich mit mir als Schwiegertochter eventuell abgefunden, aber das Schicksal hatte diese Notlösung leider nicht für sie vorgesehen.

die mürrische Schwuchtel aus dem »Tino«, daß Marcello eine andere hätte und ob ich denn eigentlich blind oder blöd sei, das nicht zu merken. Sie heiße Marianne und wohne um die Ecke, und die Tochter von Mia sei auch von ihm schwanger.

Ich war im »Cosi«, es war früh am Morgen, und mir war zumute wie kurz vor meiner eigenen Beerdigung, das Leid riß mir Batzen rohen Fleisches aus der Bauchhöhle, und vor meinem geistigen Auge schossen Millionen von Lemmingen die Steilküste herab in den Tod. Und am nächsten Tag war ausgerechnet Gründonnerstag und alle Läden geschlossen.

Ich bekam ihn am nächsten Tag bei »Tino« an die Strippe: »Du kommst jetzt augenblicklich her, oder ich schmeiß deinen ganzen Krempel in den Container.«

Er hatte einen Koffer mit Klamotten bei mir stehen, damit er was zum Wechseln hatte, wenn er bei mir schlief, was zugegeben nur noch selten geschah.

Tatsächlich kam er. Nach durchheulter Nacht sah ich verführerischer aus denn je. Selbstverständlich mußte er sich auf der Stelle neu verlieben. Er sah mich an wie einen Holzwurm: »Was gibt's denn so dringendes?«

»Ich habe gehört, du hast eine andere«, sagte ich trauerumflort.

»Ich?«

»*Ja, wer denn sonst?*« Na bravo. Ich kreischte schon beim zweiten Satz.

»Wer hat das gesagt?«

Ich explodierte: »Was spielt denn das für eine Rolle, das ist doch scheißegal, wer das gesagt hat. Ich will wissen, ob das stimmt. Darum geht es.«

»Erst will ich wissen, wer das gesagt hat. Den Hundesohn bringe ich persönlich um, dem schlitze ich den Bauch auf.«

»Ach, du mit deinen aufgeschlitzten Bäuchen. Du bist nicht dazu da, um hier Bedingungen zu stellen. Ich will wissen, ob das stimmt. Bist du fremdgegangen oder nicht?«

»Nein, bin ich nicht.«

Er gab sich nicht einmal Mühe, seine Lüge nett zu verpacken. Die Lahmarschigkeit, die er an den Tag legte, erschütterte mich bis ins Mark.

»Lüg doch nicht!« jaulte ich auf. »Jetzt sag doch wenigstens die Wahrheit. Ich weiß doch sogar, wie sie heißt.«

»Wie denn?«

»Frag doch nicht so blöd. Du wirst es wohl am besten wissen, du Arsch.«

»Tut mir leid, ich weiß nicht, von wem du redest.«

Er lehnte elegant am Bettpfosten und rauchte, und von draußen hörte ich den Ungarn herumtigern, der wahrscheinlich jedes Wort mitkriegte. Laut genug war ich ja.

»Marianne heißt die taube Nuß!« blökte ich in falschem Triumph. »Jetzt wirst du dich wohl erinnern. Und die Tochter von der Mia sollst du ja auch beglückt haben. Deshalb hattest du keine Zeit mehr für mich, jetzt wundert mich gar nichts mehr. Du mußt dich ja königlich amüsiert haben, mich so lange zu verarschen.«

»Ich habe dich nicht verarscht«, sagte er in einem Ton, als gäbe er die Uhrzeit durch. »Du machst einen Fehler: Du glaubst alles, was man dir erzählt. Das sollte man nie tun, die Leute reden einfach zuviel Mist. Die Tochter von der Mia ist überhaupt noch Jungfrau, damit du's weißt, also spar dir deinen Auftritt. Was soll der Scheiß überhaupt, ich muß zur Arbeit.«

Er blickte aus dem Fenster, um das Wetter zu prüfen, und es fehlte nicht viel, und er hätte angefangen, ein Liedchen zu pfeifen. Fassungslos tobte ich rotzend und spuckend durch das kleine Zimmer und verkündete hochfahrend das Ende unserer Beziehung, als hätte ich noch die Fäden in der Hand.

Als er sich gelangweilt trollte, blaffte ich großartig hinterher:»Und laß dich hier nie mehr blicken, hast du verstanden?« Das war ohnehin seine vordringlichste Absicht gewesen.

Dann war Karfreitag.

Taufkirchen war ein verschlafenes Nest mit zwei Supermärkten, einem Penny und einem Aldi, und einer einzigen Kneipe, die für mich einigermaßen infrage kam. Dort lungerte die Dorfjugend an einem Flipperautomaten herum und hielt die Musikbox in Schwung. Karfreitag war selbst diese Zuflucht geschlossen. Es gab einen sehr gepflegten Friedhof mit schönen Grabsteinen, deren Inschriften ich mir genußvoll zu Gemüte führte, und ich beneidete die Toten um die Wertschätzung, die sie genossen. Danach marschierte ich durch die winterlichen Felder, wo ein eiskalter Wind durch meine Klamotten pfiff. Kein Schwein war unterwegs. Frierend wanderte ich durch das menschenleere Einkaufszentrum, um die Betonsäulen heulte eine Windhose, Staubkreisel fegten mir starres Laub ins Gesicht, Regentropfen prasselten wie eisige Dolche auf die Haut, die Kälte kroch mir bis an die gottverlassenen Rippen, und ich wäre gerne umgekehrt, wenn ich nur gewußt hätte, wohin.

Als Ostern endlich überstanden war, hatte ich eine Grippe und suchte die Dorfärztin auf. Ihr ehrliches Interesse an den körperlichen Symptomen meines Zerfalls löste bei mir eine mittlere Tränenflut aus. Erschrocken stellte sie mir eine Überweisung zum Nervenarzt aus und schrieb mich eine Woche krank. Die verbrachte ich mit der Tochter des Hauses, indem ich mit ihr Backgammon spielte oder mich von Björn Borgs sensationeller Technik im Fernsehen mitreißen ließ. Der Sinn des Tages bestand darin, daß er endlich zur Nacht wurde, und der Sinn der Nacht bestand darin, in ein bis zwei Flaschen Wein ertränkt zu werden. Das größte Ärgernis war, vor dem Mittag aufzuwachen und noch immer nicht das Gedächtnis verloren zu haben.

Dann kam der alte Ungar in mein Zimmer gebuckelt und behauptete, er habe eine Frau kennengelernt und brauchte jetzt die ganze Wohnung für sich und seine neue Herzdame. Carmen und ich hätten uns in Luft aufzulösen, und die Tochter sei schon im Internat angemeldet. Er schien sich an mir für irgendwas rächen zu wollen, vielleicht bildete ich mir das auch nur ein. Auf jeden Fall war ich nicht imstande, mir eine neue Bleibe zu suchen. Ich rief meine Mutter an und schilderte ihr meine genaueren Lebensumstände und meine Unfähigkeit, sie zu ändern.

»Ich hole dich ab«, sagte die treue Seele, »pack alles zusammen, ich spreche mit Wunderlich.«

»Ist der etwa wieder zu Hause?«

»Der braucht uns doch nicht zu stören, der bleibt sowieso nicht lange. Auf jeden Fall kommst du nach Hause.«

Das Wort »nach Hause« wirkte bei weitem nicht so anheimelnd, wie ich erwartet hatte, und auch das mütterliche Hilfsangebot nicht so verlockend, daß ich nicht doch noch die leise Hoffnung hegte, es könnte sich alles auf geheimen Wegen zum Guten wenden. Ich war das Kätzchen, das zu hoch geklettert ist, unschlüssig den Feuerwehrmann auf der Leiter beäugt und doch genau weiß, der unbedachte Ausflug ist beendet.

»Ihr braucht mich nicht abzuholen«, sagte ich, »ich nehme den Zug. Aber ich brauche noch ein paar Tage, zum Packen und so.«

»Aber laß dich ja nicht wieder mit dem Ganoven ein«, mahnte meine hellsichtige Mutter, »den habe ich nie gemocht. Dieser Schmierlappen. Und dann die Zähne. Das habe ich ja nie verstanden, du bist doch sonst so penibel. Was du bloß an dem gefressen hattest. Sei froh, daß es vorbei ist. Du bist jung genug und kannst jederzeit neu anfangen.«

Es wurde ernst. Nach und nach packte ich meine Bücher in gelbe Postkartons und stapelte sie in meinem Zimmer. Wie ich die schweren Kisten zur Post befördern sollte, war mir noch ein Rätsel. Dann ging ich auf Abschiedstournee ins »Cosi«. Ich küßte Axel, den brutalen Türsteher, Wimmerl, den gemütlichen Kellner, Micki, den nervösen Discjockey und drei oder vier Gestalten, an die ich mich erinnern würde, und dann stand da plötzlich Marcello. Als er mit ernster Miene auf mich zukam, hatte mein Schicksal Marcellos Gesicht, und meine Vorsätze waren wie weggeblasen.

Mit einem Geräusch, das ich erstaunt als Schluchzer interpretierte, fiel er mir um den Hals: »Endlich kommst du. Jede Nacht habe ich auf dich gewartet. Über eine Woche habe ich jede Nacht auf dich gewartet. Daß du endlich da bist.« Völlig durchgeschüttelt vom Widerstreit meiner Gefühle ließ ich die Erfindung des Telefons unerwähnt. Seine bühnenreife Wiedersehensfreude jagte wohlige Schauer über meinen frisch genesenen Körper, beide flennten wir ungehemmt los.

Ich faßte mich als erste: »Der Ungar hat mir das Zimmer gekündigt, ich muß da bis Mitte der Woche raus sein. Was anderes zu suchen, hatte ich einfach keinen Nerv. Ich ge ganz weg aus München und fange woanders von vorne an.«

»Ach, Quatsch, du gehst nicht. Jetzt gehst du nicht mehr. Jetzt haben wir uns ja wiedergefunden, jetzt hat sich alles geändert. Mit uns ist es nicht vorbei. Ich will das nicht, es ist kein Schluß. Ich besorge dir ein Zimmer, ich besorge uns eine Wohnung, da wohnen wir wieder wie früher, wie ganz am Anfang, was sagst du dazu? Das hat dir doch gefallen oder nicht? Ich höre auch mit dem Pokern auf! Versprochen! Es soll alles so sein, wie du es haben willst.« Und so weiter.

In der Nacht kam er natürlich mit zu mir, ich nahm ihm ein Versprechen nach dem anderen ab. Nie mehr wollte er sich künstlich interessant machen oder mich warten lassen oder abschätzig ansehen oder an meiner Figur herummäkeln oder mich am Telefon abblitzen lassen und mit seiner Chefin flirten, er werde jetzt beweisen, daß er es ernst meine mit mir, und das mit der Marianne sei überhaupt nicht der Rede wert gewesen, sie habe ihm nur mal ihre Plattensammlung gezeigt, ihm läge rein gar nichts an ihr, und ich wüßte doch, daß ich seine große Liebe sei.

Mittags schleppten wir die Postkartons zur Post. »Die kannst du ja ruhig nach Hause schicken, die Bücher nehmen sowieso immer zuviel Platz weg. In der neuen Wohnung brauchst du keine Bücher mehr, da hast du ja mich.« Er stellte sich sogar in die vorsintflutliche Dorfkneipe und dödelte am Spielautomaten herum, ohne sich zu langweilen. Er langweilte sich nicht einmal beim gemeinsamen Spargelschälen und fand es auch nicht weiter abartig, unter den nachdenklichen Blicken des Ungarn am Küchentisch zu speisen oder auf dem Friedhof spazieren zu gehen, und auch mein Bett fand er nicht mehr zu eng und ungemütlich. Trotzdem lagen wir darin wie zwei versehentlich nebeneinander geparkte Dornröschen. Er blickte qualmend an die Zimmerdecke, während ich gefühlvoll seine Gummiwurst befummelte, bis ich fast einen Krampf im Arm bekam.

»Ich verstehe das nicht. Du konntest doch sonst immer und überall. Ich glaube, du machst das extra. Willst du mich für irgendwas bestrafen oder was?«

Keine Antwort.

»Willst du nicht mit mir schlafen, oder was soll das?«

Er schüttelte mit dem Kopf. Dicke Rauchwolke stiegen gen Himmel.

»Oder pennst du doch noch mit einer anderen?«

Kleiner Wutanfall: »Ach Quatsch. Ich penne mit niemandem. Ich werde nie mehr mit jemandem pennen.«

Flache Rauchwolke.

Das süßschmelzende Pathos schmeichelte meinen Gehörknöchelchen ungemein. Wenn ich ihn so ansah, konnte ich mir einfach nicht vorstellen, ihn jemals zu verlassen. Schließlich konnte ich es auch nicht verantworten, daß dieser schöne Mensch meinetwegen ein Leben ohne Sex führte.

»Kannst du mir vielleicht mal erklären, warum dein Ding nicht hart wird, Mann, ich weiß genau, daß du das absichtlich machst.«

»Ich weiß nicht. Man muß ja nicht von morgens bis abends poppen.«

»Den Ausdruck hast du aber nicht von mir.«

»Fängst du schon wieder an. Ich bin dir so treu wie noch keiner zuvor, das ist ja das Schlimme. Du hast noch nicht einen Ton darüber verloren, ob du dir die Wohnung ansehen willst.«

»Was denn für 'ne Wohnung, ich fahre doch morgen, wozu soll ich mir da noch eine Wohnung ansehen. Ich weiß nicht, wie du jetzt ausgerechnet auf die Wohnung kommst, wo wir miteinander schlafen wollen. Beziehungsweise nicht wollen.«

Schweigen. Nächste Zigarette. Gummiwürstchen zur Zieharmonika schrumpfend.

»Du liebst mich nicht«, fing er plötzlich mit dunkler

Stimme an, »du hast mich nie geliebt.« »Don Carlos«, meine Wunschgrabmusik. Oder doch lieber den Trauermarsch von Chopin? Endlich kam ich auf den Trichter: Er war zu beleidigt zum Vögeln. Die Sache mit der Mannesehre, ich hatte sie ganz vergessen, wie konnte mir das passieren. Wo die doch so wichtig war.

Als alle Pakete auf den Weg gebracht waren, kaufte ich das Ticket. Marcello wollte mich zum Bahnhof bringen. Ausgerechnet an diesem Tag kam er zu spät, so daß wir uns noch einmal heftig in die Wolle kriegten. Daß er mich zum Schluß an seine vornehmsten Tugenden erinnerte, nahm ich als Abschiedsbonbon dankbar entgegen. Unterwegs kamen wir in den Feierabendverkehr, und er meckerte ohne Unterbrechung: »Scheiße, hier kommste ja überhaupt nicht vorwärts.«

»Wärst du nicht zu spät gekommen, wären wir längst da.«

»Was kann ich dafür, wenn sich die Gäste festsetzen. Mann, ist das eine Scheiße hier, was wollen die Ärsche bloß alle auf den Straßen, kannst du mir das mal verraten, das ist ja zum Kotzen. Was ist denn nun eigentlich mit der Wohnung, wir könnten morgen einziehen, ich habe heute mit dem Typen gesprochen. In ganz München kriegst du keine Wohnung, nur ich, ich habe eine gefunden, und du verlierst kein Wort darüber.«

»Jetzt kommst du mit der Wohnung, wo ich das Ticket in der Hand halte, hättest dich eben früher drum kümmern sollen, dann hätten wir uns das Ganze hier vielleicht ersparen können.«

»Ach was, das Ticket kannst du jederzeit zurückgeben, ich habe mich erkundigt.«

»Was du plötzlich alles weißt. Na, dann sag schon, was ist das denn für eine Wohnung?«

»Zwei Zimmer in der Weißenburgstraße, mit Terrasse. Traumhafte Lage, sage ich dir, eine Terrasse so groß wie ein Fußballfeld, und richtig mit Vogelgezwitscher am Morgen, so wie du das immer haben wolltest.«

»Mit Vertrag und allem drum und dran?«

»Du nun wieder, Vertrag, Vertrag, immer dieses deutsche Sicherheitsdenken, immer diese Bürokratenkacke. So kompliziert sind wir in Italien nicht. Wir können erst mal für einen Monat einziehen, der Typ ist nach Italien in Urlaub, aber das kann auch länger dauern. Manchmal bleibt der für ein halbes Jahr unten. Oder länger. Vielleicht kriegen wir sie auch für immer, das muß man eben sehen.«

»Also wieder nichts Halbes und nichts Ganzes, wie immer bei dir. Kaum haben wir die Koffer ausgepackt, können wir schon wieder sehen, wo wir bleiben. Ich habe die Schnauze so voll davon, das kann ich dir gar nicht sagen. Jetzt fahr doch nicht so verrückt, willst du vorher noch einen Unfall bauen?«

»Das Arschloch hat mich geschnitten, dem poliere ich gleich die Fresse, paß auf, du Sack, gleich komme ich raus, ich hol dich raus aus der Karre, gleich bist du reif. Ich reiß dir gleich den Arsch auf. Ist das eine scheiß Fahrerei hier. Und noch so warm dazu heute.«

»Ich möchte mal wissen, wozu ich dir immer die ganzen Deos schenke. Fahr mal nach rechts, ich glaube, da vorne kannst du parken.«

Er schleppte meinen Koffer zur Gepäckannahme, und kaum hatte er ihn über die Stufe gewuchtet, sagte er »Ciao« und ging.

Entgeistert glotzte ich ihm hinterher. Ich hatte eine tränenreiche Abschiedsszene teils ersehnt, teils befürchtet, aber das jetzt war wie ein Faustschlag ins Gesicht. Er lief zum Ausgang, als würde er eben Zigaretten ziehen gehen, aber wir trennten uns doch gerade, da konnte er doch nicht einfach so abhauen, Mensch. Was war denn das wieder für eine Scheiße, da konnte einen ja echt noch mal richtig die Wut packen. Ihm hinterher zu rufen, war ich zu stolz. Der verdammte Hund hatte das Talent, in jeder Situation besser auszusehen als ich, na, wenn schon. Die Verlasserin war ich, da mochte er noch so zügig von dannen schreiten, der eingebildete Vogel, wer weiß, vielleicht heulte er ja auch. Aber trotzdem, man haute doch nicht einfach so ab nach den Jahren, das ging doch nicht, das war doch unmenschlich, Mensch, Kruzitürken aber auch.

Im Abteil zog ich einen lauwarmen Piccolo aus der Tasche und blinzelte tränenblind aus dem Fenster. Der einzige Mitreisende, ein mittelalter Typ im Trench, sah mich komisch an. Mir doch egal. Mir war, als hätten sie mir ein Bein abgesägt oder einen Arm oder den halben Leib, der mit allen Fasern nach Marcello schrie: Und wenn ich sterb, dann stirbt nur ein Teil von mir, und der andre bleibt bei dir. Schluchz, heul, bibber, nie mehr »Cosi«, nie mehr Marcello, nie mehr jung. Wenn doch nur der Trenchcoat aussteigen würde, damit man die Schleusen richtig aufreißen könnte. Von dem ewigen Tränenunterdrücken schmerzte einem ja die Speiseröhre.

Mein Körper war eine einzige Wunde. Vergebens lockte ich das Gefühl, meiner Entscheidung zu folgen. Mit Wollust klebte es an der Vergangenheit. Entweder zerriß es mich jetzt in zwei Teile oder ich stieg bei der nächsten Station aus oder ich schlachtete mein Herz, das wie ein fünfzigköpfiger Lindwurm aus allen Ecken nach dem vertrauten Objekt jaulte. Kaum hatte ich zehn Köpfe erschlagen, drückten schon zehn andere auf die Tränendrüsen. Kein Schwert war groß genug. Einsam stapfte ich durch das Blutbad des vergeblichen Vernichtungsfeldzugs, umzingelt von wachsbleichen Hälsen voll klaffender Wunden, von zuckenden Häuptern, die sich jedem inzwischen kraftlosen Hieb widersetzten, blubbernd waberte das breiige Blut, in dem ich mich knietief dahinschleppte, und unter schwarzviolettem Himmel wand sich der wulstige Leib des Ungeheuers und erschuf sich mit jedem Hieb neu.

Zu Hause sprang ein neuer Hund um mich herum, ein Rauhhaardackel mit buschigen Augenbrauen und bernsteinfarbenen Augen. Den anderen hatte ein Nachbar vergiftet, weil er ständig in seinen Vorgarten geschissen hatte. Leider konnte man dem Nachbarn die Tat nicht beweisen. Außerdem hatten meine Eltern sich eine weiße Ratte angeschafft, die nach Marzipan roch und mir sehr argwöhnisch begegnete. Sie hieß Milli und kroch allen Leuten in die Ärmel, außer mir, von mir nahm sie nicht einmal eine Haselnuß. Sie schaute mich lange zweifelnd an und verzog sich dann wieder in einen Ärmel. Dann gab es da noch Püppi, den Star, der aus dem Nest gefallen war und den meine tierliebende Mutter dem Maul einer Katze entrissen hatte. Püppi wuchs täglich beinahe einen Zentimeter und sollte in einigen Tagen einen größeren Käfig bekommen.

Am nächsten Tag waren meine Eltern nach Stuttgart zu einer Hochzeit eingeladen, an der ich aus naheliegenden Gründen nicht teilnehmen wollte. Statt dessen sollte ich auf das verwöhnte Viehzeug aufpassen.

»Also, die Jenny muß dreimal täglich Gassi, morgens um acht, mittags um eins und abends um sieben. Das ist sie so gewöhnt. Dann gehst du mit ihr mindestens eine halbe Stunde spazieren, das braucht sie. Und denk dran: Sie will in alle Autoräder beißen. Also, Vorsicht, wenn Autos kommen. Immer die Leine kurzziehen. Kannst du das mit der Leine? Mach mal vor.«

Ich führte die Leine vorschriftsmäßig vor. Sie ließ sich auf Knopfdruck ein- und ausfahren.

»So, und Püppi kriegt fünfmal täglich zwei Maden. Komm mal mit, ich zeige dir das Madenglas.«

Genervt folgte ich meiner Mutter in die Küche. Ich fühlte mich jetzt schon überfordert. Wußte sie denn nicht, daß ich nichts sehnlicher wünschte, als meinen Schmerz in Strömen von furztrockenem Wein zu versenken, statt mir hunderttausend Anweisungen über die Pflege ihres Viehzeugs anzuhören. In mir spielten sechs Horrorfilme gleichzeitig, und sie erzählte mir was von ausziehbaren Leinen und Madengläsern.

Auf dem Küchentisch stand ein zweckentfremdetes Marmeladenglas ohne Deckel voller gelblich-weißer Maden, die sich fröhlich umeinander kringelten wie in einem modernen Massenballett. Ich spürte ein leises Würgen im Hals.

»Sag mal, können die da auch nicht raus?«

»Nein, nein, so hoch können die nicht kriechen. Du mußt nur darauf achten, daß sie sich nicht verpuppen. Dann werden das so schwarze Käfer, das ist dann unangenehm. Also, paß lieber vorher auf, immer schön nachsehen, ob sich eine verpuppt, die werden dann so dunkel am Kopf, hier, sieh mal, da verpuppt sich gerade eine, die nehmen wir mal gleich, um das zu demonstrieren. Hier ist die Pinzette, damit nimmst du die Made und machst das Türchen zum Käfig auf. So, und dann reichst du Püppi die Made an. Siehst du, das ist ganz einfach.«

Mit glänzenden Augen verschlang der Vogel die Lebendspeise.

»Und wenn sie die Maden nicht nimmt? Dann verpuppen die sich, und ich habe die Käfer in der Wohnung. Du weißt ganz genau, daß ich eine ausgeprägte Insektenphobie habe.«

»Jetzt stell dich nicht so an. Die nimmt die Maden immer, das ist ihre Lieblingsnahrung. Schön mit der Pinzette festhalten, die Made, damit sie nicht hinfällt. Wenn sie nämlich in den Vogelsand fällt, holt Püppi sich die nicht mehr.«

»Warum *das* denn nicht?«

»Keine Ahnung. Weil sie verwöhnt ist wahrscheinlich. Dann mußt du die Made wieder hochnehmen und kurz unter Wasser halten. Mit Sand nimmt sie sie nämlich auch nicht.«

Ich wollte protestieren, aber meine Mutter ließ sich nicht beirren: »Ja, und die Milli ist ja nun ganz unkompliziert. Da wechselst du nur das Sägemehl und stellst ihr frisches Wasser hinein. Und paß auf, daß sie nachts nicht rauskommt und die Telefonkabel durchknabbert.«

»Also, jetzt reicht es aber bald. Wie soll ich denn darauf aufpassen. Soll ich neben dem Käfig übernachten oder was? Auf meinen Zustand nimmt überhaupt keiner Rücksicht. Und jetzt ist auch noch so heiß geworden, was meinst du, was da im Englischen Garten abläuft, und ich bewache hier schizophrene Hunde, sandige Puppen und mondsüchtige Ratten, Mann.«

»Dein Problem besprechen wir in Ruhe, wenn wir wieder zurück sind. Erhol dich erst mal von den Strapazen, und wenn wir wieder da sind, reden wir über deine Zukunft. Hier ist die Nummer vom Hotel, falls mal was sein sollte. In drei Tagen sind wir zurück. Und ruf mir ja nicht dieses dumme Schwein an, versprich mir das.«

»Das wäre der letzte, den ich anrufen würde, darüber brauchen wir doch wohl kein Wort zu verlieren.«

Endlich fuhren sie los. Kaum waren sie weg, trabte ich zum nächsten Dorfladen und schleppte soviel Weinflaschen nach Hause, wie ich eben tragen konnte. Danach pflanzte ich mich vor die Glotze und ließ mich langsam, aber sicher vollaufen. Irgendwann setzte sich Rauhhaardackel Jenny zu mir und sah mich mit glänzenden

Augen an. Wahrscheinlich war ihr der Urin schon in die Augen getreten. »Ja, ist ja gut, komm, dann gehen wir eben dein scheiß Gassi machen.« Den Morgentermin hatte ich glatt vergessen.

Die Mittagssonne brizzelte rote Funken auf mein Haar, die Hitze preßte Wasser in meine bleischweren Beine, an meinen geschwollenen Fingern spannte die Haut, und der Hund platzte vor Vitalität aus allen Nähten. Wie verrückt zerrte er an der Leine, schnürte sich selbst die Kehle zu und grunzte wie eine werfende Sau. Kaum kriegte er wieder Luft, schnellte er wie eine geölte Chamäleonzunge auf ein fahrendes Auto zu. Ich drückte panisch auf den Knopf an der Leine, aber statt kürzer wurde sie immer länger, und das blöde Vieh raste hysterisch kläffend in seinen sicheren Tod. Wie sollte ich nur meiner Mutter den Tod des Hundes beichten, am besten legte ich mich gleich mit unter das Auto. Zum Glück wich der Fahrer im letzten Moment aus und zeigte mir einen Vogel.

Apropos Vogel. Ich hatte gar nicht gewußt, wie energisch und temperamentvoll solche Stare sind. Mit seinen schwarzleuchtenden runden Augen blickte er mich bohrend an, und ich wußte, er hatte nur ein Ziel: die Freiheit. Obwohl er pausenlos den ganzen Tag von einer Stange auf die andere sprang, wurde er zusehends dicker, viel zu dick für den winzigen Käfig, so daß ich seine Not durchaus nachvollziehen konnte. Als ich mit der Made in der Pinzette ankam – die Made wand sich, den Tod vor Augen, wie verrückt – und die Tür zum Käfig öffnete, um ihm das lebende Appetithäppchen zu reichen, schnappte der Vogel, wie befürchtet, nicht fest genug zu, und sie plumpste in den Sand. Dort kringelte sie sich in ihrem verständlichen Lebensdrang zackig durch die Gitterstäbe, und als ich ihr mit der Pinzette folgte, quetschte sich der Vogel mit immenser Kraft an meiner Hand vorbei und schoß hinaus. Und ich hatte gerade die Terrassentür aufgemacht. Etwas eierig, aber zielbewußt, steuerte der Vogel auf die Tür zu, die ich so schnell zuschlug, wie ich konnte, aber da war der Vogel schon draußen.

Ich riß die Tür wieder auf und schrie: »Kommst du wohl wieder rein, du Mistvieh! Auf der Stelle kommst du wieder rein!«

Irritiert von der ungewohnten Weite der Freiheit drehte der Vogel eine zaghafte Runde über der Terrasse – und kam tatsächlich wieder herein. Ich konnte mein Glück kaum fassen. Schweißüberströmt schloß ich die Terrassentür und suchte die Made, die irgendwo auf dem Teppich um ihr Leben kroch.

Erleichtert und dankbar ließ ich den Vogel ab sofort draußen. Dann wurde eben in den nächsten Tagen nicht mehr gelüftet, es war ohnehin schon alles egal. Fröhlich kackte er die Möbel voll, plusterte sich zur doppelten Größe auf und schwätzte gemütlich vor sich hin. »Gib Küßchen«, sagte er. Ja, du mich auch.

Statt gepflegt meinem Kummer zu frönen, düste ich in der Gegend herum, kontrollierte sich verpuppende Maden, eine nachtschwärmerische Ratte und einen Hund, der die Langweile erfunden zu haben schien und von mir Beschäftigungsprogramme erwartete. Und dazu gnadenloses Sommerwetter. Ich war am Ende. Kaum hatte ich eine Runde geflennt, war schon wieder Gassizeit. Und die Maden im Glas kriegten alle dunkle Köpfe.

Ich hielt es nicht mehr aus. Ich schnappte mir das Telefon und wählte die Nummer von Marcellos Laden. Ich hatte ihn sofort an der Strippe, und er fing direkt an zu heulen. Mitten im Laden. Das war selbst für ihn ungewöhnlich. Ich erläuterte ihm, daß ich mir in einer anderen Stadt eine Arbeit suchen wollte, in der ich nicht mehr der Arsch vom Dienst war, irgend etwas Gepflegtes, Besserbezahltes im Büro, mit etwas Glück in einem eigenen Zimmer und mit einem diskret unsichtbaren Chef. Auch für ihn sei ich nie etwas anderes als der Arsch vom Dienst gewesen, und jetzt brächen andere Zeiten an.

Für meinen Geschmack hatte ich erst mal genug ärlähbt. Zumindescht Neddigkeide, die einem den letschde Nerv raubde, überhaupt hatte ich mir unter Ärlähbe irgendwie was anderes vorgestellt.

»Komm wieder zurück nach München«, jaulte Marcello, »ich finde schon was für dich. Ich hole dich ab. Oder nimm den Flieger. Ich bezahle das Ticket, kein Problem. Du kannst mich doch nicht einfach verlassen, ich glaube das einfach nicht, ehrlich, ich kann das nicht glauben.«

»Ich melde mich, sobald ich umgezogen bin«, antwortete ich lahm, »das kann nicht mehr lange dauern.« In dem Moment landete Püppi auf meinem Kopf, verheddertete sich in meinem Haar, schiß mir in Panik auf den Scheitel, und der Hund onanierte an meinem Bein.

»Ich dachte, du liebst mich«, kam es vom anderen Ende der Leitung, »du hast doch immer gesagt, daß du mich liebst. Oder nicht? Oder gilt das jetzt nicht mehr? Sowas stirbt doch nicht von heute auf morgen.«

Vergebens versuchte ich, den Hund abzuschütteln. Mit glasigem Blick wichste er an meinem Unterschenkel, die Pfötchen fest in meine Wade geklemmt. Er kam zusehends in Fahrt und schaute mir dabei völlig schamlos in die Augen. Der Vogel landete nach einigem wilden Geflattere stolpernd und rutschend auf der gläsernen Wohnzimmerlampe und legte vor Schreck alle Federn dicht an, was ihm eine schmale Eleganz verlieh. Und ich verlor fast das Gleichgewicht.

»Bist du noch dran?« fragte Marcello. »Ich höre dich nicht mehr. Ruf mich wieder an, hörst du? Ich habe deine Nummer nicht. Hast du gehört? Falls du mich noch hörst: *Behalt mich lieb!*«

Dieser Satz versetzte meinem Herzen einen Stich. Wo hatte er das gelernt? Auf deutsch! Mir wurde schwummerig, ich wußte, ich würde diesen Satz nie vergessen. Aber im selben Moment, in dem ich selig schwächelte, meldete sich aus dem Hintergrund die Frage, zu welchem Zweck und vor allem von welcher Person er sich das angeeignet haben mochte. Mein Argwohn war ein Abgrund ohne Boden und ließ kein romantisches Remake zu. Ich schubste den Hund mit einem letzten, gewaltigen Ruck gegen den Tisch. Ratlos, aber keineswegs entmutigt ließ er die Zunge aus dem Maul baumeln.

In der Nacht darauf zerbiß Milli das Telefonkabel. Ich brauchte es nicht mehr.

Etwa zwei Jahre später

fuhr ich mit einem Bekannten nach München. Ich wollte alle Kneipen aufsuchen, die mir einmal etwas bedeutet hatten, sofern es sie noch gab, vor allem die Läden, in denen Marcello gejobbt hatte. Nirgendwo gab es von ihm eine Spur.

Im »Tino« traf ich die mürrische Schwuchtel, die mir damals das mit Marianne gesteckt hatte. Zuerst erkannte er mich nicht. Die Wiedersehensfreude hielt sich auf beiden Seiten in Grenzen.

»Der Marcello kommt nicht mehr hierher«, sagt er, »Tino hat den Laden doch längst verkauft und ist nach Italien zu seiner Frau zurück. Der Marcello soll mit der Marianne in der Weißenburger Straße wohnen, aber genau weiß ich das auch nicht. Sie haben ja ein Kind, nicht, den Leonardo, das wirst du ja wohl wissen.«

»Kennst du zufällig den Nachnamen von der Marianne?«

»Keine Ahnung. So wahnsinnig hat die mich auch wieder nicht interessiert. Die kommt ja auch schon lange nicht mehr.«

Wir fuhren in die Weißenburger Straße. Langsam glitten wir an den Häusern entlang, als erwartete ich, daß er plötzlich aus einem der Fenster winke. Eigentlich wollte ich nur checken, wie viele Zähne er inzwischen verloren hatte, wie dünn sein Haar, wie tief seine Falten geworden waren – wie mickerig dagegen mein Verlust. Ich wollte mir gratulieren zu meinem neuen, besseren Leben, aber die miese, kleine Befriedigung gönnte er mir nicht. Danach fuhren wir auf den Olympiaturm und aßen labberige Wiener Würstchen mit Senf. Der Ausblick vom Turm war atembraubend, aber die Weißenburger Straße fand ich trotz Fernrohr nicht.

Klar geht es mir besser als früher. Ich habe meine Pläne verwirklicht. Ich habe einen erträglichen, einträglichen Job, eine schöne Wohnung, zwei bis drei Sack Selbstbewußtsein, fünf Kilo Übergewicht, einen netten Typen, und vergeblich lauerte der Lindwurm, fester verkorkt als »Jeannie in the bottle« auf seine Wiederkehr.

Inhalt